KUWEI

酷威文化

图书 影视

冬天请与我恋爱

江小绿

著

四川文艺出版社

图书在版编目（ＣＩＰ）数据

冬天请与我恋爱 / 江小绿著. -- 成都：四川文艺
出版社，2023.2
ISBN 978-7-5411-6334-0

Ⅰ. ①冬… Ⅱ. ①江… Ⅲ. ①长篇小说－中国－当代
Ⅳ. ①I247.5

中国国家版本馆CIP数据核字(2023)第005260号

DONGTIAN QING YU WO LIANAI

冬天请与我恋爱

江小绿 著

出 品 人	谭清洁
出版统筹	刘运东
特约监制	王兰颖　代琳琳
责任编辑	叶竹君
选题策划	代琳琳
特约编辑	王　琼　刘雪华　郑　蕾
封面设计	RECNS
责任校对	汪　平

出版发行　四川文艺出版社（成都市锦江区三色路238号）
网　　址　www.scwys.com
电　　话　010-85526620
印　　刷　北京市松源印刷有限公司
成品尺寸　145mm×210mm　　　开　本　32开
印　　张　11.5　　　　　　　　字　数　342千字
版　　次　2023年2月第一版　　印　次　2023年2月第一次印刷
书　　号　ISBN 978-7-5411-6334-0
定　　价　42.80元

目 录

目录

第一章

初次见面

冬天请与我恋爱

见到孟司意那天是个极其普通的日子。

祝时雨昨晚手机里才存下一串陌生号码，还没来得及沟通，第二天便被一通电话吵醒。

里面是个温和好听的男声，约她上午见面。

彼时祝时雨已在医院熬了一个通宵，脑子还未完全清醒，挂完电话从床上坐起，睡眼蒙眬中抓了把头发，后知后觉地从对方残留的声音中听出了一丝清冷，像刚被碾碎的薄荷。

似乎是个好相处但又难深交的人。

她快速收拾完出门，到楼下才发现下雨了。

温北市地处南方，一到冬天，阴雨连绵，湿冷的气息直往骨子里钻。

雨不大，却淅淅沥沥从屋檐滴下来，地面湿漉漉的，不知何时会停歇。

祝时雨望着面前的雨幕叹了口气，认命地转身上楼拿雨伞。

路上的时候，大伯母再度打来电话，说她妈周珍在医院不配合治疗，闹着要回家，祝时雨让伯母把手机给她。

"我待会儿要和那个男孩子见面了……嗯，你注意身体。"

简短的两句话，那边安静了下来，祝时雨挂断电话，抬头看见前面的餐厅。

地方是对方选的，刚好约在午饭时间，她拿着手机，推门进去。

这是一家音乐餐厅，此时有三两桌顾客，台上有人在拉着小提琴，乐声轻缓悦耳，浮动在空中。

暖气迎面而来，驱散了周身带来的寒凉。

祝时雨环顾四周，最后把目光停在了右上角落靠窗的位置。

在此之前，祝时雨看过他的照片。

照片上的男生穿着白大褂，打了领带，面对镜头的脸端正严肃，目光笔直。

男生轮廓英俊，五官优越，那张略显陈旧的照片放到网上，像极了学生时代流传出来的校草男神证件照。

祝时雨被惊艳过后，留下来的只剩困惑。

这样的一个人，为什么会来相亲？

此时此刻，她脑中仅剩的也只有这个疑问。

孟司意的颜值比他照片上还要出色。

他安静地坐在那儿，大衣搭在椅背上，身上是一件米白色毛衣，内搭蓝色衬衫，袖口微微折起，腕骨露出一截，清瘦白皙。

更难得的是，他身上还有种令人舒适的少年感，或许是职业原因，他眉眼间带着几分沉稳，是介于成熟男人和男孩之间的特别气质。

或许是察觉到了她的注视，坐在那里的人抬起头。祝时雨朝他礼貌地笑笑，拉开椅子在他对面坐下。

大概过了三秒钟的时间，他抿了下唇，出声自我介绍："你好，我是孟司意。"

两人第一次见面，气氛略显冷淡。

祝时雨慢热，和生人并无多话，对面孟医生瞧着兴致也不太高。那句自我介绍过后，祝时雨应了句"你好"，礼尚往来报上自己的名字。他似乎眼中微怔，紧接着点了点头，垂下眸。

漆黑的长睫毛遮挡住里头的神采，让人瞧不出情绪。

两人毫无进展，见完面之后各自回家，偶尔在微信上聊几句，不温不火。

家里人却仿佛迎来什么大事，展现出了从未有过的热情，密切关注。

大伯母在医院当了多年护士，孟医生作为医院里最出色的青年才俊，抢手程度堪比商场限量供应的奢侈品，昂贵且精致。

她无比痛心祝时雨的木讷和不思进取，元旦佳节当天，找了个感谢的借口把孟司意叫到家里来吃饭。

前两个月大伯父做工时腿不小心摔了，孟司意就是他的主治医生。

祝时雨这天穿了条冬裙，外搭毛呢大衣，轻薄柔软的布料勾勒出窈窕的身体曲线，明艳的眉眼平添了几分女人味。

周珍前几日出院了，她是突发心梗，在医院治疗了大半个月，病情稍稍稳定之后便请求回家休养。

现在家里没有人敢反驳她的意见，昨天祝父不小心摔碎了一个杯

冬天请与我恋爱

子都小心翼翼。

祝时雨遵从她的吩咐打扮得漂亮点，临出门前，还拿出了自己压在柜底"几百年"没碰过的小羊皮靴子。

今天外面没下雨，却阴沉沉的，风很大。

祝时雨抵达时，大伯母家已经无比热闹了，除了两位长辈，她堂姐今天也特意回家了，还带着一对儿女。

大伯母和伯父结婚早，堂姐大祝时雨五岁，早些年就嫁人了，第二个小孩也有三岁，现在都会走路叫人了。

此时两个小孩正在客厅嬉笑玩耍着，姐姐手里拿着拼图高举，弟弟想要去抢……

孟司意穿着一件黑色大衣，外套微敞开，露出里面米色的毛衣。

他坐在地毯上，半低着头，刘海垂落下来，遮住眉眼，侧脸却很柔和。

"好了，叔叔给你们一人拼一个。"

祝时雨从他声音里听出了耐心。

"小姨，你今天真漂亮！"眼尖的小外甥女最先看到她，嘴甜地大声夸赞。

伴随着她话音落地的是一道注视，孟司意停下手里动作转过头，目光落在她身上，略做停顿。

空气仿佛静默了片刻，祝时雨如常扬扬唇，笑着摸了摸小外甥女的脑袋。

等直起身视线再度望过去时，孟司意早已移开了目光，手中的拼图离完成也只剩下最后一角。

这顿饭吃得毫不冷场，伯母是个百事通，对医院上下如数家珍，孟司意应着她的话，不时礼貌地点头。

堂姐的两个小孩可爱讨喜，扯着他的袖子脆生生地叫"大哥哥"，童声稚嫩，引得桌上人不约而同地发笑。孟司意低头给他们夹菜，耐心且纵容。

堂姐偶尔插几句话，和祝时雨聊着家常，大伯父独自端杯，美滋滋地小酌一口，被大伯母瞥见，眼风顿时扫过去，他又讪讪地放下。

夜幕降临，华灯初上，客厅盈满昏黄。

一桌人其乐融融，忽略掉不经意的客套和生疏，还真像和气美满的一家人。

吃完饭，祝时雨被大伯母送出家门。

孟司意站在一旁，伯母热络叮嘱。

"小孟啊，我们小雨就麻烦你送她回家啦，你们路上注意安全，开车小心……"

"不麻烦，应该的。"孟司意微微低着头，态度很好。这一晚上的表现在无形中仿佛昭示着什么，大伯母乐开了花，话头似乎收不住。

"好好好，你是个好孩子。"大伯母笑眯眯地握住他的手，"我和你说啊，我们家小雨也是个顶好的孩子，学历、相貌、性格样样不差，从小到大，追她的男孩都快排了一条街嘞，我记得以前读书的时候还有男生天天到楼下来给她送早餐……"

"大伯母……"祝时雨听到这儿，实在尴尬得站不住，连忙打断。

"不早了，我们该回去了。"

"哎，那你们赶紧出发吧，别等会儿太晚了。"

电梯门关上，缓缓下行，周围终于恢复了安静。

祝时雨和孟司意单独站在里头，突然感觉周围有点太静了。

下行时间不过几十秒，却仿佛过了几十分钟之久。

电梯门一打开，祝时雨连忙走出去，新鲜空气混着冷风一起从外面冲过来，她条件反射地缩了缩脖子。

"穿这么少不冷吗？"身旁的人终于主动开口说了今天两人单独相处的第一句话。

"还好。"祝时雨没看他，望着前方夜幕，下意识地拉了拉大衣，将自己裹紧，"我妈让我穿好看点。"

祝时雨当时只是实话实说，没有经过太多思考，其中的意欲连她自己都不明。

然而没两天，孟司意就主动约她见面。

冬天请与我恋爱

恰是周末，两人去附近商场吃饭看电影，出来才发现外面不知何时下起了小雨。

就和两人初见的那天一样，淅淅沥沥，地面潮湿。

孟司意去旁边的商店买伞，只买到一把。这场雨来得突然，店内的雨伞被抢购一空。

深冬的雨细细密密，伞面恰好能遮住两个人，挡住了冰凉的雨丝，然而脚下却没那么妥帖——鞋子不免被雨水打湿。

商场到家不过十分钟的路程，孟司意把她送到家门口，出声告别。

"伞留给你，我直接打车回去。"

"雨还没停，我到家了，你拿着用吧。"

祝时雨把伞推回，两人僵持几秒，他没有再拒绝。

"好。"

礼貌克制，进退有度，整个过程都充满着成年人的得体合宜，一如他们今天的约会。

就像加了海盐的柠檬水，口感清淡，却又若有似无的浅浅回甘。

祝时雨看着孟司意的背影消失在小区门口，转身上楼，拿出钥匙打开门，不轻不重的一声响。

正坐在沙发上的周珍立马转头看了过来，出声询问："今天和小孟见面怎么样？有没有叫他来家里吃饭？"

"还早，下次再说。"祝时雨低头换鞋，照例敷衍，周珍却已经急得从沙发上站起来，音量提高。

"下次是什么时候，每次问你都是这个回答！我告诉你，如果小孟这次不成，你就给我去工作，正好你小姨说市里的图书馆还缺一个人手，我让她帮忙把你安排进去。"

"妈！不是说好回来就不干涉我的工作吗？"祝时雨扭头，皱起眉。

"当初说好的前提是你结婚嫁人，反正工作和成家，你必须选一个。除了这个温北市，你哪儿都别想去！"最后是一句斩钉截铁的话。

熟悉的无力感从胸前涌起，所有争辩的话语在日积月累无可调和的矛盾下失去任何效力。

祝时雨沉默，蹲下身放鞋。

缓慢的动作间，鞋柜角落的那双鞋子闯入眼中。

是她和孟司意第一次见面那天穿的那双。

白色的系带小皮鞋，浅口，会露出一截纤细脚踝。

那时还没那么冷，她穿了身格子呢半身裙，撑着伞走出餐厅时，不小心踩到了路面积水的小坑。

溅起来的脏污雨水打湿了她的脚踝以及鞋面。

孟司意撑着伞蹲下身来，从口袋掏出一包纸巾，轻轻擦干她脚踝和鞋面上的污渍。

细雨朦胧，风里裹挟着几分凉意。

祝时雨站在那儿低头，深蓝色伞面把他的脸庞遮挡得严严实实，只能感受到纸巾擦过肌肤的轻柔触碰。

礼貌、耐心、细致、工作好、没有不良嗜好、喜欢小孩、品行端正。

这是短短一个月以来接触孟司意从他身上总结出的优点。

无论从哪个方面来看，他似乎都会成为一位好丈夫、好父亲。

祝时雨不知不觉久久地蹲在那里，如同孟司意撑伞蹲在她脚边那样。

清早，依旧是个阴天。

微弱的光线从窗帘外费力地透进来，房间昏暗。

祝时雨被一阵剧烈的敲门声吵醒。

"一大早，你叫点点干什么，等她醒了再说不行吗？"

"不行！我要现在就找她问清楚，这个机票是什么意思？！"

吵闹的话语隔着门板传入耳中，祝时雨逐渐清醒，睡意全无。

"什么机票？"她穿着睡衣拉开门，刚站定看清门外的祝安远和周珍，一个白色信封就被用力丢到她身上。

"你自己看！"

刚刚大病初愈的人气得面色发红，呼吸急促。

周珍今年五十多了，不知何时，两鬓已生出白发，眼角的皱纹也深深蔓延。

这几年，他们似乎以光速般飞快老去。

祝安远担忧地看她一眼，顾不上劝慰，连忙低头扶住周珍，轻拍她胸口心脏处。

"医生说让你别太激动，点点都答应我们回来了，你不要听风就是雨，先冷静下来，问问点点具体是怎么一回事。"

周珍听完这番话，不知怎么的，像是被一桶冷水浇在热火上，忽然就冷静下来，眼睛死死地盯着祝时雨。

"那你说吧，这是怎么回事？"

祝时雨早已低头，看清了手里的那张机票。

上面清楚地写着航班。

后天早上十点，从温北飞往京市，乘机人祝时雨。

她想起自己前几日忽略的前公司工作群消息，那时里头似乎有人在艾特她。离职已经有一段时间了，祝时雨没有在意，点开下滑到最后，退出了群聊。

想到这儿，她转身回房间，找到自己的手机打开，果不其然，免打扰的微信名单中，躺着一系列的消息。

最新那条，来自一天前，她的直属领导。

告知祝时雨因为她手机打不通，各种方式无法联系到她本人，机票已经直接寄往她家里，希望收到后给他回复。

前不久，为了方便，祝时雨已经换了本地的电话卡，新号码并没有告诉前公司的同事。

她迅速翻完前面未读的内容，长吁一口气，用力揉着眉心。

祝时雨大学时学的是编导，毕业后就职一家视频网站公司，从拍摄助理做到项目负责人，其间独立做过不少拍摄内容。

其中有一个和品牌合作的广告，当时因为临时更换代言人而被搁浅了，客户那边迟迟没有给到准确答复，公司便把这个项目暂停，到现在已将近半年。

上周，客户代言人敲定，突然要重新开始拍摄。

祝时雨当时离职得太仓促，不过短短三天就把自己手里正在进行的工作交接给了同事，还有些早期的项目资料，里面就有这个广告，大致的策划资料都在，但有些重要细节却必须她本人来确认。

　　之前是祝时雨作为负责人和对方商谈对接的，现在客户后天要到公司参加项目会议。

　　这个品牌是业内一线，公司非常重视，前领导的意思是让祝时雨再飞回来一趟，到时会给予她正常项目奖金补贴。

　　事态紧急，她失联的情况下，助理只好查到她当初填写的家庭住址，直接把资料和机票寄了过来。

　　因此才出现了早上这一幕。

　　祝时雨坐在沙发上，手握紧手机，挑着重点言简意赅地解释完前因后果，客厅归于寂静。周珍张嘴正要说话，忽然剧烈咳嗽起来，在祝安远的连连拍背安抚下才勉强止住，手紧压胸口，嘴唇苍白。

　　祝时雨动了动唇，最终还是紧抿住。

　　"我不管你之前公司怎么样，反正职都已经辞了，不准去。"周珍艰难地平复下来，抬起眼，面色沉沉地说。

　　"对啊，小雨，你都离职这么久了，怎么又突然叫你过去？"祝安远也忧心忡忡地看着她，语气不赞同。

　　"我工作还没交接完，必须负责。这是当初和公司签的协议。"祝时雨耐心解释，试图说服他们，"况且去一天就回来了。"

　　周珍推开祝安远搀扶的手，费力地坐直身体，嘴唇绷成一条直线，不容置喙地开口："违约金多少，我来付。"

　　祝时雨最后还是没有飞过去。

　　经过一番沟通和道歉，会议转成网上远程视频连线，她花了整整一天，和各方对接完成，临结束前，婉拒了公司的年会邀约。

　　对话从早到晚没有停过，关掉电脑，祝时雨从桌前站起来才发现，自己已经口干舌燥，嘴唇起皮。

　　家里的气氛因为这件事情跌至冰点，接连几天，餐桌上都分外安静。

　　祝时雨太多年没有在家，难免生疏，前段时间因为她辞职回来而稍稍缓和的关系又一夜之间回归从前。

　　"你这几天有没有和小孟联系？"周珍突然开口，碗筷碰撞声忽地消失，祝时雨和祝安远的动作不约而同地停住。

"有。"祝时雨顿了下后回答，"不多。"

"你看看他这两天有没有时间，我和你爸做几个好菜，让他来家里吃个饭，我们互相见见。"

周珍若无其事地说："这么久了还没见过小孟，不知道他是个什么样子的人。"

祝时雨坐在那里沉默，祝安远缓缓端起碗拿勺子舀粥，整个过程没有发出一丝动静。

许久，祝时雨的声音响起："我问问他。"

孟司意的头像是个简单的白色图案，像是用水彩涂的一片云，氤氲模糊，中间隐约有水珠的轮廓。

祝时雨打开两人的对话框，从下滑到上，都是简短的日常对话，很平淡，但聊天记录的日期却没空缺太多。

最长的一次，他们有三天没联系。

并无刻意断联也没有特意去找对方，只是时间很寻常地过去了，蓦地想起时，才发现两人已经好几天消失在彼此的生活里。

当晚祝时雨临睡前，时间将近十二点，手机里突然收到一条新消息，来自孟司意。

晚安。

那一瞬间，万籁寂静中，祝时雨鼻间仿佛又嗅到了柠檬味的海水气息。

关于吃饭的邀请，祝时雨组织了一下语言，给他发过去。

孟司意的回复很快，他没有多问便答应了下来，直接敲定了日期。

周珍和祝安远都显得有些激动，早早便开始筹备起菜色，约定当天，外面刚放亮，祝时雨就听到厨房传来剁东西的声音。

案板上摆着刚剁好的肉馅儿，还有擀好的饺子皮，周珍要包最拿手的海鲜肉馅儿饺子。

自从大学离家之后，祝时雨就再也没有吃过了。

高考她一意孤行地报考了京市的学校，还有编导专业，和家里闹翻，积压几年的矛盾在她毕业执意留在京市、拒绝了家里要她回来考公务员的提议后彻底爆发。

从那时起，周珍就没有再同她好好地说过一句话。

孟司意来得很准时，而且非常有礼数地提前了半个钟头，他上门时两只手提满了礼品，祝时雨开门时被他的正式吓到。

"你怎么……带了这么多东西？"祝时雨回头看了眼厨房，压低声音说道。

"第一次拜访，这是基本礼数。"孟司意身姿笔挺地站在门外，眉眼端正平静。

祝时雨听完，略点头没再说什么，侧身迎他进来。

厨房里的两人早已听到声响，忙解了围裙上前，热情接待。

"小孟，你来了。怎么还带这么多东西，太隆重了，下次来不用带这些，就当是自己家。"

周珍亲切地笑着说，招呼他在客厅沙发上坐下。祝安远连忙去接他手里的东西，放在客厅柜台上。

"喝点茶吗？还是热水？这是你叔叔最爱的毛尖。"

家里多日来冷淡的气氛因为孟司意的到来出现了从未有过的热烈，比起他们的热闹，一旁安静坐在沙发上的祝时雨更像个局外人。

晚饭桌上是六菜一汤，色香味俱全，中间那道做工繁杂的芙蓉虾被精致摆了盘。

"小孟，尝尝你叔叔阿姨的手艺。"

两人热情招呼孟司意，不一会儿，他碗里的菜就冒了尖。

那盘海鲜肉馅儿水饺摆在离祝时雨最近的地方，她夹了一个放到碗里，刚咬一口，熟悉的味道直冲鼻间，热气熏得她眼眶发酸。这个味道几乎伴随了她每个高三的早晨。

高中生活苦，尤其是高三。一中管得严，每天天不亮就得起床去学校，早晚自习任何人都不能缺席。

那段时间，周珍怕她太辛苦营养跟不上，前一天晚上便准备好饺子馅料，第二天一大早就起来给她包好煮好，带到学校。

冬天请与我恋爱

整整一年，三百多天，基本没有缺席，后来怕她吃腻，还变着花样给她准备了其他样式的早餐。

在和家里产生分歧之前，祝时雨被他们当作珍宝悉心呵护了十八年。

下雨送伞，天冷添衣，生病在床前无微不至地照顾，吃穿用度无一不是花费了很多的心思。从小到大，祝时雨连厨房都没进过一次。

记忆里最多的，是一盘盘被送进房间书桌上吃不完的水果，是她每次要帮忙做家务时周珍把她赶去学习或者休息的场景，是数不清的关怀，是无数次一家三口平常和睦的瞬间。

祝时雨低下头，胸口酸涩发胀，她眼睛不受控制地潮湿了，但很快又被她克制住了。她大口吃完了碗中的这个饺子，再也没有去夹第二个。

这顿饭到尾声，窗外已经暮色四起。

孟司意放下筷子，如常拿起一旁的纸巾。

桌上的寒暄热闹似乎被按下暂停键，不期然静了片刻。

祝时雨不明所以地抬起头，便看到周珍同祝安远对视一眼，然后目光落在孟司意身上，准备开口说话。

她心头轻轻一跳，下一秒，就听到周珍对孟司意问道："小孟，你打算什么时候结婚呢？"

孟司意的动作一顿。

他转头，轻轻看向祝时雨：女人坐在那里，侧脸细腻瓷白，微睁大眼，半晌没反应，像是愣住了。

他收回视线，目光微垂定在面前的白瓷碗盘上，模样温驯而体贴。

"我听时雨的，看她想什么时候结婚，我都可以。"

孟司意今年二十七岁，毕业于本地最好的医科大学，之后进入温北市医大附属医院工作，短短几年便升任成了主治医师。

房车齐全，收入可观，更难得的是品行端正，私生活检点，在医院没有恶评。

家里长辈对他是一万个满意。

再反观祝时雨，虽然考了个不错的大学，但在京市待了多年也不见有任何成就，回来到现在还一直待业在家，收入暂且不提，人也内向，不谙世故。除去漂亮的脸蛋，很难再找到其他长处。

两人结婚，显然是她高攀了。

无论从外在还是其他，她都算是非常好运，能找到一个各方面条件都如此优异的人。

父母最了解自己的小孩，周珍深知祝时雨慢热固执，并不像表面上那样温和好交往，再这样下去，等下一个合适的人出现，不知要等到何时。

未来变数太多，她已经没有时间去赌。

周珍很体贴地给两人单独相处的机会。

祝时雨送孟司意下楼，外面月已上树梢。

接近深冬的天，寒冷寂静，小区静谧无声。

祝时雨拢了拢外套领子，低着脸，脚尖无意识地碾着底下路面。

“孟司意……”

她刚开了个头，身前的人就接话：“嗯。”

祝时雨抬起头，他很高，比她高了一头——目光定定地落在他脸上。

面前这个人无疑是长得好看的，这种好看里甚至带了几分秀美，又因为眉骨饱满，丝毫不显女相。

孟司意的眼睛生得很漂亮，双眼皮内窄外宽，如扇形般铺开，薄薄一层，褶皱分明。微垂着看人时，有种无声的深情。

“你为什么想和我结婚？”祝时雨直白发问。

“我到该结婚的年纪了。”安静了片刻，孟司意镇定的声音再次响起，“你各方面都很好。”

虽然内心提前做过准备，但听到回答的这一瞬，祝时雨还是沉默了。

她低头思索着，许久，才下定决心。

“你今天也看到了。”

“嗯？”

“我家里很急。”她稍稍停顿，组织了下语言。

“我之前……一直在外地，我爸妈怕我再离开，所以希望我尽快结婚。”

　　"嗯。"他再度应声，微点头，这次加了一句，"我知道。"

　　"我不排斥走入婚姻，但是，我可能没办法像其他正常夫妻那样对你，毕竟，我们才认识几个月，彼此不算特别了解。"祝时雨有点难以启齿，甚至觉得自己有些离谱，她不禁抬头去寻他的眼睛。

　　"我明白。"孟司意点了点头，轻声道。

　　他的善解人意让祝时雨越发愧疚，同时各种思绪交织在一起，如同一团乱麻。

　　她微仰头，轻吸一口气。

　　"我可能需要一些时间。"

　　"好。"他答应得干脆。

　　"这样你还愿意和我结婚吗？"祝时雨困惑地抬眼询问。

　　"嗯，"孟司意再次点头，开口，"我愿意。"

　　见过家长，双方就算是正式进入了交往状态。

　　两人的相处模式并没有太大变化，但祝时雨偶尔会有种不真切感——她还没适应自己真的有了一个准备结婚的对象。

　　孟司意到她家的次数增多，大部分时候都会被留下吃晚饭。有一次，祝时雨午睡睡过了头，醒来已是傍晚，黄昏塞满整个客厅。厨房传来周珍的说话声，温和带笑，还伴随着细碎的哐当响动。

　　祝时雨走过去，看到一道高高的影子，站在椅子上，正在修理家里故障已久的排气风扇。

　　"小孟，还是你厉害，你叔叔上次鼓捣半天都没修好。"

　　孟司意握着扳手在拧排气扇螺丝，衬衫袖口卷到了手肘，小臂线条紧实。

　　不大的厨房因为他而显得有点拥挤。

　　"没事，换个新的就好了。"

　　他装完，仔细检查了一番，从椅子上下来，抬头看见面前的祝时雨。

　　"你醒了？"孟司意略抬了下眼，不知道是不是错觉，祝时雨仿佛从他眼里看出了笑意。

她后知后觉，低头看到了自己身上的睡衣。

祝时雨的脸不可控制地热了一下。

那天孟司意在家里吃的饭，走之前，还把厨房滴答已久的水龙头修好了。

周珍对他赞不绝口，祝安远则把自己最珍视的一套茶具送给了他，祝时雨送完孟司意上楼，听到了两人的对话。

"家里还是要有个男人，小孟真的不错。"周珍感慨，接着是祝安远的附和声。

"是啊，小雨和他在一起，我们也放心了。不过你这话什么意思，我不是男人了？"他突然反应过来，不服气地反问。

"我不是这个意思，你毕竟也年纪大了，这些力气活儿还是要有个年轻人来做不是？"周珍连忙解释道，话里不掩安抚。

"这还差不多。"祝安远哼哼两声，算是勉强接受了。

祝时雨在外头静立片刻，默默收回了自己准备推门的手，她的身体无意识地靠到了墙壁上，陷入沉思。许久，才再度直起身回屋。

两人的婚期定在了年后。

孟司意的爸妈因一场意外车祸很早就不在了，他从高中起就跟着舅舅一家生活。

双方家长会面是在市里一家五星级酒店，从头到尾都是孟司意操办的，从订位子到碰面，他都安排得很稳妥。

祝时雨不善于交际，跟着周珍他们到酒店之后，就安静地坐在座位上，见到孟司意的舅舅舅妈时，起身拘谨地问候了一下。

他们对祝时雨似乎很喜爱，从见面开始就赞不绝口，临走前，舅妈硬是握着她的手，给她手腕上套了个玉镯子。

"这是小意妈妈留下来的，说要传给未来的儿媳妇，现在应该给你了。小雨啊，你好好收着。"

回去的路上，孟司意喝了酒，是祝安远开的车。

他工作后就自己搬出来住，在医院附近，和舅舅家不是一个方向，

冬天请与我恋爱

祝安远顺道送他回家。

外面夜色蔓延，车内被昏黄灯光笼罩。祝时雨和孟司意坐在车后座，他有些疲惫，身体靠在座椅上。

似乎是知道他需要休息，车内没有人说话，车子平稳地行驶在路上，空气中有淡淡的酒味。

祝时雨看了眼旁边的人，他懒散地靠在那儿，比以往多了几分随意，衬衫扣子敞开，露出的那片肌肤微微发红，眼睛却比清醒时更明亮。

祝时雨不自然地移开眼，放在膝头的手却被轻轻抓住。

孟司意的手指白皙细长，骨节匀称。

此刻，他轻握着她的手腕，指腹在那只青玉色的镯子上摩挲。

"这是你妈妈留下来的？"祝时雨低头，目光落在镯子上，轻声问。

"嗯。"男人些微拉长的鼻音莫名有点哑。

"那我回家好好收起来。"她担忧地说。

"不用。"孟司意侧过脸来，明亮的眸子看向她，"你戴着就行。"

"我怕不小心磕碰到。"

"没事，这本来就是给你的。"他话音随意而自然。

祝时雨却一时失语，片刻，才讷讷地应一声："哦。"

窗外车声呼啸而过，风景一闪即逝。

祝安远专注地开着车，周珍靠着副驾驶座椅打起了盹儿。周遭陷入不知名的宁静。

孟司意握着她的那只手微微松开下移，陷进了她掌心，他的手搭在她的手上，轻微收拢。特属于他的温度和触感无声蔓延。

祝时雨垂下眼，看着握在一起的两只手，片刻，轻轻回握住他。

两人的交往一直规矩守礼，孟司意更是端方有度，从来没有做过任何逾矩的行为。从认识到现在，这是两人第一次牵手。

大抵是因为喝醉了吧。

祝时雨不自然地扭头望向窗外，那只手却一直没有挣脱，和他就这样静静地牵着，直到今晚的夜色尽头。

祝家亲戚众多，平日里走得很勤。临近年关，串门更是频繁。祝时雨从前最头疼的就是跟着爸妈见亲戚，这几年更为厉害。

自从她一意孤行去京市读书，学了这个"不务正业"的编导专业，毕业后更是执意留在京市，多年来并无特别建树。

比起家里那些早已成家立业的表哥表姐，祝时雨在家族中算是个异类，每次聚会时，周珍的脸色总会在议论声中变得难看。

然而，今年是个例外。

得知她婚事定下来的消息，祝时雨收到的注视从惋惜和恨铁不成钢，纷纷变成了欣慰。

"小雨，成家了就好，好好过日子，也免得你爸妈担心。"

"是啊，你看你爸妈年纪都这么大了，就你一个女儿，还不在身边。上次你妈妈突发心梗晕倒在家，半天没人知道，多亏了你们邻居上门来给她送吃的……医生说再晚送医院一分钟都会出事。"说话的姑婆拍了拍胸脯，现在都还有点心有余悸。

"那个小伙子我上次见过嘞，长得又高又帅，还是个医生。和我们小雨啊，刚好般配。"二婶笑眯眯地拉住祝时雨的手，说道。

一阵打趣声，席间的氛围出乎意料的好，就连周珍和祝安远的脸上都挂了笑意。自从祝时雨外出读书以来，很少感受过这种气氛。

仿佛是她"叛逆"了这么多年，终于听从大人的话，做了一件对的事情。

此时此刻，祝时雨没有其他特别的感想，她只觉得平静和释然，同时有些许庆幸。幸好她遇到了孟司意。

随着春节越来越近，在外工作的人也陆续回家。

祝今宵是腊八那天回来的，她和祝时雨是堂姐妹，两人一起长大，一起读书，而且每次都能分到一个班，直到高二分文理科才分开。

她刚一回家，就得知了祝时雨年后要结婚的消息，震惊到连饭都没吃，放下行李就杀到她家。

"祝时雨！你疯了吗？"她大力摇晃着祝时雨肩膀，不敢置信，"让我掰开你的脑子看看里面是不是进了水，我现在怀疑你不正常，你是不是被人魂穿身体了。"

冬天请与我恋爱

"来，看着我的眼睛回答我，小学三年级我们一起被老师叫上讲台罚站是做了什么丢人的事情？"

"因为你把隔壁班小胖的裤子扒了，还让我帮你打掩护，结果我们一起被老师捉到罚站了半节课。"祝时雨任由祝今宵摇晃着自己，无奈地说。

"是你，这个身体里的人还是你。"祝今宵模样夸张，匪夷所思地拧起眉打量她。

"那你怎么就突然要结婚了呢？宝，你要是被绑架了就眨眨眼，我拼了这条命也要救你！"

祝今宵是坚定的不婚主义者，并且认为祝时雨也是。虽然她自己并没有察觉，但凭借着两人一起长大的了解和交情，她认为祝时雨只是短暂地被现实生活所迷惑，从本质上来说，祝时雨并不是会走入婚姻的那类人。

虽然祝时雨当初和陆戈曾在一起好几年，但祝今宵始终觉得，不出意外的话，最后他们两个会结婚。

"陆戈呢？"祝今宵问出了今天最关键的问题。哪怕先前得知祝时雨结婚的人是陆戈，她都不会如此大惊失色，震惊到无以复加。

话语落地，只见面前的人沉默了几秒。

紧接着，祝时雨开口："分手了。"

"啊？！"祝今宵的嘴今晚彻底合不拢了，她瞪大了眼睛。

"他出轨了。"祝时雨平静地说。

第二章

分手原因

冬天请与我恋爱

祝时雨发现陆戈出轨，是一个很偶然的时机。

临近万圣节，他刚好到她所在的城市出差，两人隔了几个月没见，理所当然地约了见面。这是两人在一起的第四年，也是异地的第四年。

昨夜突然下了场雨，温度骤降，节日还没正式到来，街上却早已气氛十足，随处可见南瓜灯和戴着帽子的女巫。

下班时已是六点，祝时雨从公司出来，匆匆打车赶往餐厅。

正值周五，路上拥堵，司机在后车强行加塞中用力按了两下喇叭，祝时雨低头处理着紧要的工作消息。

到达订好的餐厅时已经迟到了半小时，祝时雨推开门，一眼便看到了坐在窗边的人。

陆戈模样周正，身高腿长，在人群比较出众。

男人坐在那里低着眸，似乎正看着手机屏幕露出一丝笑意。

"不好意思，我来晚了。"祝时雨匆忙解释，在他对面拉开椅子坐下，"路上有点堵车。"

"没事。"陆戈收起手机抬头，神情如常，刚才的那丝笑意似乎是她的错觉。

"看看菜单想吃什么？"他把桌上的菜单推过来。

"好。"

"我提前在网上看过评分，这家的虾和清蒸鱼做得还不错。"陆戈说。

祝时雨吃东西有点挑，不爱吃肉类，喜欢做法清淡的海鲜，但这几乎只有身边很亲近的人才知道。她不喜欢麻烦别人，人多的场合，大部分时候都是跟着大家一起吃。

而陆戈和她认识十年，除了家人和闺密，基本是最了解她的人。

"那就点这个。"祝时雨合上菜单，陆戈很自然地接过去，顺便勾上了几个两人都喜欢的菜品。

——"不加蒜蓉。"

结尾惯例备注上她的忌口。

他握笔写字的姿势很标准，收尾时笔锋会不自觉上扬，一如高中每个课间祝时雨不经意侧头看到的画面。

两人高二时同桌了一整年，祝时雨对他做题的模样犹记于心。

陆戈挑选的餐厅少有踩雷，他每做一件事情前都会做功课，就连大学那会儿祝时雨电脑坏了，他都会在附近查好口碑不错的店铺，直接把地址发给她。

菜味道很好，尤其是那道清蒸鲈鱼，听说是餐厅招牌，祝时雨的筷子伸了一次又一次，不知不觉，那盘菜见了底。

"时雨，你慢点吃，我先去买单。"陆戈推开椅子站起，拿着手机去收银台。

"啊好。"祝时雨匆忙抬起头，刚应了声，陆戈已经只剩下一道背影。

大概买单排队的人有点多，祝时雨把面前的菜吃完了，陆戈才回来，他的气息有点不稳，坐下随手把手机搁在桌上。

"吃好了吗？"

"好了。"

"那我们走吧……"

陆戈话音还未落，放在桌上的手机屏幕就亮了，祝时雨的目光本能地落过去，消息预览弹了出来。

简短的两行字。

哥哥。

我想你了。

陆戈是独生子，即便是家里表亲，也不会这样亲密地叫他。

这一刻，纵使是祝时雨自欺欺人，也没办法欺骗自己对方真的是他的妹妹。

手机被一只手飞快地摁下了锁屏，屏幕骤地变成黑色，所有的不安都被掩盖在平静之下。

祝时雨和陆戈视线相交，陆戈眼中闪过一丝慌乱，但很快又抿紧嘴唇，突兀的沉默。

大概过了两秒钟，她镇定开口。

"陆戈，你喜欢上别人了吗？"

冬天请与我恋爱

祝时雨和陆戈是大四那年在一起的。

两人是高中同学，祝时雨还记得第一次见他，是在新学期报到当天的大扫除上。她拿着扫帚埋头清理垃圾，突然听到班级门口有人叫她名字，她抬起头，就看到了一个眼中带笑的少年。

"祝时雨，老师找。"

高中三年，两人既是同学也是朋友，而且兴趣爱好几乎一致，脾气也相投，在班里是一对品学兼优的好学生。

后来他们考到了不同的学校，虽然一南一北，但也一直保持着联系。

大一时，陆戈特意来找她玩过一次，祝时雨后来也顺道到他们学校参观过。

每年春节，大家都会约出来见面，一起参加同学聚会。

陆戈临近毕业时和她告白的。

祝时雨身边的同学、朋友都脱单了，而她大学四年都没有谈过男朋友，一方面是没有喜欢的，另一方面是忙，课业压力大，再加上其他校外兼职事项，时间被安排得满满当当，她一直没有想过这方面的事情。

当晚，祝时雨回去考虑了一夜，第二天就同意了。

她觉得自己也该谈个恋爱了，和陆戈认识这么多年，他似乎是个不错的人。

两个人的恋爱谈得不温不火，似乎没有什么热恋期，直接跨越到熟悉的相处模式。

毕业季来临，陆戈选择本校保研，祝时雨则选择实习参加工作。

大家按部就班地进入了新的生活，谁也没有为对方改变自己的目标和人生规划。

异地的这几年，平常又默契，陆戈偶尔会给她准备小惊喜，祝时雨放假也会经常去看他，他们就像是一对普通的小情侣，有过一些温情的时刻，也熟悉彼此不为人知的习惯和喜好。

祝时雨原本以为她和陆戈会一直这样走下去，然后顺其自然地结婚生子，直到今天看到了他手机里的这两条短信。

外面不知何时下起了雨，很冷，天气预报说近来会有小雪，然而迟迟未到。

陆戈交代，对方是他读研时的学妹，两人因为同个项目最近接触得比较多。说到这儿，他不自觉地停顿，喉结上下滚动，拿起杯子喝了口水。

祝时雨太熟悉陆戈了，每当紧张和理亏时，他的小动作便自然而然地表现出来——吞咽喉咙，眼睛习惯往右边看。

她当面和陆戈提了分手。

向来沉稳淡定的人无意识地深呼吸，陡然失手打翻了旁边的一个玻璃杯。

> 时雨，我和她真的什么都没有，我已经把她的联系方式都拉黑了，你别生气，求你接一下电话。

手机里又传来陆戈的信息，祝时雨直接划走。

走在街上，周围人来人往的热闹，风从脖子里灌进来，她情不自禁地打了个哆嗦，抖着手指给自己的直属上司发邮件。

> Hans，非常抱歉，上次说的调职外地事项我这边决定取消，继续留在总公司，短期内无变动。

祝时雨拉黑了陆戈所有的联系方式。

大概是降温的原因，她那天走路回家受了寒，回来整整感冒了一周。

病好之后，当时的感觉也被冲淡很多，回想起来有些记忆变得模糊，像是做了一场不真实的噩梦。

工作依旧忙得不可开交，自从她上次外调的事情取消之后，领导重新把所有搁置的项目分给她。

生活一如既往地被时间的洪流推着匆匆往前走，所有情绪都被淹没在日复一日的工作中。

小时候她以为自己长大后会是拿着摄像机逐梦天涯的女侠，结果却只是一个每日困在写字楼里忙忙碌碌的打工人。

又是一个加班的深夜，出来路灯已经点亮黑夜。

夜，很冷；周围，很寂静。

祝时雨的手机很安静，自从把陆戈拉黑之后，就没有人时刻惦记她给她发消息了，两人分手的事情他似乎还没有和身边的朋友说，所以这段时间一直风平浪静。

他不说，祝时雨也没有刻意同别人提起，上次见面后她一直忙到现在，还没有时间去处理这些事情。

日历上显示的是六号，这一天用标记打了个圈，祝时雨定定地看了会儿，从通讯录调一个号码拨出去。

"嘟"声响了两下，被切断，没多久，手机里进来一条短信。

> **点点，今天家里来了很多亲戚，你妈妈心情有点不舒坦，我晚点再给你回过去啊。**

祝时雨垂下眼睑，平静地打字回复。

> **好，你们也要注意身体，让妈妈不要经常生气。**

这样的情况已经司空见惯，工作的这几年，祝时雨和家里几乎一直处于僵持的状态。

大学时还能勉强相处，后来因为她再次执意"追梦"，关系彻底破裂。

祝时雨当时先斩后奏，入职了才告诉家里，那次事情，让他们整整三个月没有联系。

周珍不愿意接她电话，祝安远不敢明目张胆地打给她，只有偶尔才会偷偷给她发消息询问近况。

不知道从何时开始，她和家里的关系，慢慢变得冷淡疏离，从前那些和睦亲密的日子，回想起来像上辈子发生的事情。

明天立冬，预报了许久的小雪终于如约而至，天空飘起了细细软软的白色雪花，在昏黄的路灯下飘荡。

外面温度很低，祝时雨双手插进大衣兜里，仰起脸，闭上眼，有微小的凉意融化在肌肤间。

又是一年冬天。

时间过得真快，一转眼，她都工作四年了，然而遗憾的是，她好像没有长成自己希望成为的那种大人。

工作日照例繁忙，接到大姨电话那会儿，祝时雨刚好开完会从会议室出来。焦急慌张的声音透过听筒，母亲突发心梗住院的消息就这样毫无征兆地砸下来。

一直到请完假处理好交接事务，坐在回程飞机上时她都有种不真实感。

温北市也早已降温，阴云密闭的天气，她进入病房，首先看到的就是躺在床上人的苍白脸庞。

她老了。

这是祝时雨脑中涌起的第一个念头。

周珍要强了一辈子，在这个时候，也只是一个虚弱无力的老人，祝时雨这两年都没有回家，竟没发现她已经虚老成这样。

她早年生过一场大病，后来迟迟没怀上孕，有祝时雨的时候，也算是老来得子。

医院病房围满了人，祝家亲戚朋友众多，这会儿都在病床前看望，祝时雨一进来，就成了人群中的焦点。

一只手用力拉过她，祝时雨跟跄了一下才站稳，她看到大姨责备的表情，出口也是埋怨的话语。

"小雨，你怎么这时候才来，我跟你说，这次要不是邻居发现得及时，你妈妈人就没了！"

那天，她被整个病房的亲戚好友围着，得知了许许多多这些年她不在家发生的大小事情，件件都在诉说着她这个女儿当得不称职。

几乎所有人都在劝说着她回家，待在爸妈身边。

父母年纪大了，需要人照顾，她现在并没有能力把他们接到身边定居，更何况，父母在这边生活多年，有熟悉的朋友圈子，更加不情愿背井离乡去到另一个陌生城市。

记忆中的那个下午格外漫长，直到周珍被医生宣布已度过危险期。

当时留在祝时雨面前的只剩下两个选择。

冬天请与我恋爱

无论如何，她都不可能再回到京市。要么干脆结婚，要么辞职改行，听从家里安排，找一个稳定清闲的工作。

祝时雨选择了前者。

再后来，她就遇到了孟司意。

"这么大的事情，你竟然一直瞒着不说？"祝今宵听完祝时雨的简洁概况，顿时深吸一口气，气得火冒三丈，到处找手机。

"陆戈这个渣男，我一定要找他算账，把他这些恶心的事情都抖落到同学群里，让他这辈子都抬不起头……"

"宵宵，都过去了，你别，"祝时雨按住她的手，"我们毕竟是这么多年的朋友。"

"都这样了你还把他当朋友呢？！"祝今宵激动地反问。

"嗯。"祝时雨模样冷静地点头，"买卖不成仁义在。就当是为我们这么多年的友情留一个体面。"

"……"祝今宵沉默片刻，都情不自禁地为祝时雨点一个赞，"小雨，我真不知道该夸你还是骂你。"

她冷静下来，彻底消化完这件事情，想起如今的现状。

"那你现在这个结婚对象又是怎么回事？别告诉我你被家里催得心灰意冷，彻底扛不住崩溃了，破罐破摔随便找个人结婚。"祝今宵说到后面都有点咬牙切齿，大有一股直接杀出去替祝时雨正面抗争寻求一条自由通道的架势。

"不是，"祝时雨摇摇头，仔细想了想，"他是一个很好的人。"

"嗯？比如？"祝今宵双手抱胸，眯了眯眼。

祝时雨把孟司意的情况大概说了一遍，包括两人从认识到现在的相处。

"他条件这么好，为什么还没女朋友？是不是长得不怎么样，来拱你这朵鲜花。"

祝时雨犹豫了下，拿手机翻出了当初见面之前大伯母发给她的那张照片。

祝今宵探头一看，睁大眼。

"我的天哪，"好半天，她才从嘴里憋出四个字，"长成这样，还来相亲，我更加觉得他有问题了。而且他也太配合了，好像没有脾气，你说什么时候结婚就什么时候结婚。"

"事出反常必有妖。"祝今宵斩钉截铁地说道。

"我之前和他聊过这件事情，他说……"祝时雨皱眉，却觉得合理，"到结婚的年纪了。我各方面条件都很合适。"

"我还是觉得怪。"祝今宵手握拳抵住下巴，面色凝重做沉思状。

"小雨，你说你们认识交往这么久，只牵过一次手，是吧？"她理智分析，从祝时雨先前和她说的两人交往过程中抽丝剥茧，"那你有没有了解过他过往情史？"

祝时雨一愣："没有……其实我们没有聊过太多私人的事情。"

"你看，问题来了。你正和一个除了表象其他全都一无所知的人步入婚姻。万一他不喜欢女生呢？"

"但是大伯母和他在一个医院，基本都了解过，应该没有问题……"祝时雨面露迟疑。

"大多数人在同事面前和私底下完全是两个样子，所以才有句话叫'知人知面不知心'。"

"可是……"祝时雨还想再说什么，祝今宵大手一挥，打断她。

"这件事你先别管了，交给我，我一定把这个人调查得清清楚楚，才放心让你和他结婚。"

祝今宵大学是在本地读的，听从家里意见学的会计专业，谁知道毕业后一点儿也不喜欢，直接改行去了一家外贸公司，做进出口贸易。

结果年前不久，这家公司把全部业务都转回了总部，这边的分公司解散，每个员工拿了一笔不菲的遣散费之后，都失业了。

祝今宵索性没有再找工作，开始自由职业。

她这几年在网上做了一个美妆博主的账号，粉丝量不多，不定期更新视频，靠播放量和微薄的广告费，勉强能养活自己。

冬天请与我恋爱

这次回来，她也打包了那边的所有行李，暂时留在家里，没有外出的计划。

她们两人虽一起长大，性格和长相却天差地别。

祝时雨一眼看去温驯乖巧，杏眼甜美，其实性格坚定不服输，自己做的决定很难被更改。

而祝今宵却恰恰相反，外表明艳大美人，看着攻击力十足，骨子里却很听话，在大的事情上面都是听从家里的意见，实在吵不过，就自己在那里哭。她妈妈心软，一见到她哭就万事皆可商量。

这是祝时雨和祝今宵最大的不同点。

她学不来服软，也很少会在别人面前哭，遇到搞不定的事情，通常会选择沉默，然后自己想办法处理，实在解决不了，也不会退步，就硬扛着看着事态越来越差。

所以她前公司领导总说她，专业性没有任何问题，人要再圆滑一点儿，事业发展空间会更大。

也因为这样，她这些年才会和家里的关系越来越僵，矛盾积累在那里，无人解决，最后只会变成一个随时会被引爆的不定时炸弹，等待某个契机彻底爆发。

祝今宵善于交际，在本地有不少同学和朋友，她也是个急性子，没两天就打听到了消息，第一时间跑来告诉祝时雨。

那时候祝时雨正在挑选婚礼请柬样式。孟司意把婚庆公司那边的几组图片发给她，祝时雨打开粗略看了眼，还没回复他消息，祝今宵就推门进来，风风火火地在她面前坐下。

"小雨，我大学闺密一表妹的同学在那家医院当护士，刚好也在骨科，我仔细打听了一通，你猜我打听到了什么？"

"什么？"祝时雨抬起头，配合地关掉了手机页面，抬手放到桌上。

"听说……这个孟医生之前有个女朋友，好像还是初恋来着。"祝今宵身体朝前倾，压低声音。

"嗯？"祝时雨微微睁大眼睛，做倾听状。

果不其然，祝今宵立刻来了劲。

"那个女孩子是他的病人，当时听说是生了很严重的病，和绝症差不多，但不知道怎么奇迹似的竟治好了，前两年刚出院，之后一直没听说过她的消息，也没见她在医院出现过。"话到这里，祝今宵战术性停顿了下，准备放出重磅内容。

"但是今年上半年，突然听说她结婚了，请柬都送到了医院，好像还是专门寄给孟司意的——那次午休时，他不小心放在桌上，好几个去他办公室的人都看到了。他们科室里有个小护士和那个女孩一直有联系，所以才了解得那么清楚。事情过去太久，知道内情的人不多，但因为孟司意就那么段情史，所以私底下八卦他时总会有人提起，被翻出来反反复复地讲。"

说到这儿，祝今宵露出稀奇的模样："你敢相信，这位孟医生从高中到大学毕业都没谈过一次恋爱，如果不是他大学同寝室的男同学说的我是坚决不信，没想到他是如此纯情且深情。"

"等等，"祝时雨被她过于密集的信息量砸得有点儿蒙，她抬手做暂停状，"你是说，他之前有个女朋友，貌似是初恋，然后今年和别人结婚了？"

"嗯。"祝今宵点头。

"那你是指他被伤到了，所以心灰意冷，也想随便找个人步入婚姻？"

"我可没这么说，"祝今宵眼珠子转了转，"但我个人觉得这个可能性很大。"

"你看他早不结晚不结，偏偏这时候答应去相亲了，你知道吗？我这次还打听到另外一件事情。"她神神秘秘地压低脑袋，"孟医生之前有好多人给他介绍对象，但他无一例外都拒绝了，理由是现在还没这方面想法。偏偏大伯母一过去说他就答应见面了，这个时间点是不是太巧了？"

"嗯……"祝时雨陷入思索点点头，接受了她这个说法。

"那他也挺可怜的。"须臾，她轻轻感慨道。

"什么？"

"大姐！你现在不应该及时抽身吗？他心里装着别人哪！这样的男人咱们要他干什么？"祝今宵恨铁不成钢地骂她。

"可我也不是单纯地想和他结婚，"祝时雨说，"现阶段，他是我的避风港，是我暂时可以喘息的港湾，是约束也是自由。我不讨厌他，

冬天请与我恋爱

甚至还有一丝好感，虽然我现在不爱他。从某种意义上来说，这样的话，我们之间是公平的。他的前任已经是过去式了，他想和我结婚，一起经营一段关系的心是真的，我也是，所以这并不影响什么。"

"时雨，你疯了……"祝今宵怔怔地盯着她摇头，难以置信。

对祝今宵这种爱情永远至上，浪漫至死不渝的人来说，所有不是因为爱情而开始的婚姻都属于另类的慢性死亡。

"你是不是因为陆戈受了刺激？你再冷静一段时间，我把他揪来跪在你面前求饶。"

"我现在很冷静，"祝时雨平静地摇摇头，"但是和陆戈确实有一点儿关系。多亏和他在一起的这几年，才让我发现我并不适合谈恋爱。如果结婚能让我爸妈安心、能解决我目前生活中的大部分问题，我想它可能会比恋爱带给我更多的快乐。

"对了，你来得正好，刚刚孟司意给我发了几种请柬样式，你看看哪个更好。"

祝时雨重新拿起手机，打开里面的图片让祝今宵帮忙挑选。

祝今宵瞪大眼睛说不出话来，片刻，她拎起包重重一甩，然后站起来居高临下地看着她，从鼻间溢出一声冷哼。

"祝时雨，你无可救药。我走了，你结婚那天再联系我。"

"啊，我本来还想约个时间让你和孟司意一起吃个饭，毕竟我最好的朋友和未来伴侣，总得互相见见。"

"几点？哪天？什么地方？"祝今宵飞快追问，放下包重新坐下来，面不改色，"我随时都有空。"

年底医院很忙，孟司意似乎连轴值了几个大夜班，作息颠倒。

即便两人现在正在商议着婚事，但彼此见面的机会并不多。

平时联系大部分聊的都是关于结婚的流程和具体事项。

两人的聊天记录简单直接，不太像一对马上进入婚姻关系的夫妇，反而像是什么项目的合伙人，正在共同策划着一场即将到来的婚礼。

仿佛是为了完成早已定好的任务，没有憧憬幻想，只有按部就班；

说不上欣喜渴望，但也不讨厌。

　　忙碌的间隙，祝时雨偶尔会停下手里的动作，望向窗外。桌上散落着各种款式的喜糖，是婚庆公司送来的试品，她刚刚拆开尝了一个，大红色糖纸，包裹的是杞果味的糖果，甜得发腻。

　　她不自觉地出神，在脑间描绘着婚礼上的画面。

　　孟司意穿西装时应该是极好看的，他身形挺立，眉目周正，自有一种出类拔萃的气韵。

　　即便是那样人多的场合，也可以掌控得游刃有余，面面俱到。

　　对于即将到来的这些事情，祝时雨是一点儿都不担心的。

　　她曾经最怕繁杂，不喜交际应酬，但这些事在孟司意手里，似乎都可以在顷刻间得到解决。

　　想起他，祝时雨心头没有乱撞的小鹿，也并无梦幻甜美的粉红泡泡，而是如同被温柔的海水包裹般，有一种湿润的安全感。

　　两人再次见面是拍摄婚纱照。

　　隔了近一周时间未见，孟司意似乎憔悴了点儿，刘海也有些长了，凌乱地搭在眉间，面色明显没休息好。

　　后来祝时雨才知道，前一天晚上孟司意被临时叫去给同事顶班，才睡了三个小时。

　　抵达摄影工作室，他们先被安排去化妆，两人并排坐在化妆镜前，任由化妆师拿刷子在脸上来回扫着。

　　祝时雨在涂抹的间隙，往旁边看了眼。

　　孟司意闭着眼睛，很配合地听从指示抬头侧脸，莫名乖顺。

　　衣服是早就选好的，共五套服饰，拍摄分内景和外景，外出的地点是郊区的一个植物公园，那边有许多常青植物，算是冬天里难见的一抹绿色。

　　上完妆、换好衣服出来，两人都微微一愣。

　　首先是盛装带来的视觉冲击，其次是这套红色喜服，令人一瞬间便联想到古代的凤冠霞帔，像是一对即将要去拜堂的少年夫妇。

　　孟司意皮肤极白，在大红色的衬托之下更为醒目。化妆师的巧手遮住了他先前的憔悴，此时的他只剩下唇红齿白，眉眼艳绝。

祝时雨觉得这一刻的孟司意，完全担得起"漂亮"这两个字。

她站到他身旁，在摄影师的要求下，与他靠得很近，两张脸几乎挨在一起。

照片还未出，她都已然能想象出自己被比成绿叶的画面，用这张勉强能看的脸，去映衬孟司意这朵红花。

拍摄顺利进行，前面的几套衣服都拍完收了起来，最后只剩下主婚纱和一套西式纱裙。

这两组衣服的拍摄场景在室外，一行人驱车来到目的地，祝时雨抱着裙摆准备下车，入目便是一大片青草地。

站在车门边的孟司意动作自然地朝她伸出手，祝时雨搭上去，安稳落地。

婚纱的选景重点就在这片草坪，傍晚临近，光线变得柔和，整个场景很美。

摄影师手里的相机不停地咔嚓作响，他像是找到了什么创作激情，手里的快门按得飞快，同时嘴里指挥着两个人。

"对，新娘子就维持这个姿势，笑，新郎手再抱紧一点儿！"

孟司意放在她腰间的手顿时用力，祝时雨身体便往前贴近，额头差点儿撞上他的下巴。

呼吸猝然交汇，两人皆慌乱了几秒。

"……不好意思。"孟司意立刻松手，声音里隐约带了几分不知所措。

"没事。"祝时雨低声道，不自然地垂头整理了下自己的裙纱。

其实经过大半个上午的磨合，两人已经有了基本默契，对视牵手拥抱也算得心应手，但距离陡然拉得这么近，彼此还是不自在。

从早到晚拍了一天，化妆师上来给她补妆的间隙，祝时雨掩不住疲惫。

"接下来还有一组，拍完差不多就收工了。"摄影师说，在场的人都露出振奋，祝时雨情不自禁地松了口气。

新的拍摄换了个地点，他们来到公园最左边有个叫作"情人锁"的地方。祝时雨成年之后就鲜少待在温北市，这个公园是近几年新建的，所以她从未来过。

到了地方，才看到那里有个很大的湖泊，湖水正中心打造了一个巨大的红色爱心，水面上还有人工饲养的天鹅，正在悠闲肆意地围绕着这个红色爱心游玩。

水波宁静，晚风温柔，天空蓝得很清新。

两人听从摄影师的吩咐站在湖边，那颗爱心正好在中间，相机取景一框，色彩明艳，一对新人容貌出色，构图近乎完美。

祝时雨摆好姿势，和孟司意轻轻拥抱在一起。他们虽然模样看似亲密，但身体之间还隔了半指宽的距离，她按照先前的动作熟练仰头，嘴角露出甜蜜笑容，孟司意同时垂眼，睫毛轻垂下来，又是那种深情的目光。

这一天的忙碌培养出的默契自不必说，两人已经从刚开始的尴尬回避变得从容应对，只要摄影师一声指令，便可以对着镜头摆出他想要的姿势。

祝时雨维持着自己甜蜜的神情，生平第一次体会到演员的辛苦。

她在心里默数着时间，煎熬地等待着那一声"结束"。

"好了。"仿佛是听到她内心的呼唤，摄影师那边立马传来动静，祝时雨正要松开手揉一揉笑僵的脸部肌肉，谁知下一秒，摄影师又开口了。

"这个景非常好，我们再拍一张亲吻照，小芳去帮新娘整理一下头纱，盖住脸，待会儿新郎就在头纱里面低头亲吻新娘。"

随着他的描述，祝时雨脑海中立刻有了画面。这是市面上大热的婚纱照姿势，亲昵浪漫，甜蜜自然。

她却是一瞬间慌神，本能地去看孟司意。

对面的人也明显一愣，在旁边助理手忙脚乱的整理中，两人茫然对视，直至白色头纱倾泻，祝时雨眼前被一片朦胧覆盖。

孟司意被人推进来，空间顿时变得局促，两张脸近在咫尺，呼吸交接，耳边的声音仿佛一刹那归于寂静。

"就是这个氛围，现在新郎可以低头亲吻新娘了！"

不远处的话语一下把祝时雨的思绪拉回了现实，她的局促不自觉地显露眼底，她知道自己不该紧张，于是暗自深呼吸，调整心态。

她重新抬起眼，却发现孟司意迟迟没有动作，他目光极轻地落在她脸上，看不出丝毫情绪。

祝时雨怔了片刻，鬼使神差般想到了前不久祝今宵和她说的他的初恋。

她想了几秒，轻声问："可以借位吗？"

两人被笼罩在这一方小小的头纱私密空间里，这句话只有他们知

冬天请与我恋爱

道，孟司意听见没说什么，只是短暂的静默后，终于有了动作。

他低下头靠过来，在众人的注视下，在即将碰到她的唇时，极轻地偏了下头，温热的呼吸贴着她的唇角扫过。

镜头中，新娘闭着眼睛，微仰头，同新郎亲密无间地贴在一起，从这个角度看上去，确实像在亲吻。

摄影师微愣，没说什么，只是连续按下快门，低头检查成片。

"可以了！收工！"

天即将黑了，他们捕捉到了最后的夕阳，永久地留在相机中。

回程路上，孟司意仿佛累极了，上车便靠在座椅上睡觉，整个车内都无人说话，无比安静。

坐在前排的摄影助理扭头过来，给祝时雨展示着今天手机里拍的花絮照片，她倾身一张张地看着，画面很美，却感觉有点陌生。

像她又不像她。

好像是两个尽心尽力的演员，终于完成了拍摄任务。

想必他是真的累坏了，维持了一整天的形象，要扮演着一位合格幸福的新郎。

祝时雨眼神不自觉地落在孟司意熟睡的脸上，复杂的心情中竟然找到了一丝心疼。

故事里美好人设的女二似乎就是这样，为了男女主角的爱情牺牲自己，付出一切，最终独自一人默默承受着孤独落寞。除了善良的名声，什么都没留下。

就在祝时雨脑洞大开胡思乱想时，车子不知道碾到什么突然颠簸了一下，旁边的人迷迷糊糊地醒来，在身旁摸到她的手握紧。

"到了吗？"孟司意声音含糊地问，明显睡意未褪。

"还要一会儿，你再睡一下。"

祝时雨安抚地握着他的手，他含混地"嗯"了声，再度睡去。

车子继续平稳地行驶在路上，只是这次祝时雨什么都没想，她牵着那只手，微热的温度好像此刻黑夜中的灯火，她看得入迷，无暇顾及其他。

这天临别前，祝时雨和孟司意说了吃饭的事情。

提到祝今宵，他表情有点奇怪，但很快就恢复如常，答应下来。那一瞬间流露出的异样仿佛是祝时雨的错觉。

第三章

"情敌"相遇

冬天请与我恋爱

两边约好时间，定在这周六下午，孟司意刚好休假，而祝今宵回家繁忙的应酬也告一段落。

孟司意选了一家火锅店，在小区附近，祝时雨走路只需要十几分钟。

她和祝今宵住在相邻的两个小区，两人携手就可以散步过去。

"不错，有一点点细心体贴。"

这天正好是个大晴天，冬日的阳光温暖清透，微风吹来分外惬意，祝今宵有些许满意，勉强夸赞。

孟司意是个极度守时的人，这次却迟到了，他来时锅底都已经上了，咕噜咕噜的直冒泡，祝今宵手里的筷子夹着牛羊肉片往里放。

"不好意思，医院临时有事耽搁了一下。"

医生的工作性质可以理解，病人是突发状况，祝今宵也没说什么，只是视线往他身上打量了一番。

祝时雨也自然地看过去。

他今天穿了件厚厚的防风外套，裹得很严实，衣领有点高，稍稍挡住下颚。

上次看到他时那略长的头发被剪掉了，刘海被仔细修剪打理过，露出干净明亮的眉眼。

人声鼎沸的火锅店里，他坐在那儿，丝毫没有被淹没。

祝今宵极为隐秘地转过头，手肘在桌子底下偷偷撞了下祝时雨，迎着她望来的视线，格外有深意地挑了挑眉。

"久仰大名。"

短暂的微妙之后，祝今宵站起来，笑着朝孟司意伸出手。

"我是时雨的堂妹祝今宵，上次看过你的照片，好像本人比照片上还要帅。"祝今宵一边说着，一边用余光看祝时雨。

祝时雨捂了捂额，情不自禁地低下头。

两人之间暗流涌动，没人发现，对面的孟司意也微微松了口气，礼貌性地握了握祝今宵的手，出声自我介绍。

"你好，孟司意。"

对于颜值即正义的人来说，孟司意这张脸，大概够祝今宵原谅他身上八百个缺点。

之前微不足道的揣测在今晚纷纷化解。

火锅雾气升腾，饭间气氛也融洽。

孟司意虽然话不多，但每次话题接得都很合适，对于祝今宵抛出的一些试探问题也都答得坦诚恰当。

看得出来，祝今宵很满意，主要表现为：这顿饭吃完，临别前，她对孟司意的称呼已经变成了堂姐夫。

"姐夫，就到这里不用送了，我和堂姐散步回去很方便。"三人走到门口，祝今宵挽着祝时雨的手臂推辞道。

天知道，她已经多少年没有叫过祝时雨堂姐。

"没事，我……"孟司意顿了顿，又说，"我刚好没什么事。"

黄昏时刻，街上行人不多，有些许余霞残留，空气中风凉了几分。

三个人走在路上，祝时雨和祝今宵挽着手，走在前头，孟司意落后小半步，默默跟着两人。

像极了学生时代男女生之间泾渭分明的小团伙。

她们聊天孟司意不太插得进嘴，但祝今宵偶尔也会迁就他，主动问起一些医院的事，孟司意礼貌回答两句，话题又移开了。

祝时雨在祝今宵说话间，偷偷抬眼去看孟司意，两人隔着半米宽的距离，男人低垂着眼帘，微微抿紧的嘴角似乎有一丝莫名的落寞委屈。

就这样一路走到了祝今宵住的小区门口，她正在兴致勃勃地和祝时雨说着某个堂叔家里的八卦，见状还有些意犹未尽，恋恋不舍地松开祝时雨的手。

"那我先进去了啊。"她抬臂朝两人挥挥，仿佛想起什么，又弯眼睛叫着，"堂姐，姐夫，你们慢走。"

堂姐、姐夫那两个词咬得特别重。

祝今宵转身进了小区。看着她背影消失，祝时雨转头看向旁边的人，刚要说话。

"走吧。"孟司意极其自然地伸手牵住她的手，正是这一路被祝今宵牢牢霸占着的那只。

"嗯？"祝时雨假装听不懂。

"我送你回家。"孟司意牵着她往她家的方向走。

"我家就在对面小区，"祝时雨停顿了下，睁眼做无辜状，"不用刻意送。"

孟司意停住脚步，转过脸来看她，视线相交，几秒后，他败下阵来。

"我想送你。"

"哦。"

祝时雨不轻不重地应着，忍住嘴角的笑意，须臾，又听到他自言自语的一声，像是抱怨。

"你堂妹话也太多了。"

祝时雨憋不住笑了出来。

"孟司意，"她轻轻晃了下他的手，把那句即将要脱口的"你有没有发现自己其实有点可爱"咽了回去，"你真小气。"

夜里，窗外路灯笼罩在树影里，毛茸茸的一盏。

小区静得很安逸，祝时雨从浴室出来没多久，发尾还在滴水，头顶搭着一条毛巾，她拿着手机，在和祝今宵通话。

"其实我本来对你结婚这件事是很不赞同的。"那位"话很多"的堂妹，回来不久后便迫不及待地给她打电话。

"但是今天见过人之后，好像也还行。"祝今宵没有先前白天的嘻嘻哈哈，正经认真了许多，"我突然觉得，你们两个在一起的样子还有点合适。虽然才认识没多久吧，但是他帅啊，这种现实里几乎找不到的大帅哥，和他结婚也不亏。

"都说知人知面不知心了，认识十多年的人都不能完全摸清品性，也不差这几个月了。本来婚姻就是一场赌博，不先下赌注，谁也不知道最后开的是什么。"

祝今宵噼里啪啦说完一通，发现祝时雨许久没声音，她慢半拍地察觉到自己说错话了，连忙补救。

"小雨啊，我只是随口打个比方，没有要提起那个渣男的意思。"

祝时雨在这边轻轻叹了口气，摇头道："没事。只是突然想起网上的一句话，死去的前男友突然攻击我。"

祝今宵被她逗笑了，本能地联想到先前刚到家时刷手机看到的消息，话语不经大脑就脱口而出。

"对了，你最近有没有看高中群消息，好多人都回来了，在组织着年底同学聚会……"话说到一半，她的声音戛然而止，她在这边懊恼地一拍额头。

真是哪壶不开提哪壶。

"没有。"祝时雨的话音没有太大波动，"好早以前就屏蔽了，他们哪些人要聚会？"

听她语气如常，祝今宵才大着胆子小心报出人名，果不其然，里头有陆戈。

"你去吗？你要不去我也不去了。"

"我大概不会去，你不用考虑我，里面不是也有很多你高中玩得好的同学吗？"

"话虽如此，但我怕到时候看到了陆戈会忍不住揍他。"

祝时雨听她在那边嘀嘀咕咕，嘴角微微上扬，正想说话之际，就听到祝今宵"啊"了一声。

"对了，小雨，你有没有觉得孟司意的名字有点熟悉？我总觉得自己好像在哪儿听过一样。"

"有……吗？"祝时雨面露困惑，陷入沉思。

"可能是有听过相似的名字，我之前肯定没见过他，长成这样绝对让人过目难忘啊。"

祝今宵只是提一嘴，很快又移到了下一个话题，两人有一搭没一搭地聊了大半个小时。

挂完电话，祝时雨盯着手机屏幕，还是点开了久违的同学群。

果不其然，沉寂许久的群里很热闹，历史消息堆积了好几百条。

陆戈的名字也夹杂其中，只是他出现得很少，只有被人艾特时才会出来讲两句话。

也有不少人在艾特祝时雨，大家都不知道他们已经分手了，作为

冬天请与我恋爱

班里当年的"绯闻情侣"，同学们都会调侃两句。陆戈也没有去澄清，只是避重就轻地聊了几句聚会的事情。

祝时雨盯着那些内容沉默，片刻后，退出群聊，打开手机相册。

没一会儿，一条新的朋友圈出现在首页。

"男朋友。"

底下是张合照。

拍婚纱照那天，摄影助理偷拍的花絮，那会儿两人刚换上一套比较休闲日常的衣服，情侣装，祝时雨穿着一条白色衬衫裙，孟司意穿着一件白衬衫。

才拍摄不久，他们之间的配合还有点不协调，因此在那边私下排练。

祝时雨一只手搭在孟司意手上，另一只手半举空中，两人面对面，他礼貌地扶着她的腰，互相对视着，都在笑。

这张照片拍得极其自然，动作神态都捕捉得刚刚好，最主要的是彼此都只露出了半张脸，但很明显，可以看出那个人不是陆戈。

祝时雨这条朋友圈一发出去，顶上鲜红的数字就已肉眼可见的速度在跳动，她点开粗略一翻，往日的同学都在表达震惊，还有些不知前情的同事、朋友单纯地送上祝福……

祝时雨一条都没有回复，快速划过，到某处时手指忽然顿住，她在各种消息里看到了一个熟悉的头像。

孟司意点了个赞，然后底下是一颗小小的、鲜红的爱心。

他默默地给她评论了一颗小爱心。

祝时雨嘴角几乎是一瞬间就上扬了，她感受到了孟司意的反差萌。

她退出页面，朋友圈自动刷新，最顶上出现了一条新的动态。

女朋友。

孟司意不知何时抓拍了一张她的单人照，是两人逛书店时，她趴在桌上等他，结果睡着了的画面。

阳光落在她发间，旁边有盆小小的绿植，照片里的人侧脸恬静，睡得很安稳。

让人不自觉地联想起"岁月静好"四个字。

祝时雨想了想，点开右下角，给他评论了一颗一模一样的小爱心。

同学聚会定在年前二十八号，在市中心华天大酒店，班里的大部分人都会去。

高中时祝时雨那个班氛围很好，大家关系都不错，即便是高二就分班出去的祝今宵，和以前的同学依然玩得很好。

祝时雨当年是学习委员，为人又和善，经常帮助同学。虽然不太善于经营人际关系，这么多年也低调，联系并不频繁，但特意发消息叫她的同学还是挺多的。

大家都说着多年未见，难得有机会聚聚，即便和陆戈分手了，彼此之间也是朋友。

陆戈是确定会去的，他高中三年一直是班长，无论什么时刻都有种无形的领导力。当初和他玩得好的那几个男同学都直接放话了，陆戈哪天有空，同学聚会就定在哪天。

祝时雨把手机里发过来的邀约都一一拒绝掉。

当天下午，祝时雨正和周珍他们一起在街上置办年货，手机里进来一张照片。

全身镜中，祝今宵穿着一条黑色高开叉连衣裙，脚踩恨天高，版型挺括的大衣搭在肩头，女王范十足。

她今天从头到脚都精心打扮，力图艳压全场。

至于吗？

祝时雨看了眼，抽空给她回消息。

怎么不至于？我今天要去见何骧那厮，看我不闪瞎他狗眼。

何骧乃是祝今宵分了"八百年"的前男友，两人青春懵懂时有过一段，最后以何骧说自己要好好学习为由，结束了这段感情。

至此，他在祝今宵心里就是一个死了的黑月光，只要两人共同出现的场合，就免不了一番你死我活的争斗。

祝时雨给她回了一串省略号，收起手机，专心挑选着面前的春联。

医院提前两天放年假，二十八号这天便已经休息，孟司意之前过年要么在舅舅家，要么在医院值班，今年有点不同。

得知他的安排后，周珍和祝安远便热情地邀请他来自己家过年，原话是这样的：

"以后就是一家人了，小孟，我和你叔叔都把你当儿子看待的。"

"不要客气，家里刚好还有间空房，本来我们三个人每次过年都冷冷清清的，正好多一个人热闹热闹。"

孟司意面露迟疑，礼貌拒绝："不好吧，叔叔，舅舅他们叫我除夕去家里吃饭。"

"那没事啊，到时候你再过去吃饭就行了。一年到头，确实要和长辈聚聚的。"祝安远一听，反而松了口气，爽朗地笑着拍拍他的肩膀，"小孟，就这么说好了，你收拾几件衣服过来，过年这几天就在家里住下啊。"

孟司意的情况大家基本都知道，虽然从高中起是在舅舅家生活，但他自大学后就搬到宿舍，只有假期才会回去。

舅舅家也有一个儿子，这两年更是找了个女朋友，时不时领回家。

孟司意总归是个外人，所以他工作后更是很少在那边留宿，即便是春节阖家大团圆的日子，也更习惯自己一个人在家。每年除夕夜，也只是例行过去吃顿饭。

祝安远的话说到这个份儿上，孟司意似乎也没有理由拒绝，他犹豫了下，最终点头同意了。

祝时雨和周珍他们采购完年货，临回家时又去逛了超市，周珍推着购物车带她来到生活用品区。

"给小孟选一套洗漱用品，家里没有新的了，你看看买哪种比较好？"

因为孟司意的存在，抑或是祝时雨确定下来要结婚这件事情，使得近来家里关系和睦许多，至少她和周珍，已经可以心平气和地正常讲话。

"这个吧。"祝时雨随手从架子上拿下来一条纯棉的深蓝色毛巾，放进购物车里。

周珍看了眼没说什么，推着车子继续往前走，祝时雨又拿了牙刷、水杯等东西，甚至在周珍的示意下，还挑选了睡衣、拖鞋等家居物品。

巧的是，祝时雨的拖鞋也是刚回来那会儿在这家超市随便选的，刚好男女款摆在促销展览区最中间，她顺手拿完，结账时才反应过来，犹豫了下，最终还是作罢。

孟司意是晚饭前过来的，他提了一个简便的行李袋，手里照旧拿着礼品。进门口低头换鞋时，见到地上那双新买的拖鞋明显愣了一下。

"下午逛超市的时候买的。"祝时雨在一旁解释，"我妈特意让我给你买一些生活用品。"

"谢谢阿姨。"孟司意闻言换好拖鞋，出声道。

"不用谢，小孟你先坐，饭马上就好。"从厨房出来的周珍听到，招呼他。

"我先带你去房间把东西放好。"祝时雨领着他往里走。祝家这套房子是十多年前祝安远工作分配的，标准的三室一厅，有一间作为客房，被周珍特意收拾出来，给孟司意住。

床单被套都是新换的，浅蓝色格子，还散发着洗衣液的清香。

孟司意把自己带来的几件衣物归置好，回头，看到一直站在那儿的祝时雨，以及她脚上那双和他同款式、不同颜色的拖鞋。

"你要是有什么不习惯的，尽管和我说。"须臾，祝时雨憋出这么一句客套话。

她还是和从前一样，不善交际，却努力地去照顾他人的感受。

"好。"孟司意点点头，下一秒，又神情犹豫，抿了抿唇，"你会不会觉得我到你们家过年不太好，其实我也这样觉得……但是叔叔阿姨盛情难却，再加上过年这几天放假，我又正好自己在家……"

孟司意心事重重的，纠结着说出自己的顾虑。

"不会啊。"祝时雨连忙摇头，诚恳地看他，"你怎么会这么想，我爸妈他们本来就很喜欢你，你愿意到我家过年，他们开心都来不及。"

"真的吗？"孟司意闻言像是稍微放下心，眼里冒出点笑意，又很快想起什么，忐忑地追问，"那你呢？"

祝时雨愣了几秒，咽了咽口水，点头回答："我也很高兴。"

孟司意心满意足。

今天的晚饭格外丰富，让人有种提前过年的感觉。为了表示对孟司意到来的欢迎，祝安远还开了瓶茅台，周珍破天荒没有阻拦。

因为工作的缘故，孟司意平常基本不碰酒，但如今是休假，他陪着祝安远喝了好几杯。

可见这位女婿是真的令他很满意，祝安远饭间格外高兴，如果不是周珍最后拦着，估计孟司意会被他灌醉。

即便如此，孟司意也喝得不轻，祝时雨第一次见到他松了身形半靠在椅子上，眉宇间慵懒、白皙的脸上微微浮起红晕。

"你要不要去房间休息一会儿？"她有点担心地问。

"没事。"孟司意坐在那儿朝她摆摆手，眼睛在灯下发亮，"我没喝醉。"

"那你要不要出去走走，散散酒气？"

孟司意此刻的模样属实有几分不正常，周珍和祝安远在厨房和客厅忙碌，祝时雨担心他会有什么酒后失态的表现，想带他去外面散步醒醒酒。

她总觉得……孟司意喝醉酒后和他平时不太一样。

"好。"听到她的提议，孟司意不假思索地同意了，撑着身子，坐起来。

祝时雨带上手机、钥匙，转头和父母说了一声。听到她和孟司意要出门散步，临走前，周珍还让她顺手把厨房垃圾丢掉。

环保车在小区外面的马路边，两人走到大门口，祝时雨让孟司意在原地等她，她自己提着两个黑色袋子走过去。

丢完垃圾，祝时雨想起家里的洗手液没有了，便利店正好在前边，她回头看了看孟司意，没叫他，小跑着朝便利店走去。

外面空气新鲜，裹挟着冷意，孟司意出来之后，身上酒气散了不少，神思恢复了几许。

他环顾一圈还没见祝时雨回来，皱了皱眉，提步往小区外走去。

暮色降临，路灯还未点亮，周遭看起来有点模糊。

　　小区门卫值守，保安亭前站了个人，在门边不停徘徊，同时嘴里解释道："我真的是来找我女朋友的，她就住在里面，我忘记带身份证了而已……

　　"手机？她和我吵架把我拉黑了，不然我也不用大老远特意过来上门找她。

　　"大哥，你看我也不像坏人吧，这样，我请你们喝水吃点东西，待会儿等我见到我女朋友了，一定让她亲自带我过来登记。"

　　陆戈长得一表人才，今日刚从同学聚会上出来，西装革履，手上的腕表看起来价格不菲，确实不像心怀不轨之人。

　　保安已经有点松动了，试探地问他对方的楼号和门牌号码。

　　陆戈表情一松，立刻报出祝时雨的楼层数字。

　　保安点点头，还未开口，就听到前方传来一道微怒的声音。

　　"你找我女朋友有什么事吗？"

　　陆戈愣住，转头看到了面前的人，细细看过之后才认了出来。

　　他自然是见过孟司意的，在祝时雨的朋友圈里，早在那天晚上就有人把照片发给了他。

　　只是他所有的联系方式都被祝时雨拉黑了，没有办法，只能等到回温北市时再到她家来找她。

　　陆戈不相信面前这个和祝时雨才认识几个月的人能让祝时雨放弃他们十多年的感情，即便这个人优秀得有点儿超出他想象。

　　他皱了皱眉，望着孟司意回话，态度不自觉的冷硬："我找时雨。"

　　口中的亲昵和熟悉显而易见，仿佛在他们两个之间，他孟司意才是那个外人。

　　说不清的戾气和嫉妒瞬间冲了上来，或许是酒精上头，孟司意并未经过太多思考，便恶意满满地说："我们已经订婚了，请你不要再来打扰她的生活。"

　　陆戈的表情他有些记不清了，后来有没有再说话他也没注意。

　　小区内，孟司意浑浑噩噩地往回去的方向走，脑袋被冷风一吹，彻底清醒。

　　他反应过来自己说了什么后，怔怔地立在原地，后背发凉，心尖轻颤。

冬天请与我恋爱

祝时雨买完洗手液回来，就发现孟司意不见了，方才站人的地方空荡荡，小区来时的路只剩下萧瑟的花草树木，打他手机也无人接听，祝时雨困惑，但也只能先往家里走去，结果一推开门，就发现人好端端地坐在沙发上。

只是沙发上的人双目空荡，看起来有几分魂不守舍，祝时雨压下心头疑问，猜测他是还未醒酒。

"你怎么一个人先回来了？"祝时雨放轻脚步走过去，小心地在他面前询问。

孟司意好像方才回过神，眼眸迟缓地动了动，落在她脸上。

"对不起，我忘记和你说了。"

语句清晰正常，看着没有太大异样，祝时雨微微放下心，语气还是带了几分关切："要不要喝点水？有没有哪里不舒服？"

孟司意点头，又摇摇头。

他面色苍白，嘴唇有点干燥，目光同她对视，很快便垂下，默默盯着自己搭在膝头的手指。

"……你刚从外面回来吗？"

"嗯。"祝时雨不明所以地点头，"丢完垃圾想起家里洗手液没有了，临时又去了趟便利店，回来就看到你不见了。"

孟司意抬起眼，看到她手里提着一个袋子。

"你刚刚是说要喝水是吗？"祝时雨不确定地问。方才他的点头又摇头，她反应过来应该是在同时回答她的两个问题。

孟司意愣了半秒，又轻轻点了下头。

"你真的没什么事吗？"祝时雨从厨房倒了半杯温水给他端过来，递到他手边时不由再度问了句，"我爸爸那里有解酒药，要不要吃一点儿？"

"不用。"孟司意眼睑低垂轻声道，"我没喝醉。"

周珍和祝安远饭后散步去了，家里现在就他们两个人，一时无人说话，客厅安静。以往这个时候祝时雨早就回房，看视频拉片子或者剪辑，但今天孟司意在这儿，他还坐在沙发上。

祝时雨想了想，也端着水杯在他旁边坐下。

茶几上有遥控器，她俯身拿起，打开电视。

不知道他喜欢看什么节目，祝时雨就挑了个不会出错的频道。孟司意听到电视声抬头时，看到了右下角四个字——人与自然。

他默了默，盯着屏幕目不转睛。

祝时雨见他看得认真，以为他喜欢，就把电视锁定在了这个频道。

两个人默不作声地坐在客厅里看起了《人与自然》。

时间不知道过了多久，或许是半小时，抑或十几分钟，孟司意盯着电视的目光移到了祝时雨专心致志的侧脸上。

他搭在膝头的手不自觉地动了动。

"时雨。"他叫她的嗓音有些许干涩。

"嗯？"祝时雨毫不设防地转头看他。

"我刚才下去散步的时候好像看到有人在小区门口找你。"孟司意艰难地说出这句话，"门卫不放他进来。我听他说，好像是你曾经认识的人。"

"谁啊？"祝时雨本能皱起眉，在记忆中细细回找有没有这种直接上她家来找她的朋友。

这一想，让她想到了某种可能。她身体一僵，回神仔细询问着孟司意。

"他大概长什么样子，方便给我描述一下吗？"

祝时雨神情认真，目光紧盯着他，孟司意慢慢坐直身体，似乎陷入回忆，缓缓描述着那人的特征。

听到了第三个形容词，祝时雨就确定那人是陆戈。

"我出去打个电话。"她霍地起身。

孟司意身子僵了僵，看着她拿着手机毫不留恋地走出去，略带急促的步伐中，藏着几丝迫不及待。

他垂下眼，继续一动不动地盯着膝头的手指，仿若一座没有鲜活气息的木雕。

消防楼梯间，拐角处一扇窗户半开，周遭寂静无人。

祝时雨靠在墙壁边，从黑名单里把陆戈拖了出来。

冬天请与我恋爱

这两个月来他对她的骚扰没有断过，有几次更是换了不知道从哪来的陌生号码，给她发消息打电话，祝时雨通通挂断拉黑。

听京市那边的前同事说，元旦节前后，他还去公司找过她，只是那时祝时雨已经回了温北市。

祝时雨以为这样的表现已经能让陆戈有自知之明，没想到他竟然直接到她家来找她。

其他影响不提，如果让周珍他们看见，又将会是一场难缠的纠纷。

陆戈学习的专业几乎只能让他留在他大学所在的那个城市工作，而他本人也没有回来发展的意愿。温北市只是个二三线小城市，各方面的条件、机会都比不上大都市。

当初两人在一起时，周珍他们就十万个不同意，但他们又拗不过祝时雨，以至于后来，对于她的这个男朋友，就和她的工作一般，被直接漠视了。

陆戈出轨的事情祝时雨没有和任何人说，除了祝今宵，他们至今都以为祝时雨是自己突然想通了，决定妥协回来。

现在结婚的事基本敲定，原本家里就重视万分，再加上孟司意还在这边。

如果让他们发现陆戈还和她有牵扯，这难得的平静可能又会毁于一旦。

周珍这几年精神状态一直不太好，或许是在祝时雨身上经历的打击太大，又或者是早年隐患，她不能受刺激，否则很容易变得偏激易怒。

之前的机票事件还让她心有余悸。

祝时雨听着手机里传来的"嘟"声，几乎是响起的那一刻，立即被人接起。

男人的声音满是不敢置信的惊喜。

"时雨？"

"陆戈，我们见见。"

祝时雨不想留任何隐患，联系上陆戈的同时，就和他确定了明天见面的时间地点。

挂完电话，她低头轻轻叹了口气。

这也算是正式地给两人这么多年的感情做个交代。

第二天上午，临赴约前，祝时雨带上了自己的结婚请柬。

陆戈的名字是她亲手写上去的，还有一盒包装精美的喜糖。

她收拾好，提着包准备出门。

"我出去一趟，很快回来。"

家里三个人都在，孟司意闻言略显冷淡地"哦"了声，继续低眸择菜。

周珍停下动作望了过来，皱眉问："去哪儿？"

"约了一个朋友。"

"什么朋友？你让小孟一个人在家里……"周珍面露不悦，话还没说完，就被孟司意温声打断。

"没事的阿姨，我和你们待在一起挺开心的。时雨也有自己的事情要做。"

见孟司意如此善解人意，言语中更是透出一股委曲求全，周珍顿时更心疼了，对祝时雨不满道："你早点回来，真是不像话。"

因为临行前这个小插曲，再加上祝时雨本身就过意不去，心里的愧疚更甚，一路上都步履匆匆，略显焦急地赶到了那家约好的饮品店。

陆戈早已等候在那儿，坐在靠窗的位置。

这家店是两人当年读书时常来的地方，课后或者假期，只有他们两人或三五同学结伴，在这边做题闲聊，就连座位也是他们常占的那个。

店内墙上的贴纸未变，菜单也一如既往，桌上摆着的那个招财猫十年如一日地挥动着拳头。

往日的回忆几乎是一瞬间被勾起。祝时雨心头蓦地酸涩，本能地感受到了某种东西的流逝。那是一去不复返、无法挽留的光阴和人。

"时雨，你来了。"陆戈显然很开心，大老远就站起来，给她拉开座位。

"好久不见。"他目光定定地落在她脸上，带着明显的眷恋和欢喜。

冬天请与我恋爱

"我……"似乎是看出了祝时雨的漠然，他跳过寒暄，径直切入正题。

"我和她真的没有任何关系，私下也没有任何不妥的行为，除了那段时间因为课题不可避免地接触比较多，她那天也是开玩笑发的消息。"陆戈咽了咽口水，紧张万分，把自己放在桌上的手机解锁推了过来，"这是我们所有的聊天记录，我把她联系方式删除很久了，从那天起就没有任何来往，这是我找计算机系学长帮忙恢复的聊天内容，你可以看一看。"

祝时雨垂眸，真的接过看了起来。

正如他所说，两人之间没有逾矩，只是言语间的熟稔和玩笑，看得出来，他们两人相处得十分愉快。

陆戈见她愿意听下去，眼中露出期盼，在一旁继续小心翼翼地解释："时雨，从十七岁到现在，我只喜欢过你一个人，我知道这次惹你生气了，以后我再也不和任何女性朋友来往了，好不好？"

他眼中尽是痛苦，软语赔罪地哄她，言语间依然带着祝时雨习惯的温柔。

以前她最喜欢他这一点，然而他并不只会把这份温柔给予她一个女生，或许曾经是只给她的。

祝时雨随意翻了几页聊天记录，就把手机还给了陆戈。

"如果真的是这样，你为什么要把她删掉拉黑呢？"她平静地反问，"你完全可以在当时就和我解释清楚，但是你没有，你的第一反应是心虚和慌张。之后你冷静了下来，在我和她之间，做了取舍。短暂的新鲜感或许比不上我们十多年的感情，但是陆戈，在你给别人接近你的机会时，你就已经背叛了我们之间的感情。"

那段聊天记录里确实没有任何出格的内容，可是祝时雨在里面看到了一个曾经只会出现在她面前的陆戈，他的温柔和耐心分给过另外一个女人。

"这是我的结婚请柬，婚期定在下个月二十五号。"祝时雨从包里拿出那张大红色请柬，平缓地抬手推到他面前，"陆戈，我们真的结束了。"

祝时雨回来时，刚好是午饭时间，推门一阵饭菜香，周珍正从厨房端菜出来。

"我回来了。"她的神情有点儿疲倦，低头换鞋。

"回来得正好，快来吃饭。"祝安远拿着碗招呼她。

"我不吃了。"祝时雨提不起胃口，环顾四周，没见到孟司意，忍不住开口问，"孟司意呢？"

"他医院有点事，临时接了个电话就过去了。"

"哦。"她点头应了下，拎着包往房间走，背影透着疲态，"我有点儿累了，先回房间休息一下，你们吃吧。"

祝时雨这一进去直到下午才出来，房门打开，她怀里抱着一个很大的纸箱子。

祝安远正在客厅看电视，见状叫住她："小雨，你去哪儿呢？"

"下楼去丢点东西。"祝时雨拧着门把手，头也不回地说。

这么多年，有关陆戈的东西很多。

两人从年少相识，陆陆续续，留下来的痕迹几乎占据了她人生漫长的一段。

高中时的错题册、草稿、写着他密密麻麻笔记的课本，每年生日还有平常不经意间送的礼物……墙上贴的球星签名海报，窗台上那盆小小的盆栽，阳台挂着的那串风铃，诸如此类，太多太多，两人这几年异地的车票，有些祝时雨还留着。

平时没有发现，收拾起来竟然满满当当装了一整个箱子，祝时雨抱着一路走到外面，看到了堆满杂物的垃圾桶。

她站在旁边几秒，终于动作，把怀里抱着的箱子很轻地放到垃圾桶旁边。

祝时雨在原地看了一会儿，转身离开。

小区空阔寂静，下午三四点光景，少有人在外面游荡。

祝时雨不知不觉走到了平时孩童玩耍的区域，两架黄色秋千在半空中微微晃动。

她绕过去在其中一架上坐下，低垂着头，脚尖蹭着底下沙土。

冬天请与我恋爱

孟司意过来时，就看到这样一个场景。

她出门连手机都没带，他找了大半个小区，才在这个角落里寻到她。

四周静默，孟司意无声地在旁边站了好一会儿才走过去，居高临下地望着她低垂的头。

"你在这里做什么？"

声音很淡，风一吹就消散在耳边。

祝时雨茫然地抬起头，看到是他，乌黑的瞳孔里缓缓聚焦。

"孟司意？"她喃喃道，有点惊讶。

孟司意没有搭话，只是沉默地坐到她旁边的那架秋千上，视线落在前方，没什么表情。

"你怎么过来了？"祝时雨想着他来的可能性，"我爸妈叫你来找我了？不好意思，我出门没带手机，原本打算丢完垃圾就回去的。"

"嗯。"孟司意随意应声，须臾，又平静地补充了句，"我出来看看你。"

祝时雨隐约察觉到他情绪不高，重新低下头，没再说话。

孟司意也没有离开，只是静静地坐在她身旁。他身高腿长，双脚轻而易举地撑在地面上，两架秋千并排，另一个却静立不动。

许久，时间无声，漫长又飞快地流逝。

祝时雨只是不想回家，也不想做任何事情，此时此刻，她只想没有目的地坐在这里，放空自己。

"有这么难过吗？"突然一个声音从旁边传来。

她抬起头，对上孟司意那没有情绪的漆黑眼眸。祝时雨愣了下，脑中本能地想起自己上午离开前的那一幕。陆戈坐在那里，哭了。直到她推门走出很远，禁不住回头看时，仍然可以看见那道身影。

饮品店靠窗的座位，有几缕阳光散落，陆戈身形一动不动，面前放着她的大红请柬。

他捂着脸，肩膀轻颤，没有发出一丝声音。

她也不想难过。

可是以往所有感情从身体里抽离的那一刻，悲伤不免汹涌袭来。

或许她难过的并不是这段已结束的爱情，而是逝去的青春，时光里不可替代的他和她，连同那些曾经闪光的回忆，都被蒙上灰尘而失了颜色。

她遗憾的可能是这些。

"一点点。"祝时雨收拢双膝，低着头没有看他，"其实我今天去见的那个朋友，是我以前的男朋友，我们几个月前分手了，这次过去，是彻底和他说清楚。"

她把这件事很平常地讲了出来。

"回来的时候，我收拾出了一大箱东西。"祝时雨张手比画了下，"这时我才发现，我们竟然已经认识这么多年了。比起失恋，我更像是失去了一个认识很久的朋友。"

她想了想，认真地说道："丢掉那个箱子的瞬间，我肯定会有点儿难过，不过也只是那个瞬间。"

那一天，祝时雨和陆戈彻底结束了，她丢掉了两人所有有关的东西。

她还喜不喜欢他，这是一个没有答案的问题。

但是他一直记得那天祝时雨最后说的那句话——

"就像现在你坐在我身边，我就已经没有那么难过了。"

第四章

新婚快乐

冬天请与我恋爱

年后开春不久，气温逐渐上升。冬雪消融，风里已经有了温暖的春天气息。

刚过完年，周珍就算好了日子，催促着两人去领证。

提起这件事时，正是在饭桌上，孟司意年后第一次上门拜访，恰是阖家欢的元宵节。

祝时雨听完没作声，手里的筷子却一瞬间停住，失了胃口。

这已经是周珍短短半个月间第三次提起这件事了，纵然祝时雨早已接受了结婚这件事，但她如此迫切的态度仍旧叫人不适。

她沉默着，周围一时间陷入安静，祝安远打量着几人正准备开口打圆场，一旁的孟司意率先出声。

"阿姨，我和时雨商量下，到时候给您答复。"

"不用了。"祝时雨直直地望着周珍，"就按照你的意思。"

她目光移开，看向孟司意，不知是征求还是肯定："我们哪天去领证。"

这顿饭最后吃得颇有些不欢而散。天黑时，祝时雨送孟司意下楼，依旧是一个略显寒冷的夜晚。

刚走出去没多远，孟司意就让她止步。两人正好站在一盏路灯底下，小小一团昏黄的光照着这一小段道路，四周绿叶葱郁，更显幽静。

"刚才吃饭时不好意思，我态度不太好，不是针对你……"

"我再问你最后一次。"

两人的声音几乎是同时响起。

祝时雨顿住，正前方，孟司意垂眸盯着她，瞳孔漆黑深邃。

"你真的决定要和我结婚了吗？祝时雨，这是你最后一次反悔的机会。"

眼前的他，和从前大部分时候都不太一样。祝时雨愣神片刻，喉咙不自觉动了动，却仍旧点头回答。

"我想和你结婚。"她虽有些不明所以，但还是很认真，神情郑重。

孟司意轻轻颔首："好。那我们去领证。"

二月八号，是周珍找附近有名的算命先生算出来的好日子。

那天惠风和畅，金色阳光轻薄透亮。刚开春，温度还是低的。前一天晚上，祝时雨还是问了下孟司意应该穿什么。

"一般领证都穿什么？"他问，"我没了解过这方面的知识。"

"我看别人好像都是穿白衬衫。"祝时雨迟疑地说，"但是最近温度……"

她的顾虑还没说完，孟司意已经开口："那就白衬衫。我们穿里面，到时候拍照了把外套脱下来。"

或许生活需要仪式感，即便他们是因为现实而不得不凑在一起结婚生活的两个人，也在这天，有了一张无比标准的证件照。

红底白衬衫，两人并肩望着镜头，模样端正标致的两张脸靠在一起，说不出的养眼和谐。

这张照片最终粘贴在了结婚证的红本上。

证件一拿回来，周珍和祝安远就拿在手里仔细看着，欣慰满足。

"瞧瞧，多么般配啊。"保媒成功的大伯母笑容从眼角皱纹里跑了出来，她连连夸赞，喜不自胜。

"拍得还行。"周珍克制地合起结婚证，还给祝时雨，嘴角上扬的弧度却难以掩饰。

"我去给你们做顿好吃的，庆祝一下。"

"不用了阿姨，我下午医院还有事，早上是请假出来的。"孟司意笑容得体，出声告别。

"我送送你。"祝时雨连忙说。

"不用了，你多陪陪阿姨他们。"孟司意礼貌地拒绝了她。

客厅里，他们讨论的欢笑声，喜悦的气氛掩盖不住，似乎已经开始筹备婚礼的酒店和宴席。

祝时雨回房间，那种不真切感一直萦绕在她心头，尤其是看到手里的那本大红色结婚证，就仿佛做梦一般。

这种感觉在她从民政局出来就持续着。

短短几个月，她就和另一人出现在了同一个户口本上，从此关系绑定，福祸相依，即便生老病死也不能把他们分开。

这是一种复杂奇妙的情感，让人惶恐不安，又新奇期待。

冬天请与我恋爱

祝时雨发了一路的呆，上车到回来都没有和孟司意说一句话，她有些不自在，又有点迷茫，不知该说什么，也并不想有过多交谈。

到家后，她的期待和那一丝难言的心情荡然无存，只剩下熟悉的无力感。

"结婚的感觉怎么样？此时此刻的已婚少妇。"

祝时雨躺在床上和祝今宵打电话，偏生她还要专往她伤口上撒盐。

"我不知道。"祝时雨闷闷地一翻身，把脸埋进了被子里，"很复杂，也很奇妙。"

"幸福吗？还是后悔？"祝今宵的问题永远直击心灵。

祝时雨想了想，摇头道："都没有，就是觉得神奇，法律上的一道关系竟然会对生活有这么大的影响。"

"没错，就是这样的。等你办完婚礼之后，影响更大。"祝今宵把现实无情地揭开在她面前，"到时候你会从家里搬出去，和另一个人每天住在一起，从此之后，你就属于你的那个小家，你不再是从前那个独立的个体，而是有了另一个身份——别人的妻子，或者未来的孩子的母亲。"

"不是这样的。"祝时雨心头压着重石，但还是坚定地反驳她，"那些并不能束缚我做一个独立的人。任何时间、地点、身份，只要你想，你永远可以做自己。"

"那你看看你现在……"

"这为何不能是我的选择之一。"祝时雨的声音低下来，语句却很清晰，"无论在什么样的条件下，我都没有放弃做我自己。"

祝时雨在说完这句话之后，眼前围绕的迷雾瞬间消散。不管怎么样，她只是在遵循自己内心的选择。未来无法掌控，一切未知，她能做的，就是不违背自己的心。

日子一晃而过，距离婚礼只剩下不到半个月的时间。

两家都不是喜欢张扬的人，各方面经过商议后，婚礼最终的规模不大，却也极尽完善，邀请的都是双方交好的亲朋好友。

其他流程基本交给了婚庆公司负责，琐事都由祝时雨的父母跟进打理，新人要做的似乎就是试婚纱发表喜好，然后以最好的状态出现在婚礼现场。

孟司意年后结结实实地忙了一阵，两人试婚纱那天，也是特意抽出的空来。祝时雨到得比较早，给他带了一份早餐。

"你吃了吗？"他坐下来问。

祝时雨点点头："喝了点儿豆浆。"

"就吃这个，等会儿不会饿吗？"孟司意手里拿着吐司皱起眉头。

"待会儿要试婚纱。"她双手张开卡了下腰示意，有点不好意思。

孟司意眼神落下，在她细瘦的腰上停留一秒，移开，吐司咬在嘴里有些含糊不清。

"你已经很瘦了。"

即便如此，等两人换好衣服，祝时雨真正穿着婚纱出来时，他才感受到什么是真正的细腰，盈盈不足一握。

旁边帮忙试穿的助理还在低头绑紧婚纱后面的带子，一抽一紧间打结系好，勾勒出难以隐藏的优美线条。

站在那里的人窄肩直背，锁骨瘦美，往下，是领口的弧度，露出来的皮肤白皙细腻。孟司意不自然地移开眼，胸口跳动的频率不经意乱了两拍。

她的这件婚纱，比起拍结婚照那件，似乎更加修身漂亮，同时更有女人味一点儿。

"可以吗，孟司意？"不知何时，祝时雨已经朝他望来，手里微提着裙摆，向他征求着意见。

他停顿几秒，面色镇定，声音极力如常道："我觉得，好像有点太小了，还有别的吗？"

"孟先生，我们这个尺码是刚刚好的，祝小姐穿着非常合身，尺寸连修改都不用……"一旁的助理闻言，便迫不及待地出声解释。

孟司意抬手，垂眸摸了摸鼻子。

"那你喜欢的话，就这件……"

"我再试试别的吧。"祝时雨未等他说完，微笑着朝旁边的助理开口。

冬天请与我恋爱

两人最终定下的是一件露肩款的法式蓬松裙婚纱，那条裙子的裙摆非常漂亮，像花瓣般展开，蓬松自然，外层薄纱用了特殊的喷金工艺，层层叠叠，浮动着梦幻的光点。

领口处也是花瓣延伸的弧度，只是更为收敛一点儿，恰到好处地露出祝时雨的锁骨和肩膀，优雅自然。

两人对这件婚纱都很喜欢，当场便交下定金。

婚礼各项事宜依次敲定，一切看似都在稳步进行。临近婚期，家里人明显忙碌了起来，甚至已经开始装饰新房了。

祝今宵带着一帮堂姐妹过来，四处张贴喜字，打气球，挂拉花，就连床上都被堆满了玩偶……满目皆是喜庆的大红色。

祝时雨还是平时的样子，丝毫看不出新娘子的打扮，却还是被家里一些稍小的妹妹围着，叽叽喳喳地追问她的爱情故事。

她哪有什么爱情故事啊，于是只能尴尬地站在那儿，张张嘴又说不出话。

"呃……"祝时雨绞尽脑汁，正想着怎么给她们编一个故事搪塞过去。

"去去去，小小年纪动不动就把爱情挂在嘴边，羞不羞啊。"祝今宵走过来，伸手驱赶，几个小萝卜头却丝毫不慌，仍旧笑嘻嘻地扯着祝时雨的衣服。

"时雨姐姐，姐夫长什么样子啊，帅不帅？电视里的新郎都很帅的！"

"能不能给我们看看照片？"几人异口同声地问。

"啧，我说你们——"

"没事，我给你们找找啊。"

看照片是小事。祝时雨微松一口气，在手机里翻找着相册。

"哇！"

"新郎好帅啊！"

"和时雨姐姐好般配！"

小女孩们惊喜地叫了起来，围着她蹦跳，整个房间热闹不已。

直到这一刻，祝时雨才有种自己真的要结婚了的感觉。

她二十六岁，很快要迎来二十七岁的生日。

这一年，她完成了人生的一件大事，结婚。

不早也不晚，在这个春天。

马路边树枝顶端抽出一支绿芽时，时间终于来到了婚礼当天。

大清早，装扮好的婚车停在楼下，孟司意带着伴郎团过来迎亲。家里这边根本没有什么阻拦，只是象征性地讨了个红包便满心欢喜地放他们进来了，只有新娘子房门口的那几个小堂妹格外卖力，不依不饶，几乎掏空了新郎的荷包。

孟司意被折磨得厉害，终于耗费力气进来时，额上已经有些微汗意，只是所有种种，在和捧花坐在床上的祝时雨对视上的那一眼，通通都归于空白。

晨曦从窗户透进来，夹杂着几缕金色微光，跳跃在她发间。

眼前人戴着雪白的头纱，手捧鲜花，盛装明艳，正望着他盈盈地笑。

这个笑容仿佛穿越时光，和多年前记忆中的一个笑容毫无缝隙地重合在一起。

在这瞬间，仿佛有一支利箭迎面破空而来击中他的心脏。

孟司意明白，自己早已坠入深不见底的爱河。

装扮精美的新房里，在众人的注视中，新郎好像发了呆，片刻，才慢慢走过去，朝坐在床上的新娘伸出手。

"很高兴能在今天见到你。"

我的新娘，我的爱人。

孟司意当时的表现让在场的人笑了很久，以至于在以后被当作负面案例反复提及。

"哪有人接亲的时候傻傻地走到新娘面前，说很高兴在今天见到你的。"长辈们笑着调侃，"又不是去他家里做客。"

"可不是，对着新娘子都看呆了，只知道直愣愣地伸手，连单膝跪地求亲那一步都忘记了。"

"咱们新娘也是，人家一伸手就跟着跑了。"

冬天请与我恋爱

大家玩笑话说得开心，使原本在候场有些紧张的祝时雨心情被缓解，转而变成了尴尬。

她也是第一次结婚，看到孟司意伸手过来，就本能伸出手去，还是被周围人提醒才重新整理裙子坐回去，继续接亲流程。

孟司意刚单膝跪在她面前，旁边的伴娘就给他递去一本婚后保证书之类的东西，网上现成的模板，条例夸张，念得孟司意和祝时雨都有点尴尬。

倒是祝今宵，和一群小姐妹在旁边看热闹笑得前俯后仰。

折腾半天，孟司意终于成功接到亲，等上车落座，两人同时舒了口气，目光对视，都不约而同地笑出来。

婚礼现场就正常很多。酒店布置得梦幻十足，司仪控场，简单的祝词说过之后，音乐声响起来，祝时雨挽着祝安远的胳膊缓缓走出去。

孟司意站在前方，像是等候已久。底下宾客众多，面孔有熟悉的，也有陌生的。两人都有一段宣誓和讲话，祝时雨心里默默地打着腹稿，发言很简短，从容得体。

她一直以为这只是一个形式，直到话筒被递到孟司意手里，或许是头顶灯光刺目，他的面容和声音都有种难言的郑重，紧接而来的求婚环节和交换戒指，一切都完成得很顺利。

祝时雨感觉自己的情绪都被他的认真带进去，以至于后面的亲吻仪式还没等她反应过来就已经结束了。

只依稀记得司仪"请新郎亲吻新娘"的话语刚刚响起，面前的人就俯身过来，大概是孟司意的动作太快太轻，几乎是刚刚碰到她就飞快退开，她只感受到了一点儿残余的温热呼吸。

现场还回荡着司仪的声音，底下众人似乎也没反应过来，接着就是由轻到重的掌声逐渐响起。

"让我们一起祝福今天这对新人，祝你们美满良缘恩爱长，鸾凤和鸣幸福久。"

婚礼的最后，司仪响亮的祝福语为今天的一切画上了圆满的句号。

关于结婚的体会，大概只有一个"累"字能概括。

从前一晚开始忙着各种准备，睡不了几小时就被从床上叫起，然后一直到换下厚重的婚纱换上敬酒服，席间一桌桌绕过来，同各亲朋好友寒暄问候，即便每桌只是拿着酒杯浅浅一抿，整场下来，他们也喝得不少。

孟司意比她喝得更厉害，大多数时候都是他挡在前面，杯子空了又空，敬酒到尾声时，他的脸已经很明显地红了。

两人出酒店那会儿，天色迟暮，远处隐约残留有一抹橙红色的余晖。

酒店门口，祝时雨和孟司意站在一起，同周珍他们告别。

"爸妈，路上小心。"孟司意早已改口，称呼自然。

"行，那你们两个人……"周珍复杂地看了祝时雨一眼，最终还是什么都没说，只是点点头，"好好的。"

回程车上，一时无人说话。这一整天的忙碌奔波，两人精力几乎被消耗殆尽，此时此刻，只剩下力竭之后的疲惫。

周遭安静，车子飞速平稳地行驶在路上，两旁都是陌生的风景，方向不是她熟悉的家。

从今天开始，她就要同孟司意一起生活。祝时雨忐忑不安，忽又涌上来对未知事物的莫名恐慌。她坐在那儿，轻轻深吸了一口气，安抚胸间涌动的杂乱情绪。

"累了吗？"旁边的人伸过来一只手握住她的手，偏头轻声问。

"嗯。"祝时雨看向他点头，"有点儿，你呢？"

孟司意想了想："身体很累。"

他下一秒笑了出来："可是心里很开心。"

"是吗？"祝时雨仿佛被他的喜悦传染，也忍不住扬起唇角，"那就好。"

"你呢？"孟司意突然停住目光，定定地望着她，"你开心吗？"

祝时雨愣了一下，须臾，她喃喃回道："有一点儿。"

祝时雨说完，又肯定地点头："结婚好像没有想象中那么可怕。"

孟司意顿了顿，轻轻松开了她的手。

虽然不知道发生了什么，但祝时雨还是察觉到孟司意似乎有些低落。

车子停在地下车库，两人下了车，往电梯走去。

等待电梯的间隙，祝时雨偷偷抬头往旁边看了看，孟司意手里提

冬天请与我恋爱

着西服外套，视线低垂，嘴唇轻抿。

头顶清冷的光影扑下来，打在他的眼皮上，浓密的睫毛在眼下投出了一小片阴影。

睫毛好长。

祝时雨此刻心里只有这一个想法。

她也保持着沉默，安静地跟在孟司意身后，坐电梯上楼打开房门。

轻轻的一声"嘀"。

孟司意垂眼站在原地，手指在触控板上面按着什么。

"你手给我。"没几秒，他朝祝时雨说道。

"啊……"她持续神游，反应慢了半拍。

孟司意径直握住她的手，伸直大拇指在门上轻轻一摁，"指纹登记成功"的提示音响起。

"家里按照你的喜好简单布置了一下，到时候有什么需要添置的，你再和我说。"

话音刚落，他推开了门。

祝时雨婚前曾来过一次他的家，是跟着周珍他们一起来的，目的是为了布置新房。事实上，这边干净整洁得仿佛无人居住，几乎不用怎么布置，便可以直接入住。

孟司意买的是三居室，在医院附近最好的一个小区，周围安静清幽，环境优雅。

房子里的装修风格也很大气简约，却基本运用的都是暖调的米色，中和了过于空阔的冷感，有了几分家的温馨。

整个房子给人的感觉很舒适，就像他这个人一样。

祝时雨进门之后，发现这个房子和她之前看到的又有点不太一样。

玻璃墙上贴了大红的喜字，客厅沙发上多出几组暖黄色抱枕，地毯是粉色图案，窗帘换成浅蓝色，茶几上还摆着一个花瓶，里面插着一束粉色玫瑰。

祝时雨往里走了两步，在玄关处看到一双新的粉色拖鞋。

和她家里的那双一模一样。

她胸腔蕴藏了一晚上的情绪在瞬间转换成了另一种十分复杂的心情，并且隐约有种压抑不住快要破壳而出的趋势。

她飞快低下头，抿着嘴，认真换鞋。

"没有。"祝时雨话音含糊地说，"我觉得已经很好了。"

夜晚寂静，从先前无比喧哗的热闹中抽离回来，偌大的房子突然只剩下他们两个人。

两人站在客厅，面面相对，少顷，还是孟司意先开口。

"你先去洗澡？"

"好。"祝时雨如蒙大赦，赶紧低着头从他身边绕过，往卧室走去。

前一天她曾收拾了简单的行李拿到这边，孟司意放在了卧室，祝时雨蹲在地上打开，在里头拿出了自己常穿的睡衣。

浴室里生活用品一应俱全，大部分都是孟司意采购的，有她经常用的牌子，也有他的。

在这间并不熟悉的浴室，祝时雨刚刚消退不少的陌生感再度袭来。

祝时雨洗完澡出来，站在浴室门口打量着这间卧室，目光落在不远处那张整齐的大床上，两只手略显无措地抓着头顶的毛巾，踟蹰着不敢挪步。

过了很久，她重重舒了口气，迈步过去。

吹干头发，整理好剩下的行李，祝时雨已经无所事事地坐在床边上玩手机时，外面终于传来动静，孟司意推门进来。

"你收拾完了先睡。"他神态如常，眉目清正，"我还要等一会儿。"

"好。"祝时雨点点头，肩膀又不自觉放轻松了一点儿。

她看着孟司意打开衣柜拿出睡衣，进去浴室之后，才大着胆子掀开被子一角，脱鞋钻了进去。

今天的被套床单都是崭新的喜被，上面用金线绣着龙凤呈祥的暗纹，仔细闻一下，还能嗅到淡淡的新棉被的清香。

祝时雨小心翼翼地把整个人都裹进去，床很软，又有点儿凉，她躺了没两秒，想了想，又重新伸手出去，打开了旁边的床头灯，把房间的大灯关上。

有压迫性的刺目光线顿时换成暖黄的灯光，房间内骤然暗下来，祝时雨自欺欺人般闭上眼睛，催自己入睡。不知过了多久，浴室里水声停住。

窸窸窣窣的动静响起又消失，好一会儿，才有脚步声慢慢走到她这边，但又似乎绕了过去。

然后，祝时雨感觉到自己旁边的被子被轻轻地掀开一角。

身旁床垫微塌下去一点儿。孟司意上了床，无声地躺在了另一边，呼吸轻浅，体温隔着同一床被子隐约传来。

须臾，他抬手，关灭了灯，房间彻底陷入黑暗。

黑夜完全笼罩，四周蓦地静下来，所有感官都被放大。

祝时雨身体僵了又僵，定在那里不敢动，直到旁边没有传来任何动静。

她屏住的呼吸一点点重新被释放出来，新鲜空气涌入，整个人感觉轻快了不少。

算起来，这是两人的新婚之夜，而此时此刻，他们却躺在同一张床上彼此沉默。

祝时雨觉得应该说点儿什么，可在这种氛围之下，说什么似乎都很不恰当。

毕竟按照常理，他们现在确实应该做点儿什么。

大概是孟司意也很明白这一点，所以他从上床到现在，都没有任何动作和言语，并尽量降低自己的存在感，以免造成不必要的尴尬。

祝时雨察觉到他的想法，渐渐从刚开始的紧张中平复了下来，慢慢适应了自己现在身旁躺着一个男人的事实。

先前占据她全部心神的不安情绪消散之后，开始胡思乱想起来，脑子里闪过无数乱七八糟的想法和猜测。

最开始是觉得孟司意体贴，她这次没有看错人，即便是结了婚他仍然没有变，知道她没有准备好，所以从一开始就没有亲密接触的想法。

祝时雨不由得在心里细数起了他的好，胡思乱想中，被子里的温度逐渐上升，让原本就累了一整天的身体放松下来，睡意也不知不觉地涌了上来。

可是祝时雨不敢动，仍然僵硬地保持着一个侧躺的姿势，背对着孟司意，脑中始终绷着那根弦不敢睡去。

她又想到了家里，之前没结婚的时候父母管她管得很严，几乎不让她去太远的地方，这等于变相地限制了她的自由。

现在结婚了，她就和孟司意是一家人，以后她应该会自由一点儿，想去哪儿就去哪儿。

半梦半醒，不知道神游天外了多久，祝时雨最后的思绪又回到了孟司意身上。

他好像是个奇怪的人，她始终看不透他，直到现在，她也不清楚这个婚姻在他心里是属于一个什么样的存在。

祝时雨回顾着过去的点点滴滴，突然涌起一个莫名其妙的猜测。

或许是她想错了。

孟司意从他们认识到今夜的恪守礼规，并不是因为体贴或者什么，可能只是单纯的，他并没有忘掉他的初恋。

祝时雨陡然清醒，整个人从对他的好感沉溺中冷静下来，终于忍不住翻了个身，平躺着闭眼面对天花板。

她还是不习惯旁边多了一个人，这一整晚都睡得不踏实，翻来覆去，中途不知道醒来几次。

不过孟司意却很安静，睡姿很好，从头到尾两人都保持着一条明显的分界线，他始终没有逾矩过。

祝时雨到天蒙蒙亮时才熟睡过去。

不出意外，她睡过了头。

拉开的窗帘外已经艳阳高照，房间内很安静，这张大床上只剩她一个人，不知何时她已经睡到了正中间，昨晚属于孟司意的位置被侵占大半，祝时雨一慌，连忙伸手过去。

幸好。

她微松一口气。

被子底下的温度都凉了，他应该已经起来很久了。

祝时雨想到这里，又飞快坐起，揉了把头发，掀被下床。

外面的阳光已经无比充沛，客厅明亮，却未见孟司意的身影，祝时雨简单地看了一圈，往厨房走去。

她正准备打开冰箱看看里面有什么食材，目光不经意间略过料理台时顿住，那里用白色防尘罩罩着两个小碗。

祝时雨走过去揭开，发现底下是份早餐。

一个碗里放着两个包子和半块红薯，另一个是半碗小米粥。

冬天请与我恋爱

似乎才放了没多久，碗壁还有余热。

祝时雨微愣，然后把防尘罩重新盖回去，起身去找孟司意。

这套房子一共有三个房间，除去主卧和客房，还有一间被装成了书房。

祝时雨猜想他在那里。

书房的门是半掩着的，祝时雨象征性地敲了敲，听到里头传来一声"进来"。

她握着门把手探头进去，视线刚好对上书桌前抬头望向这边的人。孟司意脸上架了一副细边框银丝眼镜，白衬衫袖口轻卷，目光很沉静。

"厨房里那份早餐是我的吗？"祝时雨率先开口，指了指外头示意，不自然地抿住唇。

孟司意点头，神色如常："早上做的时候给你留了一份。"

"啊……"祝时雨有些赧然，非常羞愧。

自己结完婚第一天就睡过头，还让别人早起给她做了早餐。

"谢谢。"祝时雨先表达了自己的谢意，出于礼尚往来，她提议，"那中午我做饭吧。"

她再度指向外头："我看看冰箱里有什么食材。"

对于祝时雨的这个想法，孟司意没有发表什么意见，只是颔首表示"行"，然后指了指电脑："我先忙一会儿，你有事直接来找我，不用敲门。"

孟司意即便是休假在家，也有相关的工作需要处理。祝时雨一开始就没有度蜜月的意愿和想法，因此他这三天也只是在家休息，而他的主任知道这个消息，并不吝啬地给他布置了一些工作。

这一忙碌就匆匆过去了整个上午，外头太阳高悬，他揉着脖子出来时，鼻间敏锐地闻到了一股焦味。

厨房油锅声滋滋作响，偶尔传来噼里啪啦的动静，伴随着时不时的一声惊呼。

他定在原地，眉心狠狠一跳，加快脚步朝事发地走去。

眼前的厨房已经完全不复早上干净整洁的模样，堪称一片狼藉。

孟司意目光快速扫过，看到了堆在水池里被削成不规则形状的土豆，案板上汁水淋漓大小不一的西红柿块，锅里一团黑糊糊的不明物，再加上轰隆作响的油烟机都无法驱散的异味。

孟司意目光下移，竟然还在角落垃圾桶里看到了一堆碗碟碎瓷片。

他表情一僵，默默深吸了口气，叫住了那个站在灶台前正一手拿着锅铲、一手紧握锅盖挡住脸，身体极力后仰又手忙脚乱的人。

"你等等，先放下手里的东西。"他短暂的停顿两秒后说，"让我来。"

祝时雨脱下身上的围裙，悻悻地站在孟司意身后，看他用她方才剩下来勉强能用的食材，重新做午饭。

先前凌乱的厨房已经被收拾干净——水池里的土豆被洗干净切成块，放在清理好的案板上，烧焦的菜被倒进了垃圾桶，锅也被洗刷干净。

整理垃圾桶里的碗碟碎片时，他顿住抬头看了眼祝时雨的手，出声问："没伤到吧？"

此时弄坏了他柜子里一套陶瓷碗碟的人正心虚，只剩下摇头。

"没有。"祝时雨声如蚊蝇地说。

孟司意做饭的过程熟练且利落，他把祝时雨切得乱七八糟的西红柿做了个番茄炒蛋，重新从冰箱拿了牛肉快速解冻，和土豆一起炖，最后清炒了一份时蔬。

祝时雨不仅菜做得一塌糊涂，就连饭都煮得不怎么样，到点盛出来黏糊糊的一团，辨认不出来米饭颗粒的模样。

"水放多了。"孟司意平声评价，还是面不改色地盛了两碗，放在两人面前。

折腾一上午，终于能吃上饭了，祝时雨落座后望着桌上卖相不错的三个家常菜，一时间心情复杂，有些劫后余生又有点羞愧难当。

她一直没怎么进过厨房，工作那几年也一直在公司食堂或者外面吃，只偶尔煮个面和饺子之类。

虽然没做过饭，但也在网上或者现实中看过不少视频和现场，看起来并不是很难，因此她对自己的能力也丝毫没怀疑过。

谁想到，第一次下厨就滑铁卢了，还是当着孟司意的面，把他家弄得一团糟。

"对不起……"祝时雨没动筷，先轻声道歉，面色羞愧，"我以为做饭不难的，结果没想到……"

"没关系。"孟司意把菜往她面前推了推，"先吃吧。"

"好的。"祝时雨顺从地拿起碗筷。

桌上的每个菜都很好吃，她这是第一次吃孟司意做的菜，也是今天才知道他会做饭。虽然感觉他是个会认真生活的人，但没想到他连饭都做得这么好吃。

吃完菜，她再吃一口自己煮的米饭，自己都嫌弃，有种暴殄天物，浪费了这一桌美食的感觉。

"这次是意外。"祝时雨吃到一半，心里还是过意不去，忍不住替自己补救，"我到时候在网上再学习一下，肯定没有问题。"

"没事。"孟司意说完，顿了顿，接着道，"以后我做饭就行了。"

孟司意就像他说的那样，今天的晚饭依然是他做的。

祝时雨十分自觉地在一旁给他打下手，只是在刮断了两根丝瓜、把一盆青菜洗成了三分之一后，孟司意停下了手里的切菜动作，委婉地说："配菜都准备得差不多了，要不你先去客厅休息一下吧。"

祝时雨这次除了羞愧，还感受到了一种无声的羞辱。

她默默放下手里的东西，拉下袖子，擦干手上的水。

"那我先出去了。"她低着头说，然后指了指料理台上的东西，"洗好的都放在那儿了。"说完，她就转身往外走去，孟司意望着那个背影，莫名从这一幕感受到了"垂头丧气"四个字。

回到客厅，茶几上正在充电的手机屏幕亮了，祝时雨走过去拿起，才发现十多分钟前祝今宵就给她发了好几条消息。

> 新婚第一天，过得如何？
> 赶紧和姐妹分享一下心得体会！
> [握拳冲鸭.JPG]
> [乖巧可爱搓手.JPG]

几分钟过后，对方见无人回应，画风突变。

> 人呢？

　　？？？

　　祝时雨？？

　　被你老公在床上绑住手脚？连消息都回不了？

　　祝时雨顿感无语，回了她一句：

　　我刚刚在做饭，手机在充电。

　　祝今宵几乎是秒回，仿佛她正在那头拿着手机聚精会神等着回复一样。

　　什么鬼，你什么时候会做饭了？

　　祝时雨烦恼，忍不住问她。

　　就是不会。宵宵，你有什么快速学会做饭的教程吗？比如食材处理和诀窍之类的？

　　没多久，祝今宵丢过来一个链接，是某个问答软件上的同款问题，标题是"如何快速学会做饭"。

　　祝时雨迅速点开，在底下看到最高赞回答：找一个会做饭的男人。

　　她沉默几秒，关掉了和祝今宵的对话框。

　　晚饭上桌，已是傍晚。婚后的第一天就这样无比平常地过去了。

　　其实按照习俗，这天应该会见孟司意这边的亲戚朋友，或者和他家人在一起，但孟司意的关系简单，两人便随意待在家。

　　才第一天，祝时雨就莫名有种岁月安宁的感觉。外面天色黑了下来，夜幕降临，屋内灯光依次亮起。

　　又是新的夜晚，一个严峻的问题摆在眼前，这一整天的轻松顿时荡然无存。

饭后收拾碗筷，祝时雨自然是抢着干，孟司意耐心地教她怎么使用洗碗机，谨慎郑重的模样倒叫她有点儿下不来台。

存着一番好好表现的心思，祝时雨把每个碗碟都擦得锃光瓦亮，整齐地收入碗柜，没有损坏一个。

她满意地端详了一番自己的劳动成果，走出厨房。

孟司意在客厅看书，他的书籍尤为多，房中那一整面墙的书柜摆得满满当当，客厅里也随处摆了不少。

祝时雨今天粗略看了眼，从人文到专业科学，涉猎很广，其中也掺着一些她爱看的杂书，竟然还有摄影类的，只是她此刻无暇欣赏。

祝时雨用余光打量着他，默默绕到孟司意另一边的沙发上坐下，双手规矩地放到膝头，脑中飞快地思索着今晚睡觉的问题。

说实话，两个没怎么亲密接触过的人睡在同一张床上分外尴尬，尤其是她总喜欢左右乱动，一旦束手束脚，就很难睡得安稳。

关于昨晚的事情她实在不太想再经历第二次。祝时雨偷偷打着腹稿，组织语言，正考虑应该怎么跟孟司意开口。

"你昨晚是不是没睡好？"谁料，她还未开口，孟司意就率先提起这个话题。

不知何时，他手里的书已经放下，正侧目望着自己，神态沉静。

祝时雨愣愣地同他对视，犹豫了下，还是诚实点头："是没怎么睡好……"

她又马上画蛇添足地解释了句："我有点儿认床，可能一时不习惯。"

"嗯。"孟司意点头，"那我今晚去客房睡。"

"啊……不用不用！"祝时雨连忙摆手，慌忙摇头拒绝。

孟司意有些微讶，眼眸轻垂，刚遮住里头亮起的光，就听到她接着诚惶诚恐地说："我睡客房就好了！你继续睡主卧。"

说完，似乎是怕他不同意，立刻信誓旦旦地说："我喜欢睡小床，从我来的第一天就喜欢上那个房间了，你别和我争……"

祝时雨说到后面声音逐渐小下去，感觉到自己好像说错话了。

自己的态度似乎太过迫切了些，好像恨不得马上搬出去。

　　她心虚地抬眼打量着孟司意，不安地抿唇，但面前的人就像是毫无觉察一般，面色如常，轻轻颔首，说："好，那我睡主卧。"

　　这件事一达成共识，祝时雨胸口的那块巨石也悄然落下。她回房间收拾东西，除了零散的日用品，其他几乎没怎么动过，只有早上刚换下的那套睡衣放在床边。

　　她拿起睡衣塞到箱子里，拉上拉链，不一会儿就推着出来，去到了客房。

　　在这个过程中，孟司意一直坐在沙发上未动，看着她忙碌。

　　终于，房间里窸窸窣窣的动静停住。

　　祝时雨探头出来，语气略显轻松地同他打招呼。

　　"那我先休息了。"

　　孟司意点点头，她又弯起嘴角道："你也早点睡，晚安。"

　　"晚安。"

　　夜晚寂静，客厅明亮。

　　孟司意合起手上的书，静坐良久。

　　夜色悄无声息地流动，墙上钟表嘀嗒嘀嗒，他终于轻垂下头，唇微不可察地弯起。

　　这样也好，很好。

　　曾经他以为，临睡前亲口说出的"晚安"只能是遥不可及的幻想。

　　然而未曾想过有一天会真正实现。

　　孟司意起身回房，已有几分困倦。

　　其实昨晚没睡好的又岂止她一个人，从黑夜到天明，孟司意几乎彻夜未眠。

　　她每翻动一次身，他的心口就轻轻跳动一下，到后来，她猝不及防地靠过来时，孟司意摒住呼吸，在黑暗中睁大眼睛。

　　四周死寂，只听得见他震耳欲聋回荡在空中的心跳声。

　　他挨到天色微明，翻身下床。整个过程都轻巧无声，害怕惊扰到她。

第五章

小心翼翼

冬天请与我恋爱

这一晚，祝时雨睡得很安稳。

客卧朝北，窗外有棵茂密的香樟树，周围安静清幽，不大不小的房间很有安全感。

她这次醒得很早，因为前一晚的睡眠充足，祝时雨满怀期待地起来，洗漱完充满斗志地往厨房走去。

她昨晚临睡前搜了几个简单的早餐食谱，经过仔细研究琢磨之后更是对自己信心满满，力图挽回昨天的形象。

只是，祝时雨看着厨房里那个在晨光中忙碌的身影，愕然停下。

她怎么也不会想到，孟司意竟然起得比她还早。

"早。"他似乎听见了脚步声，回头同她打招呼，眼里有诧异闪过，然后继续煎着平底锅里的蛋，"昨晚睡得好吗？"

祝时雨点头，察觉到他看不见之后，又清了清嗓子出声："睡得挺好的。"

她慢吞吞地挪着过去，在他背后颇有些不甘心地问："你怎么起得这么早？"

"不早了吧。"孟司意抬头看了眼墙上的时钟，"七点，我平时的起床时间。"

祝时雨悄无声息地咽下了心里的感慨，只剩下一句："你作息真好……"

她虽然也不赖床，但因为工作性质，经常会熬夜剪视频，因此作息时间自然往后拨了几个小时。

大多数时候是九点左右起，偶尔会早或晚，就比如今天，已经是破天荒早起。

祝时雨心服口服，绕过去从他旁边往前探头看，好奇地问："你在做什么早餐？"

"三明治。"孟司意偏头，骤然撞上她望过来的脸，她靠得有点近，可以清晰地看见她额头上毛茸茸的碎发。

孟司意默默扭回头，关小了火。

"你喜欢吃吗？"

祝时雨点头："喜欢。"

她想了想，接着说："我不挑食。"

这句话不知道哪里逗到他了，孟司意轻轻笑了下，像自言自语："好养活。"

祝时雨被他这一句话戳了一下。

其实孟司意有时候还挺撩人，她忍不住想。

吃完饭，两人在家待了大半天，临近傍晚时分，孟司意问她要不要出去散步。

祝时雨欣然应允。正好她这两天有些无聊，孟司意没有主动提起，她一个人对附近也不是很熟悉，所以不好独自出门。

她以为孟司意会带她在附近熟悉环境之类，却没想到他径直带她走到了一个公交站台，不一会儿，来了一辆 67 路巴士停靠。

祝时雨不明所以地跟着他上车，才发现孟司意连硬币都准备了。

这个时候不是高峰期，车上空位很多，祝时雨跟在孟司意后面，看他挑了后排座位坐下，打开窗户。

"我们要去哪儿？"祝时雨并肩坐在他旁边，忍不住问。

"去一个吃东西的地方。"孟司意声音顿了下，看着她回答。

"哦。"她点点头，恍然大悟，原来今天他是不想自己做饭了。

也对，谁叫她今天依旧没有掌握好厨艺。祝时雨再度惭愧地低下头。

车子晃晃悠悠，一路停靠过站台，祝时雨不经意间看向窗外，才发现这边自己真的没来过，周围都是陌生的风景。

"听歌吗？"孟司意递了一只白色耳机过来。

舒缓的音乐慢慢荡入耳中，日头逐渐西斜，余晖打在脸侧，某一时刻，祝时雨以为自己回到了学生时代。

大抵是这一刻的孟司意少年感太足，让她忘记了自己已经结婚的事实，就仿佛此时身旁坐的是一位少年，两人正在放学后的路上，共乘了一辆公交车，分享着同一首歌。

祝时雨微闭上眼，恍惚间，感觉孟司意握住了她的手。

公交车在某一站台停靠时，孟司意说："到了。"

耳机里的歌声阻挡住外界大部分声音，祝时雨隐约听见"新街"

冬天请与我恋爱

两个字。

她太久没有回温北市，对这个陌生地名，不知道是从前就没来过还是这几年新出现的。

孟司意牵着她下车，外面是条极其普通的街道，马路不算宽阔，边上摆着不少小吃摊，两旁的商铺密集，建筑都已经有了老旧的年代感。

此时快要到饭点了，整条街都弥漫着食物的香气，祝时雨看到了烤鱿鱼、麻辣烫、炸串、煎饼果子、凉皮凉面等美食。

"这是哪儿？"

"美食街。"

"我之前怎么没来过。"

祝时雨跟在孟司意身后往前走，任由他牵着，两人来到一个炸土豆的摊位前。

铁板上的油滋啦作响，切成锯齿状的土豆被炸得焦香金黄，浓香扑鼻。

她情不自禁地咽了咽口水。

"想吃吗？"

祝时雨忍不住诱惑点头。

"老板，来一份。"孟司意抬头对摊主说道。

老板动作很利落，不一会儿，就打包装好拿给孟司意。

孟司意又递给了她，祝时雨捧着纸盒装的炸土豆往前走，上面插着两根长竹签，简陋却方便。

祝时雨读书时也吃过这种东西，只是时间久远，今天记忆突然被唤醒。

她刚尝了一个，就听到孟司意问："好吃吗？"

"好吃。"祝时雨诚实夸赞。

"我以前也很喜欢吃这家的炸土豆，没想到这次过来他还在这儿。"孟司意带着几分怀念地说。

祝时雨敏锐地从他话里察觉出不一样的信息。

以前……能让他怀念的，似乎只有初恋。

所以这里是他们以前经常来约会的地方吗？

祝时雨不由得放慢脚步，打量四周。

"对了，前面有家糖水味道很好，你要不要试试？"

孟司意的声音把她从胡思乱想中拖出来，祝时雨回神，胡乱点头："哦，好。"

两人一路走走停停，几乎从街头吃到了街尾，看到前面快结束的路口时，祝时雨手里已经拿着一份刚买的炒酸奶、半份烤冷面以及吃剩的炸串。

"这个有点太冰了。"祝时雨吃了一口炒酸奶，被冰得皱起眉，发愁地望着面前的东西，为自己先前的嘴馋而后悔。

"可以拿个袋子装起来带回去吗？"她又不忍浪费，最后只想出了这么一个办法。

"带回去就化了。"

"啊……"

"给我吧。"孟司意说着，朝她伸出手，祝时雨不明所以，把手上这盒炒酸奶递给了他。

孟司意接过，极其自然地拿勺子吃了起来，他似乎察觉不到这冰凉的温度，面不改色，不一会儿就把这盒炒酸奶消灭掉大半。

祝时雨张张嘴，眼里有惊讶闪过，望着他欲言又止，最终还是什么也没说。

他手里拿的勺子……是她刚刚用过的那个。

走到街尽头时，孟司意已经解决完这一盒炒酸奶，在路边找了个垃圾桶把盒子丢掉。祝时雨也吃完了手里的烤冷面和炸串。她从包里拿出纸巾，递给了孟司意一张，两人站在边上擦干净手和嘴巴。

"走吧。"他牵着她继续往前走。落在地上的夕阳变成色彩饱满的红色，路上已经零星能看到几个穿着校服的学生。

学生？

祝时雨刚反应过来附近有学校，孟司意就带着她走到这条小路的拐弯处，穿过狭窄的巷子，道路骤然开阔，一条笔直的马路出现在眼前，视线尽头，是一所学校。

"温北一中"四个字张扬醒目，校徽高高沐浴在风中。

这条街转过来竟然是她念的高中。

冬天请与我恋爱

祝时雨震惊地睁大双眼望着远处的学校，难以置信。

"这里，走过来竟然是我的母校。"祝时雨伸手指着前方，不可思议地对孟司意说。

"温北一中。"他只是望着前方，嘴里念出学校名字。

祝时雨后知后觉地反应过来，孟司意原来就知道这所学校在这里。

她困惑地皱了皱眉，涌起一个大胆的猜测。

"你以前也在这里读书吗？"

温北一中是市里最好的中学，按照孟司意的成绩，当年应该就是在这里读的。

两人只相差一岁，上下级，说不定从前还有过擦肩而过。

祝时雨想到这个可能性，心怦怦跳了两下，不过很快就反应过来，如果孟司意当年在这里读书，以他的资质，肯定不会寂寂无名，她也不可能一点儿印象都没有。

果不其然，孟司意随即否认。

"没有。"他的目光落在她脸上，"我高中的时候舅舅一家在外地，所以后来在那边读的书，大学才考回来的。"

祝时雨猛地想起，他家人就是在高中时出的事，她发觉自己问了一个不该问的问题，微微变了面色。

"我都不知道从这边走过来是一中。"祝时雨立刻转移话题，佯装回头打量着四周。

"念了三年的书竟然从来没去过美食街那里。"她这时是真的觉得奇怪了，算起来两地之间距离不到两条街，她为什么会从来没去过呢？

祝时雨细细观察了一下周围，才发现原因。

这边和她回家是截然相反的方向，就连公交车都不会交错经过的那种，而她读书时和身边同学逛的都是学校附近的那片小型商业区。

没有人想过要特意穿过这条狭窄的小巷去到另一边，自然也不会知道那里还藏着那么一片热闹区域。

"那里和一中刚好隔着这条小巷子，所以除了住在那边的学生，基本很少有人知道。"

孟司意出声解释，正好和她的猜想不谋而合。

祝时雨又想起了什么："对了，那你……"

她原本是想问他从前是不是就住在那边，然而话到嘴边，被她硬生生吞了回去。

孟司意眼神询问。

"……要不要去学校逛一下？"祝时雨艰难改口。

"好。"孟司意顿了顿说。

正值周五放学，学校管理没有平常严格。原本一中是不让外人进的，但祝时雨当年挂在公告栏的照片太有名，刚毕业第一年回来时门卫就还记得她，后来和陆戈他们基本每年回来都会回母校看看，久而久之，保安也都认熟了。

祝时雨买了两瓶水，和他们打了声招呼，带着孟司意进去了。

学生已走了大半，只剩一些动作慢的还在后面溜达。操场上站着三两个穿校服的男生，扎着马尾的女孩抱着书穿过林荫道，夕阳的余晖洒在球场上。祝时雨领着孟司意，熟门熟路地摸上教学楼。

"这间是我当年上课的教室，高二高三都在这里。"祝时雨试探地推了下门，发现已经锁了，她只能失望地趴在窗玻璃往里看，"我那时候就坐在中间一排，每天只知道上下课记笔记，从来不出去玩。"

"嗯。"孟司意知道，她是很听话的好学生。

在他印象中，她一直很温顺，不管是在老师还是在家长、朋友面前。

所以后来听说她和家里关系多年僵持时，孟司意第一反应是不相信，直到见到了她父母。

"那你高一时上课的教室呢？"他神色如常地问，"能去看看吗？"

祝时雨高一时的教室在六楼，她在那里只待了一年，记忆并不是特别深刻，后来更是没特意回去看过。

她带着孟司意爬上楼，刚来到走廊，就感受到了从高高的阳台处灌入的微风，一仰头便望到了远处橘红的夕阳。

此时的晚霞很漂亮，像是动漫镜头里才会出现的场景。

"就是最后那一间。"她对着前方伸手一指，走廊尽头那间教室便映入眼帘。

此刻风很静，教室墙壁已经有些斑驳，但它定格在那儿，仿佛伫立在了时光里。孟司意缓缓走过去，不禁放慢了呼吸。

"咦，这扇门竟然是可以打开的。"在他抬头端详着这间教室时，祝时雨已经在门边试探地推了推，面前的门就开了。

两人走进去，才发现这间教室原来早已不被使用，变成了一间堆放闲置桌椅的杂物间，有些地方甚至布满了灰尘。

"可能是这间教室太偏了，学生上下楼不方便。"祝时雨打量着四周，略带惋惜地说。

不管怎么说，这毕竟是她曾经待过的地方。

"嗯。"孟司意轻轻应声，目光巡视一圈，最后定格在右手边靠窗的某处。

"我记得我之前好像是坐在这里来着。"那里不知何时已经多了个人，祝时雨站在那儿，偏头认真回忆。

她用手在身前比画了下，在与墙壁之间拉出一个座位的宽度。

"是的，没错，我每天打水还要从同桌的前面绕出去，特别麻烦。"

关于那时的事情，她已经忘记得差不多了，唯有这件印象深刻，站到这里，脑中就隐约浮起画面。

她说完，抬头看向孟司意，他对她笑了一下，然后从讲台上走下来。

"我们再转一转？"

孟司意柔声说，在他莫名温柔的笑意中，祝时雨脸颊罕见地有点儿发烫。

她胡乱点头，正准备出去，孟司意则牵着她往后走去。

教室最后面是个大黑板，它依然在那里，但是原本应该放课桌的地方空荡一片，只剩下窗帘在微微飘动。

祝时雨有些不明所以，但还是陪着他在这间空教室里转着，她再度张望着周围，没有发现孟司意在任何一处停下脚步。

他站在左边靠墙最后排的位置，手指放在墙上，细细摩挲，底下凹凸不平的痕迹依然在。祝时雨发现了他的停顿，好奇地看过来，顺着他的动作低头。

孟司意已经收回手，方才他碰过的地方已被白色窗帘遮挡。

"你怎么停在这里？"她疑惑地问，孟司意摇摇头，神情和往常一样。

"没什么。"

祝时雨没再追问，这个小插曲很快过去，两人顺着教室门慢慢走到外面。

"你待会儿回去还吃东西吗？" 交谈声远远传过来，接着，听到另一人关怀地问。

"你饿吗？"

"我怕晚上会饿。"

"那我回去给你煮面吃。"

"好啊。"

两人渐行渐远，无人的教室，风吹起窗帘，隐约露出底下的字迹。

歪歪扭扭的，像是被人用笔日复一日刻上去的，依稀可以辨认出的三个字——祝时雨。

从学校回来，天已经彻底黑透。路上渐渐亮起灯火，小区在夜色中幽静。

回家没一会儿，祝时雨果然饿了。

孟司意在厨房给她煮面，他煮面的过程和祝时雨从前见过的都不一样。

先是把水煮沸，然后放入面条，这个等待的时间里迅速把洗干净的西红柿切块，牛肉切丁，再加上一点儿切得细碎的葱花。

这个过程，沸腾的锅里被他加入了三次冷水，随后把煮好的面捞了起来。

祝时雨在旁边看他重新洗好锅，再擦干放油，炒西红柿和牛肉丁。

香味开始出来的时候，他再度加入水，把面条放进去。

与此同时，他打开了旁边另一个燃气灶，往上面的平底锅里倒油，接着，敲入鸡蛋。祝时雨看着他有条不紊地操纵着两个锅，一边煮面，一边煎蛋。

面条装好盛出来时，蛋也差不多煎好了，黄澄澄的鸡蛋卧入面碗

冬天请与我恋爱

中，最后撒上葱花。孟司意干净利落地关火，端着两碗色香味俱全的番茄牛肉鸡蛋面走了出来。

祝时雨乖乖坐在餐桌旁，拿起筷子尝了一口。她决定放弃自己的学习大计了，这样的厨艺怕是给她八百年时间都追不上，还是不要委屈他的舌头了。

"真好吃。"祝时雨只剩下拍彩虹屁一个作用，她无比诚恳、真挚地望着他说，"这是我吃过的最好吃的面。"

孟司意也在吃自己的那碗面，闻言笑了，停下筷子，示意道："不够这里还有。"

"呃……"祝时雨一时语塞，不得不尴尬地停止了自己的吹捧大业。

"你喜欢下次再给你做。"孟司意终于停止了逗她，轻声笑着说。

灯光温馨，面香浓郁。这一刻，祝时雨真的生出了一种家的归属感。

不是她从小跟父母长大的出生地，而是和孟司意一起，共同缔造的一个叫作"家"的地方。

饭后她把两人的碗洗好放置在柜子里，孟司意去书房忙了，她房间暂时没有书桌，祝时雨就抱着电脑到客厅沙发上坐下。

大概是今天回了母校的关系，她突然想做一期关于校园的视频，就是莫名涌现的创作欲，难以遏制。

祝时雨翻了一遍自己过去的照片和视频，回顾高中的校园时光，发现里面出现最多的竟然是陆戈，她记忆中有关青春的难忘事件，或多或少都有他的踪影。

只有偶尔一些与友情相关的，也被祝今宵占据。剩下的便都是枯燥无味的学习。这样一看，她的青春真是平平无奇。

祝时雨盯着电脑看了会儿，最终把这个相册永久上锁，封存在了文件深处。

夜逐渐深了，安静的空气里只听得见敲键盘的响声，祝时雨戴着一副方框眼镜，头发随意扎在头顶，背靠着沙发屈膝，电脑搁在大腿处。

她用了差不多两个小时，完成了一份接近完整的小视频剧本。

祝时雨敲下最后一个字，再把鼠标滑到顶从头粗略地看了一遍，然后点开祝今宵的对话框，把文档拖了进去。

> 我刚刚写了个拍摄脚本，你看看。

十分钟后。

> 我的天！
> 小雨你怎么这么厉害，我当年和你说的少女恋爱情节你怎么全记得啊！
> 何骧那个狗，过了这么多年依旧阴魂不散！愤怒！
> 不过这样看起来，我们当初还真的蛮甜的，呜呜。

祝时雨写的是祝今宵当年的初恋故事，当然没有那么具体，只是挑选了两三个在现在看来依旧少女心十足的小片段。

这些都是祝今宵和她讲述的，要问祝时雨为什么记得那么清楚，只因为当年祝今宵恨不得一天对她重复十遍，想要忘记都难。现在祝时雨还知道他们当时约会第一次牵手的全部细节。

这也是她这个剧本写得这么顺利的原因。

> 不过，你突然写这个做什么？是打算拍视频吗？

祝今宵回过神来问道，祝时雨直接给她回。

> 宵宵，我打算做个短视频账号，你能来给我当女主角吗？

祝今宵直接一个电话拨来，用态度给出了她的答案。

"小雨，实不相瞒，我想做明星很久了，过去的二十五年里，我时常会觉得遗憾，像我这样出色的面容、完美的身材，怎么可以不成为

冬天请与我恋爱

一名女明星？"

"……"

"哈哈哈……开玩笑啦。"大概是察觉到了她的无语，祝今宵哈哈大笑两声，给自己缓解尴尬，"小雨，我在家蹲了两个月，都快发霉了，早就想找点儿事情做了，我当然愿意给你当女主角啊，我求之不得！

"而且，你愿意重新做自己喜欢的事情，我非常高兴，真的、真的、真的……我认识的那个祝时雨回来了。"

祝时雨不想承认自己有点感动，但挂完电话，她拿着手机还是久久没有抬起头。终于，她用力吸了吸鼻子，眼角红红地重新打开电脑。

桌面另一个文档里，有一份保存了几个月的方案，关于短视频市场的调研以及初始策划。这是她回家后压在心底最深处的秘密。直到现在，才能光明正大地打开示于人前。

祝时雨又把这份方案从头到尾修改了一番，不知不觉，时钟指向接近零点。她眼皮重重地垂下，又努力抬起，今晚久违的满足感转化为兴奋，刺激着她不愿睡去。

祝时雨扛着巨大的睡意最后敲下了几行修改内容，接着再也支撑不住，手从键盘上滑落，身体无意识地一歪，靠在沙发上闭眼睡去。

夜色沉沉，客厅灯光清冷如水，满室悄然。

孟司意总算忙完出来，准备回房睡觉时，诧异地看到了客厅明亮的灯。

紧接着，他看见了沙发上的人。

祝时雨头枕在沙发间，身体微微蜷缩着，睡颜恬静，不知道在那里睡了多久。

他悄声走过去，余光发现了一旁的电脑，屏幕已经黑了，歪斜地倒在沙发角落。孟司意把屏幕合上，随意搁在茶几边。

他站在那儿没动，目光低垂，定定地落在面前熟睡的人身上。过了几分钟，孟司意俯下身，小心翼翼地把她从沙发上抱起来。

整个过程都十分轻柔，不曾惊扰到她。

　　孟司意抱着怀里的人进到客卧，把她小心地放到床上，看祝时雨本能地在睡梦中找了个舒服的姿势躺好。

　　他拉起一旁的被子，给她轻轻盖上。

　　夜晚无声，窗外寂静。路灯昏黄的光透进来，映亮房间。

　　孟司意低下头，在她额间印下一个温柔无比的吻。

　　"晚安。"

　　祝时雨一觉醒来不知道自己为什么会在床上，她睁着眼茫然几秒，猜想到了那只有一种的可能性——孟司意把她抱进来的。

　　她抱着被子把脸埋进去，许久，猛地想起什么，掀被起身。

　　祝时雨踩着拖鞋吧嗒吧嗒走到卧室外面那会儿，客厅无人，她的电脑好端端地合起被放在茶几上，她松了口气，走过去将它抱到怀里。

　　结婚后的第三天，按例是要去女方家回门的。

　　孟司意一大早便出去采购礼品，标准的四件，烟酒糖、保健品。这次是两人一起，提着大包小包的东西上门。

　　短短几天时间，再度回到这里，莫名有种物是人非、恍如隔世的感觉。

　　祝时雨和孟司意坐在沙发上，看着家里亲戚和父母忙着上茶点拿水果，突如其来地觉得自己像是一位客人。

　　今天的午宴是极为隆重的，席间大伯父他们拉着孟司意喝酒，盛情难却，酒杯一个接一个地碰过来。

　　孟司意只能端起自己面前的杯子，同他们一一寒暄。

　　祝时雨知道他其实不喜欢这种场合，于是忍不住抬手帮他拦了下。

　　"大伯父，晚上孟司意还有工作，您别灌他酒。"

　　"这……"不仅是大伯父，就连桌上其他人都愣了下。

　　虽然祝时雨对这件婚事表现得一直很配合，但她和孟司意之间的相处大家也都有目共睹，这本来是一句夫妻间很平常的话，只是谁也没想过会从祝时雨口中说出来。

　　"果然是一结了婚就不一样，我们家小雨都知道心疼人了。"大伯

冬天请与我恋爱

父压根没生气，反而拍手大笑，嗓音洪亮地调侃她。

屋里的人都露出了心照不宣的笑意，看他们的眼神充满慈爱，还夹着来自长辈的欣慰。

祝时雨瞥见周珍低下头，嘴角都有丝笑容高高挂起。她体会出了话里的另一层意思。即便是习惯控制情绪不外显的祝时雨，也忍不住羞恼，脸颊微烫。

"大伯父，您快坐下吃饭吧。"

年轻人脸皮薄，大家也都理解。没有人再追着他们取笑，饭桌上气氛恢复如常，只是话题转到了别的事情上面。

祝时雨低着头紧盯桌角，恨不得让自己钻进去。

"再低下去脖子要酸了。"有人用手掌拍了拍她脑袋，声音藏着笑意。

是孟司意。

祝时雨抬起头同他对视。他扬了扬唇，眼睛被酒意氤氲得晶亮。

"脸皮这么薄。"

祝时雨一窘，刚要争辩，又听他说："我很高兴，时雨。"

喧闹的气氛，祝时雨脸上刚褪下的热度再次席卷而来。

"你喝醉了。"须臾，她同他说。

饭后没多久，两人就准备回去。

这边回门一般都是当日返回，因为有新婚一个月内不空房的说法。而且祝时雨也不想在这边多待。

即便只是短短两天时间，在孟司意那里感受到的久违的轻松，已经超过了她这几个月内所有获得的自由。

家里亲戚也陆续离开了，周珍和祝安远把他们两个送出门，按理说这个时候她应该要跟祝时雨说点什么体己话，可这么多年，她们母女之间的关系已经只剩下亲情血缘在维系。

祝时雨答应她结婚，从某种意义上来说，等于是遂了她最后一个心愿。

从此以后，除了责任义务，再无其他。

"那我们就先走了。"祝时雨平静地同他们告别。

祝安远点点头，脸上有些不舍，冲她说："小雨，结婚了就好好过自己的日子，和小孟好好相处，有事情记得给家里打电话，想回来就随时回来，爸妈一直在这里。"

他一连说了两个"好好"，再听到后面，祝时雨即便再不在意，也控制不住地鼻酸了。

她连忙点了两下头，瓮声瓮气地应了声："好。"

直到两人离开，站在旁边的周珍始终保持着沉默，没有说一句话。

视线尽头，祝时雨和孟司意的背影逐渐远去，直到彻底看不见。

祝安远轻轻拍了拍周珍的肩膀。

"好了，回去了，小雨看着挺好的。"

周珍终于转身，抬手抹了抹眼角。

这个晚上再度回到孟司意这里，和结婚那晚的心情截然不同。

进屋，祝时雨和孟司意说了会儿话，就回到自己的小房间，打开电脑开始工作。

两人在家基本是互不干涉的状态，不会有人时不时来敲门，也没有各种见面应酬，相比起之前的家里，祝时雨觉得她和孟司意更像是一对非常合拍的合租舍友。

相处轻松，氛围融洽，不过分亲密，某些时候又能感受到一点儿微小的浪漫。

祝时雨有时会忍不住想，如果自己早一点儿认识孟司意就好了，他们一定会成为很好的朋友。忙了快两个小时，外面夜已深。祝时雨关掉文档，拿出睡衣去洗漱。

洗完澡出来，她习惯性地去厨房倒了一杯水。

她没想到客厅会有人，因此一拉开门看到墙上大屏幕发出的微光时，愣了一下。孟司意拉上窗帘，把投影仪打开了，此刻正坐在沙发上看电影。

电影里的台词声遮住了她开门的动静，所以孟司意并没有注意到她出来，祝时雨从厨房倒了水慢慢走到沙发旁，同他打招呼。

"你怎么还没睡？"

冬天请与我恋爱

"还早。"孟司意闻声抬起头，光线太暗，祝时雨看不清他脸上的神情，只听见一声极其自然的邀请，"要一起看吗？"

确实如他所说，此时才晚上十点钟。

祝时雨原本倒了水也是准备回房刷一会儿手机的。

她闻言没有拒绝，捧着杯子在沙发上坐下，看向眼前的大屏幕。

"你在看什么电影？"

孟司意报了一个名字，其实在他还没说的时候祝时雨就已经认出来了，面前播放的是一部法国的老电影，她大三在电影选修课上就已经看过了。

"不过这是我第二次看了。"孟司意说完，把选择权交给她，"你有什么特别想看的吗？我们一起看。"

祝时雨想了想，没有拒绝，从他手里接过遥控器。

电影算是她持之以恒的一个爱好，从单纯欣赏到想要创作，这个过程持续了许多年。从前她在京市的家里也有一台投影仪，后来回来得匆忙，那台投影仪没带回来，送人了。

上次用大屏幕看电影，还是年前和孟司意约会的时候。

这几个月出了不少新片子，祝时雨已经拉了一个备忘录名单，准备有时间一一补上。她挑选了一部不算冷门的商业片，是前段时间温胜导演的新作，对比他前面几部获奖的片子，这部电影的镜头语言更加生动，受众会更广。

电影时长一共两小时，讲述的是一个底层小人物在现实中奋力挣扎的故事。

影片开场就是一幕十分激烈的亲情戏，影帝江原饰演的男主角执意背井离乡去大城市发展，被家中父亲强烈阻止后，爆发了一场属于父子间的战役。

江原的演技日臻精湛，在这部片子里体现得淋漓尽致，镜头中不过一个眼神，就把场外的观众瞬间带入戏。屏幕光影明灭，祝时雨窝在沙发里，握着杯子目不转睛。

她身上盖着一条毯子，是孟司意之前自己披的那条，现在大部分都到了她腿上。

两人的距离比起她刚坐下来那会儿近了很多，毛毯的边缘，刚好可以盖住他。

祝时雨先前还要挪近些，但被孟司意阻止了。

"可以了。"他说。

电影里，那个属于江原的角色一直在抵抗命运，哪怕命运并不偏爱他，就在他被朋友蒙蔽欠下巨额债务站到楼顶时，突然打来的一个电话，带来了微小转机，改变了他的生活。

底层小人物就此慢慢逆袭，之前的破衣烂衫逐渐变成西装革履，然而，巨大的成功带给他的不仅是追捧和物质，还有被浮华蒙蔽的真心。

和他相互扶持多年的女朋友同他提出了分手。

分开很久后，男主角得知了当年那个关键时刻救了他一命的不起眼的机会，其实是前女友辛辛苦苦在大雨夜求遍了人才为他争取来的。

得知这个消息时，他正在出席她的婚礼。

影片最后，男主角站在他当初站的那个楼顶上，望着眼前林立的高楼。大风肆虐，吹起他的衣衫。

电影结束前的一个镜头，是两人亲密的画面。

老旧的出租屋，墙壁斑驳，床上却被人摆了娃娃和抱枕。他说："如果有一天我成功了，一定娶你。"

温胜善于掌控男女间的激情，在镜头中也毫不避讳。

屏幕上画面直白，孟司意转头望向身旁的人，以为她会回避不自在。

然而祝时雨却睁着眼，目不转睛看得认真，她的眼神也很直白，像是出于一个专业鉴赏的角度，去研究感受。

令人面红耳赤的声音结束，屏幕灭掉，留下来的只有一句女人的台词。

"好，我等着你。"

影片就此结束，后面开始滚动播放着幕后制作人员的名单。

整个客厅黑下来，光线暗了一个度。

久久无人说话，播放软件自动跳到了下一部电影，同方才的灰暗色调不同，开篇便是阳光大好，盛开着一大片玫瑰的海岛。

孟司意终于出声打破沉默。

冬天请与我恋爱

"要睡了吗？"

"再等一下。"祝时雨从刚刚就一直在脑中回顾那部电影，虽然整体来说剧情有些薄弱，但温胜和江原的专业度完全撑起了整部戏。

她脑中慢帧回放着方才关键的几个镜头，感觉又学到了一种拍摄思路。

"你要去睡了吗？"祝时雨从自己的思绪中抽离出来时，新的电影已经开始了几分钟，她看了眼时间，"不早了。"她的意思是，已经到了睡觉的时间。

"新电影已经开始了。"孟司意抬头示意了下前方，语气如常，"要不再看一会儿？"

祝时雨又靠回了沙发，她明天不用早起，没有必须早睡的需求，但是她看向一旁的人。

"你明天不用上班吗？"

"我对睡眠需求不高。"孟司意说。

祝时雨点点头，没再说话了。顿了片刻，孟司意再度开口："你很喜欢江原？"

"被你发现了。"祝时雨有一丝惊讶，她从头到尾都没有表现过自己对刚才那部电影里演员的偏爱，虽然江原确实是她从学生时代就很喜欢的一个男演员。

"上次我们去看的那部电影，里面有江原的客串。"

祝时雨有些佩服他敏锐的观察力。

两人第一次约会去看的那部电影，确实就是因为江原在里面客串了一个小角色她才选的，但其实那部片子拍得很一般，当红流量主演，从头到尾都围绕着男女主角的爱情片。

就如同现在看的这部一样。

祝时雨原本没有这么困的，甚至刚看完江原那部电影之后精神还有些许亢奋，但是此时在看了十分钟男女主角海边追逐、又来到那座名为保加利亚的玫瑰园互念爱慕台词后，终于抵挡不住睡意。

她头倚着沙发靠背，心想暂时浅寐几分钟，或许醒来进展到后面会好看一点儿。

然而，眼睛一闭上，睡意就势不可挡，耳边能听到的台词渐渐弱下去，直至意识彻底消失。

　　孟司意察觉到旁边许久没动静转头时，才发现祝时雨睡着了。

　　她先前总会有一些挪动或者调整姿势的动作，尤其是这部电影开始后特别频繁，偶尔还会打两个小小的哈欠。

　　孟司意没有动，静静看了她一会儿，才悄然俯身过去，准备把她从沙发上抱回房间。

　　屏幕上正在播放的电影由室外转向室内，明媚的海岛变成了昏暗的房内，孟司意刚凑近，要伸手过去抱她，不料面前的人突然睁开了眼睛。

　　光影昏暗，英文对白咬字缓慢而暧昧。

　　隔了很近的距离，祝时雨和孟司意对视着，两人谁也没有动。

　　须臾，她轻声问："昨天是你把我抱回去的？"

　　"嗯。"孟司意发出低低的一声音节，与前面的这张脸呼吸挨近，隐约能感受到属于对方的温度和湿热的鼻息。

　　许久，他才努力地偏开脸。

　　"我以为你睡着了。"

　　他轻声解释。

第六章

飞来横醋

第二天，生活恢复如常。

吃早餐时，孟司意问她一天的安排。

"我等会儿吃完要去上班，你有什么打算吗？"他想了想说，"抽屉里有不少片子，书房里的书都可以随便拿，储物间有台闲置的钢琴。对了，"他话语停顿了下，"冰箱里还有水果和牛奶，午餐我给你一个电话，点附近那家中餐厅，他们家比较干净。"

他接着看了眼手机日程安排："晚上我应该不会加班，等我回来做饭。"

祝时雨默了默，不知道该怎么解释自己已经是个有独立行为能力的成年人。

"我今天有事情。"祝时雨语气认真地说。

"嗯，"孟司意有些吃惊，出声问，"什么事？"

"我打算拍个视频。"祝时雨说完莫名有点忸怩，但很快就调整过来，直接望着他，"和宵宵一起。"

谁料，孟司意却没有太大的反应，也没有追问其他，只是道："你们定好在哪里拍了吗？"

"定好了。"祝时雨点头，"在学校。"

话题到此为止。

临出门前，孟司意对她说了一句。

"祝你们拍摄顺利。"他稍做思考，补充道，"回来奖励你吃大餐。"

收拾好东西，带上摄影机出发时，不知为何，祝时雨充满斗志。

大概是孟司意的大餐奖励太诱人。

他做饭真的很好吃，坐在公交车上的祝时雨想。短短三天，她就被他的手艺征服，尤其是刚出锅的红烧牛腩和排骨。

祝时雨脑中构出画面，已经迫不及待想要拍完回来了。

今天是周日，一中刚好没有学生上课，祝时雨下了公交，看到祝今宵已经站在学校门口等她了。

按照昨晚的计划，她特意穿得格外青春，卫衣外套和百褶裙，头发扎成高马尾。

脸上的妆色调很粉嫩，就像是素颜，又显然比素颜更精致好看。

按照祝时雨的认知，这应该就是前段时间网上最流行的纯欲风妆容。

校门边，本就在东张西望的祝今宵一看到她，眼睛就亮了起来，迎上来。

"怎么样？"她先站在祝时雨面前拨了下头发，得意扬扬，"今天这个打扮够不够女主角？"

"非常好看。"祝时雨无比诚恳地夸赞。

"宵宵，我一直以为你是那种性感明艳的大美女，但是没想到，你换这种风格更漂亮，就像……"她作势想了想，然后早有准备地说出了前不久某部青春电影里大火走红的女主角名字。

"得了吧！"祝今宵笑得见牙不见眼，明显受用，但还是掀她老底，"你也就求别人帮忙的时候嘴甜，平时就像锯嘴葫芦一样闷不吭声。"

"嘿嘿。"祝时雨被她拆穿丝毫不恼，两人手挽手往学校里走去。

这次拍摄是祝今宵提前联系了高中时的班主任，借用了当年读书的教室。

她一贯和老师同学都相处得好，多年来依然有联系，不像祝时雨，已经很久没有见过高中老师了。

这间教室同上次祝时雨和孟司意去的那间完全不一样，因为这间一直在用，里面摆放着学生整齐的桌椅，黑板干净，窗帘都是崭新的，充满青春气息。

刚好淡金色的阳光从外面透进来，薄雾笼罩。

祝时雨拿着摄影机取角度拍了几个空景画面，感觉不用剪，后期直接就能出片。

安静的教室，窗帘轻飘，空无一人的课桌、白墙壁、黑板，构成无可复刻的十八岁。

祝时雨在前面架好机器，拿出稿子，祝今宵早已整理好坐在座位上，是当年她曾经坐的那个位置。

那时候，何骧刚好是她同桌。

"你还记得你的初恋吗？"

冬天请与我恋爱

这是开始的第一个问题。

祝时雨按下录制键之后，朝坐在那儿的祝今宵比了个手势，她接收到后微微坐直，定了下心。

"他是一个很冷漠的人……我们第一次相遇是在开学那天，我手里拿着冰激凌赶着去教室，然后在一个拐角撞到了他，手里那支草莓味的冰激凌正好在他胸前开了一朵花。"

"他对我说的第一句话是——赔钱。"

祝今宵说得非常流畅自然，就连神情都在表达陷入回忆，带着一点儿憧憬和遗憾。

眼中那少女的光，出现在她现在的脸上丝毫不违和，反而显得她更加青春、美丽，让人难以移开视线。

很真实，很有代入感。

全程录制结束，不过大半个小时，从头到尾都十分顺利。

祝今宵松了好大一口气，她昨晚把稿子彻底背熟了，力图今天正式开拍时不出错，但其实那些内容都是印在她脑海里的，几乎是一开口，当年的画面就一一浮了出来。

"宵宵，很棒。"祝时雨查看着摄影机里的回放，对她竖起大拇指夸赞道。

"没有啦。"祝今宵罕见的有点不好意思，"我就是正常发挥。"

拍摄完，祝时雨又在学校另外取了些景，有的有祝今宵出镜，有的只拍了风景。

素材采得差不多准备回去时，祝时雨又到操场上给祝今宵拍了组照片。

这个纯属友情赞助。

祝今宵有个人微博号，粉丝也有个小十万，偶尔会更新一些美妆视频和日常美照，她今天化了这么好看的妆，穿得也这么好看，肯定不会放过机会。

更何况，祝时雨在学校修过摄影，她拍照构图专业，还会后期，这个羊毛不薅白不薅。

两人全部搞完收工，时间也不早了，祝时雨打车把她送回家，自己准备回去。

"第一期视频出的时候记得发给我。"祝今宵下车后，俯身敲了敲窗户，认真地同她说。

祝时雨知道这个视频对她的意义，点头。

"不出意外的话，明天就可以出来了。"

"倒也不用太赶。"祝今宵扬唇一笑，冲她眨眼，"毕竟某人和老公正新婚，你侬我侬。"

祝时雨默默摇上了车窗。

出租车往她家方向开，车内少了祝今宵，突然安静了下来，没有聒噪的声音还让人有点不习惯。

她打开手机，看到孟司意半个小时前给她发了两张图片。

今晚菜谱？

好像是他从网上保存下来的菜谱。

一张是糖醋小排，一张是番茄牛腩。

祝时雨几乎是不假思索，就在对话框里打出一个"好"字。

刚准备发出去，她又觉得自己不太矜持，于是敲键盘删除，改成"好的"。

她刚一发送，那边就回复了一个系统自带的 ok 符号过来。

祝时雨忍不住笑了笑，收起手机。

到家，厨房已经有动静，先前还在和她交流菜谱的人，此时已经系着围裙在料理食材。

听到门口声响，探出头来。

"先去休息一下，饭还要十分钟。"

"辛苦啦。"祝时雨举了举手里的东西，"我今天去了学校那边，给你带了那家的炸土豆和糖水。"

"啊。"孟司意有点吃惊，扬唇微笑，"谢谢你啊。"

"不客气。"

祝时雨放好东西，去洗手换了衣服出来，孟司意刚好端着菜上桌，依旧是让人食指大动的卖相，两个盘子挨在一起。

他放好又返回厨房，还有一个汤，祝时雨趁他不注意对着桌子上

冬天请与我恋爱

两个菜拍了张照片。

她想起祝今宵今天的调侃，忍不住回击，难得开了个玩笑。

老公做的。

上面正是她刚才拍的照片。瓷白的餐桌上，灯光明亮，排骨和牛腩光泽诱人。

祝今宵立刻回了她一串抓狂的表情过来。

祝时雨得意地扬了扬脸，正逢孟司意望过来。

"在笑什么？"他放下汤好奇地问，祝时雨连忙收起手机。

"没什么，没什么。"

真是充实、快乐的一天。

酒足饭饱后，祝时雨揉着肚子，为自己的今天做下总结。

她休息了会儿，照例起身收拾碗筷，出来时，孟司意正坐在那里消食，顺便看手机。

祝时雨到他对面坐下，也顺手打开了自己的朋友圈。

首页自动刷新，往下随便一滑，祝今宵的头像就出现在上面，系统显示她十五分钟前更新的动态。

丧心病狂。

底下附图是两人方才的聊天记录。

正是祝时雨发过来的两个菜的照片，外加底下那句"老公做的"，共同出镜的还有祝今宵那堆抓狂的表情。

祝时雨身体一僵，呼吸窒住，刚要给她发消息威胁她删除时，那条朋友圈底下更新了一个动态。

孟司意点了赞。

面对面而坐的餐桌，祝时雨立即抬头看向对面的人，正逢孟司意视线从手机屏幕上离开。

四目相对，周遭陷入死寂。她盯着孟司意的眼睛，脸"唰"地一下红了。

此时祝时雨恨不得迅速在脚下打个地洞钻进去。

"那个……"她嗫嚅着，低下头，"我就是开个玩笑……"

"哦。"孟司意点点头，表现得风轻云淡，"我以为你只是陈述事实。"

"……"

硬要这么说也是没错。

祝时雨不愿与他再纠结这个问题，赶紧起身逃开这尴尬之地。

"我先回房间了。"

这条朋友圈最后在祝时雨数十条消息轰炸以及不给祝今宵修图的威胁中，被不甘不愿地删了。

祝今宵最后还意犹未尽地说："我都看到孟司意点赞了。怎么，是不是又给你们夫妻间增加了一点儿小情趣？"

"……信不信我给你照片修胖十斤？"祝时雨只能发出这样的恐吓。

祝今宵立马改口："我错了，我的好姐姐，下次再也不敢了。拜托你务必把我修成一个美女！"

祝时雨在家剪了一天视频，最后出来的成品也只有短短三分钟，内容太多，她分成了两期，结尾刚好停在了"那你们是怎么分手的"。

她自己仔细检查了一遍后，发给了祝今宵。

不一会儿，那头给她发来了一个夸张无比的竖大拇指的表情。

"我的脸上镜也太能打了吧！！天哪！路人看到了都要惊叹一声，世间竟有如此貌美之人！"

这么多年，祝时雨仍然时不时会被她的自恋震惊到。

但她还是配合着说道："没错。满分十分，你能打九分。"

"还有一分呢？"祝今宵不满地问道。

"还有一分保留给你本人，现实中比镜头里更好看。"

祝今宵再次给她竖起满屏大拇指。

其实也不全是违心话。

祝时雨之前的工作算是在半个娱乐圈里，日常接触的都是一些俊男美女，祝今宵的颜值在她心里一直是排在顶端的。

以前读书时她在外面逛街就总会被一些物色平面模特的星探递来

冬天请与我恋爱

名片搭讪，只不过那会儿胆子小，而且家教严，一句话都不敢说就拉着祝时雨飞快地跑走了。

祝今宵是很有辨识度的大美女，这种辨识度放到网红遍地的现在，也能脱颖而出。

她是浓颜的长相，却生了一双无辜的小鹿眼，瞳仁黑亮，眼角微微钝圆，过分的漂亮中又带着一丝楚楚可怜的单纯。

两种相反的气质糅杂起来，让人一眼便被吸引住视线。

这也是她化妆技术平平无奇，却能随手发一个视频到网上，就被人看到，还能获得不错的浏览量，慢慢几年竟然还增长了一些粉丝的原因之一。

其实那些粉丝根本不是来学化妆的，只是她的颜粉。

每次一发视频，底下评论满屏叫着"老婆"。

她的粉丝还大多数都是女生，网上有很多美女，吸引异性的不算稀奇，但吸引同性的并不多见。

"我打算今晚八点就把作品发表出去。"

"好啊好啊。"祝今宵根本就没把这事当成很重要的事情，她只是觉得新奇好玩，同时配合着祝时雨。

"到时候直接发链接给我，我要转发到微博上！"她迫不及待地想要炫耀。

"我们要先注册一个账号。"祝时雨说。

喜乐是去年新起的一个短视频平台，以快节奏和内容精准覆盖迅速占领市场，最近已经隐约有超越其他平台的趋势。

但因为这种模式还未被完全普及，再加上短视频制作简单，因此并没有太多专业人士入驻，上面的视频总的来说较为简陋，整体靠新颖和题材广泛取胜。

这个软件祝时雨去年用了很长一段时间，算是第一批用户，她有个大学同学在这家公司里，一开始只是帮她完成下载任务，后来空闲时也会上去看看，算是见证这个平台一步步成长起来的。

她之前用的是一个私人小号，现在要正式发视频，必须重新注册。

"取什么名字呢？"祝今宵在那边琢磨着，"必须新颖好听，独树一帜！"

"女明星日常怎么样？"祝时雨报出一个名字。

"啊？！"对面的祝今宵大吃一惊，"小雨，你大可不必为我牺牲这么大的，我也不是这么自恋！"

"不是，"祝时雨笑出来，"我是觉得这个名字很有辨识度，而且和我们账号的内容很搭。"

"嗯？此话怎讲？"

"我们的女主角不就是女明星本星吗？"

那头静默许久，祝今宵的声音才传出来，带着感慨。

"被爱情滋润的女人就是不一样，嘴真甜。"

"……"

关于账号的事情就这样敲定下来，祝时雨看着提示"注册成功"四个字，把页面截图保存，留作纪念。

头像是她挑选的一张祝今宵在学校拍的不露脸半身照，白衬衫百褶裙，两根耳机线搭下来，少女感拉满。

她把手机里的视频传送上去，轻轻点击发送，右上角开始显示浏览量，从个位数缓慢跳动。

后台一片平静。

祝时雨退出软件前，看了眼账号的粉丝数，这个时候，她们的粉丝量还是零。

视频发出去之后，祝时雨便没有去管，她不奢求第一个视频就能被很多人看到，只是想做点儿事情，做点儿喜欢的事情。

这个账号密码是两个人共用的，第二天刚醒来，祝时雨就收到祝今宵的消息，截图是一张视频底下的评论。

　　哼，看到了吗？大家都在说我美！

祝时雨依旧困顿，飞快点开看了两眼，回复祝今宵："知道了知道了，女明星。"随后她合上眼，短暂眯了会儿，待彻底清醒之后，登录账号，在后台翻了翻。

一晚上多出来几十条评论，其中有一半是祝今宵的微博粉丝，都在叫着"老婆好美"，剩下的有路人是被内容吸引，在感慨自己的

冬天请与我恋爱

初恋。

祝时雨这个视频发出去时带的是初恋话题，这两年青春片正火，初恋算是一个热点。

她看了眼，右上角粉丝量增加了六十多个。

祝时雨面带微笑地关上手机，闭眼又赖了会儿床。

她昨晚熬夜剪视频，等到起来时，孟司意早已去上班了。

安静的房子空荡荡的，她走进厨房，发现桌上又给她留好了早餐，依旧用保温罩盖好，揭开时里面还有热气。不知道他在哪儿买的这些东西，居家得过于细致。

她看着里头熬得软糯的山药紫薯粥和鸡蛋饼，忍不住拍了张照发给祝今宵。

> **我也不想心动啊，可是他每天都给我做早餐欸。**
> **呜呜……**

发完，她想起什么，立马警告。

> **不准截图，不准发到任何地方，否则删你视频。**

祝今宵无语。

今天难得空闲。

吃完早餐，祝时雨有点儿不好意思，这段时间，好像都是孟司意在照顾她，于情于理，她也应该做点儿什么。

祝时雨刚好准备饭后收拾一下房间，她在客厅伸了个懒腰打量周围，突然反应过来——同住了这么久，好像都还没搞过卫生，不如趁着今天大扫除一遍，正好也为这个家做点儿贡献。

说做就做，祝时雨在卫生间找出清洁工具，先从打扫灰尘开始。

孟司意的个人卧室不方便去，祝时雨就把客厅、厨房包括她自己房间都收拾了一遍，擦完玻璃下来时，三四月份的天气，竟然热出一头汗。

时针指向十一点，日头当空照，从落地窗大片投下，等她拖完一遍地，上面的水渍不一会儿就被晒干了。

祝时雨看着干净明亮的屋子，心情大好，拿着抹布检查着边边角角。

经过储物间门外那会儿，祝时雨忽地想起，上次孟司意和她提过里面有台钢琴，她还没看过，或许可以顺便打扫一下。

推开门，这间屋子比想象中还要小，大概是开发商送的面积，没有划入房型规划。

除了摆下一台钢琴，其他堆放的都是杂物，勉强能落脚。

但是没有想象中那么脏，孟司意靠墙放了个废弃的高柜子，那些东西都统一塞在里面。这间房还有个小窗户，祝时雨过去试了试，可以打开。

她环顾一圈，决定把这里整理清洁一下。

这是个不小的工程，但好在祝时雨对于收纳整理这一块并不反感，她慢慢地做，时间也不知不觉地流逝。

太阳偏向另一边时，屋里光线暗了下来，祝时雨整理好上面两层柜子，手边涮抹布的盆已经换了三次水。

她蹲下来，开始收拾最后这层。

这里放的都是旧书和文稿，大部分封面都和医学相关，应该是他大学时的东西。

祝时雨把上面的灰尘拍打了下，一沓沓放好。

柜子慢慢见底，压在最下面那本橙色笔记本引起了祝时雨的注意。按理说，这不太像孟司意用的东西，因为明显是属于女生的，而且笔记本角落边还印着一颗暗纹爱心。

祝时雨本能的好奇，拿在手上，没多想，正要打开时，门口突然传来一声略带焦急的呵斥。

"你在干什么？"

她转头，刚看见孟司意，还没来得及反应，就见他已大步走到身前，把她手中的笔记本一把抽了出来。

冬天请与我恋爱

祝时雨面露错愕，手还茫然地定在空中，大脑有几秒短暂空白。

孟司意手里拿着笔记本，心头稍松，余光瞥见地上的水盆和抹布。

"这里不用打扫，会有家政阿姨定期过来。"他说完，似是觉得自己方才语气太重，缓和了神情，轻声道，"里面太脏了，灰大。"

祝时雨回过神来，缓缓收回手，"哦"了一声。

她跟在孟司意身后出去，看他拿着笔记本走进卧室，再出来，手中已空空如也。

"你中午怎么回来了？"她看了眼墙上的钟，想起这个问题。

"今天中午刚好有时间就回来看看。"孟司意用眼神示意放在厨房台子上的两个袋子，"买了点儿菜准备做饭。"

"啊，来回不麻烦吗？"祝时雨礼貌客套地问。

"还好。"

两人简单对话几句，孟司意就去厨房忙碌了。祝时雨坐在客厅，看着他的背影，暗自懊恼。

习惯了，好像就以为他们是真的了，但总的来说，他们和普通恋爱结婚的情侣不一样，彼此都有属于自己心底的秘密。

祝时雨尊重他，理解他，但此刻的失落也避免不了。

下午一点，孟司意拿着衣服准备回去上班，祝时雨送他出门。

玄关外，电梯正在上行，孟司意刚走出门，就见祝时雨从门内探出个头来，叫住他，举起左手放在脸旁做抱歉状。

"今天不好意思啊，我不知道那里面有你私人的东西。"她语气诚恳地自我检讨，"我以后不会再乱翻了。"

孟司意神情一顿，嘴唇动了动，原本要说什么，最后还是什么也没说。

"没事。"他只平静地说出这一句。

祝时雨没有纠结这个事情太久。

因为她接到了她和祝今宵共同账号的第一支广告。

"初恋"那个视频在祝时雨和祝今宵都不知情的情况下火了。起因是一个百万粉营销号转发了她们的视频到微博，然后引发一阵热议，好几个大 V 都忍不住评论转发，没多久，竟然发酵成一个热词条上了热搜尾巴。

你还记得你的初恋吗

祝时雨那个视频拍得很专业。

开场一片黑色，半秒后，屏幕正中缓慢打上一行白色斜体字，正是这个热议词条。

随之出现的是校园、操场、空旷的教室。

然后一道女声平静、缓慢地叙说着。

祝今宵的脸出现在了镜头里。

首先冲击而来的是让人移不开眼的漂亮，下一瞬便被她的眼神吸引，那是一双陷入美好、却又无法抑制遗憾，快乐和难过并存的眼睛。

让观众瞬间达到共情。

讲述内容和校园镜头是穿插的，几乎是每次讲到发生的事件，下一秒便会出现她口中的地点，以及祝今宵的身影。

比如刚开始的初见。

随着祝今宵的讲述声，镜头切换成了空无一人的走廊拐角，少女手中的冰激凌，奔跑中的裙摆，细白的小腿，接着下个瞬间，是不轻不重的"砰"的一声。

冰激凌落地，砸在地上，开成一朵粉色的花。

"他对我说的第一句话是，赔钱。"

与此同时，祝今宵的声音响起。

场景和内容同时进行，画面感效果拉满，不管曾经有没有过轰轰烈烈的青春，都会联想到自己的十八岁。

第一个转发这个视频的微博底下评论转发都已经破万。

拍得好有感觉啊，这个作者是专业的吧。

有一说一，女主角颜值吊打娱乐圈某些清纯小花。

呜呜呜！好想重回校园啊，那是我永远回不去的平凡又闪闪

冬天请与我恋爱

发光的青春啊。

最后这条评论几乎被赞到了最顶。

这天"女明星日常"这个视频号粉丝从几十增长到了一万，并且还在以肉眼可见的速度增加着。

为了追看第二期，不少人都从微博跑过来特意关注。

祝时雨当初就是打算做长期视频，"初恋"系列预估可以做五期左右，之后的内容已经有大概雏形，但还需要打磨。

这个账号起来的速度比她预想中还要快，她本以为会需要一段时间的积累，没想到，今年的运气比往年似乎要好一些。

有了人催更，时间就变得紧迫起来，祝时雨花了几天时间重新写后面剧本，抓着祝今宵再度去学校拍了几期素材。

忙碌了小半个月，广告商的衣服也寄了过来。

视频火了之后，在小范围有了一点儿热度，来找他们的小广告有好几家，祝时雨仔细筛选，定下了一个规模最大、口碑最好的服装品牌。

他们家是做 JK 制服的，专走青春路线，这次联系要求也简单，就是让祝今宵穿他们家衣服拍视频和几组照片。

看到他们发过来的报价数字时，祝时雨即便早有心理准备也不免稍许惊讶，早在去年就听大学同学说过如今短视频自媒体的收入，然而真正接触到的这一刻，祝时雨心情还是免不了激动几秒。

她把这个截图发给了祝今宵，没一会儿，对面狂喜。

真的只是穿他们家衣服拍套图吗？小雨，你确定对方没有多打一个零？

我确定。

啊啊啊啊啊！

祝今宵激动没两秒，又立马警觉。

你收到他们家衣服了吗？长什么样？是正经衣服吗？

……

祝时雨刚好拆了快递，转头拍给她。

简单的两件白衬衫、格裙、制服外套，对方贴心地把领结和小腿袜都配好了。

祝今宵看完，半晌，发过来一句。

还怪好看的。

……

对方唯一的要求就是在海边拍，夏天日系的感觉，自己搭鞋子和妆容发型，到时候拍完发给他们看，没问题就可以了。

啊……

祝今宵顿时觉得这个钱也不是特别好拿了。

温北市没有海，最近的海边也是在临市，坐高铁要四个小时，中间还要转其他交通工具。

然而这个报酬极大程度地弥补了这些小问题。

祝时雨和孟司意说自己要出差时他微微一惊，很快便又想明白了。

"你们要去外面拍视频？"

此时两人正坐在客厅沙发上，饭后闲暇，电视里播放着科普节目，面前切了一盘水果，是当季的凤梨和草莓。

"对，要去海边。"祝时雨正在手机上查票，抬头对他说，"估计要去两三天。"

"什么时候出发？"

"后天吧。"

这段时间两人各自忙，有时候早晚都见不到面。祝时雨起得晚，他走得早，早餐完美错过。晚上他偶尔会值班，祝时雨自己在外面找

冬天请与我恋爱

一家好吃的餐厅，基本都在那里解决，如果当天他回来得晚，两人就是碰不到面的。

如果偶尔碰上了，也都是晚上在客厅，他们一起坐下来看个电视节目，聊会儿天，就各自回房。

融洽又平淡的同居生活。

这是前不久祝今宵追问他们的夫妻日常时，祝时雨给她的总结评价。

祝时雨出差那天，是孟司意开车送她去的高铁站。

临行前，他特意叮嘱了她一番那边的饮食气候，以及路上的注意事项，祝时雨点点头，看着面前的他，莫名有种临近分别的复杂心情。

这些日子一直生活在一起，突然分开，祝时雨不想承认自己有点儿不习惯。

她验票过安检，临进去前，忍不住回头看了眼，刚好对上孟司意注视着她的目光，那眼神里有种说不出来的感觉。

祝时雨心里感觉怪怪的，眨了下眼，最后只对孟司意憋出一句："回来给你带好吃的。"

这两天的海边拍摄十分顺利。

她们提前查好天气来的，没有出任何意外，微风、多云、不曾下雨。

这座城市祝时雨以前出差的时候来过一次，因此对周围还有些印象，抵达当天，她就找地方租好了车子，第二天自驾带着祝今宵到海边。

拍摄的样品发给客户，对方很满意，直接付了50%的佣金过来，在最后一天的时候，还遇到了一个很难得的阴天。

天气预报说明天会下雨，此时大概就已经开始酝酿，风猛烈了起来，云层阴沉厚重。

祝时雨拍到了冬天的海。

天空一片暗蓝，和此时深沉的海平面融为一体，祝今宵穿着深蓝色制服，帽下两条甜美的麻花辫，眉眼弯弯地望着镜头，画面萧瑟又漂亮。

这天出片率无比高，视频和照片几乎占满了祝时雨相机的全部内存，回程路上，祝时雨还在抱着相机反复看图。

回去订的是中午十二点的票。

祝时雨记得来的那天对孟司意说的话，一大早，祝今宵还在梦里的时候，她就起床到这几天经常吃的店打包了椰子饭和一大堆海鲜。

两人大包小包冒雨拎上高铁站，祝今宵抱怨不已，口中念叨："为了别人的老公在这里累死累活，我到底图什么？"

祝时雨用一个螃蟹腿堵住了她的嘴。

她早上多打包了一份，在路上吃。

吃人嘴软，祝今宵不说话了，忙活得两只手不停。

高铁还有半个小时到站时，祝时雨提前给孟司意发消息，没人回。

他有时候会做手术不方便接电话，祝时雨没有急事一般都是给他发信息。

高铁到站，手机仍是没有一丝动静。祝时雨直接拨了他电话过去，直到上出租车，都无人接听。

她猜想他现在手机可能没在身边，摸不清他今晚会几点回家，祝时雨看着搭在膝上的这些海鲜，想了想，目光正好略过窗外一个熟悉建筑，她让司机掉转了方向。

这里刚好离孟司意上班的医院不远，干脆给他送过去好了。

这是祝时雨第一次到孟司意工作的地方，在前台询问过护士科室之后，便直接上楼到他所在的楼层。

她不清楚孟司意的办公室在哪儿，正要再度询问这里的分诊护士时，一个路过的医生认出了她。

婚礼那天，他来参加过。

"嫂子，你是来找孟医生的吧？"他热情地同她打招呼，直接把她领了过去，"他刚做了台手术，这会儿应该快结束了，你先到他办公室等下他吧。"

他话刚说完，祝时雨就看见了孟司意的身影，他穿着白大褂，脚步很快，旁边有个长发女生一直跟着他，中途不忘费力地去抓他的手臂，声音娇滴滴的。

"孟医生，你等等我，我特意给你做了晚饭带过来，有你爱吃的排骨，你尝一尝嘛——"

整个话音回荡在过道上，分外娇软，让人不忍拒绝。

祝时雨站在原地，望着前面的两道身影，微偏头，在心里认真思索了一下。

即便两人关系不冷不热，可前面穿白大褂的那个人是她老公啊。

祝时雨随即拧起眉，紧紧盯着旁边那个女人，叫了一声。

"喂，你是谁啊？"

话音刚落，在场的人目光几乎立即看了过来，孟司意转头看见她面露惊讶，旁边的医生倒吸一口气，那个女生闻声停下动作，不满地盯着她打量。

"你又是谁？"对方倨傲地问。

"你说呢？"祝时雨视线却是往后盯着孟司意，微微一笑，"老公！"

这句"老公"又似一声惊雷，凭空砸下来，让刚刚质问她的女生立刻瞪大眼，满脸震惊，藏不住的惶恐。

孟司意只愣了一下，便朝她走过来，手轻扶着她肩膀对前面人介绍。

"梁小姐，这位是我的爱人。"他稍做停顿，接着道，"作为医生和曾经病患的关系，你这样的行为已经逾矩，给我们造成了严重的困扰，如果再有下次，我会直接叫保安。"

那位梁小姐立马涨红了脸，尴尬地站在那儿下不了台，孟司意却又补充一句。

"还有，我并不喜欢吃排骨，只是因为我妻子喜欢，我才经常吃。"

"爱人""妻子"，不只祝时雨被这两个词砸得头晕，对面的梁小姐亦然，她先前眼中期盼欣喜的光已破碎，只剩下泛红的眼圈。

场面十分尴尬，孟司意这番话之后周遭陷入了短暂的安静，还是一旁那个医生反应过来，连忙去拉过道上那位直直站着的梁小姐，嘴里小声教训："我都和你说孟医生结婚了，你还偏不听，不见黄河不死心，现在好了吧？丢人了吧？"

祝时雨还没想明白原来她是"知法犯法"这件事，就见这位梁小姐突然爆发，甩开拉她的医生的手，大叫道："我喜欢一个人有错吗？我追他有错吗？"

"麻烦叫一下保安。"孟司意忍无可忍，偏头对旁边工作台的小护士说。

"真是的，每次过来都这样，别说孟医生，我们都被她烦死了……"小护士连忙低头打电话，嘴里忍不住小声抱怨。另一人赶紧拍拍她，示意站在旁边的祝时雨。

正在打电话的小护士抬头看她一眼，立刻噤声。

"不用你们叫保安，我自己走。"梁小姐终究还是要面子的，她整理好姿态，经过孟司意身边时，用力晃了下打包盒，不忘气急败坏，"回去喂狗。"

"等等。"祝时雨突然叫住她，迎着众人视线，"你觉得自己没错，觉得任何人都应该为你的喜欢买单，是吗？"

"你——"那人恼怒地转过头，正要说话，祝时雨平静地打断她。

"那祝你以后谈恋爱、结婚都会遇到像你这样的人。希望你那时也能为别人的喜欢买单。"

孟司意这天提前下班了。

回去的车上，祝时雨一言不发，孟司意眼神停留在她身上，又移开，过了会儿，正要说话。

"不好意思，我今天有点儿失态了。"祝时雨先开口了，虽然嘴里说着抱歉，但脸上没什么表情。

她承认，自己是有点儿愤怒。

最后那段话其实没必要说的，然而关于梁姓小姐"喜欢无罪"的那番理论，本能地让她联想到了曾经一些不好的东西。

祝时雨觉得那时的自己言语有些刻薄恶毒了。

"不关你的事。"孟司意眉目微敛，"是我没有处理好。"

祝时雨已经从旁人口中得知了整件事情的始末，就在孟司意去换衣服的时候。

他放开她的手腕，说了句"等我，很快就好"。

旁边的小林医生立刻凑了上来，替他解释。

"嫂子，你别生气，这个人是孟医生前段时间的病人，出院后总借着复查问病情的理由来找他，又不好直接拒绝，哪想到今天就变本加厉还亲自带饭。就算你没出现，孟医生也会严词拒绝她的，像这样的病人他见得多了，自然有一套方法……"

说到这儿，他悻悻打了下嘴，连忙挽救。

"我说真的，孟医生结婚前在我们医院是出了名的洁身自好，不不不，结婚后也是。他从不乱搞男女关系……不是，他从不搞男女关系，也不对……"小林医生苦着张脸，于是无措地看着祝时雨，终于找到一个合适的形容词，"他只合法搞男女关系。"

"……"

车内，孟司意不知道这一切，还在向她解释。

"她是我之前的一个病人，复查来找过我几次，那时候借着感谢的理由没有说得太直白，我也没有像今天这样不留情面，可能造成了一些不必要的误会……"孟司意话语轻顿，揉了下眉心，自责地说道，"对不起，我……下次一定不会出现这种情况了。"

祝时雨垂着眼，昏暗的光线里，看到了他左手上的那枚婚戒。

其实他大部分时候都戴着这枚戒指，除了做手术时要摘下来。反而是祝时雨，嫌钻戒戴在手上不方便，所以基本都放在梳妆台盒子里。

"孟医生，很受患者欢迎嘛。"祝时雨笑了下，语气轻松，眼中夹带着浅浅的戏谑。

孟司意脸上有一丝错愕闪过，很快又恢复平常，他低头拧眉，再抬起冲她轻说了句："你不生气就好。"

祝时雨用行动诠释了自己的不生气。

一进家门，她就把手里打包好的海鲜一样样装好，放到桌上叫他。

"孟医生，吃东西啦。我特意从海边给你打包的海鲜回来，你一定要尝尝。

"孟医生，记得洗手。

"孟医生……"

"时雨。"孟司意坐在位子上，放下筷子吃不下去了，深吸一口气叫她。

"我只是尽自己的职责，私下并不会和病人有过多的联系，也更不可能去收他们的东西或者吃的……"

"孟医生，你是不喜欢这个称呼吗？"祝时雨打断他的话，笑意盈盈地问。

孟司意噎了噎，半晌，憋出一句："从你口中叫出来很奇怪。"

"是吗？那我不叫了，你尝尝这个螃蟹吧。"祝时雨很好说话地改了称呼，示意桌上的那盘辣炒梭子蟹，孟司意微松了口气，刚刚拿起筷子。

"看看是螃蟹好吃还是排骨好吃？"

"……"

孟司意筷子停在半空中。

这件事说不清是过去了还是没过去。

就像孟司意分不清楚祝时雨到底有没有生气。

只是没两天，祝时雨就收到了小林医生发给她的一张截图。

上次离开医院前，他特意加了她的微信，理由是有紧急情况联系她。

也不知道哪种情况算是紧急。

祝时雨点开，看到了孟司意医院内部网上的个人信息介绍，一堆头衔和专业内容过后，还有一排突兀的字体加在后头，显得与前文有些格格不入。

"已婚勿扰"。

> 孟医生自己要求加上去的，我们主任都无语了，那表情就差当场骂他普信男……
>
> 我们医院的医生护士这几天都在笑话他，一看到他走过去就捂嘴笑，现在大家都知道他恪守男德，几乎快成为我们全医院的男德模范了。
>
> ……

这真的不是在诋毁她的名声吗？

祝时雨刚想着，就见小林医生发过来一个狠狠竖大拇指的表情，钦佩感慨。

> 嫂子，你可真是御夫有术治下有方啊！
>
> ……

冬天请与我恋爱

祝时雨已经不知该如何表达自己内心的梗塞，只觉得孟司意这招釜底抽薪真是妙，这样她以后就再也不敢到医院里面去了，孟司意最终的目的就是想让她没脸见人。

她把这张截图转发给了孟司意。

编辑了一段茶里茶气的话语。

> 孟医生，我没这么小气的，你也没必要这样昭告天下，好像我多无理取闹一样，这样多让人误会。

过了一会儿，他才回复，照旧言简意赅。

> 我小气。我怕别人误会。

须臾，那头又发来一句。

> 小林发给你的？看来他最近还是太闲了，应该要给他找点事做。

祝时雨默默截图，给小林通风报信，同时在心里对他说了句抱歉。不出两秒，小林的对话框里冒出一条语音，内容尽是哀号。

第七章

情窦初开

冬天请与我恋爱

温北市的春天格外温柔，春意正浓时，外边随处可见盛放的花朵，粉的、白的、黄的、红的，分外惹眼。

祝时雨抓着这个时机，拍了一期春日特辑。

她现在会在账号上更新一部分 vlog，当然主角依旧是祝今宵，只是视频里的她更接近她生活中的样子，漂亮且真实。

"女明星日常"这个号的粉丝量已经增长到二十几万，她们的视频有了稳定的受众，即便不再更新初恋系列，只要有祝今宵出镜，点赞量都会轻松破万。

祝时雨偶尔也会接几个广告，不多，穿插在稳定更新的内容里并不突兀。更主要的是她的广告和别人拍得都不一样，精致且高级，不看到最后几乎都察觉不出那是软广。

效果自然也得到极大提升。

虽然她们现在粉丝量放在平台并不起眼，但很受品牌方青睐，主动找过来的很多。之前合作过的 JK 制服那家已经寄过来好几批衣服，每期新款都让祝今宵这边出一个视频，报价也是呈直线增长。

"春日主题"这个视频是在郊外一个植物园拍的，祝时雨在网上搜了攻略，那里花朵种类繁多，绿植繁茂，春天是它最美的时候。

唯一美中不足的就是位置过于偏僻，平时特意过来玩的人不多，两人结束拍摄时已经是下午五六点，天隐隐有些暗了。

打车软件迟迟打不到车，这边路上经过的车辆也很少，更别提专门载客的出租车。

最后在天快完全黑下来前，终于在软件上打到了一辆顺风车，刚好司机从附近经过，载她们两个回到了市里。

祝时雨背着设备疲惫地回到家，屋里已经灯光通明，她撑着墙壁低头换鞋，见孟司意端着水杯从客厅过来。

"怎么忙到这么晚？"他接过她背上的相机包，询问着。

"别提了，半天打不到车。"祝时雨揉着发酸的肩膀，同他简单打完招呼，便往房间走去，掩不住倦容，"我先去洗澡歇一会儿。"

"吃饭了吗？"孟司意在后头跟着她问。

"在植物园随便吃了一点儿。"

"要不要给你再弄点儿东西？"

祝时雨已经踏进房间，闻言停住脚步回头，对他露出一个感谢的笑容，语气真诚。

"谢谢孟医生。"

穿着家居服坐到沙发上时，祝时雨手里端着一碗银耳莲子羹，甜度刚好，温和润喉。

两人并肩坐着，孟司意依旧是清俊从容的模样，祝时雨没什么形象地盘腿拿着勺子吃东西。熟悉之后，祝时雨渐渐露出了以往在家常见的舒适姿态。

她今天在外面奔波一天，已经累得没有任何胃口，人也有点儿上火，但这碗莲子羹刚好抚平了她的燥意。

祝时雨不知道多少次在心里涌起"贤惠"这个词，她觉得自己前面二十几年的好运气大概都攒了起来，用来误打误撞上一个孟司意。

"吃完了吗？厨房还有水果，今天新买的，我给你洗点。"祝时雨刚放下碗，孟司意就对她说，然后顺手拿起她刚吃完的空碗去厨房洗干净放好，重新端着一盘水果过来。

"孟司意。"他把盘子放到茶几上，然后一抬头就见祝时雨眼睛一眨不眨地看着他，叫他的名字，"你会不会觉得和我结婚一点儿都不好？"

"为什么这么问？"孟司意动作停住，黑眸盯着她。

"我结婚后一直在忙自己的事情，没有帮到你什么，也没有为这个家做出过什么贡献。"祝时雨说到这里停顿了下，自责反思。

"孟司意，我占了你的便宜。"须臾，她轻声说。

温馨的客厅里电视音量很小，主持人在播报着今日新闻。

孟司意漆黑的眼珠定定地看着她，白皙的面容干净，蓝色睡衣领口间露出一截柔软肌肤。

静默许久后，他朝她伸出手："过来，抱一下。"

祝时雨不明所以，愣了下后没有排斥，身体投进他怀中，下巴搭在他肩膀上，轻轻抱住他。

两人穿着睡衣在安静的夜晚拥抱。

冬天请与我恋爱

这是祝时雨第一次和一个男人这么贴近，他们身上的衣服都太单薄，布料隔不住体温，可以清晰感受到对方身上的温度。

有点儿温暖。

祝时雨闭上眼感受到了一种难言的安全感。

似乎并不让人反感，反而……还有一点点喜欢。

她鼻间闻到了淡淡的洗衣液清香，是从孟司意衣服上传出来的。

"没关系。"他在她耳边开口说话，"我让你占。"

祝时雨回味了这句话几秒，脸莫名其妙微热，立刻松开他，坐直身体。

她板着脸："孟司意，我说的不是占这种便宜。"

孟司意悻悻地摸了摸鼻子，眼神不自然看天。

"哦，没事。占哪种便宜都可以。"

"我回去睡觉了。"祝时雨仍然板着脸说。

工作走上正轨，人也就忙碌起来。

祝今宵的美妆事业已经许久没打理，一方面是真的没时间，另一方面则是来自短视频的收入已足够。

当初这个账号成立时，祝时雨就拟定了一份合同，里面有详细的条例，解释了收入如何分成和账号拥有的方式。

祝今宵当时觉得太正式，并没放在心上，但为了让大家放心还是签了。事实证明，祝时雨完全没有多虑，如今这个账号的价值，明算账能避免纠纷产生。

两人签下合同时都无异议，账号归共同所有，所有盈利也是五五分成。

仅仅是对半分，这两个月来的收入也远超她去年一整年的美妆视频盈利。

祝今宵这段时间花钱格外大手大脚，把以前只敢远观的包包鞋子还有项链通通带回了家，家里人都奇怪她怎么突然这么有钱，被祝今宵用接了几个小推广的理由搪塞过去了。

　　而祝时雨和她不同，这两个月赚的钱一直存在卡里没动，周末陪祝今宵逛街顺便拍一个"女明星出街"的 vlog 时，两人中途休息吃甜品，祝今宵忍不住吐槽。

　　"你能不能也给自己买几身好看的小裙子，夏天快来了，别整天就是牛仔裤衬衫，咱们又不是没钱。"

　　"我有其他打算。"

　　祝时雨摆弄着相机，漫不经心敷衍她。

　　"什么打算？"祝今宵好奇地追问，"难得听见你有花钱的地方。"

　　祝时雨对物质追求很低，一切都以舒适为主，她平时买东西不多，但也都不便宜，完全是讲究实用性，活得不像个小姑娘。

　　"我计划买辆车，不然出行不方便。"祝时雨按着相机随口说，祝今宵睁大眼睛，半晌，咽咽口水。

　　"我对车子没研究，这个我帮不了你。"

　　"不指望你。"要不是今天她顺口问起，祝时雨估计要等看好车子了才会告诉她。

　　虽然祝今宵嘴上这么说，但她隔天还是给了祝时雨一个微信名片。

　　"你还记得高中时那个黄毛不？读了一年就退学不读了的那个，他现在在卖车，你要是想去看，可以联系一下他，毕竟老同学，我和他说好给你优惠。"

　　"好。"祝时雨点开按了添加。

　　祝今宵和从前的同学很多都有联系，不像她，因为陆戈的关系，婚礼当天高中同学一个都没叫。

　　这个人，祝时雨已经完全不记得长什么样子了，隐约对那头黄毛有点儿印象，因为当时在班里风纪严格的情况下，只有他染了头惹眼的黄毛在学校招摇。

　　孟司意抽了一天时间陪她去看车，这件事情她之前就和他说过。自从那次郊外打车事件后，祝时雨感受到了颇多不便，查了下自己卡里的余额，就做了打算。

　　孟司意听完没有什么其他意见，只问她资金够不够，祝时雨在他下一句话出来之前截住了，点头说够了，然后报出自己的预算。

　　他们虽然挂着夫妻的头衔，但在金钱方面一直是独立的，还没到可以互相花对方钱的地步。

看车当天两人起得很早，八点钟就从家里出发了。祝时雨提前在网上看了几款喜欢的车型，两人先去了品牌4S店。

她看中的是这个牌子的SUV车型，造型大气，车身线条很漂亮，祝时雨试驾过后却觉得手感一般，两人陆续看了周围好几家店，一上午下来并没有特别中意的。

"要不先去吃饭吧，下午去我一个同学那里看看。"

餐厅，桌上随便点了两份意面和三明治。

祝时雨打开那个汽车品牌的官网介绍，把手机递给孟司意，他划着屏幕看完。

"这个牌子口碑不错，我身边有朋友说很好开，但是他们家SUV车型好像不多。"

"嗯，所以我上午没看中合意的才决定过去看看。"祝时雨低头吃着意面，分神道。

"对了，是你哪个同学？"孟司意把手机还给她，不经意地问。

"高中同学，读了一年就不读了，我连他名字都记不清了。"祝时雨不好意思地说。

昨晚联系的时候互相交换了电话号码，撇去祝今宵这层关系，差不多十年没联系的不熟的同学就跟陌生人一样，对方好像也没想到这个可能性，当时只叫她到了打他电话，并未报上自己的大名。

祝时雨只根据微信名知道他姓龙。

谁知见到面之后，才闹了个大尴尬，人家是名字叫作小龙，不是姓龙。

她不记得对方，但对方对她却好像还有印象，一见面就热情地叫着："学委啊，好久不见。"

看到祝时雨尴尬张嘴的样子，还自觉解围："你看，是不是早不记得我了，我是小龙啊，那个黄毛。"

他指了指自己头发，祝时雨立刻露出恍然大悟的神情，打招呼。

"小龙，你好。"

"这位是？"他很快看到了旁边的孟司意，望着他打量几秒，反应过来，一拍手。

"是男朋友陪你一起来看车是吧？"他笑容满面地夸赞，"真是一表人才，俊男美女，般配般配。"

活跃气氛的能力似乎是每个销售的标配，不得不说，被他这么一说，当时的尴尬很快就消失了。

祝时雨认真看车，小龙对每个车型的了解也非常专业，并且根据祝时雨的需求给她介绍了一辆目前最符合的车型。

店里为数不多的 SUV，外形低调霸气，设计没那么女性化，但是上路很沉稳也很舒适，特别适合跟着她到处拍摄。

唯一美中不足的，就是价格比她预算得稍稍高了一点儿，并且已经是最低配。

这也是当初祝时雨没有第一时间来这里看车的原因，但各方面综合之下，她还是决定要这款车，小龙给了她最大程度的优惠，在原有基础上减免了小一万，刚好勉强可以全款。

"就这个吧。"祝时雨定了黑色，跟着他去办理手续。

等流程需要一些时间，工作人员倒了杯水让他们先休息一下，祝时雨坐在店内椅子上，孟司意跟着小龙一起过去了，估计在给她盯着手续。

不一会儿，两人拿着一堆单子一起过来。

"好了吗？"祝时雨起身迎上去。

"可以了，半个月后直接过来提车就行了。"小龙笑得格外灿烂，把车子单据递给她。

祝时雨接过，起先没在意划了眼，然后发觉不对劲，仔细一瞧，自己原先定的车子从最低配变成了最高配。

"这个是不是搞错了？"她立马抬起头问，小龙看了眼孟司意，笑眯眯解释。

"没有，你先生帮你改成了高配，差价这边他已经补齐了。"

祝时雨傻眼，盯着孟司意。

开始介绍的时候她确实是有动过心，高配的零件更好，开起来更舒服，而且安全系数更高，但是相比下来，低配也够用了，而且性价比更高。

两个配置之间差了好几万块钱。

冬天请与我恋爱

祝时雨被这个突如其来的消息砸晕了，脑子有点儿乱，目光落在孟司意脸上。

"你买车，这个就当是我送给你喜提新车的礼物。不然我什么都不做，别人该笑我这个丈夫不合格了。"他带着笑意，用随意的口吻说。

"可是，这个太贵重了。"祝时雨皱起眉，咬唇，拿着这个订车单有点不知所措。

"那你下次要请我吃大餐。"孟司意直接牵过她的手，往外走，没给她任何拒绝机会，"记住了，别耍赖。"

他说要她请吃饭，她当然不能随随便便请他吃一顿饭。去高档餐厅似乎太正式，家里做她又没这个本事，虽然诚意满满，但也没必要特意为难自己和别人。

祝时雨思来想去，在网上查过不少攻略之后，终于定下一个觉得不错的方案。

提到车当月的一个周五，孟司意刚下班，就见一辆霸气十足的黑色 SUV 停在他面前，车窗按下，露出祝时雨的脸。

她手撑在方向盘上，冲他一偏头："孟医生，上车，带你去吃大餐。"

孟司意乖乖打开副驾驶门上去了。

医院门口，刚下班的同事不少，刚好都目睹了这一幕。

后来，院内流传的关于孟医生惧内的说法就坐实了，有图有真相。

孟司意昨晚值的是夜班，此时清晨，路面车流并不拥堵，从车窗涌进来的空气带着一丝雨后泥土特有的清新。

祝时雨握着方向盘，一边注意着路况，一边把他的座椅调低。

"你先休息一会儿，很快就到了。"

"你要带我去哪儿？"孟司意看她走的是出城的路，忍不住笑问，"不会是想拐我去私奔吧？"

祝时雨无奈地看他一眼："放心吧，孟医生，我保证你是安全的。"

"好吧。"副驾驶座椅上，孟司意调整了个舒适的姿势，闭上眼，面带笑意，"那就劳烦祝小姐了。"

雨后的阳光落在孟司意脸上，温柔明亮。

昨夜刚下过一场雨，祝时雨查过天气，今天是个大晴天，温度

20℃左右，不冷不热，最适合春游出行。

虽然春天已经收尾，但夏天还未正式来临，路边葱郁的绿色仍然充满春意。

车子一路行驶平稳，没有任何颠簸，孟司意睡一觉起来，窗外已经变了景色。

满眼的绿，起伏的山林，远远可以看见白色的屋顶，以及寂静中偶尔传来的几声鸟啼。

"祝小姐，"孟司意揉了下眼，笑着转头，"你还真的带我私奔了啊。"

祝时雨无奈地说："踏青。你打开手机看一眼地图，我们连温北市都没出。"

孟司意真的打开定位查了下，屏幕上显示这里是离市区不远的一座小山坡上，竟然还能在网上搜到，攻略备注为适合野餐郊游，也不知道她在哪儿找到的这种地方。

孟司意心安理得地继续躺着，一边欣赏着窗外风景，一边把目光停留在认真开车的人脸上。

祝时雨开车时很专注，同时有种少见的锋利气势，像是把平日温顺的外表褪下，露出内里本来的模样。

和她十几岁读书那会儿的样子截然不同，又好像她原本就应该是这样的。

然而不管是哪种样子，都让他心脏不由自主地震荡，由内而外绵延出难以克制的喜爱。

孟司意咬着唇笑，朝她伸出手。

"祝小姐，给我牵一下。"

"啊？"祝时雨分神看他，皱眉拒绝，"不安全。"

"我不管。"

孟司意第一次胡搅蛮缠，祝时雨无奈，只好把放在挡柄上的右手腾出来递给他牵住。

两人十指交握了会儿，孟司意很懂事地主动放开了她。

"好了，一会儿就到了。"

祝时雨瞥他："你今天怎么了？是不是睡傻了？"

冬天请与我恋爱

"唔，"孟司意顺水推舟，撑着头做沉思状，嗓音含含糊糊，"可能起床气还没散吧。"

祝时雨没再看他，只是注视着前方，嘴里困惑地自言自语："怎么跟个小孩子一样……"

孟司意忍不住又笑了。

两人几句闲话间，车子已经拐过盘山公路的几个弯道，驶离了主路面。

网上说的那个适合露营的山坡不在山顶上，总共车程不过半小时，按照导航沿着小路开了几百米，首先映入眼帘的是个湖泊，然后便看到周围绿意盎然的草地和宽阔山林。

一切过于安静美丽，皆属于大自然的馈赠。

突然从车水马龙的城市抵达这样的地方，浑身的疲惫都像被洗涤殆尽了。孟司意推开门下车，脚踩柔软的地面，面朝湖泊深呼吸了一口。

"怎么样，还不错吧？"祝时雨走到他身旁，和他并肩一起看着面前这片景色。

"还可以。"孟司意颔首，转过脸看她，"很漂亮，我很喜欢。"

这里是适合露营的地方。

看了一会儿风景，祝时雨打开车后备厢，拿出早就准备好的帐篷，在前方搭了起来。

她动作很熟练，导致孟司意想帮忙都只能打打下手，给她递个零件或者按照她的吩咐蹲在地上敲地钉。

两人不一会儿就搭好了这个正方形的白色简易帐篷，祝时雨在草地上铺好格纹桌布毯，把带来的保温盒一一拆开摆在正中间。

炸鸡翅、牛排、煎鳕鱼、烤鸭胸脯肉……除主食之外，水果、沙拉、甜点……孟司意想不到的是，各种饮料吃食摆齐之后，她还从袋子里变戏法似的抽出一瓶红酒。

"鸡鸭鱼肉，自然风光。"祝时雨对面前的吃食以及周围景色作着介绍，同时晃了晃手里拿着的红酒，开玩笑说，"以及82年的拉菲。"

"这个大餐孟医生还满意吧？"

孟司意点头，摆出勉强受用的表情："还算用心。"

"那也不枉我做了三天三夜的攻略了。"

祝时雨是诚心诚意想要请他好好吃个饭的，医生工作忙，一起住了这么久，也少见他有时间出去散心，当时在网上查的时候刚好看到了这个地方，她心念一动，就安排了行程。

东西都是在网上提前订的，吃食找的是一家五星级酒店定做的，今天一大早过去取的，临走之前，她看到了菜单上的红酒，还特意问服务员要了两个杯子。

每一处都是悉心安排，用餐标准绝对不输外面餐厅，祝时雨迫不及待地给他拿了筷子让他尝尝。

孟司意随手夹了块烤小排，一入口，味道让他微微挑眉，里面有淡淡的迷迭香，而且这个口感和火候完全不像是外面随便打包的熟食。

"你从哪里弄来的？"他咽下去后说，根本不会天真地设想这是她自己亲手做的。

"酒店打包的。"果然，祝时雨得意扬脸。

孟司意握着筷子失笑，不得不为她这番行为点赞。

桌布上的菜被消灭得七七八八，两人边欣赏着湖光山色，边闲聊，手中的红酒杯偶尔轻碰一下，那瓶红酒也只剩下小半瓶。

吃得差不多了，祝时雨和孟司意沿着湖边散步消食，她忍不住弯腰观察着那个水波清澈的湖里是否有鱼，孟司意在旁边说。

"下次来的时候我们带钓竿来试试。"

"你会钓鱼吗？"

"以前和院里的医生一起钓过。"

"后来呢？"

"大家工作太忙就没再去了。"

祝时雨背着手笑，两人沿着湖边走出很远，快要靠近山林时，天空的云层不知为何越来越密集，周围突然暗了下来。

"不会要下雨了吧？我来的时候查天气预报还是好好的。"随着祝时雨的话音刚落下，豆大的雨点就从头顶砸了下来，这场骤雨来得密而快。

孟司意拉着她的手在雨中奔跑，雨水打在脸上，冰凉，雨势阻碍住视线，她举起右手挡在眼前，看到了两人奔跑中飞扬的衣角。

冬天请与我恋爱

白色的帐篷出现在视野中，却被风吹得左右摇摆，地上的餐具也被淋湿大半，两人拼尽全力，也只抢救回了那瓶红酒和杯子。

大雨依旧滂沱。

车后备厢门敞开，后面的座椅被推平折叠起来，露出一块可供两人休息的空间。方才淋湿的毯子翻个面过来仍然可以用，祝时雨和孟司意并肩坐在上面，望着面前不知何时停歇的雨幕。

"这雨什么时候会停呢？"她叹气，一脸忧愁。

"估计没那么快。"孟司意擦着身上的雨水，打量外头一眼。

"雨太大了，车子也不能走。"祝时雨担忧地说。

"既来之则安之。"

之前剩下的水果还有，只是一部分被打湿了，不过其他的都不能吃了。

孟司意翻出纸巾，将那两个杯子擦干了。

"红酒配水果。"他朝她举杯，此情此景，颇有些苦中作乐的滋味。

山中气候多变，祝时雨没想到竟然会正好赶上，两人被大雨困在山中下不去。

"孟医生，连累你了。"她叹了口气，愧疚道。

"不至于。"孟司意转头对她说，眼中带笑，"我们现在也是一种度假，雨中看山，多浪漫。"

祝时雨望着他的眼睛微微一愣。

山中大雨，雾气从远处升腾而起，周遭都像是笼罩在白雾之中，山水变得遥远静谧，绿意浓郁。

雨水敲打着车身，混合着落在泥土中的沙沙声，从未有过的宁静。

山中看雨，雨中看山。

确实是种难得的体会，一旦静下心来感受之后，等待就变成了一种难言的享受。

祝时雨点点头："你说得有道理。"

她微闭上眼，感受着轻风拂面，丝丝凉意，空气清新得像是吸入了一大口氧气。

车内安适，细微的暖风吹来，裹挟着浅浅的红酒香味。

两人静静地坐在车里看着面前的雨，雨水连绵落下，不知疲倦地敲打着万物，时间仿佛被按下了暂停键，只剩下这片独有的静。

"其实偶尔像这样出来散散心也挺好的。"祝时雨双手抱着膝盖，望着外面开口。

"嗯，两个人也不会无趣。"孟司意附和。

"风景真好。"她把下巴搭在腿上，轻轻感慨。

"下次不准再叫我孟医生。"孟司意声音突然响起，祝时雨仰起头看他。

"为什么？你更喜欢我叫你孟司意吗？"

孟司意移开眼，若无其事地说："我更喜欢我的合法称呼。"

合——法——称——呼。

祝时雨愣了两秒，反应过来，脸颊有些微热意。

她撇开头，轻骂道："不要脸。"

车内空间狭小，两人肩膀不可避免地靠在一起，孟司意看到了她微红的脸，有一丝愣怔。

"时雨。"他叫她的名字。

"嗯？"祝时雨没多想地扭过头，然后眼前落下阴影，毫不设防地被他亲了。

唇上一热，带着些力度，她本能地闭上眼，仰起脸。

旷野之中，漫天雨幕，耳边沙沙作响的雨滴声忽远忽近，此时此刻，天地间仿佛只剩下他们两个人。

雨在中午停了，简单清理收拾完地面残留，两人上车准备回去。

仍然是来时的座位，祝时雨在驾驶位系好安全带，孟司意坐在旁边，手撑着额头，莫名懒散，带着微醺的酒意。

他喝酒了，但祝时雨没有，陪他碰杯时，祝时雨用的是果汁代替。

车内安静，车子起步后，她随手点开了音响，舒缓的音乐回荡在车内。

山中公路雨后空气湿润清新，葱郁繁茂的绿意从打开的车窗一览无余地投进来。

祝时雨专心开车，一旁的人却漫不经心，手撑着脸，目光定定地落在她脸上。

那道视线存在感太强，让人难以忽视，祝时雨置之不理了大半程后，在车子沿着盘山公路下去时，还是抽出空瞥他一眼。

"你为什么一直看着我？"

孟司意动了动收起手，坐直身体，仍旧模样懒散："想看。"

"酒鬼。"祝时雨收回视线，低声谴责了句。

"我没喝醉。"孟司意笑了，见她不作声，望着她道，"你是不是觉得我先前亲你也是因为喝醉了？"

"嗯。"祝时雨专注地开着车，没否认。

"没有。"孟司意说。

"那是因为什么？"她转头目光停顿一秒，又很快收回去。

车内又陷入短暂的安静，然后孟司意声音响起："因为我们是夫妻。"

他这次带了点笑意："婚内合法行为。"

"哦。"祝时雨没再搭理他，手指随意按上音响，把舒缓的纯音乐切换成了流行乐，开头一阵嘈杂的鼓点回荡在车内。

两旁绿色山林在后退，山脚下，城市的轮廓渐渐显露出来。

"这里好美，有点儿舍不得回去。"孟司意伸了个懒腰，显然还有点儿睡意未消，"我们下次有空再过来。"

"下次要收费了。"祝时雨头也不回地说，"油费很贵的。"

"那下次开我的车。"孟司意无辜且正色，"我来当司机，你只要负责享受就行了。"

祝时雨轻哼一声，笑而不语。车子疾驰，山里的风从车窗外灌进来，清新怡人。

两人回到家中，都有一些疲惫。

换鞋放好东西，孟司意和她打过招呼便回房洗漱睡觉去了。

祝时雨原本有点儿困，但洗完澡之后又清醒了，抱着电脑到客厅工作。

忙忙碌碌，日光不知不觉西斜，夜幕逐渐降临时，她拿起手机正准备点外卖，孟司意一下午毫无动静的房门被拉开了。

"你醒了，"祝时雨窝在沙发上转头，冲他晃晃手机，"我正准备点外卖，你看看要吃什么？"

两人最终还是什么都没点。

　　孟司意皱着眉头翻完点单页面之后，把手机还给她，打开冰箱用里头仅剩的食材，做了一个黄焖鸡和酸辣土豆丝。祝时雨吃了两大碗米饭，觉得比起外卖简直好吃太多。

　　是他也愿意自己做，祝时雨突然理解了孟司意。

　　饭后照例是她洗碗，收拾忙碌完，夜色已经彻底笼罩下来。

　　她洗完碗，看到孟司意在客厅看电影，祝时雨照例在他旁边坐下，两人一起在沙发上并肩看着。

　　这应该算是一种默契行为，每一天结束前作为夫妻共同的相处时间。

　　通常祝时雨和他看一会儿就回房休息了，但是孟司意睡了一下午，现在精神格外好，他找了部评分很高的片子，邀请她一起看。

　　这部电影是关于二战时期的故事，情节拍得很晦涩，前奏铺垫漫长，祝时雨怀里抱着抱枕，手撑着头，窝在沙发里昏昏欲睡。

　　她白天没休息，早上也很早就起来准备。客厅昏暗，投影仪在墙上变换着光影，祝时雨再度无声地打了个哈欠，泪眼蒙眬中看着孟司意。

　　他此时倒是神采奕奕，眼睛专注地望着屏幕，在男主角念出某句台词时，不忘转头和她讨论剧情。

　　祝时雨虽然觉得有点儿乏味，但整体是投入的，两人观点很相合，在这方面少有分歧，话题也多。

　　虽然没有刻意观察过，但祝时雨发现她和孟司意三观几乎是一致的，他们不仅在影片讨论上，即便是生活中也很少会有意见不合的争吵。

　　简单聊完天，孟司意心满意足地转回头，继续观看电影。因为刚才和他的一番交谈，祝时雨的睡意又驱散了不少，重新坐直身体，认真观看。

　　这部电影足足有三个小时，到尾声时，祝时雨终于坚持不住，头歪在沙发上，意识慢慢陷落下去。

　　耳边隐约还能听见电影对白，全英文的对话，更加催眠。

　　孟司意是电影结尾后转过身的，他正想开口，就看见了睡在那里的祝时雨。

冬天请与我恋爱

客厅没有开灯，只有屏幕上残余的光映照周围，她怀中抱着抱枕，身体窝在那儿，偏着头睡得安稳。

影片里明灭变化的光落在她脸上，映亮眉眼，秀美恬静。

每一次，她在他身边安稳睡去时，孟司意脑中都会想起"美好"两个字。

他定定地看了会儿，倾身过去。

两张脸逐渐重合，呼吸挨近，他睫毛轻动，颤抖着将唇印上去。

几乎是同一时间，祝时雨睁开了眼睛。

孟司意轻轻拉开了一丝距离，彼此对视，祝时雨静静看着他，声音很轻。

"孟司意，你上次是不是就想这么做了？"

长景旅游度假区，摩天轮下，一对情侣正在底下拍照亲吻。

祝今宵连衣裙甜美，手里拿着冰激凌，在远处不停摆着动作。

"小雨，小雨！你在发什么呆？"连换了几个姿势，发现对面拿着相机的人并没有在拍而是在发呆之后，祝今宵忍不住停下叫道。

"啊。"祝时雨突然回神，目光不自然地从对面那对情侣身上移开，重新拍祝今宵，弯腰专心找镜头角度。

"小雨，你刚才在想什么？"中途休息，两人坐在景区甜品站，祝今宵咬着嘴里的吸管问她。

这次过来，是接了这个度假区的推广，需要和祝今宵在这里拍一期视频，更新相关内容。

祝时雨之前工作时很专注，连手机都很少看，更别说走神了。

"没什么。"她吸了口果汁，闷声道。

祝时雨刚才的思绪停留在了和孟司意在客厅的那个晚上。

在她问完那句话过后，紧接着，他低声道："被你发现了。"

祝时雨还没来得及反应，脸就被人抬起，孟司意再度低下头来，手扶在她脑后，柔软有力地抵开了她的唇。

和前两次的浅浅一碰截然不同。

这次是深入的、濡湿的、陌生汹涌的。

祝时雨感受到了从未有过的心潮起伏，大脑空白缺氧。

他亲了很久，力度由轻转重，祝时雨已经晕沉沉的分不清时间，只记得分开时，两人过重的喘息和绯红的唇。

她一把推开了孟司意，逃也似的回了房。

第二天，她临时接到了这个推广，一大早就带着行李出了门，赶往高铁站。

直到现在还没回家。

祝时雨一回想起那一幕就心跳加速，不自然地又喝了口果汁，不敢低头看手机。

这两天孟司意有给她发消息，仍然同往常一样，简短的关心和问候。昨天晚上，他问她什么时候回来。

祝时雨现在面对他有些不自然，不知为何，在那样的亲密接触之后，她不知道该用什么样的态度去和他相处。

她含糊地把这个话题敷衍过去，说自己还不确定时间。

祝时雨叹了口气，觉得自己像是一只鸵鸟，将头埋在沙子里能逃避一天是一天。

这个视频的工作量没有这么大，把景区几个关键的打卡点拍完，素材就差不多了。

拍摄的最后一天，祝时雨频频走神，明显到祝今宵都看不下去，干脆让她放下休息。

这次休息是在另一个卡通人物主题的甜品店，在她的逼问之下，祝时雨犹豫片刻，还是把自己目前的状况说了出来。

"所以……你是不知道该怎么回去面对他？"听完，祝今宵眉头紧皱，一脸不解。

祝时雨赶紧点头。

祝今宵想了一会儿，反应过来，抬头问她："你说你当年和陆戈在一起，顶多也就是亲个嘴吧。"

她比画示意："就单纯地碰一碰，啥也不干的那种。"

祝时雨被迫点头，现在回想起来，有点儿难以启齿："嗯。"

"牵手抱抱呢？"

冬天请与我恋爱

"手经常牵，每次基本是送他去车站分别的时候礼貌性抱一下。"祝时雨不由自主地解释，"穿得都很多。"

祝今宵嫌弃地看她一眼："……我管你们穿多少。"

"我已经大概明白你问题出在哪儿了。"她翻了翻白眼望着天说。

"嗯？"祝时雨虚心求教。

"铁树开花，突如其来，不知所措，这边建议你多亲几次适应一下，脱敏治疗听过吗？保管第二次之后就习以为常自自在在了，说不定到时你俩只要单独待在一起都忍不住亲亲抱抱、腻腻歪歪……"

祝时雨忍无可忍地打断她："祝今宵，游乐场不是非法之地，请注意你的言行举止。"

"行了，知道了，赶紧收拾东西订票回家吧，陪你在这边耗了这么久，我都想念我家那张大床了。"祝今宵一把拉开椅子站了起来，用手扇风，"这鬼地方热死本公主了。"

祝时雨倒是没想到她早看出了自己的故意拖延，还不声不响在这边陪了自己这么多天。

她赶紧上去挽着祝今宵的手臂，讨好道："辛苦了，宵宵公主。"

今天拍的主题馆是童话公主，因此穿着打扮也是公主风，拍的这一天有不少路人都在看她，还有一些认出来的粉丝上前要签名合照。

视频在回去的高铁上就剪得差不多了，车内播报即将到站的语音，睡了一路的祝今宵终于醒来，伸了个懒腰。

"你家那个待会儿来接你不？"

祝时雨放在电脑上的手顿住，缓慢点头："嗯。"

她又有些不自然地说："说是要来。"

孟司意确实提前问了她到站时间，半个小时前还确定了位置，祝时雨慢吞吞地收拾东西，听到祝今宵懒意洋洋道："那我们待会儿就分开走吧，我可不想做那个闪亮的电灯泡。"

祝时雨收到孟司意消息，背着相机往停车场走时，脑海里还在想着祝今宵的话，在心里默默嫌弃她的小题大做。

视线里出现了那辆熟悉的车，祝时雨刚走过去，门就从里面打开了，穿着衬衫长裤的孟司意下来，接过了她手里的东西。

"累吗？要不要先去吃饭？"他神色自然，举手投足间都和往常无异，祝时雨心里那几分不清不楚的别扭也随之消散。

"还好，我们先回去吧。"

车子驶出地下停车场，祝时雨在低头和祝今宵发消息，没有注意到孟司意的欲言又止。

直到她抬起头，看到这是前往医院的方向。

"嗯？你是要先回去上班吗？"她困惑发问。

孟司意短暂犹豫了一下，转头对她说："时雨，妈生病了，现在正在医院住院治疗，你要不要过去看一下？"

心头突如其来的沉重，祝时雨当时愣神了几秒，才反应过来他口中的"妈"说的是周珍。

她怔了怔，轻声问："严重吗？"

"现在还没确定。"孟司意手握了下方向盘又松开，才开口，"我也是今天才知道的。好像是胰腺肿瘤，还没确定恶性还是良性，正在做病理切片检查，结果很快就会出来。"

这一瞬间，祝时雨脑中闪过很多东西。

回来后催促她结婚的迫切，不由分说把她留在本市，偏执又无法撼动的种种。

她不知道是不是自己想多了，因为从很久之前起，周珍就一直是那样的。

祝时雨知道自己不能再按照这个假设想下去了，然而在听到孟司意叫她时，她才发现自己眼泪已经不受控制地掉了下来。

"时雨，现在一切都没有确定，你先别自己吓自己。"他语气带了些慌乱，手忙脚乱地在车里翻出纸巾，朝她递过来，安慰道。

其实两人都清楚，作为最常见的恶性肿瘤之一，胰腺瘤良性率极低。

祝时雨从他手里接过纸巾，擦干净脸，平静点头："我知道。"

"别难过了。"他用力握了握她的手。

"好，"祝时雨低下头，努力说，"我不难过。"

第八章

避风港湾

冬天请与我恋爱

两人到了医院，直接去的肿瘤科。到病房门口时，正逢祝安远拿着盒饭垃圾出来，准备去扔。

"小雨，你们怎么来了？"他睁大眼，明显提前不知情。

祝时雨透过病房门，看到了里面的情况，周珍背对着门躺在病床上，被子覆盖着她的身躯，一只手在输液。

苍白，干瘦。病房中无人说话，安静得死气沉沉。

"你们来多久了？"走廊边上，祝时雨垂着肩膀，低声问。

"也就这几天，你妈妈不想让你们担心，所以就没让我和你们说，其实也不是大事，现在结果还没出来……"祝安远絮絮叨叨，一个劲儿地宽慰他们，祝时雨打断他。

"得这个病多久了？"

祝安远一顿，目光不自觉地从他们脸上扫过，低着头："去年出院复查的时候就有点迹象，但没有确诊，你妈的意思是想等你婚礼结束了再来医院。"

"病情有延误吗？"祝时雨不自觉地握紧了手，声音很轻，"至于这样吗？"

"小雨……"他欲言又止。

"没事。"祝时雨抬手抹了抹脸，吸鼻子，"我先回去放东西，你们晚上吃了什么，待会儿我煲点儿汤一起带过来吧，现在应该没什么忌口吧。"

她最后那句话是抬头望着孟司意征询的，他朝她点点头，拿车钥匙："我送你。"

"不用了，你帮我照看一下这里……"祝时雨话音停顿，再度开口，微红的眼中透着郑重，"麻烦了。"

孟司意送她下楼。

离开那间病房，她情绪稳定了不少。

"我妈现在的病历可以查到吗？"两人站在电梯前，她问孟司意。

"可以。家属在护士站可以查询，还有，你想见见她的主治医生吗？"

"可以吗？"祝时雨抬起脸。

孟司意注视着她，指腹蹭过她湿润的眼角，温声道："可以。"

两人从医生办公室出来，那位肿瘤科的专家还在和他们说病情目前乐观，这几个月肿瘤一直没有再生长，不用太担心，一切等检查结果。

孟司意走在后面，同他沟通着相关细节，一直送到楼梯口，他拍了拍孟司意肩膀。

"别太担心，也让你妻子不要给自己太大的心理压力，相信我们医院的医疗水平。"

"麻烦了。"

"这有什么，应该的。"

两人又寒暄了几句，在这里分开，祝时雨和孟司意一起下楼，此时内心已经勉强安定了下来。

"你们都认识吗？"她忍不住问。

"正常同事，有过来往，不算太熟，不过他在医院口碑很好，技术也是专业顶尖。"

"那我爸妈这次是不是你——"

"没有，我发现的时候爸妈已经办好住院了。"孟司意打断了她的猜想，低眸看她，"我只是帮忙联系了合适的医生。很小的事情，无论哪个朋友都会帮的，不用放在心上。"

医院停车场，孟司意把车钥匙递给她，祝时雨接过，说："我回去收拾一下，很快就回来。"

"不着急，我在这边。"

"好。"她点点头，又想起什么，"对了，病人喝什么汤比较合适？我待会儿研究看看。"

孟司意神情顿了下，犹豫开口："清淡点儿的，你就炖个海带排骨就行了。"

他话音稍停，又道："你知道那个海带和排骨放进去加水就行了吗？稍微放点盐，其他都不用放，再放两片生姜也可以。"

"我会好好查一下的。"祝时雨认真地看着他，"别担心，我已经比以前进步很多了。"

冬天请与我恋爱

几天没回来，家中依旧和往常一般，没有任何变化，如果硬要说有，就是她没在，家里的垃圾杂物更少，愈发显得整洁冷清，没有人味。

她把行李放好，先去厨房按照菜谱把排骨炖上，然后回房间洗澡，简单收拾了日常用品。

洗完出来时屋子里已经有香味了，祝时雨揭开盖尝了尝，味道比她想象中要好，至少和她平时喝的没有太多差别。

她拿了个保温桶装好，和自己收拾的包一起带下去，再度开车去医院。

天已经黑了。

祝时雨过去时病房里只有几个病人，家属似乎都出去了，周珍依然躺在床上，祝安远和孟司意都在旁边，她走过去，把手里的东西放下。

"我在这儿就行了，你先回去休息吧。"她对孟司意说，"家里还给你留了汤，你饿了可以喝点儿，味道还可以。我今晚可能不回去了。"

"我不用这么多人照顾，有你爸就行了。"闻言，躺在床上的周珍突然出声，眼睛看着她。

发生了这么多事情，母女俩终于第一次好好说话。

祝时雨没看她，只是对坐在旁边的祝安远说："爸，您累了可以先回去休息，我在这边看着。"

祝安远眼神在两边打转，欲言又止，最后开口："没事……我和你一起吧，你刚来，可能有些地方不熟悉。"

检查结果没出，还没有正式制订治疗方案，目前也只是简单的输液，其实事情并不多。

周珍坐起来喝了点儿汤，其间不舒服吐了两次，汤也没喝多少，便按着腹部再次躺了下去。

夜深，祝时雨一直坐在床边，直到孟司意走进来，轻声把她叫出去。

"我去护士站租了一个床位，你晚上困了的话记得去那儿睡。"

"你还没回去吗？"祝时雨问。

"我今天值夜班。"他眼神温和，注视着她，"有事情随时找我。"

"嗯。"她靠着墙壁，低着头，两只手背在身后，像是一个犯错的孩子。

孟司意目光停顿，看了眼病房问："情况还好吗？"

灯光冷白的走廊，周围空荡，护士在远处忙碌。

祝时雨低声回："不太好，吐了两次。听说得这个病就是这样，胃口不好，容易恶心，可是之前，我一次都没有注意过。"

她用力压抑着声音自责："我们每天一起吃饭，我都没发现。我总是在和她生气，除了冷战，什么都没有做过。"

"这不是你的错。"孟司意伸手把她搂进怀里，手轻抚着她的头，"时雨，大人总会做认为对小孩正确的选择，这是他们的通病，我们不一定要原谅他们，但是一定不能让自己后悔。你已经做得很好了。"

初夏回荡着暖风的夜，两人衣衫单薄，孟司意肩头衬衫的布料逐渐被浸湿，温热的眼泪掉落在上面。

悲伤仿佛没有终点，那抹温热一直在蔓延。

祝时雨一直趴在他怀里哭，她哭起来也格外委屈，不敢发出一丝声音，只是无声地抽泣，肩膀抖动着，仿佛痛苦积压太多，需要一个发泄的出口。

呼吸间，心脏好像随着她的难过而疼痛。

孟司意终于难以压制。

"别哭了。"不知过了多久，他抬起她的脸，手指强硬划过她眼角，拭去泪水，"再哭我就亲你了。"

两人之间，响起恶狠狠的威胁，伴随着一丝自暴自弃。

祝时雨错愕地停止哭泣，泪眼蒙眬地望着他，似是不敢相信这样幼稚的话语是从他嘴中说出来的。

"你不是很害怕吗？"孟司意一点点擦干净她的脸，声音低沉，"出去躲了好几天，都不敢回来。"

祝时雨的脸一瞬间滚烫绯红，没想到他都知道。

她嗫嚅了几下，说不出话。

"没有害怕。"许久，祝时雨嗓音微哑，"只是有点儿突然，现在已经好了。"

孟司意在心里细细揣摩了一下她"已经好了"这句话，少顷，手掌再度托起她的脸。

"好了？"

气息刚涌入耳中，温热的嘴唇就堵了下来，短暂停留了两秒，孟司意抬起头。

祝时雨呆愣地站着，任由着他用指尖理了理自己颊边散落的头发，然后手指再度抚过眼角，轻碰了下。

"不准再哭了，回去吧。"

孟司意推着她肩膀转身，把她重新送回房间，直到他挥挥手离开，祝时雨还呆呆的没回神。

思绪陷入柔软的情绪中，先前的悲伤被挤压得难以生存，祝时雨慢半拍地吸了吸鼻子，然后不自觉地抿了下唇。

病房十点熄灯。

无人说话，周遭安静，黑暗彻底笼罩下来，窗外树影偶尔闪动，路灯照进来几丝昏黄的光。

祝安远连续在医院守了几天，早就受不住了，他年纪也大了，现在有祝时雨在，也就放下了心，在旁边租来的床位上休息。刚躺下没多久，细微的鼾声就响了起来。

周珍拔掉输液管之后也睡了，只是她睡得不太安稳，似乎疼痛让她难受，在梦里眉头都是皱着的。

床边，祝时雨静静坐着，不想睡，也睡不着。

她什么都没有做，只是在那里守着周珍。

白天的时候根本不敢看她，直到深夜无人时，才敢把目光放到那张脸上。

时间过去太久，祝时雨已经忘记怎么好好和她相处了。

夜里，隔壁病床上有人翻了个身，祝时雨趴在床沿，手酸了，不小心碰到了手机，屏幕亮了一下，上面显示时间是零点。

还有几个小时医院就会出结果。

她在黑暗中睁着眼，又闭上，最终还是坐直身体，默默看着病床上的人。

凌晨一两点的时候，周珍醒了，她浑浑噩噩地睁开眼，看到了床边的祝时雨，目光有一瞬间聚焦，很快又散开。

她张了张嘴。

夜深人静的病房里，响起她轻飘飘的声音，虚弱得好像下一秒就会消失。

"我知道你怨我，恨我逼你结婚，恨我让你留在这里……恨就恨吧，反正这么多年了，也不差这一两件事。"

祝时雨分不清她现在是清醒的还是糊涂的，只是周珍眼神虚空，仿佛是自言自语。

"看着你结婚我就圆满了，这辈子也算放心了。这个病怎么样都没关系，死了也好，你和我都解脱了。"

她说完就闭上了眼睛，扯了扯被子，翻身面对着墙壁，只留祝时雨坐在床边，颤抖着嘴唇，泪流满面。

早上护士刚查完房，孟司意就带了早餐过来，他买了很多吃食，有粥、馄饨、鸡蛋、豆浆、玉米等，应该是把医院早餐都打包了一遍。

病房里的人都才起来没多久，祝安远正好洗完脸从洗手间出来，拿纸巾擦着头发上的水，见到孟司意诧异出声。

"小孟，怎么这么早就过来了？"

"爸，吃早餐。"他把手里提着的袋子放到桌上，招呼道。

"唉，真是麻烦了。"祝安远叹气，站在桌旁打开袋子，挑了几样清淡的拿给周珍。

"顺便带过来的，没事。"

孟司意说着，眼神却落在一边坐在病床旁沉默不语的人身上。

"怎么了？"他走过去，手背轻碰了下她的脸，轻声问。

祝时雨摇头，抿着唇。

"不吃早餐吗？我买了玉米和豆浆。"他轻声细语地劝，"随便吃一点儿，不然胃会不舒服。"

"没关系，我晚点儿吃。"祝时雨抬起头，望着他说。

孟司意目光却顿住，定定地看着她红肿的眼，问道："眼睛怎么了？"

"没事。"

"等我一下。"

孟司意转身出去，只剩下一道匆忙的背影给眼前的人。

冬天请与我恋爱

没一会儿，她手机收到消息，孟司意叫她出去。

祝时雨抬头看了眼周珍，此时她正坐在床上吃早餐，祝安远拿着勺子，给她把粥吹凉。

她拿起手机起身，说："我出去一下。"

病房外，祝时雨出去，就见孟司意站在那儿，朝她递过来一包冰块和毛巾。

"拿回去敷下眼睛，都肿了。"

"很明显吗？"祝时雨立马低下头，用手去碰眼睛。

"不明显。"孟司意拉她的手，"只是我看着很明显。"

祝时雨任由他拉着，不说话了，须臾，低垂着脑袋。

"你还不回去休息吗？上了一整夜的班。"

"昨天晚上睡了的。"孟司意眼神沉静，握紧她的手说，"我陪你一起等检查结果出来。"

早上十点，病房人进进出出，周珍床位在最里边，靠窗，此时床边围着的家属也最多。

祝安远来回走动，一会儿洗水果，一会儿整理东西，围绕着病床打转。

另一头，孟司意和祝时雨并肩坐在那儿。两人不怎么说话，姿势却让人一看就是夫妻。

这边住的都是在康复化疗的人，氛围没那么严肃，病号之间偶尔都会聊天，周珍住进来两天了，周围的人也都有点儿熟悉了，旁边床位的阿姨看着他们，目光落在孟司意和祝时雨身上，忍不住搭话。

"哎，这是你女儿和女婿吧？真般配，郎才女貌的。"她夸赞道，周珍此时也有了点儿笑脸，点头。

"是啊，今年刚结婚没多久。"

"你女婿是不是医院的医生啊？我之前好像看他穿白大褂进来过。"

"是，他是骨科的。"

"那真不错啊，在一个医院也有照应，医生年轻有为，你女儿找了个好对象嘞。"那位阿姨喜笑颜开，连连称赞，周珍难得露出开怀放松的笑容。

"儿女年纪大了，就希望他们遇到好的人，成家立业，这样我们做父母的也就放心了。"

"可不就是这样，我也有个女儿，二十七八了连个对象都没有，天天在游戏里老公老公，都把我愁死了。"

"可能缘分还没到。"周珍劝慰。

"对了，你女儿女婿怎么认识的？自己谈的？"阿姨好奇地八卦。

"不是，她伯母在医院当护士，介绍的，说是他们医院里最优秀的男青年，人品性格打听过，都说好。"周珍提起这些，眼神欣慰地看过来，下一秒又像想起什么，脸上莫名带了几分伤感。

旁边的阿姨更是夸她运气好，话里羡慕，周珍敷衍着过去，两人又聊了些其他的，气氛没这么压抑，显而易见地轻松起来。

祝时雨一直低着头沉默，像是听不见她们的聊天，孟司意无声地握住了她放在膝头的手。

"别想太多，会没事的。"

"嗯。"她低声回应，片刻，轻轻回握他握着自己的手。

等待结果的这几个小时里，是孟司意的体温一直支撑着她挨过这段格外煎熬痛苦的时间。

医生带着单子来时，祝时雨有一瞬间的摒息，胸口不由自主地停止起伏，定定地望着他。

病房里的几个人都在望着他。

祝安远动作定格在原处，周珍不安地抿唇。没有人说话，也没有人敢最先开口问。

孟司意是在场唯一一个冷静的人，他环顾一圈后，注视着那位昨天见过的主治医生，正要开口。

"好消息。"医生宣布，话里带着轻松喜悦，"肿瘤是良性的。"

简短的几个字，让所有人瞬间卸下重担，如同死而复生。祝时雨眼眶瞬间红了，酸涩发胀，祝安远已经忍不住握紧周珍的手，激动得说不出话来。

病床上，周珍忍着泪笑了笑，目光在祝时雨脸上停留几秒，然后转头，对面前的医生说。

"谢谢，多谢医生。"

"分内职责，不过即使是良性，片子显示肿瘤面积过大，已经有压迫器官神经的迹象，依然要准备手术切除。"

"那请问有什么需要注意的事项吗？"祝时雨已经起身，朝医生走过去。

"没有太大问题，家属这边过来一下，详细制订手术方案。"医生看了他们一圈示意。

除了留在病房的周珍，几人都跟着过去了。

办公室内，听完手术的相关事项，祝时雨和祝安远面色不约而同的沉重。

走出门，祝时雨一副松了口气的模样，对祝安远说："爸，您先回去收拾一下这几天要用的东西，我先在医院看着。"

"你受得住吗？昨晚是不是一宿没睡？"祝安远犹豫着说。

"睡了的，你就放心吧。"

手术日期定在下周，其间就是不同的检查和调理身体，祝时雨和祝安远两人轮流在医院照顾，孟司意有空也会过来，三个人在的情况下，并不算太辛苦。

只是最近气温变化大，医院休息条件有限，手术前一天，祝时雨还是坚持不住感冒了。

她晚上没睡好，一觉醒来，鼻子堵塞，脑袋昏沉。

祝时雨胡乱吞了感冒药，等着祝安远从家里过来交班。

手术当天，经历了漫长的三个小时的等待。

指示灯由红转绿，手术室大门被拉开，医生出来，通知他们一切顺利。

外面等候的人立即大松一口气，也是这一下的松懈，让祝时雨积压了许久的病情终于冲破防线。

她下午回病房就撑不住了，头昏脑涨，眼皮重得快要坠下，祝安远催她赶紧回去休息，并去拿了退烧药给她。

这场病来势汹汹，祝时雨回家连澡都没洗，裹着被子睡得昏天暗地，醒来已将近第二天中午了。

她摸了摸自己的额头，烧退了，只是浑身乏力，四肢酸软。

祝时雨重新洗漱过后出去，才发现厨房里有孟司意给她留的早餐。她拿着上面贴着的便利贴，脑子里隐隐约约涌起一些记忆。

　　昨晚半夜孟司意好像回来过，把她叫醒，又给她喂了一顿药，然后记忆就停留在了这里，她似乎咽下药就马上昏睡了过去。

　　她收拾好再度赶往医院。手术结束，病人身边二十四小时都需要人照顾，从昨天下午到现在，一直都是祝安远一个人，祝时雨担心他太累，和自己一样病倒。

　　到病房门口时，里面传出一道不属于祝安远的声音，隔着薄薄的门，温和耐心。祝时雨匆忙的脚步停住，本能地往里看。

　　病床前，孟司意正坐在那儿，手里拿着棉签，细细给周珍沾湿干燥起皮的嘴唇。

　　"妈，有没有哪里不舒服？"孟司意待她的家人一向都很有礼貌，但可能因为她的关系，对比周珍，他同祝安远更为亲近融洽一些。

　　祝时雨想过他会帮忙照看周珍，却没想到他的态度会如此耐心，就像是把她当成了自己的亲人在对待。

　　爱屋及乌。

　　她脑海中第一次联想到了这个词。

　　祝时雨发了会儿呆，在孟司意拿着热毛巾准备替周珍擦手时，她推开门，从他手中接过东西。

　　"我来吧。你快回去上班，今天又不是休息日。"

　　"没关系，我请假了。"他第一反应是摸摸她的额头，然后松下一口气，眼中略带不满，"你去休息，有什么事情叫我就好了。"

　　手术到出院的半个月时间里，在祝时雨看来像是过了半年之久。

　　术后病人需要注意的事项很多，周珍夜里经常会疼得睡不着觉，祝时雨陪护时，也整夜整夜地睡不着，如此下来，不仅周珍消瘦了，祝时雨也瘦了一圈。

　　好在还有孟司意在，他下班经常会过来，替祝时雨的班，让她去自己的休息室睡一下。而且他对医院熟悉，很多时候，好多事情都是他去帮忙处理，很大程度上，减轻了她和祝安远的负担。

　　以前她总觉得自己什么事情都能一个人做好，直到这次周珍生病。

冬天请与我恋爱

身边有另一个人可以依靠的感觉，原来是这样。

周珍手术后恢复得不错，但刚出院后的那段时间里，依然需要人照顾。

她本意是回家，家里有一个人足够了，如果这段时间祝时雨没在医院或许会被这番说辞糊弄过去。

祝安远一个人确实可以照顾她，但也非常累，而且总有不在身边的时候，买菜做饭各种事情加起来，诸多不便。

她和孟司意商量过后，决定先接他们过去住一段时间。

孟司意的房子离医院非常近，无论是之后复查还是什么，过来都很方便，况且有她在家，和祝安远两个人互相有一个照应。

祝安远犹豫过后同意了，周珍最开始死活不松口，在祝时雨直接给她收拾行李后，也不说话了。

出院那天是祝时雨开的车，开的她自己那辆。两人上车，祝安远不禁打量着车内，目光最终转向驾驶座的她。

"小雨，你什么时候买车了？"

结婚之后，祝时雨和家里很少联系，更没有聊过现状，至今为止，他们都不知道她买车了。

"前段时间。"她观察着路况，神色如常地回话。祝安远没再说话，周珍更是从头到尾保持沉默。

家里提前有收拾好，自婚后，客房一直被祝时雨占着，现在两人要过来一段时间，她只能让出房间，重新整理成无人居住过的样子。

祝时雨的东西都搬到了主卧，行李箱还放在地上没有打理，收拾房间那天孟司意没在，只能等他晚上回来再商量。

想起这件事情，祝时雨不自觉地蹙起眉头，一阵头疼。

到家，祝时雨安置好周珍和祝安远。

两人东西不多，房间刚好够用。床单被套都是新换的，新鲜的空气从半开的窗中透进来。

窗边茶几上的花瓶里摆放着一束新鲜的粉色玫瑰。

周珍目光落在上面，沉默不语。

她过来这一路身体有些撑不住，没多久就躺在床上休息了，祝时雨则带祝安远熟悉屋子。

　　这段时间家里没人做饭，冰箱空空的，两人去附近超市采购了一趟，顺便熟悉下周围环境。

　　孟司意当天有手术，回来得比平常晚，他到家时饭菜都已经上桌了。

　　四菜一汤，简单家常，卖相很有食欲。

　　晚饭是祝安远做的，下午祝时雨帮忙打下手，炒菜时在旁边观看，又学到了不少技巧。

　　比如原来做菜第一步大多是先放油，然后一定要等到锅里的水烧干，才不会出现她之前每次都有溅油的情况。

　　四个人上桌，第一次在这边吃饭，竟然也不冷场，只是稍显客气。

　　"小孟，试试这个牛腩，我的拿手菜。"

　　祝安远招呼他，那盘牛腩刚好在祝时雨面前，孟司意刚应完准备动筷，祝时雨就被祝安远使了个眼神。

　　"哦，你尝尝。"她反应过来，拿起筷子给他夹了一块。

　　孟司意笑了笑，声音温温的："谢谢爸。"

　　对上祝时雨一直看着他的眼睛时，又道："谢谢时雨。"

　　祝时雨心满意足地收回视线。

　　饭桌上碗筷偶尔碰撞响动，夜幕已经笼罩，餐厅亮着橘色暖灯。

　　周珍的吃食是另外准备的，小米瘦肉粥，还有水煮的青菜。

　　她最先放下筷子，拿起纸巾擦嘴说吃饱了。

　　祝安远没一会儿也吃好了。

　　他起身准备收拾桌子，被祝时雨阻止："爸，我来吧。"

　　"没事没事，你去休息。"他连忙推拒。

　　"家里洗碗机你不会用，放着我来收拾就好了。"祝安远在她的坚持下只好作罢。

　　"那好吧，我陪你妈去转转。"

　　医生嘱咐病人饭后最好不要坐躺，可以适当走走。最近天气暖和，小区楼下环境不错，很适合老人散心。

　　两人出门，祝时雨收拾好厨房，看到孟司意正从书房出来，准备往卧室走，连忙叫住他。

　　"哎，那个……"她叫完一下卡了壳，有些难以启齿。

冬天请与我恋爱

孟司意停住脚步，看着她。

祝时雨见状，两只手不自觉在身前抓着，组织着措辞："我之前和你说过房间不够用，所以……"

"你东西搬过来了？"孟司意了然地问。

祝时雨望着他点头。

"是不是还没收拾？"他又问，祝时雨再度颔首。

"嗯，我想等你回来。"

"那走吧。"他神情自然，又一偏头示意。祝时雨不知为何，心脏怦怦跳了两下，暗自深吸气应着。

"好。"

她的个人物品还是很少，和前段时间一样，箱子里除了几套衣服和鞋子就没有其他了，洗漱用品也装在一个袋子里，少得可怜。

只是除此之外，还新增了一些小物件，是这些天出门时随手带回来的卡通玩偶和小手办。

祝时雨在生活上大大咧咧的，简单得像个男人，却在某些地方总有点少女心。

两人进到房间，孟司意把衣柜和床头柜给她空出了一半，让她放东西。祝时雨怀里抱着自己的物品一一摆好，孟司意就站在一旁看着，他不方便帮忙，也没有离开，怕她中途有什么需要。

祝时雨全程都不自然，手脚略显僵硬，脸上不知该做何表情，微微尴尬，有不明的热度，尤其是收拾到自己的贴身衣物时。

孟司意轻咳一声，转过身，进到浴室，过一会儿，里头有拨动物件的响声传来。

"到时候你洗漱用品放这儿就行了，还是原来的位置。"

他话语响起，祝时雨赶紧把衣服塞好，朝他应了声："好。"

她抱着一堆瓶瓶罐罐往里走，恰好孟司意从里头出来，两人猝不及防在狭窄的门前碰上面，差点儿撞上。

两人都是一惊，然后退开，孟司意不自然地垂下眸，揉了揉鼻尖。

"我先出去一下，你……到时候要睡觉就先睡。"

"好。"祝时雨忙不迭地点头，有点儿如蒙大赦的感觉。

晚上，孟司意在书房，祝安远和周珍在客厅看电视，祝时雨陪着他们坐了会儿，时钟刚到九点，祝安运和周珍就回房洗漱休息了。

她也准备回去，起身时看了眼书房门，依旧紧闭着，从门缝中透出一丝光。

祝时雨洗完澡出来时间还早，房间无人，她目光落在那张床上，手里毛巾擦着头发，仿佛回到了刚结婚那一天。

只是一转眼已经过去了两个月，她和孟司意也从陌生的新婚夫妻变成如今半熟的状态。

是的，半熟。

她用这个词来定义两人目前的关系。

祝时雨吹干头发，穿着睡衣上床，这边床单被套也是新换上的，是温暖的嫩黄色，她躺上去，忍不住在上头打了个滚儿。

周遭安静，窗外夜色蔓延，漆黑中树影摇曳。

祝时雨双手双脚摊开，看着天花板发了会儿呆，然后再度爬起来。

她打开电脑，趁着孟司意没来的时候借着他房间的桌子办公。

祝今宵上次随手更了一个化妆视频，效果出乎意料的好——她底子好，随便一化就很漂亮，很多粉丝就有种化妆品效果神奇的天然滤镜，纷纷在底下问她用什么牌子。

祝今宵当时的回复纯属推荐，但这个视频过后，各种美妆品牌就纷纷找上门。美妆产品特殊，一不小心就会拍得非常像广告，祝时雨在考虑什么样的推广方式可以达到既更新内容又能展示产品的效果。

她在网上搜了下类似的推广，基本都是直接上手化妆，然后介绍产品，这样太商业性。

祝时雨皱着眉头，在翻到其中一条视频时停下了手。

那是一条博主随机采访路人的视频，不同的是在采访之前，她会先补一下妆，补妆的中途就会趁机展示自己最近用的化妆品，在这样不经意的推销下，效果更加自然。

祝时雨有所触动，打开文档飞快地写了一个全新的脚本。

她这次接的是一个国内知名化妆品牌旗下的少女系列唇釉，很适合校园，正好可以结合初恋系列，拍一个青春情景短片，把这只唇釉打造的妆容和剧情结合在一起，也相当于是一次正常内容更新。

祝时雨工作时非常投入，沉浸在剧情设计当中，孟司意推开门时，

冬天请与我恋爱

只看到她抱着电脑认真的脸，同时手指噼里啪啦地敲着键盘，根本没注意到他进来。

还是门重新被关上，轻轻一声响，祝时雨才听见抬起头看了他一眼。

"你回来了？"她全部心神还停留在自己的剧本里，打完招呼眼神立刻回到屏幕，态度显然敷衍。

孟司意顿了顿，轻"嗯"了声。

"我先去洗漱。"他说。

这次祝时雨头也没抬，只点了点头："嗯嗯，好。"

孟司意在原地站了几秒，从她身边经过，去衣柜拿睡衣。

等他洗完出来，祝时雨还在电脑前忙碌，只是这次她像是在查什么资料，手托着下巴神情严肃，看得专注。

"我先睡了？"他试探地说了声，走到床边，祝时雨后知后觉，慢半拍抬起头"啊"了一声。

"你先睡吧，可以关灯，我马上就好。"她指了指屏幕，保证道。

"没关系。"孟司意话语稍顿，"不着急。"

顶灯被关上，光线一瞬间变得柔和，橘色的床头灯光晕毛茸茸的，像从天上落下藏在房间的月亮。

周遭突然变得安静。

原本专注的祝时雨突然感觉有些奇怪，她再也无法把注意力放在工作上，而是心神忍不住往后飘，去到那张此刻躺着一个人的床上。

磨蹭了会儿，祝时雨最终还是关掉电脑，攥住睡衣过长的袖子，踩着拖鞋慢慢走到床边。

孟司意睡得很规矩，安安静静地躺在自己那一边，被子整齐地盖在身上，给她留出好大一片空间。

她轻轻地掀开一角，躺上去，然后小心翼翼地拉好被子，盖住自己。

"那我关灯了？"她躺好后试探地问。

"好。"他声音温和地回答。

"晚安。"

"晚安。"

祝时雨说完，伴随着"啪"的一声，整个房间彻底陷入黑暗。

她闭上眼，看似平静，其实内心忐忑地进入梦乡。

孟司意醒来的时候，不知道是半夜几点。

只是热得有些透不过气，有人压在他的肩头，腿上有重量，睡梦中的胸闷似乎找到了原因。

身旁的人还在不安分地动来动去，时而翻身，时而把胳膊搭在他身上，更过分的是有时还会整个人朝他身边挤。

祝时雨睡觉不安分他上次就知道，但那天过于紧张，一晚上根本没睡，因此可以调整自己的睡姿。可此刻孟司意刚从睡梦中被吵醒，迷瞪了半天，又不敢碰她，缓了会儿神后，只好小心地把她的手脚从自己身上拿下来。

如此安稳了没多久，孟司意闭着眼睛刚要再次进入睡眠时，旁边的人又动了，大概是因为刚才被人制止的不满，她这次直接翻了个大身，手张开抱住了他。

温热的呼吸顿时凑上来，就在他下巴处，若有似无地仿佛贴到了他的肌肤。

孟司意头皮一麻，整个人顿时清醒，浑身都紧绷住。

他深呼吸，用力闭了闭眼，须臾，伸手推醒了身旁的人。

祝时雨被从睡梦中叫醒，迷迷糊糊睁开眼听到的第一句话就是："你不要动来动去。"

孟司意声音在她头顶，蕴藏着忍耐。

而此时，她正手脚并用地缠在他身上，仿佛抱着什么大型抱枕，毫无仪态可言，两人亲密的姿势让薄薄的一层睡衣遮不住体温蔓延。

她脑子"嗡"的一响，头皮瞬间发麻。

黑暗中，一切都看不清。

祝时雨手忙脚乱地松开孟司意，连忙从他身上下来，拽着被角飞快滚到了另一头，几乎缩到了床边边上，小声道歉。

"对不起……我不是故意的。"

她抱紧被子瑟瑟发抖。

身旁空荡，搅扰了他一整晚的人终于离开，甚至避之如洪水猛兽般地离开他大半米远，两人中间空出大片地方，有风钻进来，凉飕飕的。

这一刻，孟司意说不清是失落更多还是解脱更多。

他语气低沉，听不出太多情绪。

"没关系。"

这一出半夜里的小事故，让接下来的两人都难以继续入眠。

祝时雨不敢再睡着，害怕一不小心又失了态，滚去他那边把人家当成抱枕。孟司意则彻底心乱，不敢翻来覆去惊扰到她，于是只能对着天花板，睁眼到天明。

天色隐约透出亮光时，两人都不约而同感到了一丝解脱。

孟司意拿起放在床头的腕表，看了眼时间，起身下床。

听到身旁人掀被坐起的动静，祝时雨迷迷糊糊彻底放松下来，闭上眼真正安下心入睡。

浴室的响声很轻，孟司意出来后，看向床上的人。

她依旧缩在床的最边上，抱紧被子，大半张脸埋在里头，瞧着有一丝委屈的可怜。

第九章

失去控制

冬天请与我恋爱

早上，大家正常吃早餐。

孟司意依旧早早去上班，他走的时候家里只有祝安远起床了，在厨房才开始弄吃的，只能匆匆给他塞了两个水煮蛋。

今天桌上的是豆浆油条，很常见的中式早餐，祝时雨从小吃到大。

和平时孟司意准备的早餐有点儿不一样。

祝时雨刚吃完就坐在位置上犯困，她憋不住打了个哈欠，被祝安远看到，不禁问了句。

"小雨，昨晚没睡好吗？"

闻言，周珍的目光递了过来，祝时雨顿时清醒，连忙摇了摇头。

"没有，可能刚吃完，发饭晕。"

"这是肠胃不好，平时要多注意饮食锻炼。"周珍移开眼说，低头舀着碗里的粥。祝时雨胡乱点了下头，应着："嗯。"

两人不再纠结这个问题，各自忙碌，祝时雨坐在沙发上回想起昨夜，依旧头疼，她琢磨许久，打开购物软件浏览过之后，犹豫着点开他的对话框。

上午，孟司意刚忙完，回办公室拿起手机时，就看到了上面有她发来的新消息。

你昨晚是不是没睡好？

孟司意捏着手机，垂眸思忖，片刻后回复。

你呢，是不是被我吵醒了？

那边很快，几乎是秒回。

我只是觉得不好意思，我晚上睡姿很差，所以我想，要不要暂时先买一张折叠床。

她迅速发过来一张图片，是购物网站上的商品截图，藏蓝色铁架床，上面打着"单人行军床"几个大字。

　　长这样。
　　我这段时间先睡书房，我爸妈他们都睡得很早，应该不会发现。

孟司意呼吸一顿，指腹不自觉摩挲着机身边缘，须臾，缓慢敲击键盘。

　　万一他们不小心看到了，会很麻烦。
　　昨晚你可能是刚搬过来不习惯，我们今天再试一晚，不行再说。

这头，祝时雨看到他发过来的内容，陷入思索。

她抬头看向客厅的两人，确实如他所说，如果一旦被发现，将是极大的纠纷和麻烦。

她考量着，给他答复。

　　好，那我们再试一晚。

孟司意看到这条消息，立即松了一口气。

他按下侧边键关掉屏幕，望着漆黑的手机屏里映出来的人影，眸中思量，片刻，嘴角有一丝若有似无的笑意。

这天连着两台手术，孟司意回到家，已经早过了晚饭时间，他在玄关处低头换鞋，祝安远听到声音出来同他打招呼。

"小孟，怎么才回来，吃饭了吗？要不要给你热点儿东西？"

"不用了爸，我在医院食堂吃过了。"他挂好手里的衣服，目光在客厅里搜寻。

祝安远见状笑道："小雨出去买水果了，她妈妈先前说有点想吃香蕉。"

"哦，"孟司意点头笑笑，状似不经意地问，"出去很久了吗？"

"有一阵子了，估计快回来了。"

孟司意同祝安远和周珍说了会儿话，就进了书房，阅读了两个文献之后，才听到外面有说话的声音。祝时雨好像回来了，祝安远在问她今天水果新不新鲜。

他关了电脑，起身出去。

客厅三人都在，比以往要热闹些，两人猝不及防地对上视线，祝时雨还有点不自在，移开了眼，又很快反应过来，看着他，尽量如常道："你回来了？"

"嗯。"孟司意颔首，"刚下班没多久。"

"要不要吃水果？我买了猕猴桃和杧果……还有一些其他的。"祝时雨朝他示意手里的袋子，两人心照不宣，都不提昨晚的事情。

孟司意接过水果，说："我去洗。"

这个夜晚，彼此都很默契地在客厅待到很晚。

九点钟，祝安远和周珍照旧困了准备休息，祝时雨在客厅对着电脑忙碌，虽然不知道她在做什么，临回房前，祝安远还是叮嘱了句。

"小雨，别忙到太晚，早点睡。"

"我知道，爸，你们先休息吧。"祝时雨现在一听到睡觉这个词就头大，但还是维持着很好的表情管理。

夜不知不觉深了，周遭没有一丝响动，光影昏黄，祝时雨窝在沙发上，只偶尔听见她的键盘敲击声。

孟司意从书房出来时，已经将近十二点，祝时雨还在客厅，他目光落在她身上，声音和关门动静一同响起。

"怎么还没睡？"

祝时雨敲打键盘的手一僵，转过头。

"哦，马上就睡了，"说完，她又若无其事地问，"你忙完了？"

"累了。"孟司意揉揉脖颈儿说。

"那你赶紧去睡觉吧。"祝时雨连忙说。

孟司意回房了，周围很快又恢复了安静，祝时雨却不敢再在外面待太久，怕到时候进去会吵醒他。

又磨蹭了一会儿，估摸着他差不多要睡着时，祝时雨终于关掉电脑进去。

房间里很静，开着一盏床头灯，像是特意为她留的。

孟司意躺在床上，一如既往，睡姿很好。

她轻手轻脚地过去，照例小心翼翼地掀开被子躺下，还是尽量贴着床沿，给两人之间留出一大片空间。

祝时雨抬手，关掉灯。

这个晚上，她睡得很好。大概是故意等到很晚才睡太累了的缘故，躺下去没多久，她就进入了梦乡。

不知道深夜几点，孟司意照旧被身旁的人弄醒，她睡觉似乎有抱着被子的习惯，两个人睡时，自然而然就把他当成了那床被子。

旁边的人手搭在他身上，脸压着他的肩膀，其间还嘴里说着梦话，脸蛋在他肩颈间满足地蹭蹭，呼吸起伏的热气直接袭来。

孟司意仰了仰头，避开她过于靠近的脸，顺势调整了一阵呼吸。

他轻轻拿掉祝时雨放在他身上的手，又用同样的方法把她的脚从自己腿上推下去，然后小心翼翼地调整了姿势，面对着她。

两人仍然挨得很近，但中间却空出了一点儿距离，不至于那样亲密无间。

孟司意在她再次伸手搂过来时，轻轻抱住了她，他把她两只手规矩地塞在身侧，又在底下轻轻固定住她的脚。

这样祝时雨就不能动了，但又有东西可以抱，她在梦里挣扎了几下，发现不能挣脱之后就乖乖被他抱在怀里，脸搭在他肩头，呼吸逐渐平稳。

孟司意松了口气。

夜深人静的房间，两人就维持着这样的拥抱姿势，在彼此温暖的体温烘托下，慢慢入睡。

早上醒来，孟司意睁开眼，怀里的人依旧是这般亲密又规矩地被他抱着，她毫无察觉，睡得安稳极了，睡梦中粉扑扑的脸颊压着他的肩，浓密的睫毛像把小扇子搭在眼睑下，模样柔软乖顺。

孟司意心跳不受控制地急促跳动，耳边似乎能听到胸腔震耳欲聋的声响，周身血液开始有发热的趋势。

他飞快地松开她，又在起身前一秒放缓动作，小心地掀被下床。

冬天请与我恋爱

祝时雨这一觉睡得极好，精神饱满充沛，浑身暖洋洋的，她罕见的有种想要赖床的冲动，在被子里打了两个滚儿。

滚完，她才反应过来，刚刚睡醒的时候她好像在床的正中间。

祝时雨睁着眼呆滞几秒，放空发呆，须臾，伸手亡羊补牢般摸了摸孟司意那边，冰凉凉的，一如它的主人。

所以昨晚她到底有没有打扰到他？

祝时雨思索了两秒无果，很快放弃，起床洗漱。

从这一夜之后，两人晚上的睡眠奇异地达到了和谐的地步，祝时雨经常一夜无梦到天亮，孟司意也早早在她醒来前就去上班了。

同床睡了几次之后，刚开始的生疏和不自然也慢慢消失，有时候睡前，两人同时躺在床上，还可以心平气和地聊几句天，然后关灯。

祝时雨再也没有提过折叠床的事情。

这样的和睦保持了一周，温北市进入夏日来临前的雨季。白天一整天阴云密布，晚上临睡前，天边隐约有一闪而过的白光。

祝安远仔细检查了门窗，阳台上放着的几盆花都被他提前搬了进来，睡前，他还嘱咐祝时雨和孟司意最好拔掉房间电源。

祝时雨睡到半夜，被窗外轰隆响起的雷声吵醒，她睡眠不算浅，可此时的雷鸣声过于浩大，伴随着瓢泼大雨的阵阵敲打，她睡梦中被惊醒，然后睁开眼，看到了自己紧紧抱着孟司意。

不对，是她整个人被他固定在怀中，两个人亲密相拥，又熟稔自如，不知道已经这样度过了多少个夜晚。

她脑子里轰的一声和外面的雷声一同响起震荡，然后心脏狂跳，呼吸急促，脸滚烫得可以冒出热气。

祝时雨手忙脚乱地推开他，连滚带爬地缩到了床边的角落里，手抚上胸口，用力按下慌乱的心跳。

外面雷声阵阵，雨势极大。

窗外树木簌簌作响，风拍打着玻璃，发出砰砰的声响。

孟司意在祝时雨慌乱推开他时就醒了，此刻正睁着眼，视线在黑暗中缓了一会儿，才朝她伸出手。

"时雨。"刚睡醒的声音还略带沙哑，有种说不出来的感觉，祝时雨忍住去揉耳朵的冲动，感觉自己被他握住了手。

"你介意吗？我晚上睡觉和你靠得这么近。"

介意吗……明明是她自己睡觉不老实。

祝时雨情绪慢慢缓和下来，恢复冷静，她无声地摇头，大半张脸埋在被子里，传出来的声音瓮瓮的。

"是我睡觉喜欢乱动。"

"嗯……"孟司意若有似无地应了声，接着面朝天花板不说话了，两人安静地躺在床上，谁都没有再睡，保持着中间隔开大片的距离，等待着时间流逝。

大雨瓢泼的深夜，只有雷声阵阵，轰隆敲击着耳膜。

窗外时不时一道闪电晃过，漆黑的房间被映亮，紧接着，是道宛如横劈下来的沉闷响声，震耳欲聋。

祝时雨肩膀本能地缩了缩，扯紧被子。

"你怕打雷吗？"孟司意在那边突然说。

"不怕。"祝时雨如实摇头，她只是忽地有点儿被惊到，而且雷声吵得她睡不着。

念及此处，祝时雨不由拉高被子盖住耳朵，正想调整好姿势勉强酝酿睡意时，突然听到身后的人说。

"我怕。"

"啊？"

"过来给我抱一下。"孟司意开口，"我睡不着。"

"……"

祝时雨开始怀疑自己出现了幻听，可是那边的人已经手里稍微用力，把她拖入怀中。

这次是和之前截然不同的动作，孟司意从后头拥抱着她，胸膛挨近，祝时雨还没回过神来，头顶就被人压住了。

孟司意下巴搭在她脑袋上，呼吸平稳。

两人处境顿时转换，她好像被他当成了抱枕……

祝时雨慌乱地睁大眼睛，在沉默中逐渐适应了他的体温。

之前都是她把他当抱枕用，现在这次换她，似乎也说得过去。

祝时雨胡乱想着，在这样奇怪的愧疚补偿心态中，她闭上眼，思绪混乱地进入了睡眠。

冬天请与我恋爱

第二天一觉醒来，她仍然睡在了床的正中间，现在已经搞懂了缘由的人默默自省一会儿，掀被爬起来。

今天是周六，孟司意休息，桌上的早餐比起之前要丰盛一点儿，花样更多。

祝时雨猜到是出自他手。她起来的时候有点儿晚了，其他三人已经吃得差不多，她坐下后，默默拿起一块玉米开始啃。

"小雨，怎么起得这么晚？是不是工作熬夜了？"祝安远给她盛着稀饭，关怀地问。

她嘴里含糊咬着玉米回答："没有，平时就是起这么晚。"

这些日子生活在一起，祝时雨经常会做自己的事情，父母问起，她只说在网上找了一份兼职。

周珍没太关心，反而问起他们小夫妻有没有关于要孩子的计划。

祝时雨当时脑子一嗡，回了两个字"没有"，直接抱着电脑离开了。

"你这个作息……"周珍摇摇头，不赞同道，"小孟平时工作这么忙，还要每天早上起来给你做早餐，唉，真的是……"

她叹气，眼中恨铁不成钢。

也是今天早上孟司意起床在厨房忙碌，他们才知道原来平时都是他给祝时雨准备早餐。

说到这里，祝时雨无言以对，理亏哑然，愧疚地瞥了一眼孟司意。

"爸、妈，你们误会了。"孟司意见状，立即放下筷子解释，"我睡眠比较少，所以每次起得很早，自己也要吃，就顺便多准备一份留给时雨。"

"啊，这样……"祝安远闻言，立马打着圆场，给自己的女儿挽尊，"小孟的生活习惯真是好，小雨，你要多学习，争取早日调整过来。"

他朝祝时雨使眼色，意思很明显，祝时雨闷闷地戳着碗里的粥，点头。

"好的，我知道了。"

"没关系，家里有一个人早起就够了。"孟司意笑道，目光温柔地注视着祝时雨，"时雨平时工作很忙，让她多休息。"

这番话一说，祝安远和周珍顿时对他更关切有加，一方面是愧疚，一方面也是觉得难得，脸上越发流露出喜爱。

"小孟，你不是喜欢这个包子吗？多吃两个。"祝安远连忙起身给他夹着菜，热切道，"我们走的时候给你多包一点儿，冻在冰箱里，早上想吃的时候可以拿出来蒸，不够再和我说，我包好了给你们送过来。"

"谢谢爸，我好久没吃过自己家里包的包子了。"孟司意顺从地接过，感激的语气中又莫名听出了一丝失落，祝安远顿时心疼。

"那你多吃一点儿，下次让时雨妈妈给你包饺子。"

"对，要不就今晚吧，待会儿让时雨出去买点海鲜和肉馅儿。"周珍接过话头说道。

餐桌上，三人亲密热切地聊着天，三言两语就把祝时雨分配成了买菜工，她看着旁边被"众星捧月"的孟司意，莫名的感受到了一丝郁闷。

怎么自己好像变成了捡来的假女儿，他才是那个亲儿子。

祝时雨喝了几口粥，感觉饱了，放下筷子。

"我吃饱了，你们慢慢吃。"她出声，起身时想起什么，又补充了一句，"我收拾收拾出去买饺子馅儿了。"

她说完便回了房间，孟司意看着她的背影，端起手旁的杯子喝了口水。

"爸、妈，我也吃饱了，你们慢点儿吃。"

孟司意进去时祝时雨正站在衣柜前，找着待会儿出门准备穿的衣服，他走过去，整个人站定在她身前。

"生气了？"孟司意垂着眼，轻声问。

祝时雨哪有这么容易生气，进来时那点小情绪就早已消得一干二净，但是此时此刻，她望着孟司意，不动声色。

"真生气了？"他凑近，盯着她的脸，眼中满是稀奇。

"你做了什么让我生气的事了？"祝时雨问，声音低低的。孟司意

冬天请与我恋爱

顿了下，揣摩几秒。

"我不该在爸妈面前说那些话。"他诚恳反省。

"嗯？"她明知故问。

"这样好像不太好。"孟司意老实地说。

"哦，这样，"祝时雨点点头，然后抬眸看他，"没有了？"

孟司意神情接着停顿，过了会儿，仿佛下定决心。

"最根本的错误就是不该让他们发现我早上在厨房给你做早餐，早知道会这样，我就应该等你起床了再去，这样显得我态度敷衍一点儿，他们也就不会有那么多的意见。"

孟司意格外真诚。祝时雨总算看破他的深意，明白自己被耍了。

她深吸一口气，抬手用力推开他。

"别挡着我道，我要去给您买饺子馅儿了。"

后面一句话她着重强调了"您"字。

孟司意瞧着她气呼呼的侧脸，嘴角忍不住上扬，伸手拉着她手臂把人拽回了身前。

"真生气了？"他再度靠近，比起上次更加有压迫感。

祝时雨背抵着身后的衣柜，被他困在角落这一方天地，面前的人低着头，脸凑近，气息几乎压到了她脸上。

她莫名心跳快了两拍。

这样不对。

祝时雨很快调整过来，眼神沉静地盯着他。

"孟司意，你别耍流氓。"她伸手去推他，脸上不苟言笑，孟司意配合着后退了两步，只扬唇笑。

"我什么时候耍流氓了？"

"现在。"

"现在？"

伴随着他话音一落，祝时雨脑后被一只手固定住，眼前阴影落下，有人不轻不重地咬住她的唇。

孟司意呼吸略带了两分急促，有细密的痒意扫在眼下肌肤，他额前的碎发垂落下来，划过她的脸。

祝时雨在他手上力度的掌控下被迫仰起脸，微张唇，触及了令人陌生纠缠。

他吻得很深，有力，几乎瞬间掠夺了她的呼吸。

她垂放在身侧的手不自觉地抓住了他的衣角。

唇间滚烫，脑子发热，像是宕了机，只剩下迷迷糊糊的回应。

祝时雨不知道他们亲了多久，回过神时，只有耳边隐约传来的动静，与此同时，祝安远的声音如同一道惊雷般在门边响起。

"小雨，你待会儿……"

乍然响起的声音仿佛遭遇了什么被中途截断，祝安远慌乱道歉，同时帮他们掩上未关的门。

"哎呀，不好意思，我什么都没有看到……"

他的话语伴随着慌忙的脚步走远了。此刻房间里，孟司意早已松开了她，两人眼睛里藏着未褪的情愫。

祝时雨只敢同他对视一眼，便匆匆移开，脸爆红，发丝凌乱地掉下来遮挡在两颊。

"孟司意。"她伸手把他推开，忍着羞耻，"我没脸见人了。"

她有点儿生气，字句清晰地说："你自己做的事情自己负责。"

祝时雨很快知道了孟司意是如何负责的。

她收拾好自己换完衣服，一切准备妥当打算若无其事地出去买饺子馅儿时，经过客厅，听到他在认真地对着祝安远反省。

"爸，刚才是我们疏忽，没有注意到场合，下次一定不会了。"

"……"

翌日，吃完早餐，祝安远和周珍对视一眼，同他们提出了搬回去的决定。

"是这样的，你妈妈身体恢复得差不多了，我现在一个人也完全顾得过来。这段时间一直住在这里，其实我们两个也不太方便，还是有周围邻居一起聊聊天比较热闹。"祝安远委婉道，"小雨，你和小孟不要有任何负担，我们是早就商量好的，只是今天刚好有机会提出来，你们不要想太多啊。"

"……"

因为这一番话，整个早餐过程奇特的安静。

祝时雨张了张嘴，哑口无言，孟司意目光从两边转过，率先开口。

冬天请与我恋爱

"爸，妈过段时间还要去医院复查，要不回去的事就先缓缓，你们安心住下，等到检查结果出来，如果有什么不习惯的到时候我们再商量。"

他眼神征询地望着两人，言辞诚恳，祝安远露出为难的神色，不自觉看向周珍。

"有什么不方便的，不都和家里差不多吗？实在不行我待会儿带你们下去多认识几个邻居。"祝时雨回过神来，看着两人说。

"不用了，我和你爸就是想回自己家里住了。"周珍神色平静地说，"住了几十年的老房子，哪儿哪儿都自在，我更加舒坦。"

"……"

她这样一说，让人无从反驳，祝时雨挽留的话也再说不出口，她郁闷地垂下眼，周遭陷入沉默。

"妈，先喝点儿粥吧，待会儿该凉了。"孟司意温声提醒，低沉的气氛得以缓和，周珍缓慢抬手拿起勺子。

大家各自低头吃着饭，一顿早餐结束，祝时雨被祝安远叫到房间，帮他们一同收拾东西。

"你妈讲话就是这样子，小雨，别往心里去。我们年纪大了，确实在老房子里住得更舒服，隔壁王姨都问过你妈好几次什么时候回去了，大家都想看看她。"

"知道了。"祝时雨埋头给他们叠着衣物，闷声道。

"怎么？还舍不得我们啊？"祝安远见状，开玩笑地打趣她。

"好了爸，你知道的，"她无奈抬头，"我只是担心你太累了。"

虽然这段时间大部分也是祝安远在做饭，但是买菜跑腿的活儿都被祝时雨包下了，有时候孟司意也会帮忙。况且，无论如何，家里有个刚出院的病人，每天一起生活看得着，总比隔了大老远要强。

"你妈妈现在身体恢复得不错，已经可以自由活动了，你别担心。"

"嗯。"

两人的行李没多少，不一会儿就整理得差不多了。下午，祝时雨开车送他们回去，一切安顿好之后，临下楼前，祝安远对她叮嘱道："小雨，你现在有了自己的事业，也别忘记家庭。爸爸知道你一直想做自己喜欢的事情，但是你现在已经结婚了，小孟是个不错的孩子，你们好好相处，别疏忽了生活中一些重要的人和事。"

祝安远心细，这些日子祝时雨并非一直不出门，她偶尔会抽空出去拍摄，如果遇到事情会回来很晚，孟司意却一副习以为常的样子，显然他们平时就是这样相处的。

再加上之前祝时雨自己开的那台车，明显是需要经常外出用来代步的。

他语重心长，祝时雨听完微微一愣，很快明白他指的是什么。她本能地点头，反应过来，心头涌起莫名愧疚。

孟司意本来今天休息的，但是中午吃完饭又被一个电话叫去了医院，祝时雨到家那会儿，他还没回来。

她环顾着突然空荡的房子，又觉得安静中稍显凌乱，所有物品摆放得都不规整，和从前不太一样。

祝时雨漫无目的地转了一圈后，卷起袖子，准备大扫除。

客卧被再度收拾了出来，恢复了空荡整洁，床单被套重新拆下放到洗衣机里清洗，衣柜里也空无一物。

像是无人居住过的样子。

祝时雨在边上定定地看了一会儿，抱着怀里的物品出去。

家里大清扫结束时，玄关处传来声响，孟司意进门，正好和准备出门扔垃圾的祝时雨碰个正着。

"回来了？"

"爸妈回去了？"

两人几乎是异口同声，然后孟司意视线落下，看到了她手里拎着的垃圾袋。

"去丢垃圾吗？"

"嗯。"祝时雨点点头。

"刚才把家里大扫除了一遍。"

"辛苦了。"

"呃……倒也没有太辛苦。"

孟司意嘴角上扬，笑弯了眼："我就是顺便客气一下。"

祝时雨扔完垃圾上来，客厅无人，她在客卧找到了他，孟司意站在她方才站的那个位置，正如同她先前那样，望着空荡的床和房间。

冬天请与我恋爱

听到门边声响，他转头看了过来，目光相接，两人都没有开口说话。

最终，是孟司意先打破沉默。

"这个房间空了出来……你要不要……"干脆让它空着。

他后面话还没说出来，就被祝时雨打断，她着急忙慌，略显紧张。

"我不打算再搬回来了。我想了想，我们毕竟结婚了，一直分开住不太好，不如就趁这个机会纠正过来。"她说到后面语气逐渐平稳，定下心神，直接望着他。

孟司意没想到她会这么说，只是避开她炯炯有神的眼睛，垂眸蹭了蹭鼻梁，轻咳一声，声音带笑。

"时雨，我刚才话还没说完。"他再度抬起头，稳下了情绪，眸中含笑注视着她，"我原本就想说的是——要不要干脆让它空着，彻底搬过来，我们一起住。"

伴随着他话音落下，祝时雨脸"唰"地一下发烫，手脚尴尬得不知该如何摆放，恨不得说出去的话也有撤回功能，把她刚才的那番言论通通毁尸灭迹。

"啊，原来是这样……"而现实中，她除了喃喃回应，脑子已经停摆，发表不出任何有意义的话语，"是我太着急了……"

事实证明，越慌张只会越乱，她反应过来自己说了什么，巨大的羞耻感顷刻间涌上心头，尴尬得脚趾抠地。

啊……她在说什么啊……

这句话就好像要表达她着急着和他睡觉一样。

祝时雨此刻已然生无可恋，彻底紧闭着双唇，呆站在原地一言不发。

"时雨，"孟司意一愣，随后笑了起来，笑得如此开怀，摇摇头无奈地叫她名字，"你未免太可爱了。"

"……"

祝时雨郁闷，不想再搭理他，低着头转身出去了。

这个晚上家里格外冷清，相比于前几天来说，吃饭时只有他们两个人面对面而坐，桌上菜都比平常少了几个。

饭后祝时雨和祝安远打了视频，他们一切安好，正在楼下散步，甚至比起之前在这边还要自在舒适一些。

简单地聊了会儿天，祝安远他们撞上同样下楼散步的王姨，几人聊了起来，无暇顾及她，祝时雨告别之后挂了电话。

"爸他们还好吧？"孟司意端着水果从厨房出来，听到动静问，祝时雨握着手机点头。

"挺好的，看起来比在这里开心。"

"其实也可以理解。"孟司意走过来，把盘子放到茶几上，想了想说，"如果你以后有了女儿，成家后让你去和她一起住，想必你也不是特别愿意。"

"是吧……"祝时雨下巴杵着膝盖认真思索，数秒后思绪转过弯来，视线落在他身上，微微凝住。

孟司意察觉，抬起头，眼神同她对上。

"怎么了？"他轻声问。

祝时雨摇摇头："没事。"

她总不能说，刚才她脑中想的那件事情，是以后她的女儿，不也就是他的女儿吗。那这个假设的问题就是他们应该共同面对的。

这个想法太过于长远，长远到她只要冒出一丁点儿相关的内容，就忍不住唾弃自己思想复杂。

大概是白天的交谈触及了这方面的敏感内容。

晚上临睡前，祝时雨总觉得浑身不自在。

之前是被迫睡在一张床上，如今变成了相对主动的局面，一下就紧张局促了起来，并不像前几天那样从容。

似乎并不是她一个人这样。

夜里十一点，熄了灯，房间一片黑暗，祝时雨平躺在床上面朝天花板，闭着眼，努力放空大脑。

旁边的人似乎也没有睡着，孟司意动作很轻，但每隔一段时间，就会听到他翻身的响动。

祝时雨假装不知情，径直闭目，一点点酝酿睡意。

不知过了多久，就在她睡意终于上来，迷迷糊糊地要睡着时，身

冬天请与我恋爱

旁的人再次翻身，床垫微微塌陷，伴随着被子摩擦的声音，她刚冒出的那一丝睡意全无，人又清醒了过来。

祝时雨有点儿恼了，忍不住出声。

"孟司意，你为什么还没睡着？"

那边骤然安静，紧接着，一道身躯压了过来，孟司意按着她肩膀，昏暗里隐约可见他从上方俯视着她，声音有几分咬牙切齿。

"你说呢？"

祝时雨皱眉，刚从困顿中抽出来的脑子没有立刻清醒，反而有种被打搅的不悦，于是不假思索地回："我怎么知道？"

"啪"的一声，头顶的灯被骤然摁亮，刺目的光线袭来，祝时雨本能地紧闭双眼，感觉有湿热的气息袭来。

她刚刚适应此刻突然亮起的光，脸就被人托住，孟司意低头下来，有点儿急促地咬住她的唇。

他的表现和往常不同，祝时雨的脸几乎陷进了枕头里。

此时此刻，如果祝时雨还不明白他为什么睡不着，就是个傻瓜了。

她一边承受着他的吻，一边费劲地伸手去推他的胸膛，努力拉开两人的距离。

"孟司意……"祝时雨嘴里勉强叫着他的名字，试图制止，"好了。"

他们的气息都已经乱了，唇间有细微的疼痛。他们不能再继续下去了。

孟司意的脸伏在她的颈间，呼吸急促，炙热的温度打在她肌肤上，有种灼烧的感觉。

祝时雨整张脸烧得滚烫。

许久，她被他用力往怀里箍紧，然后下一秒立即松开。孟司意抬手关闭了顶灯，翻身下床。

她重获自由，新鲜空气涌入鼻腔，离开了热源之后，浑身温度稍稍降低，祝时雨躺在原处，面朝上调整呼吸，听到了浴室传来的水声。

先前混乱的脑子还残留着余热，祝时雨的认知在今晚被彻底颠覆，她完全没想到，原来孟司意也会对她有这样的需求。

好像又是情理之中的。

大概是他一直以来的表现太过于克制，完全没有过这方面的动作，祝时雨半夜睡觉不小心碰到他，都会被他推醒，提醒她不要乱动。

　　她在被子里胡乱想了很久，最终得出一个结论，或许，正常的男性都是如此，不管看起来多么冷淡自律的人也会有生理需要。

　　是她忽略了，孟司意也是一个正常的男人。

　　他这个澡洗得格外久，久到祝时雨各种想法在脑中乱七八糟盘旋过，大起大落过的心情也逐渐平复，慢慢快要睡着时，才听见了浴室门开的动静。

　　她没有再睁开眼，就着这难得涌来的睡意，不知不觉进入了梦乡。

　　这一晚仿佛是个意外。

　　自那次事情过后，孟司意又恢复了平时的样子，没再有任何过界的举动。

　　两个人夜里睡觉也相安无事。

　　每次睡前，他那边都悄无声息，就连翻身动作都未再有过，如果不是偶尔传来的平稳呼吸，祝时雨都怀疑自己身边是不是真的躺了个人。

　　这几天两人工作也都很忙。

　　因为之前照顾周珍，祝时雨耽误的工作积压很多，拍摄脚本都写得差不多了，视频却抽不出时间去拍，欠了好几个更新内容，如今恢复自由，便抓紧和祝今宵外出赶完了好几个拍摄任务。

　　孟司意的医院最近好像正在做什么评选，每天也是早出晚归，两个人基本只有在早晚碰一次面，并没有抽出太多时间来相处，关于那天的事，也随着时间的流逝被掩盖过去。

　　是掩盖这个词。

　　祝时雨很明显地感觉到他们之间有了些变化，但是谁也没有先去挑破，只能在日升月落中，渐渐被覆藏。

第十章

更进一步

冬天请与我恋爱

时令早已入夏，气温愈热。祝时雨临时接了个拍摄，要去海边，加上路程需要三到五天的时间。

她走的那天孟司意没在，他当天有个研讨会，很早就出门了。

祝时雨是准备收拾行李那会儿给他发的消息，报备自己的行程，结果直到登机前才收到他回复。

注意安全，到了给我打个电话。

下午飞机一落地，她们就对接到了合作方的人，然后被直接带到拍摄的地点，一直忙到晚上。

祝时雨和孟司意联系上已经是晚九点钟，祝今宵卸完妆出来时，看到她站在窗边打电话。

那头说了什么，祝时雨嗯嗯答应两声，余光看到她之后，就很快结束了通话。

"怎么？舍不得你家孟医生？"祝今宵惯来调侃，祝时雨却罕见没有反驳她，只是收起手机，低头整理着自己床上的行李。

祝今宵更加稀奇，忍不住追问："不会吧，真的到这种程度了？"

"你是不是没事干？"祝时雨抬起头，神色平平，"没事把你手机里今天拍的那几张照片修了，提前发个微博预告。"

祝今宵脸色一变，不禁怒骂："工作狂！"

"哼。"祝时雨没理她，轻哼一声，拿起带来的睡衣进浴室洗漱。

合作方给她们订的是附近最好的五星级酒店，海景房，环境优美，夜里很安静，只偶尔听到外面海浪拍打的声音。

房间关了灯，朦胧的月光从落地窗透进来，可以看见另一张床上睡着的祝今宵。

奔波了一天，她早已入睡，此刻已有轻微的鼾声响起，估计美梦正酣。

祝时雨躺在床上有点儿失眠。

可能是认床的原因，她躺下很久都没有睡着，夜深人静，脑中便不由自主地涌进杂乱的想法。

平常这个时候，孟司意都在她旁边，虽然什么都没做，但存在感不容忽视，久而久之，似乎也就习惯了身旁有那么一个人。

祝时雨翻了个身，迷迷糊糊想起今晚那通电话，临挂断前，他让她房间空调别开太低，晚上注意不要踢被子。

祝时雨又有些脸热，在她每次熟睡的时候，都暴露了多少习性在他面前。

各种纷杂思绪里，祝时雨不知不觉睡了过去，犹记得彻底入睡前一秒，她脑中想的仍然是孟司意。

这次的拍摄原本工作量不大，但中途出了个小意外，之前定好的那个男演员拍到一半时腿不小心受了伤，只能临时换人，之前的内容都需要重拍，再加上另外选角色，原本预计最多五天的行程硬生生拖到了一周。

祝时雨是临时结束工作回去的。

按照计划本来还有个收尾的小彩蛋，但是顾及她们已经耽误了这么多天，合作方过意不去，于是临时删减了这部分内容。祝时雨她们便提前买了机票，收拾行李回家。

刚好撞上周一。

下午三点，高架桥畅通无阻，从机场到家才花了半个多小时。

打开门，意料之外无人，孟司意还没下班，隔了将近一周没回来，家中一切都无太大变化，祝时雨没有细细打量，放下东西后便去了浴室洗漱。

今天早上她是凌晨四点起来的，为了拍日出，飞机上勉强补了几个小时觉，一路奔波疲惫，此时早已支撑不住，背刚挨到床，就沉沉睡去。

日头不知不觉西斜，夕阳浓烈得像油彩，铺在地板上，漫满了整个房间。床上洒落了大半光影，被染成橘红色，睡在那儿的人却毫无知觉，脸颊沉在枕中，像是被镀了一层金色光晕。

孟司意推门脚步定在原地，许久，才回过神来，轻缓呼吸。

他步伐极慢地朝她走过去，视线落在她脸上，不知餍足般，一动不动地盯着。

冬天请与我恋爱

这样的视线存在感太强，如同有实体，即便是睡梦中的祝时雨也被迫察觉，不安稳地醒来，睫毛颤抖，努力睁开眼想看清面前的人。

意识混沌，眼皮仿佛有千金重，祝时雨在迷糊的光晕里，好像看到了孟司意的影子。

她困得不行，重新闭上眼，喃喃叫着他的名字。

"孟司意……"

"嗯。"

隐约听见有人应了一声。

紧接着，身旁的床垫塌陷下去，有人俯下身来，捧着她的脸，熟悉的气息卷入唇舌之间。

祝时雨彻底醒了。

那会儿孟司意已经亲了很久，动作很痴缠，如果硬要她用具体的词来形容，似乎是——虔诚又热烈。

短暂分别后的重逢，所有的情感和思念都被注入了这个吻里，祝时雨清晰地感觉到胸口有不知名的情愫在涌动，有些被她刻意忽略的东西，此时正以势不可挡的趋势冲了出来。

等她起床洗完脸出去，孟司意已经卷起袖子在厨房准备晚餐，他今天穿得很正式，浅蓝色衬衫收在西装裤里，窄腰长腿，身形挺拔。

祝时雨方才用冷水仔细拍打降温的脸，热度似乎有再次席卷而来的趋势。

她在原地深呼吸了两口才勉强如常地朝他走过去。

"在做什么？"祝时雨从他身后探出头去问。孟司意手里握着锅柄，转过脸看她，"红烧排骨。"

"我喜欢吃。"她闻言开心，露出细白的牙齿，眼睛湿漉漉的。

"喜欢就好。"孟司意垂眸翻动着锅铲，低声说。祝时雨一时无言，又不想离开。

"你去外面等吧，这里油烟大。"没过一会儿，他却开口赶她，厨房里抽油烟机发出细微的轰隆声，祝时雨垂着头，犹豫地摆动了两下身子。

忽地，她自暴自弃般轻轻将头压在他肩膀上。

"不要。"

"怎么了？"孟司意转头，柔声问她，祝时雨没有回答，头一直抵在他肩上，不说话。

询问无果后，孟司意只抬手，调大了抽油烟机的功率，任由她和自己一直待在厨房里。

吃过晚饭，两人似乎都没有事情忙碌，有点儿无所事事地待在沙发上，看着电视里正播放的科普节目。

前段时间的繁忙仿佛已经过去，一瞬间空闲下来，又变得无聊。

今晚两人都上床得很早，大概是难得空闲。

洗漱完躺在床上，时间才晚上十点，比起之前来说，有点儿太早，远远没到往常睡觉的点。

夜里安静，窗帘半拉着，外面树影浓密。

孟司意靠在床头看书，被子半掩在腰间，另一边，祝时雨和他同样的姿势盖着同一床被子，拿着手机翻了几下后，放到床头柜上，准备躺下睡觉。

"今晚没工作吗？"孟司意手指停留在书的某一页，转过头看她。

"没有。"祝时雨同样转头看他，"你也没有吗？"

"没有。"孟司意说。

四目相对，两人间陷入某种不知名的气氛，不知道是谁先触动的，孟司意放下手里的书，朝她靠过来。

肩膀挨近，他伸手搂过她，温柔地碰上了她的嘴唇。

闲暇安静的夜晚，分别几日的两人，都珍惜着这难得的时光，本能地循着渴望，缱绻厮磨。

只是情意不受控制，没多久，祝时雨就变得大脑昏沉，难藏的悸动中，温度滚烫。

身前的人也不例外，孟司意艰难地呼吸，偏开脸，克制又眷恋地在她颈间重重吻了一下。

他正欲起身，祝时雨拉住了他。

她满脸绯红，却仍然努力维持着清醒，指了指身后的床头柜。

"那个，在那里。"

突然陷入静谧的房间，灯火明亮。

孟司意骤地僵住，漆黑的眼珠定在她脸上，一眨不眨地看着她。

冬天请与我恋爱

时间短暂静止，隐约停留几秒，孟司意轻抬眼，伸手越过她头顶，打开了床头柜。

窸窣的声响中，祝时雨只看了一眼，便飞快收回，紧闭着眼，轻轻扯了扯他的衣角。

"能不能……关、关灯。"

下一秒，"啪"的一声，顶灯熄灭。

孟司意顺从她的意思，把房间灯关了。

只可惜月色皎洁，争先恐后地从外面漫入，铺开一地的银白。

模糊的轮廓中，孟司意俯下身，气息伏在她耳侧。

"……什么时候买的？"

她头晕意乱，费劲儿地抽出心神去答："那晚过后。"

孟司意记忆极好，稍加回想，便想起了她有个下午到超市购物，提回来几个大袋子。

也就是第二天。

他脑子当时也乱，眼角通红。

祝时雨明显感觉他动作变得和先前不同，由细密绵延变成了疾风骤雨，细微的疼痛从各处传来，她不禁躲避，却无处可逃。

她第一次经历这样的事情，并不知道其他人是什么样，只觉得自己好像被榨干了。

最后，她体力不支地睡去，意识消失前，她总算明白了人为何不能纵欲。

小纵怡情，大纵伤身。

她曾经一口气跑完三千米都没有这么累。

房里已经无人，外头太阳明晃晃地挂在半空中，孟司意估计早就起了。

她撑着床慢慢坐起，掀被那一刻，目光被身下的痕迹触动，又飞快盖上，脸通红，缓了一阵子后，才深吸一口气下床。

外面也一片安静，令人意想不到的是，孟司意竟然早已去上班，厨房里照旧给她留了一份早餐，倒是……比以往的更丰盛。

祝时雨心中略微复杂，默默坐下来，吃完了这份给她的安慰餐。

收拾好碗盘，回房间拿手机时，祝时雨才发现孟司意给她发了消息：

> **厨房给你留了早餐，记得吃，我先去上班了，注意休息。**

一切正常无比，她垂眸看了几秒，收起手机，没有再回复。

祝时雨今天身体不舒服，不打算工作，整个上午一直躺在沙发上休息，中途祝今宵发视频过来，和她聊视频的事情。

两人就接下来的拍摄主题讨论了一下，商讨得差不多时，祝今宵的外卖到了，她们刚准备结束聊天，祝时雨躺着转了下身，打算换个姿势。

"你脖子底下是什么？"祝今宵眼尖，看到了她睡衣领口下一闪而过的红色吻痕。

"没有啊。"祝时雨面不改色地重新躺好，不着痕迹地掩住衣领，若无其事答，"哪有什么东西。"

祝今宵狐疑，眯起眼睛细细揣摩过后，露出恍然。

她伸出手指一副看透的架势，张嘴欲开口。

祝时雨心提到了嗓子眼儿。

"最近天气热有蚊子了吧！祝时雨，记得叫你们家孟医生买点驱蚊水，不要到时候咬得一身包。"祝今宵翻了翻白眼，没好气地说。

祝时雨敷衍点头："知道了，挂了，你快去吃外卖吧。"

祝今宵终于挂断视频去吃东西，放过了她，祝时雨微松一口气，退出来才发现十多分钟前孟司意给她发了消息。

> **还没醒吗？**

右上角时间显示的是中午一点。

大概是早上那条信息没收到她的回复，孟司意忍不住又发来询问。

这次她没有再无视，视线落在上面片刻后，回复。

> **醒了。**
> **谢谢你的早餐，很好吃。**

冬天请与我恋爱

那头没有再回什么，只是发过来一个卡通表情包。

笑容可爱的小女孩两只手圈在头顶，朝她比了一个心，略显粉嫩。

很不符合他的气质，要知道，孟司意聊天几乎不发表情，偶尔用的也是手机里自带的系统表情包，更别提这种可爱的小图片。

祝时雨拿着手机盯了半天无果，最后放弃钻研，彻底躺平。

她昨天没睡几个小时，又经历一番极其耗费精气的体力活，此时疲惫再度上涌，昏昏沉沉间，想起孟司意，这一切的始作俑者，却像个没事人一样。

她有些不平，又觉得莫名愤怒，祝时雨最后愤愤睡去，临入梦前，还握紧了拳头。

这一觉直接睡到了傍晚，夕阳金灿灿地铺满了地板，空气比之前热了几分，祝时雨觉得口渴，爬起来喝完水后，才发现自己手机里堆积了十几条新消息。

其中竟然有大半是小林发给她的，还有好几张图片。

> 今天孟医生请我们全科室喝的奶茶。
> 自己莫名其妙在那里开心。
> 问他有什么大喜事又死活不说。
> 嫂子，是有什么好事情吗？

祝时雨有点儿不敢相信自己心中的猜测，她点开小林发过来的图片仔细看了看，几十杯奶茶摆在桌上确实壮观，更何况，里面还有一张被偷拍的孟司意。

他穿着白大褂，手插兜站在那儿看手机，不知道在看什么内容，自顾低头笑。

祝时雨返回去确认了一遍小林医生消息发来的时间，正是她回完孟司意没多久。

就很……闷骚。

她切出来，才发现那个刚才心里偷偷吐槽的人也在半个小时前给她发了新的消息。

晚上想吃什么菜？
菜谱。

祝时雨点开，上面一个苦瓜酿肉，一个芙蓉虾。
她没有立刻选择，只是回复。

你今天不加班吗？

那边这次是秒回。

不加。
我买了菜，待会儿就到家了，你还有什么想吃的吗？我顺便带回来。

祝时雨刚打出"不用"，几乎同一时间，手机疯狂振动。
小林不停地在给她敲消息。

他今天班都不加了！
主任给他布置的任务，他二话不说，通通扔给我了！
天哪！
这难道就是家的诱惑吗？
嫂子，我好苦。

祝时雨只能给他发了个安慰的表情，并且好心地替孟司意挽回了一下同事情谊。

理解一下。
毕竟，孟医生他，二十七岁了。
也该有个家了。

和小林聊完，估摸过了半小时，门口就传来响动。

冬天请与我恋爱

孟司意推门进来，正好祝时雨从沙发上坐起，四目相对，两人神情不约而同地有些古怪。

气氛稍微尴尬，孟司意轻咳一声，率先打破僵局。

"我给你带了奶茶。"

虽然她说没有什么想吃的，但女孩子应该都不会抗拒奶茶，孟司意在心里想。

却不料祝时雨听完，表情更加一言难尽，看了看他手里的那杯奶茶，又看看他。

"怎么了？"孟司意关切地问。

"没什么。"祝时雨摇摇头，过了两秒，还是忍不住问，"小林说你今天请全科室的人都喝了奶茶？"

"今天刚好看到一家新开的奶茶店做活动，就顺手买了一些请他们尝尝。"时间仿佛暂停，须臾，他面不改色地说。

"哦。"祝时雨点点头。

正当他以为她要把这个话题揭过时，又听她道："那你手里这杯也是刚好做活动吗？"

孟司意深吸口气："这杯是经过奶茶店，特意买给你的。"

"谢谢孟医生。"祝时雨赶紧接过，诚恳道谢。

这个晚上，睡到半夜时，祝时雨罕见的，又重温了一遍被人从睡梦中叫醒的经历。

她没有发现自己的睡姿有多惹人遐想，也没有注意到衣服宽大滑下来的领口，只察觉到了孟司意的亲吻。

浑身热意冒上来，几乎要堵住她的呼吸，让她无法喘气。

和上次不同，这才是让她醒来的关键原因。

祝时雨本来从熟睡中被人吵醒就心生不满，再加上孟司意前一晚的过分索取，此时此刻，当即软着手脚皱眉推开他。

"孟司意，你干什么？"

她以为自己是很有气势的质问，结果话音一出口，软绵绵的腔调有气无力，反而像某种撒娇，祝时雨脸热，却没想到身上的人顿时停住了。

许久，孟司意重重叹了口气，把脸郁闷地埋在她颈间。

"你晚上睡觉真的不要再乱动了。"

祝时雨茫然，没有想到这个责任还能归根到她身上。

她刚要反驳。

"我自制力没这么好的，"孟司意声音低而沙哑，"你知道的。尤其是经过了昨天晚上。"

"可是以前……以前一直都是这样……"她吞吞吐吐，试图找到理由。

"以前我脑海里没有任何画面。"孟司意无奈且认命地说，"但是现在有了。"

景春公园，夏意正浓。

建筑旁的花丛里，一大片蔷薇开得正艳，花枝攀在墙壁上，天然完美的构景。

镜头一框，无须多调整，便是一张漂亮的照片。

这期的主题是蔷薇美人。

短片里要出镜一支蔷薇色的口红，祝时雨和祝今宵找遍温北市，也只发现了这处蔷薇茂盛的地方，大老远开车过来，好在美景不负众望。

早上十点，太阳正当头，祝今宵顶着明晃晃的日光，尽职尽责地按着剧本表演，没拍一会儿，却发现对面的人一直哈欠连天。

甚至祝时雨手里拿着相机，眼角都已经冒出了泪花。

这样还怎么能拍好东西！

祝今宵立刻比出停止手势，叫了停。

"小雨，你怎么回事？是最近工作太累了吗？"祝今宵走过去，说到一半时，反而先把自己说心虚了。

确实，两人虽然是合伙共同创业，但祝时雨除了负责拍摄剪辑还有剧本创作，经常在家也要加班，工作量比她大很多。

祝今宵有点儿惭愧，于是主动建议："要不咱们先休息一下吧，你去车里眯半个小时，反正还有一天时间。"

冬天请与我恋爱

"不用,"祝时雨说着,又打了一个哈欠,强撑着道,"趁着现在太阳光好,赶紧拍完,免得有什么意外。"

她说完,顿了顿又解释:"我就是昨晚没睡好。"

"啊?熬夜加班了吗?"祝今宵关怀追问,面对她满脸关切。

"也没有……"她言辞含糊道,"就是……有点儿事情。"

其实是这几天都没睡好,甚至,严重睡眠不足。

任凭谁每晚大半夜被人弄醒都会如此,祝时雨也不知道孟司意哪来这么好的精力,每天早上仍然正常去上班,只留她在家里,补觉到大中午。

更气人的是,他每次还把原因归结在她身上。

祝时雨半夜醒来时,事情往往都已经不可控。

偶尔还好,接连几次后,祝时雨明显吃不消了。

她也抗议过,但孟司意同样也是无可奈何,且备受折磨的模样。

"时雨,你根本不知道你晚上是怎么睡觉的。"后一句,他几乎是咬着她耳朵,低声呢喃的,"你整个人都贴在我身上了。"

祝时雨羞耻得满脸通红,无从反驳他话的真假,也就难以抵抗。理亏加上羞愧,半推半就任由他索取。

想到这里,祝时雨在大白天依然热了脸。祝今宵看她发呆,然后脸一点点红了起来,眼中狐疑,立刻叫醒她。

"喂喂,小雨,你不对劲,脸怎么这么红?是不是发烧了?"她伸手过来用力一按她额头,祝时雨猛地清醒,忍不住懊恼握拳捶了下脑袋。

"干吗了这是?!怎么还突然打自己了?"祝今宵大呼小叫地站起来,拉开她的手正欲盯着她细细打量,祝时雨深呼吸冷静,恢复如常。

"没事了,宵宵,我们赶紧把今天的视频拍完。"

大太阳底下,两人顶着几小时烈日,终于把今天的拍摄任务完成。

祝时雨强撑着举着相机,其间不停地找着合适角度,最后收工回到车里,浑身酸软,长出一口气。

她回家结结实实地补了一觉,直到窗外黄昏。

孟司意晚上下班回来时,正好看到祝时雨往外搬东西,她抱着自己常用的几件物品,从主卧出来朝客房的方向走。

他眉心一跳，连忙过去拦住她。

"时雨……你这是干什么？"他先是叫祝时雨名字，然后目光下移，落在她怀里的东西上。

"我想搬去客卧住几天。"祝时雨皱眉，认真盯着他陈述，"这几天我有两个重要的工作，需要保持精力充沛。我晚上睡觉老乱动，你不方便，我也不方便，所以我想我们两个先分开住一段时间，等我忙完，再搬回来。"

孟司意顿时深吸一口气冷静。

他伸手拿过她怀里的东西，不由分说："我很方便，你搬走我才不方便。"

"可是……"祝时雨欲辩解。孟司意低头，盯着她的眼睛，认真道："我会克制的。"

虽然祝时雨并没有这个意思，但是，她露出为难的神情，纠结过后，见他态度坚决，只好点点头："那好吧。"

"你真的没必要勉强自己。"两人重新回到卧室，把物品再度归位后，祝时雨忍不住担忧开口，"如果有需要的话，我会履行夫妻义务。"

"听说经常忍耐会对……身体不太好。"她目光往下移，婉转隐晦地劝说。

孟司意此刻已经勉强平复下来，闻言，眉心又有跳动不止的架势，他偏头睨着她，十足的冷静。

"你都要分房睡了，打算怎么履行？"

"我上网查过了，正常夫妻生活是一周两次，我们可以每周同房两天，然后平时各睡各的，这样既可以解决问题，又互不打扰。"祝时雨忐忑地说出了自己的理想方案，神色间还有点儿邀功的架势。

其实出于个人私心，她是愿意和孟司意一起睡的，就像从前一样，但是现在性质有点儿不同了，为了自己的正常生活，祝时雨只能想出这样的解决方法。

孟司意听完，许久没有反应，脸色有点儿凝重，就这样盯着她。

这个模样，让祝时雨有点儿发怵，她反思着刚才有没有哪句话说错，就见面前的人动了。

孟司意扬唇笑了下，嘴角牵起一丝弧度，笑容却不达眼底。

冬天请与我恋爱

"时雨，网上说得不对。"他声音堪称温和，却听不出半分柔意，"正常男性一周应该是两次的，而我和你才结婚，可能七次才是符合常理的。"

整个晚饭时间，祝时雨都不怎么敢说话。

一方面是被孟司意先前的那番言论吓到，另一方面是他从那会儿交谈过后就没怎么开口了，或者说，更加像是不愿意搭理她。

两人沉默着用完餐，孟司意收拾自己的碗筷端去厨房，他浑身写着拒绝打扰，祝时雨也就不去自讨没趣，默默抱着电脑去工作。

整晚几乎没有交流，一直到临睡前。孟司意一言不发，上床转身背对着她后，祝时雨才惊觉，他真的生气了。

两人从认识到现在，她从来没见过孟司意生气的样子，更准确地说，是孟司意从来没对她生过气，突然面临他展露出来的情绪，祝时雨有些不知所措。

关了灯，房间是熟悉的漆黑，今晚无月亮，周围愈加昏暗。

她在黑暗里无声地盯着他的背影，过了会儿，忍不住开口。

"你生气了吗？"

没有听到回应，祝时雨张了张嘴，纠结着："你今晚就这样睡吗？"

她本意是觉得这样的姿势可能不是很舒服，所以不禁提议：

"要不然……"

话说到一半，她又怕孟司意正常躺过来之后，自己半夜会烦他，祝时雨百般纠结，想到了最坏的结果，于是只能忍痛道："我明天把工作再推迟一天？"

话音刚落，孟司意就猛地转身了，他重重地压在她身上，忍无可忍道："祝时雨。"

他第一次不假辞色地叫她全名。

两人气息逼近，他的呼吸打在她脸上，抵着她的唇威胁。

"你要是不想睡今晚就彻底别睡了。"

夹着极大忍耐的声音，蕴藏着浓浓的不满，祝时雨被他突如其来的发难吓到，害怕地往后缩，不敢说话。

气氛僵持，两人对峙了几秒，孟司意呼吸沉沉，一把退出去，拉过被子把她整个人从头到脚结结实实裹了起来。

七月天，闷热。

祝时雨来不及挣扎反抗，就见孟司意自己翻身下床，从柜子里翻出了一床新的被子盖上。

"今晚我们各睡各的，千万别让我发现你半夜钻进来。"他恶狠狠地威胁。

"……"

祝时雨也不知道自己半夜有没有钻到他的被窝里，但是醒来时，一切都相安无事，她昨晚无人打扰，也没有累人的体力活，一觉睡得极好，这段时间以来难得的浑身轻松，精力充沛。

她看向旁边，孟司意的被子已经被收到了柜中，好像从未出现过。

第二天是个青春片的拍摄。

之所以会被祝时雨这么看重，是因为这个短片联动了最新一部即将上映的青春电影，视频将重现里面一个经典片段，其实就是给这部电影做变相宣传。

当时接这个推广，是导演本人给她发的消息，祝时雨盯着那个黄色认证许久，都不敢相信那是本人账号。

因为在国产青春片里，这个导演算是小有名气，包括这部片子，虽然是原创剧本，但男女主角都请的圈内当红年轻明星，本身就有不少粉丝基础。

这应该算是他们迄今为止接到的最大咖的推广。

虽然这几个月来账号的粉丝直线上涨，也有好几个视频出圈，每个播放量都不低，人气在平台上近来应该算是有点儿火，但祝时雨也没想到有一天会和影视圈联动。

不过如今短视频兴起，各资方看准这一块市场似乎也是迟早的事，更何况他们给出的最大原因是，导演看了她们当初那个初恋视频，觉得整体风格很符合这部电影，所以才想和她们合作一个短片。

拍摄是独立进行的。

那边只给了一个简单的剧本，剩下让她们自由发挥创作，祝时雨看完了电影的全部预告片，大概摸清楚了风格。

视频的拍摄场景是在河边，女主角坐在高高的堤坝上，台词是关于自己的高考愿望。

冬天请与我恋爱

里面有男主角的对白，还有出镜。

但是祝时雨并没有打算把他正脸拍进去，她只找了一个做模特的男生，让他换上白衬衫、校服裤，两人的互动，变成了一段在堤坝上奔跑的画面。

镜头中，高高的青草地前，蓝天白云，穿着校服裙的女孩，长发飞扬，她身后的男生想去牵她的手，却始终没有够着。

框中是两只手的特写，差一点点就碰上的手指，最终遗憾错过，耳边却是他们当时欢快而无忧无虑的笑声。

正如同青春。

意犹未尽，戛然而止，美好伴随着伤感。

这个短片虽然没有极高的要求，但祝时雨却拍得从未有过的认真——往日祝今宵正常发挥就能过的镜头，今天被她要求重拍了三四遍，直至挑不出一丝毛病。

短短三分钟内容，从早上拍到日落。祝时雨夜里休息得好，今天再加上两杯咖啡，完全沉浸在工作的亢奋中。祝今宵却累得说不出话，搭档的男生比她好点儿，拍完自己的那几个镜头，便提前收工回去了。

祝今宵被祝时雨抓着磨最后的两个收尾镜头。

温北市难以找到河，尤其是还需要高堤坝和草地，他们也是翻了好久，在周边的一个郊区，找到了这条水库下面的河。

来回路程需要三个多小时，所以这次争取一天搞定。

宽阔的河边，堆积着石块，祝今宵穿着百褶裙站在上面，在祝时雨的指挥下，调整着姿势。

"走的时候稍微带一点儿活泼的感觉，对，左脚往右，就踩着那块大石头跳一下，裙子扬起来……"

她话音还未完全落下，前面祝今宵就突然惨叫一声，祝时雨抬起头，看到她整个人往外歪，脚重重崴了下去。

"宵宵！"祝时雨大惊失色地叫了一声，慌忙放下相机，朝祝今宵奔了过去。

车子一路疾驶，以最快的速度停在医院门口时，天已经黑了，孟司意早就在门口等候，还贴心地准备了一把轮椅。

祝今宵被祝时雨搀扶着从车里下来，看到这架势，稍稍觉得丢人，忍不住捂住自己的脸坐上去，说话声从手掌底下传呜呜地出来。

"有没有人围观啊，太丢人了，看着他们别拍照，好歹我现在也是个小网红——"哀号声带着她最后的倔强，孟司意被她吵得头疼，从白大褂兜里掏出一个口罩，递给她。

"觉得丢人就遮一遮，把脸挡住。"

祝今宵接过麻利地戴上了。

几人一路到急诊室，孟司意蹲下仔细查看她伤处，其间上手按了下，祝今宵痛得嗷嗷叫，最后去拍了片子。

不算太严重，没有骨折，但伤到了韧带，需要住院治疗。

祝时雨去给她办手续时，她一脸菜色，恹恹地坐在轮椅里。

"不要告诉我妈……我怕被打。"

"那你怎么办？谁照顾你？"祝时雨问。

祝今宵朝她伸出一只手，哀求道："麻烦帮我请个护工，谢谢。我爸妈都这把年纪了，还要来医院照顾我这个行动不便的女儿，实在是不孝，我干不出来这种事。"

"你是怕他们唠叨你吧，尤其是婶婶，以后不放你出门。"祝时雨毫不留情地揭穿她，祝今宵索性不再掩饰。

"对啊，你又不是不知道我妈，我们事业才刚刚起来，眼见着成为富婆指日可待，怎么能就这样半路夭折。况且她最近刚好催婚催得紧，万一用这个借口让我不工作结婚怎么办？那不全完了？"

祝时雨沉思，她说得确实有道理，但是也不可能就放她一个人在医院。

"行，那我今晚先在这边陪你，明天早上给你请个护工再看，反正我家住得近，到时候有空随时可以过来，孟司意也在这儿上班，你有什么问题也可以找他。"

"嗯嗯嗯。"祝今宵生怕她反悔，忙不迭地点头。

晚上，孟司意下班了过来病房，本来是打算叫她一起回家的，结果却得知祝时雨今晚留在这里的决定。

他感到意外，很快又理解，只是有点儿不开心。

"你今晚打算睡病房吗？"

"嗯，宵宵行动不方便，我晚上可能要照顾她一下。"祝时雨点

冬天请与我恋爱

头说。

两人站在走廊尽头狭窄的楼梯间，医院夜里，并没有太多人行走，只有远处的护士偶尔穿梭忙碌。

头顶灯光冷白暗淡，孟司意把头低下来，抵在她肩膀上，突然觉得下班回家也没有多大意义。

"怎么了，你还不回去吗？"祝时雨好奇地问，听起来像是催促。

他不太情愿离开。

鼻间底下是熟悉的柔软馨香，孟司意知道她从来不用香水，这大概是平时用的带香味的洗护用品，存留在身上，久而久之就形成了自己身体特有的香味。

他不禁嗅了嗅，又不着痕迹地蹭蹭，终于忍不住伸手抱住了她。

"晚上不想一个人睡。"孟司意苦闷。

哪怕每晚什么都不做，只是闻着她身上的香味，心里都觉得是满足的。

"孟司意……"第一次见到他这副黏黏糊糊的样子，祝时雨不习惯的同时，胸口又有点儿莫名的酸软。

她为难地叫着他的名字，孟司意很快了然，从她身上抬起头来。

"亲一个。"

他放过她，很快又陷入另一番境地。

两人在这无人的楼梯间拥吻，经过了最亲密的行为之后，缠绵和亲昵不自觉从这个吻里流露了出来，孟司意极尽痴缠，祝时雨也隐隐情动，脸红心跳正要推开他，孟司意率先一秒松开。

他最后伸出大拇指擦干她唇上水渍，轻轻笑了下。

"进去吧，我回去了。"

祝时雨昏昏沉沉地从楼梯间出来，穿过走廊进入病房时，正对上祝今宵那张八卦的脸。

她收起手机，露出坏笑，用力眯起了眼睛。

"说吧，刚才去哪里了？我可都看到了，那吻得难舍难分的架势可不像是你先前口中的相敬如宾，倒像是新婚热恋，爱意正浓。是不是早就瞒着所有人偷偷睡过了？"

祝时雨尴尬到满脸通红，僵在原地想飞奔过去堵住她的嘴。

"我说你那时候遮遮掩掩，亏我还真担心你被蚊子咬，没想到小丑竟是我自己。说起来，你们两个什么时候感情这么好的，不声不响就进展到这一步了。"

祝时雨绕过床在桌子前倒水，刚喝一口，耳边喋喋不休的追问就没有停止过，她放下杯子看过去。

"你腿都这样了还到处乱跑，是不是不想好了？"

"什么啊，我是半天没看到你，不放心才出去找找，哪想到会撞见那样的一幕！"祝今宵翻了个白眼，没好气地说。

"好吧，时间不早了，你早点休息。"

"那你不打算和我详细说说你们那个那个……"

她八卦地凑过来，祝时雨一脸正色地打断她："我要剪视频了，你快休息吧，我自己加班。"

祝今宵顿时语塞，半晌后，理亏地拉起被子。

"行吧，那你不要加到太晚哦。"

"嗯嗯。"祝时雨总算松了口气，敷衍应声。

这一晚在病房将就着度过了，祝今宵半夜醒来上了两次洗手间，祝时雨扶她过去，隔着一扇门，能听到她的后悔声。

"我以后再也不喝这么多水了——"

第十一章

初恋危机

冬天请与我恋爱

第二天一早，孟司意就给她们找了一个护工过来，是个快四十岁的阿姨，身高体壮，做事也很细心，听说在医院评价很高，还是托了关系才插队请到的。

骨科多的是行动不便的人，平时医生护士也都认识不少护工，算是知根知底。

护工阿姨非常专业，在照顾病人方面甚至比他们家属还要周到，一来便收拾整理了床铺，还带祝今宵去了一次洗手间，早餐给她打了有利于脚伤恢复的营养餐。

祝时雨观察了一上午，见祝今宵适应良好才准备离开，走时她正坐在床上喝汤，手里捧着保温盒朝自己挥挥勺子，勉强抽空示意。

"拜拜，路上小心。"

祝时雨回家洗了个澡，然后把昨天剪出大概的视频精修配词加背景乐，她一直忙到晚上，天黑了都没发现，孟司意竟然也还没回来。

他这天班下得特别晚，祝时雨那会儿也在忙着做视频，看到他面色疲惫的模样，也没有多问。

连续熬了几天，祝时雨把做好的短片给电影那边宣发过目没问题之后，祝时雨在平台发布了出去，评论一如既往地接连涌入，大部分都在夸赞这次的视频拍得高级，有电影的质感，还有不少颜粉在底下狂吹彩虹屁，说宵宵又美出新高度。

没一会儿，祝今宵给她发来消息。

视频我看到啦！果然努力是有回报的，我腿伤得值了！

她又发过来一堆视频里的绝美截图，兴致勃勃地感慨了一番自己的美貌，最后还顺手拍了张脚踝打了绷带的图片。

伤员请求家属探望，想吃回隆街那家小笼包了。

回隆街就在医院旁边，只隔了一条马路，随便跑个腿都能买到。

194

祝时雨猜想她是在医院待得无聊，看她忙完了，便迫不及待想要找个人解闷儿。

正好这两天都没去看她，祝时雨伸了个懒腰看向窗外，黄昏时刻，正适合忙碌过后出去走走。

她想着便立刻关掉电脑起身，简单收拾了下就出门了。

孟司意这几天一直在医院加班，每天回来都很晚，饭基本都在食堂解决，祝时雨买小笼包的时候，顺便给他也打包了一份。

她手里提着两个打包盒走到医院门口，上台阶时突然远远看到一道熟悉的身影，高挺的身形，短发，白大褂。此时他身侧还站着一个短发女人，两人并肩往医院走，嘴里说着话，孟司意手中帮她提着打包的饭盒，看模样两人很熟悉。

他们是从斜前方走过来的，在祝时雨前面，距离远的缘故，两人并没有往这边看，因此孟司意并未注意到她，径直进了医院。

祝时雨张了张嘴，最终没有出声，眼看着他和那个女人的背影一起消失。

医院内，穿过大厅，祝时雨闷头上了电梯。

抵达病房时，祝今宵坐在病床上翘首以盼，祝时雨把手里的打包盒递过去。

她迫不及待地拆开，疑惑地问："怎么还打包了两份？我虽然很爱吃这家小笼包，但也没有这么大胃口……"

"你不是养伤吗？多吃点儿对身体好。"祝时雨心不在焉地敷衍道。

"那也是多喝汤补钙，和小笼包有啥关系。"祝今宵抗议。

"反正都一样，差不多。"她低头点开手机微信，进去页面又切出，最后干脆关上，眼中掩不住的烦躁。

"怎么了？有什么不开心的事情？网上又有黑粉蹦跶了？"祝今宵手捧饭盒嘴里塞着小笼包，见状小心地问。

此时祝时雨已经勉强平复下来，低声回："没事。"

手机里两人聊天页面的时间还停留在中午，孟司意问她午餐吃了什么，她拍了张图发过去，他估计后面就忙了起来，没再回复。

一切都很正常，没有任何异样。

可能出问题的是她。

冬天请与我恋爱

祝时雨垂眉耷眼，莫名失落，第一次感觉自己小心眼儿。

"其实……有一件事我不知当讲不当讲……"

正在她陷入满怀自责的情绪时，祝今宵打量着她的神情，小心翼翼地出声。

"什么？"祝时雨抬起头。

"就是我昨天不小心经过护士站，听到她们议论，前头病房住进来了一个腿摔伤的小男孩，这几天一直由他妈妈带着，然后他妈妈……好像就是孟司意当年那个初恋。"祝今宵边说边小心翼翼地打量着她的脸色，音量渐小。

祝时雨听完好一会儿没反应，脸上看不出太多表情，许久，才慢慢点头，"哦"了声。

"小雨……"祝今宵满脸担忧，欲言又止，正要出声关怀，就见祝时雨困惑地拧起眉，不解发问。

"可她不是去年才结的婚吗？小孩一下这么大了？"

"这——好像是生完之后才举办的婚礼，小孩今年刚好两岁，我早上去偷看了一眼，和他妈妈长得还蛮像的。"

"你见过她了？"

"啊。"祝今宵点头，"虎头虎脑还挺可爱的。"

祝时雨深吸一口气："……我是说他妈妈。"

"……也见过了。"祝今宵默了默说，"和你完全不是一个类型，短头发，看着很开朗，是那种……"她偷偷看了她一眼，小心谨慎地补充，"可爱型的。"

"哦。"祝时雨面色平静，"那人家现在老公孩子都有了，生活应该挺美满的吧，希望小孩身体早日康复。"

祝今宵动了动嘴，最后还是把话咽下去了，她目光仍然不放心地落在祝时雨脸上。

过了一会儿，祝今宵才坐直身体，假装轻松的语气说："我觉得也是，大家都有各自的生活了，以前的事估计早就过去了。"

一时间病房无人说话，祝今宵默不作声地吃完了手里的两份小笼包，撑得控制不住打了个嗝。

祝时雨的注意力终于回来了，看向她手边的垃圾开口问："吃完了吗？我去帮你丢吧。"

她站起身，拎着空的外卖盒出去，其实病房就有垃圾桶，但是怕有食物串味，外面走廊尽头也放着一个大垃圾桶，专门丢剩饭剩菜。

祝时雨出去的时候，极力控制自己，但还是没忍住在经过前面那间病房时转了下头，那间房门刚好大开，靠窗边的床上坐着一个小孩，脚上打着石膏，他旁边没看见人。

祝时雨收回视线时，觉得祝今宵说得没错，他的确是个长得很可爱的男孩子。

这一天，孟司意晚上九点才回来，比起往常更晚，祝时雨那会儿已经洗漱完换上睡衣，准备上床去睡觉了。

她难得这么早休息，孟司意了然，因为他看到了眼旁边被合上的电脑。

"今天的工作忙完了？"

他边解着衬衫扣子边走到衣柜前，准备找家居服换上。

"嗯。"祝时雨侧身玩着手机，回应着。

等拿到衣服，转过身，孟司意才发现她并没有说第二句话的意思，他有些奇怪，却也没多想，径直进了浴室。

直到洗完澡出来，他看到祝时雨已经收起手机，大半张脸被蒙在被子里。

"怎么了？今天累了吗？"他上床躺下之后，忍不住俯身凑近，伸手拨弄了下被子。

祝时雨没说话，从里头伸出一只手，把他拍开。

"累了。"须臾，她的声音从底下传来。

"噢。"

她说累，孟司意只好关了灯，房间黑下来，周围陷入安静。

可是现在还不到十点，两人躺在床上，不一会儿，孟司意就开始心猿意马。

"时雨。"他清清嗓子，先试探地问，"你睡了吗？"

祝时雨实在不想搭理他，可是这才关灯没几分钟，自己就假装已经睡着，实在是太过明显。

于是，她只好礼貌客气地问："还没有，有什么事吗？"

冬天请与我恋爱

"是有一点儿。"

"嗯？"

"这周已经过去三天了，我们是不是应该履行一下夫妻义务了？"

祝时雨才竖起耳朵，就听见孟司意用平平常常的语气阐述着如此话语。

她顿时一口气哽在胸口。

"不好意思。"数秒后，祝时雨断然拒绝，"我最近恐怕没什么心情。建议孟医生忍一忍，或者考虑自行解决。"

顿了顿，她又道："实在不行我也可以搬到客房去睡，客卧坐北朝南，风景优美，最适合平心静气，驱除污浊。"

"……"

祝时雨这番话干脆利落地砸下来，砸得孟司意头昏脑涨，原本温馨闲适的夜顿时变得面目可憎了起来。

孟司意伸手打开灯，房间瞬间大亮，他倾身盯着祝时雨，目光灼灼。

她难以同他对视，只坚持了两秒，便拉高被子盖住了脸。

"我最近是不是做了什么让你不满的事？"孟司意轻声问，自己微微偏头拧眉思考，给出假设。

"这几天工作太忙，晚上没有做饭？"他注视着祝时雨的眼睛，试图从中看出端倪，"或者回家太晚疏忽了沟通和交流？还是，前天洗衣机里的衣服我忘记晾了？"

孟司意绞尽脑汁，到最后把范围缩到了每一个可能被他忽视的小细节，可是祝时雨仍是没什么反应，只睁着眼地望他，小弧度摇头。

"你想多了……"许久，她声音闷闷地说。

"我就是单纯心情不好。"祝时雨干脆转过身去，背对着他，"你别问了，过两天就好了，早点睡吧。"

两人的对话就此结束，祝时雨怕再聊下去，自己就忍不住把那个初恋问出口了。早已过去的事情，在这种情境下揪着不放太不体面，况且，她觉得她和孟司意还没到这一步。

尽管祝时雨不太想承认，虽然彼此已经有过最亲密的行为，但他们并没有到完全敞开心扉的地步。

一开始从相识到结婚的方式，就定下了此刻的结果。

后来几天祝时雨很少再去医院，一方面是祝今宵另外找到了人照顾她，问起是谁时她在电话里吞吞吐吐，直到有次祝时雨去给她送煲好的汤，在病房前看到一道熟悉的身影。

是她当年反目成仇的初恋何骧，祝时雨很知趣地没再过去打扰他们。

另外最近孟司意表现得也非常奇怪。

他好像突然不需要加班了，每天按时回家，把晚饭准备好，夜里也空出时间，哪怕坐在沙发上陪她看无聊的电视剧和综艺，家里洗衣机里面的衣服也再没有忘记晾过。

祝时雨突然想起一个很经典的言论，男人在外面做了对不起你的事情时，回家会变得格外体贴，以弥补自己的愧疚心，同时防止你产生不满和怀疑。

随着孟司意的反常，祝时雨深深觉得他就是出现了这种情况。

电视上正放着某个不知名的偶像剧，祝时雨随便选的，男女主角演技有点儿差，剧情也稍稍拖沓，不过勉强能看下去，因为整体画面还算养眼。

最主要的是，里面有个短发的女配，性格可爱，出场率极高。

祝时雨瞟了眼旁边貌似看得极认真的孟司意，动动身子，假装不经意开口："这个女配好像有点儿可爱。"

"还行吧。"孟司意闻言，又仔细看了两眼，认真点评。

"是吗？"她搂了搂怀里的抱枕，假装若无其事地说，"孟医生觉得短发好看还是长发好看？"

话音刚落，孟司意转头，目光放在她脸上仔细打量几秒，才正色开口："我觉得你短发长发都很好看，最主要还是看自己喜欢，长头发腻了想换种风格也未尝不可。"

花言巧语，巧言令色！

就是想骗她去剪头！

祝时雨登时就想揭穿他，但是忍住了，极力口吻如常道："可惜我不喜欢短头发。"

"噢，"孟司意对这个问题感觉有些莫名其妙，但还是附和她，"不喜欢就不剪。"

稍显低落的语气，任凭谁都能从中听出一丝遗憾。

祝时雨面无表情地握着遥控器，开始换台，方才的短发娇俏女演员消失不见了，变成了森林里树杈上两只互相扯着毛发的大猩猩。

"刚才那个电视剧太难看了，还是看动物世界吧。"

她语气淡淡地说，孟司意不明所以地看着她，只能点头："好。"

须臾，他似乎觉得自己的回答有点儿冷淡，于是讨好般补充了句："动物世界也挺好看的。"

"那你多看看，我去洗澡了。"祝时雨终于按捺不住起身，望着他陈述。

临睡前，两人仍然保持着一种若有似无的冷战、僵持状态。

当然，是祝时雨单方面的。

孟司意想不出原因，苦恼了几天之后，脑中只出现一个词，冷淡厌倦期。

他不愿意去相信这个最坏的假设，然而各种迹象都表明，事实好像的确如此。

他在黑暗中望着天花板，心里涌起熟悉的疼痛，细细密密，好像被一只无形的手抓住，让人喘不过气。

孟司意控制不住地转身，却不小心压到了枕头上散开的那一缕长发，祝时雨察觉到什么，以为他又和前几天一样，不由低声道："我来例假了。"

孟司意脑中猛地出现另一个可能性，他心头轻微一跳，难以克制喜悦，连忙出声："原来是这样，那你好好休息。"

这次轮到祝时雨困惑。

他为什么这么高兴？

所以，现在是，连身体上的吸引力都已经没有了吗？

医院办公室，电脑前面，孟司意仔细查阅资料，又特意咨询过院里的妇产科医生后，终于确定，在例假前包括那几天，女生心情起伏是正常表现，情绪会出现莫名变坏，和平常有较大的区别。

确定这个事实后，孟司意背靠在椅子上，长松一口气，胸口那块大石终于放下了。

这天，祝时雨在孟司意下班到家时，收到了一大袋他从医院带回来的气血补品，小到生姜红糖，大到阿胶人参，还有不少滋补药物，上面甚至有一行小字写着调理内分泌失调。

她满头困惑，却见孟司意郑重其事，一脸正色地交代她："按照上面的医嘱，每天冲调，这个要认真吃，对身体好。"

祝时雨气得又和他冷战了三天。

两人结婚后很少闹别扭，却没想到这次居然来势汹汹。

彼此都有点儿难受，觉得一切都不对劲。

孟司意接连几天失眠，神色显而易见地憔悴了许多。

祝时雨也在反省自己，可是，她发现自己根本没办法像上次那样，做到完全不在意。

或许只有让时间去冲缓情绪，祝时雨自欺欺人、鸵鸟心态地想。

她例假差不多结束后，祝今宵的腿伤也好得七七八八，终于准备出院了。

不知是为了掩耳盗铃还是怎么，她特意强调，出院当天只有她一个人，没有其他闲杂人等。

祝时雨不去戳破她那点儿小心思，反正无论如何自己都要去接她，只是多问了一句。

"要不要开车过来？"

"要……要吧？"祝今宵自己显然也不确定，犹豫着回答。

好的，祝时雨已经做好了和何骧碰面的准备。

当年两人分手堪称撕破脸，吵得惊天动地，彻底闹翻。祝时雨那会儿看祝今宵天天在她面前哭，气不过去，特意冲到何骧班里，在众目睽睽之下把他痛骂了一顿，之后两人一直是不说话的对立关系。

结果没想到，他们竟然还有和好的那一天。

当初把何骧骂得狗血淋头的祝时雨就显得有点儿里外不是人。

这就相当于前段时间网络上的那个热梗，当事人最终还是去参加了劝分八百次的闺密和她男朋友的婚礼。

她以为这就是极刑，结果没想到，当天还会在医院看到孟司意以及他那个初恋女友。

祝今宵虽然只住院了一小段时间，但是个人物件却多得不行，她

冬天请与我恋爱

作为病患不好动手，于是搬东西下楼这件事自然就落到了祝时雨的身上。

她手里提着大包小包的东西，在电梯口跟孟司意和他那位初恋狭路相逢。当时她穿得极为随意，宽松的白衬衫和阔腿长裤，因为要拿东西，袖子还胡乱卷在胳膊上，头发散落，素颜得彻底，连防晒霜都没有搽。

而孟司意一身整洁，气质卓然，干净笔挺，把旁边那位短发女人都衬托得娇小可爱了起来。

这幅画面和谐，祝时雨过来时，他们两人正站在电梯旁说着话，孟司意面容温和耐心，女人微仰着脸看他，眼里都是信任。

只可惜她的存在打破了此时的美好，孟司意最先看到她，在和对面的人交谈过程中余光似乎捕捉到了她的身影，然后眼眸轻轻一动，提步朝她走来。

"一个人提这么多东西，怎么不叫我呢？"他俯身接过她手里的袋子，温声说。

"怕你太忙。"祝时雨没有当面拒绝他，任由他接过大部分东西，不冷不热地回着。

"孟医生，这位是……"两人说话间，一旁站着的人已将注意力放到了祝时雨身上，她望着祝时雨，好奇地打量。

"介绍一下，这是我妻子，这位是……"孟司意提到对面的人时，话语稍微顿了下，才继续介绍，"病人的家属，也是我曾经的病人。"

一切信息都对上了。

祝时雨感觉自己心头有些发冷，没有再说话，只是点了点头示意，低着头走进电梯。

他们刚好也要下楼，加上祝今宵一共四个人，电梯里很安静，无人交谈，就连向来聒噪的祝今宵都察觉到什么，从刚才到现在一言不发，紧闭着嘴，连眼睛都不敢乱看。

倒是孟司意的初恋，时不时把目光落在祝时雨身上，虽然让人不适，却不大让人反感，因为里头是单纯的好奇，好像只是想看看她具体长什么样子，是个什么样的人。

是观察一下自己前男友的现任吗？

祝时雨盯着电梯面板上的数字分外煎熬，只希望电梯快点到达。

面板跳到数字一，门打开，短头发女人跳了出去，笑着对孟司意挥挥手说了再见，又转向祝时雨她们，露出笑容，意为告别。

祝时雨也扬起嘴角，对她笑了笑，电梯门缓缓合上，还能看到她走远的背影。

带着几分少女的活泼可爱，丝毫看不出是一位两岁小孩的妈妈。

"待会儿直接回家吗？"短头发女人走后，孟司意低下头问祝时雨，她"嗯"了声，视线依旧落在电梯面板上，没有看他。

到负二楼停车场，孟司意一路帮她们把东西放到车上，他看着祝今宵的脚叮嘱了几句，然后转向祝时雨，触及她的眼神，顿了顿，最后只说了一句。

"开车注意安全。"

祝时雨没有把祝今宵送到家，因为中途祝今宵接了一个电话，接着满脸愧疚地看向她，祝时雨懂了，并按照她的意思，把她放在了就近的一个公交站台上。

没多久，她发来一张重新坐上车的图片。

　　不好意思啊……何骦他突然又忙完过来了，还让我去他家先暂住一段时间，小雨，对不起。

"没关系。"祝时雨抽空回，"我还得感谢你没让我们两个碰上面。"

祝今宵发来一个更加尴尬的表情，和一段欲言又止的符号。

车子飞快行驶在路上，祝时雨分神看了眼手机之后，便没有再回复。前面大楼在飞速后退，今天本来是个好天气，艳阳高照，可是此刻从窗外投射进来的阳光都无法驱散她心间的阴霾。

纵然祝时雨是一个后知后觉的人，都清晰明了，她是真的对孟司意有了男女之间的喜欢。

在结婚之前，她没有太多设想过这个可能性，更从未想过会如此之快。

心情愈发烦闷，仿佛有一个巨大的旋涡在汹涌转动，祝时雨看着前方路况，突然手上用力，猛转了一下方向盘，在路口掉头改成另一个方向。

与此同时，孟司意手机上收到一条新消息。

我去爸妈家住几天，没什么大事，休息好了就回来。

婚后将近半年，祝时雨和孟司意就这样猝不及防地分居了。

她开车回来的当天，周珍和祝安远刚好都在家，两人本来坐在沙发上看电视，看见门被打开，她提着包走进来，两人露出诧异的神情，不约而同地往她身后看。

"孟司意没来。"祝时雨告诉他们，"只有我。"

她没再说什么，低垂着头看着有些疲惫，径直往房间走去，"我在家住两天，我们没吵架，不用给他打电话。"

话虽如此，但两人显然不放心，等她前脚进了房间，听到没动静后，立马就拨通了孟司意的号码。

孟司意明显是知情的，在电话那头安抚了他们几句。

"对，她说要回家住几天。我们没发生什么事情……可能是最近工作太累了，嗯，我待会儿给她打个电话。"

通话结束，也没有问出个所以然来，祝安远和周珍对视一眼，都有点儿捉摸不准。

看这样子也不像吵架，只是说不上来哪儿怪怪的，祝安远最后叹气一声，去敲祝时雨房门，轻声细语地问她晚上想吃什么。

夜幕降临，房间被明亮的灯光盈满。

床上，祝时雨将手机贴在耳边，听着祝今宵说话。

"真分开住啦？"她在那头试探地问，语气万分谨慎，生怕一不小心就说错话。

祝时雨揉揉眉心，低声说："嗯，我想先冷静几天。"

这话听起来有点儿吓人，像大部分夫妻离婚前惯用的措辞，祝今宵有点儿被吓到，原本还打算玩笑几句，现在通通咽了回去，变成了劝和。

"不至于吧，这么严重，我今天看他们两个好像没什么，都挺正常的……"她弱声弱气，带着忐忑，"小雨，你之前都不怎么在意，怎么突然……是发生了什么我不知道的事情吗？"

"没有。"祝时雨解释得有点儿疲倦，干脆撂下一句话，言简意赅，"是我自己的原因。"

"哦哦，没什么原则性问题就好。"祝今宵还在那头说着，"其实他对你挺上心的，今天早上来我病房好几次了，问我什么时候走，还让护士帮忙办了手续。说起来在电梯口撞见可能不是一个偶然，他说不定是知道你今天要来，又因为吵架拉不下脸，所以只好在这边楼层徘徊，想着肯定会碰到。啊！那他们可能也只是在那边不小心碰到，然后顺便问了一下小孩的病情。"

祝今宵越说越觉得合理，声音不自觉兴奋，祝时雨觉得匪夷所思，按着额头打断她。

"宵宵，你冷静一点儿。"

"我真的觉得很合理！"

"嗯，确实，你不去当编剧真是可惜了。"

通话在祝今宵无语凝噎中结束。

祝时雨握着手机出了会儿神，脑中想的却是下午和孟司意的那通电话。

他的语气一如往常，听起来格外冷静，甚至瞧不出一丝情绪波动。

"你到爸妈家了？"

"嗯。"

孟司意稍稍顿了顿："什么时候回来？"

祝时雨也顿了顿："过两天。"

"好，到时候我来接你。"

对话到这里便停止，孟司意的态度正常极了，这才是他该有的表现和反应，祝今宵的假设只在她脑中停留了一秒，便被祝时雨毫不留情地打消。

过于不切实际。

深夜容易胡思乱想，祝时雨不准备去想这些事情，于是打开电脑，忙碌工作。

洗完澡出来，已经十一点多，小区安静得没有人声，远处隐隐约约还有灯光亮着。

冬天请与我恋爱

祝时雨走到窗边打算拉起窗帘，视线不经意往下时，突然在楼底下的树旁看到一辆熟悉的车子，好像是孟司意的。

她定睛看了两眼，由于隔得太远、光线过暗，车身轮廓并不特别清晰，只隐约看到树影遮蔽下站着一个人，手垂落的位置，指间有红点闪烁。

那应该不是孟司意。

祝时雨收回视线，彻底拉上窗帘。

他从来都不抽烟。

祝时雨回家的第三天，孟司意亲自登门来接她。

在此之前，祝时雨并不知情。

因为在前一天，她就拒绝了他这个提议。

各自分开住的这几天，两人联系很少，几乎是孟司意单方面的，每天临睡前，都会固定给她打一个电话，例行公事般，似乎为了证明他们仍然在正常相处，感情并未出现裂痕。

孟司意提出要来接她回去时，祝时雨并未同意，她觉得自己心情并未完全平复，几天只是她的托词而已，没有把它当真。

然而孟司意当真了，他挂断电话之前沉默，虽未说什么，但第二天傍晚，下班直接开车到了她家。

他掐着饭点来的，周珍和祝安远自然惊喜，把他迎进来一起上桌吃饭，气氛热闹且融洽，祝时雨当然不好说什么，只是自己一个人默默坐在边上吃。

吃完饭，周珍和祝安远就开始忙碌准备，包饺子，装水果、蔬菜，大包小包让孟司意带回去，见杵在一旁不动的祝时雨，还不忘出声催促。

"小雨，怎么还不收拾东西？"

两人丝毫没考虑她会留下这个可能性，就好像她跟着他走才是天经地义的事。

祝时雨看向旁边站着的孟司意，从进来到现在，他就没说太多话，只是附和着周珍和祝安远，仿佛一位在妻子家安静听话的男人。

她用力深呼吸两口，抓住他的手腕，往外拖。

"你跟我出来一下。"

老旧的楼道门口，还是绿漆铁门，来往的人很少，树荫茂盛，显得这里寂静清幽。

祝时雨站在孟司意对面，望着他的眼睛，字句清晰地表达。

"我今天不打算回去。"

他微微垂下目光，声音很低："为什么呢？"

简单的一句话，把祝时雨问住了，她提了提呼吸，预备说什么，又咽下去。

"没有为什么。"祝时雨撇开脸，只望着不知名的某处，"就是想住家里了。"

"我们那里不是你的家吗？"孟司意轻声问。

"你不要偷换概念。"祝时雨转头看向他，用力皱眉。

孟司意同她对视两秒，转过脸轻吸气，好一会儿，才平复下来，眼睛盯着她，有点儿红。

"我做错什么了吗？"

他的声音不复往常，听起来有点儿颤抖，祝时雨被他这副好像要哭的模样弄得不知该怎么办了，半晌，才低下头，眼角也莫名湿润。

"你没有做错什么，是我的问题。"

"什么问题呢？"孟司意此刻已经冷静下来，除了眼角残余的红，面容已恢复平静。

他用力抓住了她的手腕，嗓音无比冷静："说出来我们一起解决。"

他仿佛控制不住力度，祝时雨手腕处隐约传来疼痛，她尝试挣脱却无果，反而被弄红了。

她低声抗议："你先放开我。"

不知过了几秒，孟司意才松开手。

祝时雨把被他握过的那只手放在身后，轻轻揉了揉，低头不说话，两人之间又恢复了沉默。

孟司意注视着她，再度重复。

"什么问题呢？时雨，我很想知道。"

"我……"祝时雨张了张嘴，嗓音却莫名干涩，憋得眼睛都潮湿了，"我上次在医院看见你的初恋，你们在一起说话，看起来关系依然很好，我在想，如果当初你们没有分开——"

冬天请与我恋爱

后面的话祝时雨说不下去了，她张着嘴，却有点儿喘不上气，眼泪在眼眶里打转。

"谁说她是我的初恋？"不料，面前的孟司意露出不可思议的神情，出声打断她，拧着眉难以置信地说，"我什么时候有过一个初恋，我怎么不知道？"

话音停在这儿，孟司意好像想起什么，猛地皱眉，然后一动不动地盯着她。

"如果你是从医院里听说了什么传闻的话，我可以清楚地告诉你，柯宛，也就是你见过的那个女生，几年前曾是我的病人，她患的是骨母细胞瘤，很少见的一种肿瘤，但她当时有恶变的可能性，手术风险较大，因此前一天，她请求我满足她一个愿望。"

说到这里，孟司意顿了下，重新组织语言："她当时十八岁，从来没有谈过恋爱，所以请求我扮演她一天的男朋友。当年……我才从医学院毕业没多久，她算是我正式接手的第一位病人，虽然名义上是男朋友，可其实那一天我只是像哥哥一样给她买了奶茶和蛋糕，出院后，我们再也没有联系。

"当初答应她的要求完全是出于同情，没有任何男女之间的想法，更加不是什么别人口中的初恋。"

孟司意说完，没有再做辩解，而是自我检讨。

"我知道我当初的行为作为医生和患者之间并不妥，我后来也反省自己，没有再和病人有任何超出医患关系之外的接触。固然造成今天的误会，我需要负很大一部分责任。"

说到最后，孟司意微不可察地叹了口气，目光凝视着她，神情带着无奈。

"医院八卦大多是捕风捉影，我没想到，后来会被传成这样。"

他更多的是虚惊一场后的脱力，后背被风一吹，浑身发凉。

周遭安静，夏日的晚风卷起地上落叶，一切最终归于尘土。

孟司意微垂眼皮，眸中苦涩。

"下次有什么事情可以直接问我。"

祝时雨已经羞愧得抬不起头，她完全没想到，从头到尾，都是一场她独自臆想的乌龙。

她无比复杂地抬起脸，又想起什么，张了张嘴，忍不住问道："那上次大扫除翻到的那个笔记本呢？我以为是她留下来的。"

"不是。"孟司意想都没想地否定，面对她好奇的眼神，停顿片刻。

"是我一个朋友留下来的。"他解释完，又补充了一句，"男的。"

电话里，祝今宵在忙不迭地和她道歉。

"对不起，小雨！我是真的没想到，他们医院的谣言竟然可以离谱到这种份儿上！我闺密的表妹已经去了解清楚了！她在医院当护士的同学和那个女生本人确认过，确实只假扮了一天而已……她也没想到后来医院会传成这样……可能是孟医生确实没什么绯闻可以讨论……"

祝今宵也是头皮发麻，第一次遇到这种大无语事件，更离谱的是，这事从头到尾还都是她挑起来的。

要真是出了什么大问题，她以死谢罪都不够！

祝时雨此时正坐在孟司意的车里。两人在楼道门口聊完，她就羞愧地低着头，上楼收拾东西和他回家。

路上祝今宵打来电话同她解释，空间狭小的车内，祝时雨默默调低了音量，低声敷衍几句。

"好……我知道了……没有……我回去再说。"

祝时雨没想到祝今宵动作会如此之快，不过是收拾衣物时刚好回复了她几句消息，没多久，她电话就打进来了，嗓门儿还是一如既往的大。

她挂完电话，收起手机，偷偷看了看身侧，又飞快收回，不自觉地抿唇。

"祝今宵？"孟司意握着方向盘，貌似随口问了句。

祝时雨点头，放在膝上的手轻动，撒了个小小的谎："嗯，她……问我回家了没有。"

孟司意没再说话，车里十分安静，气氛莫名奇怪。

在经历了先前那一番起伏之后，两人都有些不自在，对每个成年人来说，没控制好情绪大概是件比较丢脸的事情，尤其是这样的事情。

冬天请与我恋爱

孟司意车子开得心不在焉，还沉浸在方才自己红着眼质问祝时雨的画面里，懊恼不已。祝时雨就更加不用说，现在脸还是烫的，恨不得打个地洞钻进去。

现在的安静对两人来说都是一种保护伞，直到回到家里。

第十二章

蛛丝马迹

冬天请与我恋爱

回到家，开门进去后，祝时雨原本在低头换鞋，一切如常，前面的孟司意弯腰起身时却突然僵住动作，脖颈儿仿佛定格在半空中，片刻，才缓缓转过头来。

祝时雨不明所以，抬眼看他，玄关一盏昏黄的小灯，孟司意站在前方，眼神幽幽地望着她。

"……怎么了？"她犹疑着开口。

"时雨。"孟司意慢吞吞地问，"你是不是吃醋了？"

"……"

空气仿佛一瞬间缺氧，祝时雨表情僵硬，好一会儿没有发出声音。

"嗯。"很久，她才挤出一个字回应。

"我们已经结婚了。"祝时雨像终于回过神，微偏头注视着他，反问，"我吃醋不是很正常吗？"

"很正常。"孟司意如释重负，莫名开怀，"我很开心。"

孟司意的开心很直观地体现在了行为上面。

几天没回来，家中变化很大，房间床单被套都被重新清洗、更换过，梳妆台被收拾得一干二净，就连地板都莫名锃亮，好像彻底被人大扫除过。

祝时雨还没来得及好好观察，就被推到床上吻得头昏脑涨。

两人先前进门，孟司意还表现得很正常，甚至问她饿不饿，要不要再吃点儿什么东西。

刚从家里吃过晚饭回来，祝时雨想都没想就摇头说不，然后下一刻，她就被他拉着手，带到了房间。

背触及柔软的床铺，身前阴影覆盖下来，她手落在脸侧，整个人几乎是被他摁着在亲。

"孟司意……"祝时雨叫他，有点儿惊慌，她想让他轻一点儿，或者稍微冷静一点儿，只可惜，声音刚出口就被堵住了。

黄昏彻底乱了，橘红色的阳光时而藏进云里，时而展露身姿，微风细细拂过，傍晚与夜的交界，炙热微凉。

祝时雨觉得窗外的白天格外漫长，西沉的太阳始终难以落下，耳边有人贴着她在说话，热气钻进耳中，她听见了两个字。

"点点……"

天彻底黑下来时，房间里终于归于平静，透过半拉的窗帘，隐约可以看到外面墨蓝的天。

祝时雨趴在床上，呼吸缓慢，连一根手指都抬不起来，浑身仿佛散架，脑中浑浑噩噩，大片空白。

"洗澡吗？"身旁有人轻声问，低哑的嗓音，竟然和先前混乱中听见的那个模糊的声音重合起来，祝时雨动了动手指头，一出声，发现自己更沙哑。

"洗。"

两人从浴室出来。一场极度耗费体力的活动，让身体里储存的能量消耗殆尽，这次孟司意是真的去厨房给她弄吃的了，根据那边飘来的香气，祝时雨判断出是番茄面。

祝时雨双腿酸痛，去阳台挂好毛巾，便朝孟司意走过去。

锅里冒着热气，孟司意拿着锅铲站在前面等待，见到她来，微微侧头。

"怎么不吹干头发？"他手从她发间扫过，垂眸问，祝时雨吸了吸鼻子，带了点鼻音。

"手酸。"

"待会儿我帮你吹。"

灶上开关轻轻一拧，上面的火灭了，锅中的水停止了沸腾，孟司意把面捞出来，放到盛满冷水的碗里。

他拥住身边人单薄的肩膀，往客厅走去。

阳台上有个吹风机，孟司意插上插板，把祝时雨环在身前，替她吹着头发。

风筒吹出来的风带着热气，却和阳台迎面而来的凉风撞个满怀，头顶嗡嗡声响，没一会儿，声音突然停了下来。

祝时雨仰头，刚好对上孟司意低头看向她的目光，他的手还搭在她肩上，另一只手握着吹风机。

视线相交，这一刻，夜晚突然安谧。

几乎是有默契般，孟司意低头下来的前一秒，祝时雨就闭上了眼

冬天请与我恋爱

晴，两人嘴唇相碰，安静地接了一个吻。

他把她拥在怀里，继续吹干了头发。

这一晚，两人都比平常晚睡，熄了灯的房间，黑暗幽静，只有几缕月光透进来。

祝时雨身体微蜷着，被孟司意拥抱在身前，他们悄悄说着话。

"明天想吃什么？"

"还不知道……你做的都好吃。"

"那明天我们一起去逛超市？"

"可能早上起不来……"祝时雨半闭着眼，嘟囔着。

"我们下午去。"

"好。"

"要不要顺便买点儿植物？"孟司意又问。

她已经昏昏欲睡，困倦应道。

"嗯？"

"今天看阳台上还有很多空间，可以养点儿多肉和仙人掌。"

"好。"她动了动，找了个舒服的姿势，"你决定就好了……"

话音愈小，直至彻底安静，孟司意再低头，发现她已经在怀中睡着了。

第二天是周末，两人睡到大中午。

祝时雨慢悠悠地起来，吃过早餐，又和孟司意在家里运动了一会儿——客厅摆放着一台跑步机，祝时雨从来没见他用过，今天有时间，便拉着他试了下。

"怎么没用？"孟司意一边给她开机，一边反问，"我每天早上都会跑。"

"啊？"祝时雨怀疑他们生活在两个时空。

"嗯，"他转过脸，对她肯定地点头，"每次你还在睡觉的时候。"

"……"

下午两三点时，两人终于出门，去附近一家超市。

闲逛着过去，时间还早，刚好旁边有家影院，外面海报挂着祝时雨先前拍过推广的那部青春电影。

她有些惊喜，拉着孟司意过去，对他介绍道："我之前拍过他们的推广。"

"我知道。"孟司意望着海报颔首。

"你怎么会知道？"祝时雨诧异，微微睁大眼睛。

孟司意顿了顿，回答："之前不小心在首页刷到，后来发现是你们的账号，就关注了。"

"咦，你也用喜乐视频吗？我以为像你们医生这种大忙人都不会玩这种 App。"祝时雨说到后面嘟囔着，显然不解。

"医生也需要娱乐。"孟司意若无其事地反驳。

"也对。"祝时雨想了想附和，又很快笑着问他，"那你觉得我们的视频拍得怎么样？"

她只是随口一问，没注意到话里包含着连自己都未察觉的期待，却不料孟司意稍做思索之后，对她认真点了点头。

"拍得很好。"他甚至正色点评，"剧本、运镜，还有剪辑都非常优秀，在网站上同类的视频中显得更为专业，一眼就让人想要停下来观看。"

他的评价称得上极高，祝时雨几乎很少在身边听到诸如此类的肯定，她的世界好像被网络这道线划开，上面是满屏称赞，现实却是无数冷眼。

她身边最亲的亲人都难以认同她的事业。

祝时雨怔怔地望着他，好一会儿才笑起来："你是不是也天天偷看我们底下的评论，网友的彩虹屁都被你学得七七八八了？"

"我没有。"孟司意皱起眉，像是受了什么莫大冤屈，辩解道，"我是完全出自个人意见，和别人无关。"

"好好好，信你。"她拉着他的手走进电影院。

孟司意还在后面不甘心地强调："是真的。"

"我们一起去看电影吧。"

祝时雨没有再去执着这个问题，只是拉着他去买了票，然后走进影厅。

两人看完这部电影出来，天色已然昏黄，心中都有一丝感慨。

"青春挺好的。"她刚说完，孟司意同样感叹。

"还是你拍的那个视频更有感觉。"

祝时雨收回望着前方的视线，看向孟司意，恍然大悟。

"我总算明白了，你没有说假话，你只是对我有个人滤镜。"

"什么啊。"

"就是就是。"她故意无理取闹。

"好吧。"孟司意无奈笑起来，"我对你有祝时雨滤镜，行了吧？"

"什么叫，祝时雨滤镜？"

"就是，这个名字在我心中代表最高等级。"孟司意像是在随口述说，又像郑重其事，"你是最重要的那个。"

如果这算变相告白的话，自己是不是应该做出回应？

从超市回来，孟司意在忙碌着今晚的晚饭，祝时雨坐在阳台上，打理着今天带回来的这些小盆栽。

圆润可爱的多肉和打着嫩黄花苞的仙人球，团团簇拥在一起，鲜嫩漂亮。

她一个个摆好浇水，最后，忍不住拍了一张阳光下的合影。

家中新迎来的，重要的小成员们，好好呵护，认真长大！

这条动态伴随着照片没发出多久，祝时雨就收到了来自冲浪达人祝今宵的问候。

？

[截图 .JPG]

什么意思？

你什么时候有这份闲心养植物了？

两人一起长大，她的喜好祝今宵十分清楚，别说养多肉了，她小时候连全班风靡的自动生长刻字小豌豆都不愿意养，现在突然晒起了盆栽？

祝今宵满头雾水，正当她以为祝时雨受了刺激时，对面祝时雨的消息回复了过来。

孟司意买的。
可爱！

……
是我多嘴。
打扰了！
告辞！

祝时雨手机嗡嗡地不停振动，看着祝今宵噼里啪啦迅速发过来的这一堆话，不自觉抿唇笑。她退出聊天界面，然后没过两秒，屏幕上又出现一个鲜红的小红点。

她点开，刚才那条动态下面，孟司意点了个赞。

那部青春片电影票房很好，在同档中遥遥领先，影评网站上的评分也在同类片里居高，上映期间，口碑刷爆了网络。

不可否认的是，在青春、初恋、爱情的几个关键词里，它交出了一份让人满意的答卷。

祝时雨当初拍的那个短短三分钟的推广视频也被当作宣传材料，先是被粉丝自发转上了微博，然后各大营销号下场，有些不明所以的路人真的被安利到，因此去看了电影。

她们的账号又疯狂涨了波粉丝，突破五百万大关，有些影视方也试图找上门，想要拍类似推广。

祝时雨看过样品和主角演技之后，拒绝了大半。

竹林绿径中，风吹过，竹海荡起层层波浪，祝今宵一身红衣，黑发高束，手中拿着一把长剑。

她对着镜头，举剑挡住自己半边脸，只露出另一侧眉眼，美得不羁，艳丽得张狂。

祝时雨坐在地上，高举着相机，专注地盯着里头的画面。

今天出来拍的是她原创的一个小短片，名为浮生，讲述的是一名

冬天请与我恋爱

本在竹林中独自饮酒的女子，忽然入梦，发生一番邂逅之后，醒来黯然失神的场景。

剧情很简单，但要拍出那种意境很难，祝时雨这个剧本主要是想打破祝今宵以往形象，在如今铺天盖地的初恋感宣传中，她要让祝今宵以另一种惊艳形象，杀出重围。

祝今宵脚好没多久，不能久站，两人拍了一会儿就坐在树下休息，她喝着手里的奶茶，祝时雨在一旁看相机里的回放。

"休息一下吧。"祝今宵把手边另一杯奶茶递过来，腮帮子鼓鼓的，嚼着里头的珍珠，"我特意给你买的，黑糖鹿丸鲜奶。"

"这不是学校门口你最喜欢的那一家？"祝时雨看完最后一秒视频，接过来随口问，"怎么跑这么远去买？"

祝今宵心虚，眼珠子转了转，咬着吸管含糊道："就刚好路过。"

"早上何骧送你过来的吧。"祝时雨了然。

她嘿嘿笑了两声，低头不说话了。祝时雨看着她，突然想起前不久的一件事情。

"宵宵，你还记得我的小名吗？"

"当然记得啊。"祝今宵抬起脸，一脸困惑，"上了高中你不就不让我叫了吗？说太幼稚，班里男生听见会取笑你。后来你和家里吵架了，婶婶他们也不这样叫你了，只有叔叔偶尔会喊你两声。"

"是啊。"祝时雨若有所思，喃喃应道。

"怎么了，还有其他人这样叫你了吗？"祝今宵见状不禁问。

祝时雨好久才点点头，转过脸看她："我上次好像听到孟司意这么叫我了，我在想自己是不是听错了。"

"啊，"祝今宵也困惑，"什么时候听到的？"

祝时雨顿了顿，转回脸，含糊过去："就之前快睡着的时候。"

"哦哦，那可能是他哪次不小心听到叔叔这么叫你了吧！"祝今宵未多想，大大咧咧，"你下次直接问问他就好了，嗐，多大点儿事。"

确实是……不大的事，如果不是今天刚好想起来，祝时雨都忘了。

但是直接去问孟司意……她想起这个名字伴随的场景，祝时雨心不自觉怦怦跳了两下，随即飞快摇头驱散脑中杂念。

"休息好了吗？还有最后一点儿，拍完就收工了。"她催促着祝今宵，像极了一位压榨员工的无良老板。

　　刚摸出手机准备趁机刷一发微博的祝今宵哀号一声，放下手中的奶茶，不情不愿地起身。

　　"又是打工人悲惨的一天！"

　　收工回去，到家才下午。

　　孟司意还没下班，祝时雨换好衣服出来，第一件事便是去阳台给那些花花草草浇水。盆里的小多肉和仙人球都长得极好，生机勃勃，厚厚的叶瓣上挂着晶莹剔透的小水珠，祝时雨忍不住用指腹轻轻碰了碰："小可爱。"

　　她闲来无事，今天又莫名不想立刻去剪视频，于是双手放在膝上蹲在那儿打量了一圈，突然想要收拾家里。

　　上次回来时家中被孟司意整理得过分干净，她才待了没多久，就又乱了起来。

　　祝时雨比较随性，东西用完经常忘记归到原位，客厅沙发上随处可见她的各种小物件，毯子、发夹、眼镜……茶几上也堆满了杂物。

　　她脑中想着，立刻撑住膝盖站起来，决定给家里做一次大扫除。

　　说起来，她住进来这么久，好像只独自搞了两次卫生，平时都是孟司意收拾的，或者趁着周末都在家时两人一起。

　　祝时雨找出抹布，刚刚整理干净茶几，放在边上的手机嗡地振动了一下。

　　她点开，发现是孟司意发的消息。

　　忙完了吗，在做什么？

　　她直接拍了张照发给他。

　　大扫除。

冬天请与我恋爱

收工回家了吗？

嗯。

祝时雨回完，又觉得过于冷淡，连忙补发了一个小男孩点头的表情包。

孟司意在这头一笑，刚要给她回复，科室医生过来叫他。

他收起手机放进兜里，随他过去忙碌。

把家里从头到尾打扫了一遍，再度环顾，窗明几净，干净整洁，祝时雨心中涌起满足感，最后看向剩下的几间房间。

客卧这段时间一直无人居住，只需要简单清扫，储藏室自从上次事情之后祝时雨再也没有去过。

她把目光转向卧室，走进去。

主卧也有些许凌乱，还基本是由她造成的，孟司意只有早上换下来的几件衣服搭在沙发边缘。祝时雨走过去收拾叠整齐，然后把自己胡乱摆放的物件一一归置好。

差不多都收拾好了，整个房间只剩床头柜没清理了，那里除了她上次放东西的那个柜子，靠孟司意的那边，还摆放着一个矮柜。

平时祝时雨都没有碰过那里，算是孟司意的专属地盘。

她擦干净自己这边的柜子，想起什么，迟疑了下，才拿着抹布走过去。

矮柜上面摆放着几本书，没有太多灰尘，祝时雨简单擦拭过后，把东西归位，然后顺手擦了下柜门。

她犹豫了片刻，还是没忍住，伸手拉开。

意料之中的，里面躺着那本橙色笔记本。

她看了几眼，没有动，把抽屉重新合上。

正当她清理得差不多时，门外传来脚步声，同时听到孟司意叫她。

"时雨。"

"我在这儿。"她扬声回应，不一会儿，孟司意的身影出现在门口。

"家里好干净，大功臣辛苦了。"他声音里带着笑，伴随着调侃。

"我今天刚好有时间。"祝时雨面带愧疚，然后想到什么，指了指那个床头柜，"我刚刚把你的柜子也擦了一下。"

"嗯，"孟司意试探道，"谢谢你！"

祝时雨顿了顿，才提醒："然后我没忍住打开看了一眼，看到了你朋友的笔记本。"

"哦，"孟司意应声，过了几秒，抬起眼询问，"你要看吗？"

"啊？"空气骤然陷入沉默，祝时雨经过短暂思考后，摇了摇头，"不要了。"

这次轮到孟司意愣怔了，大抵过去了半分钟，他提步，越过祝时雨往她身后走去。

她听到了柜门细微的开合声，紧接着，他把手里拿着的那本橙色笔记本递到她面前。

"打开看一下。"

他不容推辞的态度，再度勾起了祝时雨心中残留的好奇心，她犹豫过后接过，翻开第一页。

泛黄的纸张上面，密密麻麻写着一个祝字，像是胡乱勾画般，没有章法，却占满整页，足以透过字迹看出背后的人当时无法自控的行为和难以压抑的情感。

祝时雨惊讶地抬起头，微张唇，眸中都是震撼。

一瞬间，孟司意屏住呼吸，定定注视着她，仿佛一位等待审判见不得光的罪犯。

时间仿佛停止，静默数秒，祝时雨终于出声，慢慢拧起眉，难以置信。

"你朋友竟然暗恋宵宵？？"

"什么？"

孟司意脑子也顷刻空白，须臾，见祝时雨拿着笔记本，仍然一副不可思议的模样，接连发问。

"他是谁？他们怎么认识的？怎么会有这么巧合的事情？！"

"……"

确实……让人不敢相信的……巧合。

随口找的借口竟然阴差阳错地被人联系到了现实，更离谱的是，孟司意甚至找不到理由反驳。

这从头到尾的逻辑，竟然神奇地契合上了。

他胸口窒息，身体僵硬，一时间哑然，一句话都说不出来。

"可是好奇怪，这本笔记本为什么在你这里，你的那个朋友，是有什么事情离开了吗……"祝时雨大脑被短暂的冲击过后，回过神来，嘟囔猜测着，她手里握着那本笔记本正欲翻开下一页。

"等一下。"孟司意黑着脸制止她，并飞快地从她手中抽走了笔记本。

"我想了想，这毕竟是别人的隐私，给你看了不太好。"他勉强维持住冷静，整理了下混乱的思绪说道，"这件事你先别告诉祝今宵，等我以后再和你解释。"

他转身，往外走去，没两步又清醒过来，回过身深吸一口气，看着她："笔记本先放我这里保管，你出去看一下我买的水果，喜欢可以顺便洗点儿。"

"可是……"祝时雨被他推着肩膀往外走，还欲转头说什么，孟司意拍了拍她脑袋，费力软下语气哄道。

"乖。"

祝时雨就这样被他支了出去，她一边往外走，一边回忆着方才的事情，总觉得哪里不对。

盆里的水果新鲜饱满，在水流的冲刷下愈发光泽诱人，祝时雨心不在焉的，脑中电光石火，终于发现了问题。

孟司意的反应太不对劲了，完全不像他平时的样，尤其是把笔记本递过来的那一刻，就好像是做错事情等待着被人发现一样。

难道……

她手中的苹果掉落，心中涌起一个匪夷所思的猜测。

卧室里，祝时雨给祝今宵打电话，语气凝重。

"宵宵，我问你一个问题。"厨房里，孟司意正忙碌着晚饭，他出来时情绪已经平复下来，瞧不出任何异样。

祝时雨怕他听见，极力压低了声音。

"你之前第一次听到孟司意的名字，觉得熟悉，对吧？"

"对。"祝今宵不明所以，被她郑重其事的语气也弄得紧张起来。

"我发现一件事情。"

"什么？"

"他很可能早就认识你了。"

"啊？"祝今宵震惊，张了张嘴，还没来得及开口，就听到那头祝时雨无比沉重地说。

"我怀疑他暗恋你。"

"啊？"

祝今宵像是听到了什么惊天大笑话，感觉荒唐的同时又感到了一丝慌张。

她明知祝时雨看不见，但还是没忍住深吸了口气，抬手制止。

"等等，你先冷静一下。这到底是怎么回事？"

祝今宵听完始末，内心的崩溃快要憋不住了，差点儿骂娘。

"什么什么无中生'友'，他说你就信啊？我看那笔记本八成就是他自己的！"

"嗯，确实不排除这个可能性。"祝时雨声音倒是平静很多，早就从这件事情中缓和下来。

"所以这个假设就是他骗了我，第一反应是想要隐瞒。"

"正常啊，或许他是有什么不想让人知道的小秘密，就比如这个笔记本……"祝今宵想为孟司意开脱，顺便洗刷掉自己身上的冤屈，结果却越描越黑，声音逐渐失了底气。

"对啊，如果这个笔记本是他的，他为什么会在上面写满祝字？"果然，话音刚落，祝时雨也发出相同困惑。

"我之前从来没有见过他，对孟司意这个名字也没有印象，只有你，一开始就觉得熟悉。"

"慢着。"眼见着事情又绕了回来，祝今宵头大，立刻抬起手扶住脑袋。

她用出了自己高考时的反应速度，脑中飞快思考着，终于得出一个结论。

"小雨，你会不会高估了自己的记忆力。"须臾，她恍然大悟，指尖抵着额头冷静阐述，"高一的时候，开学半个月，你迟到在走廊上遇到教导主任，他问你怎么迟到了，你抱着书就跑还说，老师我不是你班上的学生。毕业两年，我们逛街有次不小心遇到了高中班里的老同学，人家兴致勃勃地同我们打招呼，结果你想了半天，愣是连她名字都没记起来。"

"那个，我和她只同班了一年。"祝时雨努力辩解，被祝今宵毫不留情地打断。

"不重要，重要的是通过这些事件，足以证明一个事实，连我都只有模糊印象的名字，你肯定早就忘得一干二净了。这件事背后肯定有问题，你先不要乱想，我去调查一下。"

"宵宵。"祝时雨深呼吸，语气就如同先前那般沉重，"那就麻烦你了。"

祝今宵总算洗脱掉自己的嫌疑，连忙挂断电话溜之大吉，只留祝时雨仍独自待在卧室，握着手机发呆。

从一开始，就有个可能性被她忽略了，祝时雨不敢相信，也难以想象，她最终还是鸵鸟心态发作，选择了所有事情里最简单明了的那个答案。

祝时雨忍不住再度回想自己这一路遇到的所有人，还存在于记忆里的，怎么也无法找出孟司意半分影子。

整理好心情，再度走出卧室，空气中已经弥漫着饭菜香。

孟司意正在往外端菜，见到她，出声招呼："吃饭了。"

他看起来神色如常，只是脸上没了以往的笑意，可能连他自己都没有发现，每次两人视线相撞时，孟司意眼中都是不自觉带笑的。

两人面对面坐在桌前，安静地吃饭，今天谁也没有说话，孟司意专心夹菜，祝时雨挑着碗里的饭，吃得很慢。

她没什么胃口，桌上照旧是三菜一汤，其中有道清炒的百合西芹木耳，味道比较合适，她多夹了几筷子，孟司意就抬手把这道菜推到了她面前。

"不用……"祝时雨率先开口，对上他的视线，声音渐渐低下去，"我夹得到。"

"没事。"孟司意简短回，神情没有太大变化。

和之前强烈的情绪波动不同，他现在变得尤为平静，静到……仿佛什么都不在意。

"你在生气吗？"祝时雨想了想问，筷子不自觉地戳着碗底。

"没有。"孟司意顿了下答。

"我有什么好生气的。"他低声道，像解释，又像自嘲。

"可是你看起来心情不好。"祝时雨静默片刻，还是说，"是我刚才误会什么了吗？我是不是应该把那个笔记本看完？"

"不是。"孟司意飞快否定，抬头看她，"你没有做错什么。"

他软下一点儿嗓音，变得理智："时雨，你不要想多了，那只是一本无关紧要的笔记本。"

夜幕降临，华灯初上。

城市林立的大楼，每间亮起的屋子都像是一只萤火虫，散发着微光。

晚饭后，祝时雨照旧蹲在阳台，观察着自己的那些小植物。

有几盆小多肉已经长出了好几瓣新的叶子，仙人球的花骨朵也已经伸展出花瓣，在风中颤颤巍巍。

祝时雨看得着迷，双手放在膝上，仿佛一个青春期来得太晚的好学生，终于发现了生活中的其他乐趣。

"有这么好看吗？"孟司意的声音在她上方响起，祝时雨抬头，发现他已经忙完，正倚在门框处，静静地看着她，眼里有熟悉的笑意。

祝时雨点点头，没说话，又转头看向植物，孟司意走过来在她身旁蹲下。

"你看，它这里长出了两瓣小叶子。"她指了指其中一盆放在阳台边，深粉色像花儿一样的多肉，小声说。

"嗯，再过一段时间它还会开花。"孟司意顺着她视线看去。

"真的假的？"祝时雨诧异，从来没有养过植物的她露出被科普到的神情。

"真的，它的花朵大概是这样散开的，像坠下来的小灯笼，和叶片一样的颜色。"孟司意用手给她比画了下，耐心的声音在夜风里掺着温柔，明亮的灯光映进了他的眼睛。

祝时雨看得愣怔，也听得入迷。

"怎么了？"见她发呆，孟司意不由低声询问，祝时雨扭回脸，莫名伸手揉了揉耳朵。

"你经常养植物吗？"

冬天请与我恋爱

"以前大学的时候在宿舍养了很多，后来工作，也习惯在家里放几盆。"

"是因为喜欢吗？"她好像是第一次听孟司意提起他读书时的事情。

他点头，给她解释道："每天给它们浇水的时候会有满足感，那时候念书累了，就会稍微休息，去观察一下它们有没有长大。"

"我好像从来没有听你说过读书时候的事情。"祝时雨下巴搭在臂弯间，认真注视着他，很慢地眨了下眼睛，"我好像，没有参与过你的过去。"

夜风清凉，阳台外，万家灯火一刹那犹如星子般升起，群星浮动在上空，把他们包围。

孟司意感觉自己的心好像也被一阵微风吹过，柔软的触感，微痒，酥麻。

"你已经在里面了。"话音落，他俯身吻住了她的唇。

祝时雨是被孟司意抱回卧室的。吻得情动，喘息未平，他突然靠近，手穿过她的腿弯，下一秒，整个人腾空。祝时雨紧紧搂住他的脖子，被他抱着大步穿过客厅，看他用肩膀抵开了卧室门。

夜晚和孟司意一样温柔，窗外漆黑的天空上挂着一弯月亮，在视线里缓慢无知觉地变动位置，终于隐进云里时，燥热平息。

祝时雨躺在孟司意怀里，手无意识地绕过他肩膀，搭在他的颈后。

他有一下没一下地拍着她的背，指尖绕着她的头发。

"你喜欢我吗，孟司意？"祝时雨突然问，她抬起头，脸蹭过他的锁骨，捉住他裹挟着未褪热气的漆黑的眸。

"喜欢。"孟司意顺从着本能不假思索地回答，定定地看着她，嘴角不受控制地上扬。

祝时雨微偏头想了下，又问："有多喜欢？"

"第一眼就喜欢。"

她也忍不住笑了："我怎么一直没看出来，你对我很冷淡。"

"秋后算账了是吗？"孟司意含笑开口，毫无痕迹地转移开了话题。

"嗯，"祝时雨正色点头，"算账。"

暑假早已到来，关于下一期的策划，有个童年专题。

拍摄地点定在小区附近的小学，周围的小孩基本都在这边上学长大。

校门口老街上的小卖铺有破旧的椅子，祝时雨和祝今宵一人手里一根冰棍，并排坐靠在上面休息。

"上次的事情我已经拜托朋友去打听了。"祝今宵眯起眼睛，咬了口手上的冰棍，"不查不知道，一查吓一跳。不止我一个人，我辗转问了好多同学，真的有几个对孟司意这个名字觉得熟悉。只是过去太久了，大家都记不清具体有没有这个人，有些甚至怀疑是不是在网上见过。按理说，班上如果有这么个人，不应该没有人记得，问题就出在这，但是——"

祝今宵卖了个关子，转头看她："你还记得你上次买车时见过的那个小龙吗？"

"记得。"祝时雨放下了手中的相机，抬起头，从刚才到现在，这是她第一次把目光从相机上移开，盯着祝今宵，眼神认真，"你继续。"

"他也觉得孟司意这个名字熟悉，但又对他本人没有任何印象，直到昨天晚上，他给我发了一张当年的同学录。他不是高一就读了一年吗？本来第一个学期就打算直接回家的，结果硬被家里逼着多读了一学期。你还记得那个高一上学期末，他拿着本同学录到处找人填的事情吗？"

看到祝时雨迷茫的表情，祝今宵放弃了，一挥手继续往下说："关键证据就出现在这儿，里面有张孟司意填的表。"

那张同学录填得尤其简陋，在一行详细下来的姓名地址联系方式里，只笔迹潦草地填了孟司意三个字，性别那栏有个男，之后便空下一排，同学寄语那里敷衍地写了一行祝福词。

一帆风顺。

照片拍得很模糊，大概是在夜间，光线很暗，纸张已经泛黄，事隔多年，字迹已经不太看得清楚。

但是祝时雨还是辨认出了，那是孟司意的字迹。

冬天请与我恋爱

她努力回想了下那本笔记本上面写满的祝字，依稀寻找到几分相似的踪迹。

她觉得自己可能是魔怔了。

"你把这张照片发给我。"祝时雨把手机还给祝今宵，说道。

"具体情况我还要再了解一下，不过他应该是确定和我们待过一个班了，要弄明白到底怎么回事，只是时间的问题。"祝今宵低头把照片转发给她，然后又问她，"你要回去问孟司意吗？"

"他既然不想说，那就再等等吧。"祝时雨点开照片按下保存，低声道，"等知道全部经过。"

等她——真正地从记忆中想起这个人。

第十三章

接近谜底

冬天请与我恋爱

黄昏降临，晚霞漫天，傍晚一片金灿灿，浓稠如蜂蜜般的霞光铺在地面。

祝时雨提着手里打包回来的铁板豆腐和脆皮年糕，推门进来，发现孟司意已经在厨房，空气中有家常饭菜的香味。

"回来了？"他听到动静，出来和她打招呼，祝时雨把手中钥匙和打包盒一同放到餐桌上，踩着拖鞋去厨房找他。

"买了什么？"孟司意好奇地问。

"铁板豆腐和年糕。"她走过去，声音有点儿恹恹的，孟司意没来得及回头，突然被她从后头抱住。

"怎么了？"他轻声问。

过了两秒，没听到回答，他又开口："今天去学校拍东西了？"

"嗯……"

祝时雨紧贴着他的背，额头抵在男人肩胛骨之间，蹭到了柔软的灰色布料。

她紧紧搂着他的腰，安静地闭眼不语。

"累了？"孟司意微偏头，低声关怀。

"孟司意。"她轻呼吸了一口，胳膊无意识地紧了紧，"……我也很喜欢你。"

孟司意轻愣，随后笑了，低下脸目光凝视，重复她昨天的那个问题。

"有多喜欢？"

"从来没有过的喜欢。"祝时雨抬头看向了他，琥珀般明亮的眸子里透着从未有过的郑重，她神色真诚。

孟司意怔住，几乎过了半分钟的时间，他眉眼舒展露出笑容，抹掉了心中不禁出现的那个名字。

"时雨。"他关掉灶台上的燃气阀，转身抱住她，两人在这小小的厨房里无声相拥。

"我很高兴。"他下巴忍不住蹭了蹭她的头顶。

我很高兴，你能喜欢我。

"明天我休假。"饭桌上，两人日常聊天，孟司意收回夹菜的筷子，对她说，"有没有想去哪里玩？"

"我们去学校吧？"祝时雨想了想出声。

孟司意动作一停："一中吗？"

她点头："可以吗？"

"好。"

小区其实有直达温北一中的公交，只是孟司意上次带她坐的那辆绕了路，站台和学校隔了一条街，还要走一段路过去。

重新乘坐的这辆公交车，人依旧不多，两人坐在后排，祝时雨从包里拿出耳机。

"听歌吗？"

孟司意接过了另一只。

"我以前放学回家的时候总会在车上听歌，那个时候最喜欢听……"她说了一个英文歌手的名字，伴随着耳机里温柔舒缓的女声，她的声音听起来格外迷人。

他缓慢地回想，仿佛回到了她的十六岁。

车子在一中前面停靠，这里是祝时雨读书时固定下车的站台，正值下午，学校周六日还有高三的学生在补课，附近的小店都开着，还算热闹。

祝时雨早上十点多起的床，孟司意已经吃完早餐很久，特意给她煮了番茄牛肉面，早午餐一起，现在刚好饿了。

学校附近是吃食最多的地方，她牵着孟司意的手，带他走过了校门口，径直往旁边老街边的一家粉面店走去。

他有些诧异，望着身后的学校大门。

"不进去吗？"

"学校有什么好逛的。"祝时雨头也不回，吸了吸鼻子，"我带你吃吃附近的好吃的。"

他不禁失笑："好。"

这家店面很旧，在这里开了十多年，老板仍旧是一对夫妻，没有换人，祝时雨看都没看菜单，直接点。

"老板，一碗瘦肉粉、一碗干拌云吞，再来一份酒酿鸡蛋圆子。"

她念完，看向孟司意。

"你还有什么要加的吗？"她指了指墙上红色的菜单。

"够了。"他垂眸，嘴角还是弯的，"我吃过午饭啦。"

祝时雨点的其实都是她自己爱吃的，孟司意完全充当了男朋友的角色——负责解决她吃不完的食物。

东西上上来，祝时雨面前的是瘦肉粉，她把云吞推过去，让他尝尝。

孟司意吃了几口，觉得还不错，祝时雨也想吃，于是给她碗里舀了几个过去，她吃完之后，面前的粉就吃不下去了。

东西的分量其实不多，价格也便宜，孟司意把剩下的几个云吞吃完，才不紧不慢地挪过她的碗，解决米粉。

"你尝一下，这个粉很好吃。"祝时雨已经在吃那碗酒酿圆子了，她还冠冕堂皇地说是要给他尝一下。

"好。"孟司意好脾气地替她吃完。

"这个也好喝。"一勺盛着小圆子的甜汤递到他唇边，孟司意低头吃进去，被甜得微微皱起脸。

"有点儿甜……"他忍不住说。

"哪有，刚刚好。"她用他刚才用过的那个勺子，证明般往自己嘴里送了一大口，露出满足的表情，"好好吃。"

"我下次给你做。"孟司意见状忍俊不禁道。

"会有这么好吃吗？"

他想了下："比这个好吃。"

"有点儿生气。"祝时雨没察觉到自己撒娇般的嘟嘴，"你怎么什么都会做。"

"天赋过人，"孟司意偏头思考，"或许我应该去当一名厨师。"

"那太埋没你的才华了。"祝时雨被他逗笑了，眉间神色开怀，"你当我一个人的厨师就好。"

"好。"孟司意应声。

两人吃完东西，沿着这条街巷往前走去，偶尔有背着书包的学生同他们擦肩而过，两旁有店铺升起袅袅热气，她瞥过去，看见了满笼刚出炉的包子。

这边是老城区，街道略显老旧，却带着岁月沉淀的、特有的韵味。

"以前我每天放学总会特意到这边来逛逛，然后穿过那条巷子。"祝时雨指了指前面，街道右拐进去的一条斜坡路，"走到对面的那个公交站台去坐车回家。

"你知道吗？从这里走下去刚好是学校前一站。"她像是分享什么大秘密，转过脸同他说，眼中狡黠。

"知道了。"孟司意望着她，点了下头。

其实刚才吃完那些，两人闻着满街香气，什么都吃不下了，说好是过来吃好吃的，最后却是祝时雨带着他，逛遍了自己少女时代最喜欢的书店和音像店。

现在纸媒已经不复当年的辉煌，曾经摆满杂志和海报的地方也逐渐被新兴作者的作品取代，再难找到她当年喜欢过的名字。

市内可见的音像店更少，只有这家，因为有周边学生的支撑勉强多几分人气。

摆在架子上的歌曲也早已更新换代，只能在角落翻到几张她曾喜欢的专辑。

"时间过得真快。"

两人携手从这条街出来，沿着巷子斜坡慢慢往上走，夕阳把他们的影子在地上拉长。放学了，身后逐渐热闹。

"一部分人的青春在失去，现在是属于另一部分人的独家记忆。"

"但是，或许青春里最珍贵的东西已经留下了。"孟司意目光落在她脸上，从先前到现在，笑意始终存在于他明亮的眸中。

"你有什么遗憾吗？"他突然出声问。

"遗憾吗？"祝时雨认真思考，"可能有。我可能，错过了一些很重要的人和事。"

她看着他，笑了下，微微遗憾："未曾发现过的、珍贵的、独一无二的瞬间。"

斜坡的上方，隐隐可以看到公交站，两边的小吃摊在减少，一家不起眼的灰扑扑的店面前，有个老婆婆在照看着简陋的炸串摊，上面摆着几根焦黄油亮的炸火腿。

两人从那里走过去很远，祝时雨不禁回头看了眼，回忆道："我以前经常吃那个。"

她和孟司意分享着自己学生时代里最不起眼的事情。

"学校放学有点儿晚，那时候又正在长身体，饿得快，每次坐车前总会买两根肠拿手里吃着，那时候觉得特别美味，简直是世界上最好吃的东西。"

祝时雨只是单纯地同他分享，却没想到孟司意忽然问她："那你要吃吗？"

"啊？"她愣了愣。

"等我一下。"

孟司意说完，就转身朝那个炸串摊跑了过去，祝时雨看到他弯腰同那个老婆婆说了什么，然后不一会儿，手里拿着两根肠朝她跑来。

"给。"

"你一根，我一根。"祝时雨接过说。

她咬了一口，转头对上孟司意等待的眼神，她忍不住笑了，点头："还是和当年一样好吃。"

孟司意心满意足地移开眼，同时低头吃了口自己手里的那根肠。

"嗯。"他也点头，"是挺好吃。"

时隔多年，他终于尝到了这根肠的味道。

曾经无数次远远跟在女孩身后回家的男生，见她每每路过不起眼的炸串摊前总会驻足停留，他也曾经停下，好奇味道，却始终没有迈出那一步。

现在，如愿以偿。

如果要用一个动物来形容，祝时雨觉得孟司意像猫，只要稍微对他好点儿，他就忍不住放下戒备，缠了上来。

当初为什么会觉得他态度冷淡？

祝时雨反思了下，问题的根源好像出在她身上。

一直以来，孟司意的态度都是随着她态度的变化而变化。

如果她露出抗拒，他便立刻冷漠避开；她稍微表露出一点儿亲近的想法，他便如同抓住机会的猎人，趁机无声掠夺。

如果，她刚好被他看出了那一丝喜欢，两人的角色就会顷刻转变，他变成了那个主宰者。

从认识至今，一路走来，祝时雨才发现自己的全部心路历程，每一个转变的点都刚好被他精准抓住，然后，得寸进尺，就如同此刻。

晚上，祝时雨本来是要工作的，上次拍的那个视频还没有剪辑完成，她抱着电脑坐在沙发上，挑选着合适的素材。

城市宁静，墙上时钟指向七点，她端起手旁的咖啡轻抿一口，做好加班的打算。

书房门打开，忙了一会儿的孟司意出来，手里拿着本书。

他在她旁边坐下没两秒，又忍不住抽出了她手中的笔记本电脑。

电脑突然被夺走，祝时雨眼前一空，只能抬头看他，却不料，下一刻，他整个人张开手朝她抱来。

孟司意几乎是压在她身前，把她往后扑，使她仰躺在了沙发靠垫上。

"怎么了？"她眼神迷茫，手放在他头发上，无意识地摸了摸。

孟司意脸埋在她颈间，黏黏糊糊地说："想你了。"

距离两人吃完饭分开还不到一个小时。

祝时雨还是耐心地应付他。

"好了好了。"安静抱了会儿后，她拍拍他肩膀，"我要工作啦。"

孟司意从她怀中扬起脸，没说话，但是噘起的嘴巴的意思已经传达出来，祝时雨顺从地在他唇上轻轻一碰。

"行了吗？"她低声问。

"不行。"孟司意却没有依照先前相约松开她，反而再度凑过来，又勾勾缠缠地亲她。

热气扑面，正值年轻的两个身体……不一会儿，搁在一旁的电脑就掉落在地毯上。

客厅的灯重新恢复了明亮，祝时雨套上先前的睡衣，即便刻意肃静，浑身依然散发着另一种难言的倦慵气息。

她坐在电脑前，努力专注，握着鼠标敲击键盘。

旁边的人是孟司意，他依言不打扰她，但是身体却紧挨在一起，时不时还会把头凑过来，靠在她肩上索取一个吻。

祝时雨投入工作，还要分神去应付他，没多久，就忍不住推他，让他去做自己的事情。

冬天请与我恋爱

片刻过后，孟司意起身，切了一盘水果过来，用牙签插好的小块蜜瓜被送到她嘴边。

他一边戴着耳机看视频，一边给她喂水果。

两人从头到尾黏在一起，不曾分开。

这一晚，她的工作效率直线下降。

他们的热恋期好像比普通人来得更晚一些。

超市里，祝时雨推着车，望着收银台前的那一排计生用品发呆。家里日用品消耗得也是前所未有地快，不知道怎么回事，总是一不小心就发生了不可控的事情。

"发什么呆？"旁边的孟司意突然出声，祝时雨猛地回神，连忙摇摇头，把车里的东西拿出来一一结账。

"在思考一个很严肃的问题。"她小声说，引起了身边人的好奇。

"嗯，比如？"

"回去再告诉你。"她看起来很神秘。

昏黄的灯光下，大床上，两人盘腿面对面坐着，听完祝时雨认真且略显严肃的提议，孟司意哑然失笑，像是听到了什么新奇事。

"这就是你下午说的严肃问题？"

"这还不够严肃吗？"祝时雨依然绷着脸，眉眼肃然。

孟司意笑着摇头："不够。两个人情情爱爱的事情，怎么能用严肃这个词来形容。"

"唉——"她有些羞恼，为他的大大咧咧直接点破。

方才，祝时雨严肃地和孟司意表达了自己对于最近过于频繁的夫妻生活的意见，当然，她是十分委婉的。

"孟司意，我觉得我们应该克制一点儿。网上说了，过度亲密行为会对身体有损害，我们最近……已经达到过度的标准了。"

后一句她说得有点儿小声，孟司意盯着她笑得格外开怀。

"时雨，你面前就坐着一位医生，为什么要去网上查？"他完全偏转了话题，祝时雨不留神被带了进去，声势渐弱。

"你不是骨科医生吗？"

"读书时基本的医理知识都学过一点儿。"

"啊？"

"嗯，所以你不用担心。"孟司意接过话，同时抓着她的手往身前一带，轻松环住她肩膀。

"最近累了？"他覆在她耳边轻声问，祝时雨脸微热，不明白一个正正经经的话题怎么最后又会回到这种氛围。

她微弱挣扎："不是……"

"那我们今晚休息好不好？"他仿佛严肃地提议，祝时雨头大，不禁抬手扶了扶额。

"孟司意。"她努力自持叫他的名字。

"在。"他嘴上格外乖觉。

"那么，你先把手松开。今晚，我们楚河汉界。"

临睡前，祝时雨用一个枕头，在两人之间隔出了一道明显的线。

"好。"孟司意顺从地点头，没有反抗。

"那我们睡吧。"祝时雨因为他的配合脸色稍微缓和，拉起被子躺下，孟司意抬手关灯，应声。

"晚安。"

说了晚安，在一片漆黑中，祝时雨闭着眼，却突然感到不习惯。

以往都是折腾到疲惫犯困，歇下去便沉沉入睡，两人相拥着，怀抱也温暖。

现在隔着阻碍的被窝，体温无法传达，她这边空寂冰凉，怎样都难自在。

她本能地翻了个身，却仍然不习惯，躺了半天没睡着，又转动着翻过来。

"睡不着？"那头突然有人出声，声线平稳如常，倒听不出半分异样。

祝时雨嘴硬："没有。"

黑暗里，仿佛传来一声轻笑，她正在思忖时，两人之间的那个枕头被一只手迅速抽走，孟司意展臂一揽，她重新回到了那个温暖的怀抱。

"我也睡不着。"孟司意喟叹一声，手掌压上她脑后，轻轻往肩头摁了摁。

祝时雨沉默两秒，两只手搂住了他的腰。

冬天请与我恋爱

城市灯火从窗边泄漏，映亮了几分漆黑的夜，夜晚中的无声相拥没有持续太久，孟司意声音在耳侧响起。

"能亲吗？"

"不行。"她闷闷地拒绝。

头顶默了数秒，然后下巴被手掌抬起，熟悉的气息压了下来，湿热的舌尖勾着她缠绵。

祝时雨不能和他接吻，尤其是在这种氛围之下，一接吻就受不了，迷迷糊糊就忍不住往他身上蹭。

她昏昏沉沉，意志毫无抵抗。

孟司意对她的细微变动拿捏得极准，稍微发现一点儿机会，便毫不留情攻城掠地。

这一晚，自然也是如往常那样，最后，祝时雨累极，连浴室都没去，无比疲倦地睡去了。

孟司意倒是精神还在，自己冲洗完，还不忘拧了热毛巾给她擦身子。她趴在枕头上，脸蛋红扑扑，极为乖巧。

他不禁俯身，在她脸颊上亲了亲。

收拾完，凌乱的床铺重新归于平整，孟司意躺下，正准备搂过她入睡。

旁边床头柜上随意搁着的手机忽地一闪，轻微振动，他随手拿过来，在信息预览界面看到了一串陌生号码。

两条短信，内容一览无余。

> 小雨，睡了吗？我今天回温北市了，方便的话见一面，我有重要的事情和你说。
>
> 我是陆戈。

孟司意迟迟未动，视线仿佛凝在上面，不曾挪动。

许久，他垂眸，手指输入密码解锁，点开信息栏这个号码，冷漠地删除拉黑。

一系列操作之后，手机界面重新回归桌面，仿佛一切都没发生过，他重新锁屏，把手机放回床头柜上。

孟司意躺下熄灯，把祝时雨再度揽入怀中。

她若有所感，在他身前轻微动了动，像要醒来，孟司意温柔地拍着她肩膀，轻声哄着。

"没事，睡觉了。乖，我在这里。"

他低头，在她额前落下一个吻，久久停留。

睫毛垂下，掩去眼中的贪婪。

日光破窗而入，鸟雀啁啾。

祝时雨醒来，第一件事是拿起手机看了眼时间。

早上九点，不早不晚。

她松了口气，卸力躺下，抱着被子把脸往里埋了埋，闭眼缓神。

如此过了会儿，她才彻底清醒，掀被起床。

祝时雨踩着拖鞋出去时，外面依然沉浸在安静的早晨中，整个房子只有她一个人，敞亮安逸。

她习惯性到厨房去，看看今天有什么早餐。

干净明亮的料理台，一缕阳光照射进来，上面空空如也，往常搁在那里的保温盒不见了踪迹，祝时雨不太相信自己的眼睛，打开橱柜微波炉搜罗，结果仍旧一无所获。

他今天，竟然没有给她准备早餐。

是有事太忙了吗？

祝时雨直起身，困惑地抓抓头发，往外走，无奈打开冰箱。

她最后用两片吐司一根火腿解决了早饭，味道勉强能入口，祝时雨回厨房给自己冲咖啡时，忍不住发消息问他。

> 你今天吃早餐了吗？
> 要不要顺便给你点个外卖？

她发送完毕，立马切到了外卖界面，粗略滑了一下，找到一家手工馄饨店。

冬天请与我恋爱

> 我在食堂吃了。

孟司意消息回复了过来，又很快问。

> 今天打算做什么？

祝时雨微微困惑，还是略做思考。

> 可能在家看看视频什么的，今天没什么重要工作。

过了会儿，孟司意的消息传来。

> 好。我今晚早点回来。

咖啡冲泡好，香气扑鼻，祝时雨看着手机上面的内容不明所以，须臾，她还是点好外卖，收起手机，摇摇头，端起杯子出去。

一整天的时间过得飞快，从早上到下午，不过是接洽了几个合作商，看了两个热门视频，时钟就指向了三点，私信那栏还有"999+"的红字，仿佛是堆积在那儿的工作，触目惊心地提醒着她。

祝时雨只往扫了一眼便退出去，点开了祝今宵的对话框。

"交给你一个任务。"

"什么？"10G冲浪选手一如往常。

"什么事？"祝今宵警惕地问。

"你最近忙不忙？"祝时雨先礼后兵，联络一下堂姐妹之间的感情。

"忙着谈恋爱算吗？"

"不算……"既然如此，祝时雨就直接把后台截图发了过去。

"我们私信太多，我现在已经看不过来了，刚才大致翻了翻，都是你粉丝发给你的真诚告白，我觉得你有必要去感受一下。"

"啊？"

"至于商务信息，你觉得可以的就标记下来留给我，我去和对面商谈。"

"你只要收下粉丝对你的爱就行了。"

祝时雨一番话，把她安排得明明白白，不着痕迹地就把初期筛选工作交给了她。

祝今宵虽然看穿了她的最终目的，却没办法拒绝。

平心而论，她不拍视频的时候确实闲得发慌，每天也就是开开直播和粉丝互动互动，再接着便是网络冲浪，哦，最近还多出一项谈恋爱。

看看私信对她来说不是什么大事，甚至称得上是打发时间。

但她还是假装勉强地接下。

> 好吧！

配合一个"大冤种"表情包，再加上一句。

> 那我要申请两天休息！以弥补我受伤的心灵！

> ?

> 和何骧约好了这周自驾游，嘿嘿！

> ……

祝时雨回复完她，立马收起手机打开电脑，翻找着之前的素材，看看能不能剪出接下来两期的更新内容。

也就错过了祝今宵后面的那条消息。

> 对了……

孟司意今天准时下班，祝时雨听到门口声响抬头望去，恰逢他低眸换鞋。钥匙搁在玄关，孟司意手里提着两个袋子径直进去厨房。

"你去逛超市了吗？"祝时雨主动同他打招呼，眼中藏着些许困惑。

"没有，在楼下市场简单买了点儿菜。"

冬天请与我恋爱

孟司意回复如常，站在料理台前，低头整理着袋子里的东西。

"噢。"见他忙碌，祝时雨怔怔应了声，便继续对着电脑工作。

一直到饭菜快好，有香味飘出来，祝时雨才发觉不对，按照往常，做饭的间隙，孟司意得空了早就过来，同她说话或者亲亲抱抱，今天却毫无动静。

祝时雨停下手上的动作，略思索了会儿，关上电脑起身。

她从客厅一直走到厨房，站到了孟司意身旁，他才仿佛察觉到，转头看过来。

"等一会儿，饭马上好了。"

"你今天有点儿奇怪。"祝时雨却没动，认真打量着他，目光明亮，让孟司意心底的阴暗无所遁形。

"有什么奇怪的……"他含糊其辞，侧过了脸，不再看她。

你今天都没有亲我。

祝时雨原本想说这个，又觉得过于直白，好像她急不可耐。

她不由蹙起眉，手指搁在料理台边缘，无意识地抠着。

"好了，快出去，准备吃饭。"没等她想出个所以然来，孟司意已经出声赶她，祝时雨在原地站定几秒，还是顺从地转身离开。

餐桌上的氛围看似和从前一样，又天差地别，祝时雨打量着孟司意，往他碗里夹了块小排骨，却不料，他很快若无其事地夹了出来，放回盘子里。

"今天想吃点清淡的，排骨有些腻。"他这样说着，自己手中的筷子却伸向了那盘红烧虾。

"我是不是哪里招惹你了？"一整天下来，祝时雨总算察觉到了问题，从早上消失的早餐到现在的拒人于千里之外，孟司意怎么看都像是在发小脾气。

她说完放下筷子，一副要好好谈谈的架势。

"没有。"孟司意否定得很干脆，倒让她把原本想说的话咽了回去，瞬间如鲠在喉。

"那你怎么了？"

"或许我觉得你昨天说得对。"

"什么？"

"我们过度亲密了。为了防止再出现类似不可控的情况，我今晚搬去客房睡。"

祝时雨瞠目结舌，满头雾水。

"不是……你怎么……突然这么……"后面的话她说不下去，拿在手上的筷子都忘了挪动，祝时雨愣愣的，感觉脑中像是被人塞了一团乱麻。

"孟司意。"须臾，她总算找回了神智，"你真的确定好了吗？"

孟司意足足顿了半分钟，骑虎难下，被迫用力一点头："是。"

突如其来的小别扭，横亘在两人之间，饭后，祝时雨坐在地毯上研究之后的选题，孟司意则在屋子里走来走去。

他先前整理了下家务，就是把阳台上的衣服收进来叠好，然后放进衣柜，厨房都是祝时雨收拾的，两人分工明确。

他在房间进进出出，也没见有搬动东西的迹象，祝时雨只在听见动静时分神看他两眼，之后便一直专注地盯着屏幕。

过了一会儿，周边居民楼陆续亮起灯，辛苦的打工人都下班回家了，孟司意若无其事地挪到她身旁坐下。

他用平板点开了一部电影，同时手伸过来，从祝时雨身侧的零食框里抓出一袋薯片，拆开放在腿上咔嚓地吃着。

电影开着外放，虽然音量不大，却也足以干扰她的思绪，更何况同时还有某人吃薯片的"咔嚓"声。

祝时雨忍不住松开触摸板，抬头问道："你什么时候搬房间？"

孟司意暗自深吸一口气转头，隐隐有些不可置信："你这么急着要我走？"

祝时雨皱眉，觉得他不可理喻。

"不是你自己要搬？"她琢磨过来一点儿意思，"你是不是想要我挽留你？"

孟司意的心事被戳破，面子也挂不住，恼羞成怒。

"你想多了！"他愤然起身，"我现在就搬！"

祝时雨低下头，没再看他，孟司意自己站了两秒，咬咬牙，正准备硬着头皮离开。

她放在茶几上的手机突然振动起来，上面显示的是一串陌生号码，

冬天请与我恋爱

祝时雨眼神瞥去，疑惑接起，放到耳边。

"喂？"

孟司意脚步倏地停下，目光落在她手里握着贴在耳侧的那只手机上。

"哪位？"灯光下，祝时雨垂眸，神情提防戒备。

没几秒，对方不知道说了什么答案，她脸上表情松懈下来，却仍然冷淡。

"有什么事吗？"

"没有。不知道。"

"哦。"

又过了许久，她抬眸看了孟司意一眼，然后对那头回复。

"再看一下。"

客厅恢复安静，明亮的顶灯灯光此时显得过于惨淡，孟司意假装不经意地询问："谁的电话？"

祝时雨垂头翻点着手机页面，没回答，忽地问声："你昨天是不是删了我的短信？"

空气陷入静谧，孟司意颔首："删了。"

祝时雨收起手机握在掌心，抬头看他，还没来得及说话，孟司意已经率先出声。

"他和你说了什么？"

"你在吃醋？"她偏头略带不解。

"对。"他大大方方地回应。

"没说什么，就是有事，想要见面谈一下。"

"什么事？"

"没说。"

孟司意顿了顿，突然道："不准去。"

"为什么？"祝时雨想了想，说，"我们已经分手很久了。"

"随便你。"孟司意仿佛气闷，在她旁边坐下，两只手放在膝盖上，没多久，突然冒出一句，"我决定今天不搬了。"

祝时雨缓缓转头，目光落在他脸上，似乎不解，却也没多说什么，只是点头。

"哦。"她又慢吞吞地补充一句，"挺好的。"

这无关紧要的态度，就好像在表达，你想开了就好。

孟司意更生气了，郁气堵在胸口，如同一朵阴云凭空移到了他头顶，开始下雨，哗啦啦把他浇得透心凉。

孟司意忍不住再次站起来，丢下三个字。

"我走了。"

他气冲冲地回了房间。

身后的客厅，祝时雨望着他背影消失在房门口，才收回视线，垂头重新盯着手机。

方才，陆戈的原话并不是如此。

他说："我最近回来了，有一些和孟司意相关的事情，你应该有权利知道。方便的话，见一面。"

她没有当场回复。

祝时雨找到了祝今宵头像，在旁边免打扰的提示中，发现了被屏蔽的数条新消息。

> 对了，我这几天在打听孟司意的事情好像让陆戈知道了，他当时是班长，人脉比我广，好像私底下也去查了。
>
> 听说他这两天回市里了，如果有什么眉目的话，估计会找你。
>
> 你做好心理准备。
>
> 退一万步讲，这可能也是件好事，毕竟我们大家都不记得有这么个人，而且高二又分了次班，当初高一同班的同学也很难找齐。
>
> 高中时陆戈人缘好，又是班长，和班里同学接触最多，如果说还有谁记得，他的可能性最大。

最后，她发了一排大哭的表情。

> 是姐妹没用，呜呜呜……

祝时雨没有回复，她在黑名单那一栏把陆戈拖了出来，然后编辑

冬天请与我恋爱

文字发送。

> **你什么时候方便？**

他几乎是秒回。

> **随时。**

> **好。**

她关掉手机，收拾了会儿，合起电脑回房。

短短的时间，孟司意已经洗漱完毕，头发微湿倚靠在床头，昏黄的灯光下，手里拿着本书。

听到响动见她进来，抬起的目光便凝在她身上，随着祝时雨的行动而移动，手中那本书倒是半天没翻一页。

"做什么？"祝时雨站在衣柜前，拿出自己的睡衣，随口问他。

"没做什么。"孟司意若无其事地收回目光，倒是知道把书本翻页，假装云淡风轻的模样。

她不说话了，自己拿了衣服进去浴室，等再度出来，孟司意已经躺下，整个人窝在被子里，安安静静的一团，瞧着莫名有点儿可怜。

祝时雨擦干发尖上的水，放下毛巾，踩掉拖鞋爬上去，穿着睡衣钻进被窝里。

她从后头伸手搂住了他的腰。

"真的生气啦？"她声音柔软，身体也软，孟司意没坚持三秒，便转身过来抱住她。

"嗯。"他下巴压在她头顶，声音闷闷的。

"你醋劲怎么这么大？"祝时雨莫名其妙，仰面看他，"以前根本没发现。"

"不一样。"孟司意受不了她的注视，抬手把她头压下来，靠在锁骨底下，心脏上方。

"哪儿不一样？"祝时雨困惑地追问，"难道是从前没这么喜欢吗？"

"不是……"他声音微微带了恼意，"他不行。"

"嗯？"祝时雨愈加迷惑了。

"和其他人正常联系都可以。"孟司意再度重复，"他不行。"

他态度坚决，和以往不同，甚至透露出山雨欲来的气息。祝时雨此时不便再追问下去，只想着明天也就和陆戈见最后一面，之后不会再有什么联系。

她胡乱点点头，安抚地答应："好，不联系。"

孟司意积压了一天不安的心终于安稳下来，他偏过头，脸颊在她发顶轻轻蹭了蹭，眉眼间不自觉地露出眷恋依赖。

他唇齿间呢喃出两个字，又被压下去，最后只能换成一个平常的称谓。

"时雨。"

第十四章

再见前任

冬天请与我恋爱

这晚两人都很早睡，破天荒地，只是安稳地相拥而眠。

第二天是工作日，孟司意起床时，祝时雨隐约在睡梦中听到动静，她意识陷落在半梦半醒之间，最后感觉到水声停止时，有人俯身过来，在她的脸颊上轻轻碰了碰，是柔软如羽毛般的触感。

她今天醒得格外早，出去到厨房那会儿，桌上的早餐还在冒着热气。

时隔一天，她终于再次吃到了孟司意做的爱心早餐。

祝时雨和陆戈约在上午十点见面，地点就在市中心一家普通的咖啡店。工作日的早上，店内没有几位客人，只有员工在柜台后忙碌，是个适合谈事情的好地方。

两人有大半年没见，陆戈几乎看不出任何变化，短发清爽，穿着简约的米色衬衫，从头到脚都打理得很干净。

没有任何的寒暄，祝时雨和他在靠窗的一张圆桌前坐下，她直接开门见山。

"你要和我说的，是关于孟司意的什么事情？"

"你先看看这个。"陆戈定定地看了她许久，才出声，从包里拿出一沓资料，放到桌上朝她推过来。

几页纸，装在档案袋中，边缘已经泛黄，有历史的年代感。

祝时雨心中有预感，拿过翻开，第一眼映入视线的，是张贴在上面的老旧寸照。

相片很模糊，上面的人头发很长，几乎盖住了眼睛，面部轮廓青涩，紧抿着唇，沉默地对着镜头。

祝时雨就是从这双眼睛认出他的。

那时候的孟司意和现在很不一样，五官还没有长开，棱角不够分明，整张脸没有太大辨识度，再加上他过长的头发，严严实实地挡住了额头和大半眉眼。

有点儿阴郁，眼神很沉闷，像个刚迈入青春期的不修边幅的小孩。

祝时雨目光往旁边移，看到了姓名、籍贯、家庭住址等详细的资料。

再往下，有一栏学籍变动，上面被人用笔迹备注着某年月日，高一上学期，已转学。

"这份资料你哪儿来的？"祝时雨抬起头问，上面内容太过隐私，超出了正常的界限。

"我去了一趟学校，当年的数学老师现在是教导主任，我们这么多年一直有联系，我拜托他帮我去找的。"

"哦。"她了然。祝今宵和她迟迟没找到确切答案的原因，和当初的班主任退休有很大关系——她搬离了温北市，去了外地女儿生活的城市定居，祝时雨曾试图打她电话，结果却是空号。

她表现得太过于平静，平静到好像根本不在意这件事情，陆戈有些急了，不由得加重语气出声。

"他就在班上待了三个多月，后来下学期就转走了，这个人你当年应该还有印象，我记得有次你还去了他家里找他。所以小雨，孟司意并不是相亲才和你认识结婚的，他大概早有预谋，从头到尾，你都被蒙在鼓里。

"他的目的先留有存疑，但是这种行为，显然有人品上的瑕疵，我希望你再慎重考虑一下。"

陆戈对上祝时雨的目光，不禁停住话语，陆戈和她太熟悉，顿时洞悉了她的想法。

他握了握拳，艰难道："我承认，我非常嫉妒，或许你和另一个陌生人结婚，我都不会如此不甘心。可偏偏是这样的一个人，同样是这么多年的喜欢，凭什么他可以用这种卑鄙的手段后来居上，他这样的行为，和欺骗又有什么区别。"

"你想多了，陆戈。"祝时雨很冷静，就连话音都是清晰的，"或许他早已经不记得我了。"

"你太单纯了，小雨。"陆戈望着她，摇头苦笑，"你可能忽略了自己学生时代讨男生喜欢的程度。

"从你们认识到结婚，顺利得不可思议，你不觉得这一切就像是人为安排的吗？"

事情进展的速度快到他还没来得及想办法挽回，一切就成为定局。

陆戈难以释然。

冬天请与我恋爱

对面的祝时雨却沉默了，时间过去了许久，她终于抬头，眼神沉静，好像早已抛开了与他有关的情绪。

"如果是那又怎么样呢？"她目光直视，出声，"现在的结果很好，他除了隐瞒自己心意，没有做任何伤害我的事情。是不是旧识这件事，可能并没有那么重要。"

陆戈怔住，神色惊愕，难以置信般盯着她。

"小雨，"他脸上的表情，难过得好像失去了非常重要的东西，"你喜欢上他了吗？"

祝时雨没有回答，两人再度陷入沉默，仿佛经历了最煎熬的等待。

陆戈没等她说话，迫不及待地说："好了，我不想听了。"

他目光紧紧攫住她，眼角隐隐发红，竟然莫名其妙地笑了："你真的会喜欢一个人吗？祝时雨，我一直觉得你的心就是石头做的，你就像一块木头，哪怕我们手牵手走在一起，我都感觉不到你身上的任何温度。我们在一起的四年，你真正喜欢过我吗？"

最后的最后，两人不欢而散，陆戈重重拉开椅子走了，金属椅脚摩擦地面发出的刺耳声，引得其他人好奇窥探。

他离开得匆忙，就连桌上落下的那份文件都没来得及带走。

祝时雨独自在位子上静坐了会儿，直到面前的咖啡彻底变凉，她缓慢起身，动作很迟缓地拉开包，把散落在桌面的资料装进来收好。

她乘坐出租车回去，车窗外的景色飞快后退，她脑中涌现出了许许多多纷杂的记忆，最后只剩下男人红着眼，对她撂下的一句指责的话。

"你就是一个没有感情的怪物。"

这一天，祝时雨想起了很多事情。

久未回顾过的学生时代，突然清晰地重现在眼前，校园、操场、教学楼……无数次上下课的瞬间。

那里面有陆戈，有祝今宵，有很久未曾想起过的同学，还有一道，不起眼的、早已被遗忘在角落的灰色影子。

她的记忆力从未如此的出色过，几乎往后翻了十年，去寻找当初时光里的点滴踪迹。

她脑中存在着这个人，只是久远到只剩一道模糊的影子。

他总是安安静静地坐在教室角落，从来不与人说话，不参加任何集体活动，甚至很少，出现在公共场合。

她早已忘了他的名字，只记得，他们有过短暂的交集。

祝时雨刚升高一时，因为还算优异的成绩，被班主任授任以学习委员的职务。

刚开学，同学之间彼此都不了解，所以老师没有按照民主选举，而是根据他们过往的成绩和表现来评定。

那会儿刚好陆戈是班长，两人就是在这样的情况下熟悉起来的。

班级事务说多不多，说少不少，高一是整个高中三年自由时间最多的，刚升入新学校的缘故，校方大概想他们尽快融入新集体，开学不久很快便迎来校运会。

那时候副班长也是个女生，只是个无比沉迷学习的学霸，对班级事务一点儿也不感兴趣，能推辞便推辞。

当时选人时不知道她是这样的性格，老师也没办法，陆戈忙不过来有需要协助的事情都是找祝时雨帮忙处理，久而久之，她似乎接下了这部分工作。

老师偶尔有需要也是直接找她。

祝时雨记得，就是那次校运会过后，没多久，班里就来了一位新同学。

老师把他们几个班干部叫到办公室，解释新同学是家里出了意外，爸妈都在前不久去世了，他也受了伤，在医院一直住到现在才恢复，所以耽误了入学时间，比大家晚了一个月。

她希望大家能够在班里多照顾一下这位特殊的同学，尽量多关注他的心理健康，有什么事情随时找老师。

说完，老师还特意把祝时雨留了下来，同她语重心长地交代。

"祝时雨，你是女孩子，心又细，老师就把这个重要任务特别交给你了，孟司意同学刚失去亲人，可能会比较孤僻不合群，这个时候最需要同学的关怀。"

要放到现在，祝时雨肯定会对这一番话持有观望态度，可那时候她只是一个十六岁的小女孩，从小品学兼优让她是所有老师眼中的好学生，她也规规矩矩地做到了这一点。

冬天请与我恋爱

祝时雨乖顺地点头，心里对这位新同学产生了几分同情，同时暗自想要好好照看他。

可其实真正上课之后，孟司意的存在感很低，在祝时雨的记忆里，大部分时候都找不到他的身影，似乎不管是上课下课，他都是一个人坐在教室最后排的角落，不声不响，像沉默的影子。

他从来不和班里的同学交流，也不会在课堂上发言，就连外出都少有，每次注意到他时，好像都趴在桌子上睡觉。

他刘海留得很长，挡住眼睛，很少会直视别人，整个人瘦高，沉默又阴郁。除了陆戈当初在老师的示意下主动关怀了他几句之后，班里同学几乎都不会主动和他说话。

很多时候，大家都会忘记班上还有这么一个人，即便是任课老师，偶尔都会盯着他名字辨认，不知道是底下哪位同学。

祝时雨不记得自己和他说过什么，只记得，那时候很主动地朝他表达善意，两人在一个班，偶尔也会不小心撞上，她想起他特殊的身世，会尽量友好地冲他笑。

唯一还存有印象的一次，是祝时雨有次赶作业在教室留得太晚，当时只剩下一个值日生在那里做卫生，她正准备收起作业离开时，发现低着头做值日的那个人是孟司意。

那会儿天快暗了，教室只剩他一个人，他沉默地在扫地，穿着校服高瘦的身影，长长的刘海遮挡下来，莫名让人想起阴沉快下雨的夜晚。

祝时雨怜悯心发作，立刻上前，从教室后头拿出拖把，主动朝他说道："我帮你一起做吧。"

她不是话很多的人，那天却好像对孟司意说了很多，譬如："怎么只有你一个人在做值日？""下次有这种情况可以告诉我，我去教训他。""班上同学都挺好相处的，你要多说说话。""你头发太长了，可以有空去修剪一下。"

诸如此类的话语。

现在回顾起来，就像是一个努力释放着善意即便无人回应也不在乎的、类似于傻白甜的角色。

之后的细枝末节祝时雨就彻底不记得了。

在孟司意转学之前，两人唯一也是最后一次的交集，是在期中考试前。

临近考试，孟司意却近一周没来上课——因病请假。周五放学，老师把她叫到办公室，给了她一份学习资料，同时还有孟司意的家庭住址。

本来是让她和陆戈两个人去的，可那天陆戈偏偏有场篮球赛，电话里，他气喘吁吁，匆忙的语气带着歉意。

祝时雨是一个人去的，孟司意的地址离学校有段距离，公交线路图查出来需要转车，她当时转乘坐了很久的公交车才来到孟司意所在的小区。

顺着门牌号找到住户，敲开门时，空气中隐约有奇怪的味道，像是什么气体泄漏。

面前的人面色苍白，嘴唇没有一丝血色。

祝时雨还没看清他的脸，孟司意就一头栽进了她怀里。

那时候她大伯母已经在医院工作，祝时雨匆匆忙忙扶着发高烧的孟司意下楼，在路上拦了辆出租，两人到达医院那会儿，已经入夜。

她那晚似乎一直守在他旁边，孟司意输上液后没多久就醒来。两人在深夜人满为患的输液室，他坐在椅子上沉默不语，而她惦记着要交的作业，把输液室的椅子当成了课桌，蹲在地上奋笔疾书，时不时抬头，查看身旁人的吊瓶进度。

后来孟司意就正常来上课了，她碰见时好像关心了几句，之后两人便再也没有交集，故事似乎就走到了这里，高一下学期开学，得知他转学后，祝时雨记得自己好像微微有些失落，心底有些微的担忧，不知道他在新环境适应得如何，但也只是得知消息的那一瞬间，很快，她就被繁忙的学习和生活填满，慢慢地，记忆里的这个人也变成了道模糊的影子。

随着年岁渐长，时间流逝，新的事物出现又很快变成了新的过去，脑中的回忆逐渐增长，一年又一年，他的面容和名字在时间里淡去，只留下了记忆中的一块碎片。

祝时雨回顾着资料上的那张寸照，即便努力回想，也难以把那张脸和当年的记忆重合到一起，她切切实实地忘记了那时的孟司意。

冬天请与我恋爱

在所有与他有关的过去里，他在她脑中，只剩下一个沉默寡言、身世可怜的男同学形象。

铄石流金，夕阳似火。

空调冷气充斥整个房间，外机运转发出轰隆响声，孟司意推开门，差点儿被冷空气激得打战。

他换好鞋进门，洗完手擦干，最后在卧室找到祝时雨。

白日刺眼，落地窗外火红的夕阳铺天盖地泼进来，她整个人严严实实地蒙在被子里，在这泼天日光中把自己裹成了厚茧。

"怎么了？"孟司意走过去，一只膝盖抵上床沿，伸手，过去揭开她头顶的棉被一角。

"有点儿烦。"被子底下，祝时雨吸了吸鼻子，瓮声瓮气的，过了一会儿，仿佛整理了一下仪容才出来。

蒙住头的大半被子被掀开，里头的人头发乱糟糟地贴在脸侧，她眼睛红红的，好像哭过。

"怎么了？"孟司意放软声音，再度小心翼翼地问了一遍。

"我刚才……"祝时雨吸了口气，努力稳住情绪，"看了一部很伤感的电影。

"里面男主角喜欢了女主角很多年，可是她却完全不记得了。

"我觉得有点儿难过。"

"就这个？"孟司意没想到是这样一个理由，他忍不住笑了，指腹拭过她微红的眼角，"其实……可能对那个男生来说，并没有觉得多委屈。"

"我、我知道。"她本来并没有特别难过的，只是回来后情绪克制不住，难言的酸楚从心间弥漫上来，仿佛得了一场重感冒，浑身乏力，眼眶发胀。

她没办法，只能躺到床上，把自己埋进被子里，祈求得到一点儿抚慰。

脑海里本能的，把所有从认识孟司意到现在的细节都回顾了一遍，莫名其妙，眼睛就湿了。

她完全不记得他了。

这是所有事情里，最令人难过的一件。

祝时雨想起两人第一次见面，他出声做的自我介绍，"孟司意"三个字落地之后，他眼里显然有期待，然后在她毫无反应的"你好"中，发现她其实早就忘了。

后来的冷淡和疏离，大概是因为气闷，暗自生气了大半个月，伯母发出邀请，他又如约上门。不过是听从家里吩咐穿上裙子，但那句"我妈让我穿好看点"的解释，在他耳中，仿佛是为了他特意打扮。

再然后，他就开始主动朝她走来。

祝时雨想，一开始，他或许也不曾想要隐瞒，只不过他没想到，她早已把他忘记了。

"我知道他可能已经……没那么在意，但是……"祝时雨扁了下嘴角，努力看着他的眼睛，"我会有点儿心疼。"

有一瞬间，孟司意觉得她什么都知道了，但是理智很快上来，告诉他这不太可能。

他没有说话，只是倾身抱住了她，手摁着她的肩膀，重重揉到了怀里。

"下次不要一个人看这么悲伤的电影。"

"好。"她身上的被子滑落，伸直手臂，环住了他的脖颈儿。

两人在这间夕阳下填充满油画般色彩的房间里静静拥抱，温度和触感有迹可循，心脏跳动的频率清晰。所有的过去，都仿佛跨越了光年，变成了真实的现在。

"孟司意，我晚上想吃红烧排骨。"许久，祝时雨脸搭在他肩头，瓮声瓮气地说。

耳边有一声轻笑，孟司意摸了摸她脑袋，应声："好。"

他低下头，最后轻轻亲了下她的眼角。

"你今天出门了？"

准备晚饭，祝时雨在厨房帮忙削着胡萝卜皮，孟司意想起下班刚买的料酒放在玄关处忘拿进来，走过去提起袋子时，看到了她挂在门口的手提袋和常用的晴天伞。

冬天请与我恋爱

"啊。"祝时雨从厨房探出头来,努力如常应了声,"是,出去了一下。"

她话语尽量模糊,某种意义上,还是不想孟司意知道她今天和陆戈碰过面。好在他并未多问,而是拿着料酒重新回到厨房。

"今天还有没有其他想吃的菜?"他温声问。

祝时雨摇摇头,仰脸讨好道:"你做的都好吃。"

孟司意笑笑没说话,他现在已经习惯她偶尔不假思索的吹捧话语,之前网上有这么一句话,好像是说想抓住男人的心,就要先抓住他的胃,他这算不算恰好相反。

"晚上要不要包点饺子?前几天爸把馅料做法发给我了,说你爱吃。"

"什么啊。"祝时雨难为情,感觉自己像是没长大的小孩,"他怎么还特意给你发这个。"

"我问他要的,"孟司意瞥见她脸上的神情又解释,"之前聊了一下关于医保报销的事情,然后想起来顺便提了一嘴。"

"哦。"祝时雨明显更接受这个答案。

"那好吧。"她冲他笑开,眉眼弯弯,"我想吃海鲜馅的。"

"我现在去哪里给你买海鲜。"孟司意无奈了,就差叹气。

"骗你的,孟医生。"祝时雨蹭了蹭他的手臂,笑容狡黠,"什么馅料都可以,我很好养的。"

孟司意从没做过饺子,揉面加水都是看网上教程,祝时雨在一旁帮他准备着配料,看着他小心尝试的动作好奇地问。

"孟司意,你为什么这么会做饭?"

"工作后一个人住,不喜欢吃外卖,慢慢试着就会做了。"他手机立起靠在墙边,一边看着上面的步骤,一边揉着盆里面团。

"那你真有天分。"祝时雨又夸道。

孟司意不由停住了手里的动作,看她,忍不住笑了:"你今天怎么回事?是不是做了什么对不起我的事,怎么一直在拍马屁?"

"当然没有!"祝时雨慌张,连忙佯装生气,"那我不夸了。"

厨房,两人分工合作,孟司意在准备今晚饭菜,祝时雨自奋告勇,要试试包饺子。

虽然吃了这么多年，但是上次包饺子的记忆，还是在小学，那时候好奇贪玩，周珍没有拒绝，让她尝试了下，后来升上初中之后，她就只会催着她去学习了。

祝时雨饺子包得很烂，同样是看着视频现学的，孟司意一遍就会了，形状饱满漂亮，反观她，连褶子都捏不整齐。

他又手把手教了她两遍，祝时雨才勉强包得好看。

其实她并不是特意想要包饺子，她只是想找个借口待在厨房，想和他待在一起。

几个菜陆续出锅，孟司意装盘盛出去，祝时雨还在和面前的饺子纠缠，案板上倒是歪七扭八摆了一堆，她整个人也形容狼狈，脸上沾了好几处面粉。

孟司意进来看见，忍俊不禁，用手给她擦干净，祝时雨刚刚仰起脸，就听见放在外面的手机在振动。

"我闹钟响了。"她听到熟悉的系统自带铃声。

"本来怕睡过头的……没想到等你回来了都没睡着……"她闭着眼睛让孟司意给她擦脸，断断续续说。

"我去帮你关了。"

"嗯。"

祝时雨双手都是面粉，并不方便，孟司意端着最后一个菜出去，很快，刺耳的铃声停止，周遭恢复安静。

她是包了第三个饺子时发现不对的，孟司意一直没进来，也没有任何声音，她脑中想到什么，动作僵住，很快转过头。

客厅里，孟司意站在餐桌前，低垂着头，面前放着的是她的手机。他一动不动，目光紧紧落在上面。

祝时雨连忙洗了手过去，连水都没来得及擦干，先看向他，再看了眼手机，叫他的名字。

"孟司意……"

话音响起，站在那儿的人仿佛迟钝了，他缓缓抬起眼皮，然后示意。

"手机，有人给你发了条新消息。"

手机屏幕早已经黑掉了，看不见任何内容。祝时雨在衣服上胡乱

冬天请与我恋爱

擦干手上的水，伸手过去拿起。

"你今天是和他见面了吗？"

伴随着他的询问声，祝时雨看清了锁屏上弹出来的短信内容。

"小雨，对不起，今天是我失去理智了，说了些过分的话。不管怎么样，这么多年，感谢你一直在我身边，祝你幸福。"

她的手机是没有设置通知屏蔽的，为了工作方便，发件人和里头的内容会预览出一部分，祝时雨不确定他看到了多少，她放下手机，望向他。

"我今天是见了陆戈，但是是因为一些事情需要了解，现在已经了解清楚了，不出意外，这应该是我们最后一次见面。"

她极力冷静，用平稳的声线解释，孟司意看起来也很理智，只是发问："什么事情？"

祝时雨一顿，说不出来，片刻，才道："有些关于过去的事情。"

她不自然的停顿十分明显，孟司意半晌没说话，冷白的灯光笼罩住两人，孟司意突然开口。

"你今天哭是因为他吗？"

祝时雨错愕地抬头看他："当然不是。"

他顿了一瞬，面色稍缓，须臾，语气格外冷，听起来像没有情绪。

"我不想和你吵，我们先各自冷静一下吧。"

说完，他转身回房，留祝时雨独自一人，她愕然地看着他的背影，还没回过神。

卧室又传来响动，孟司意手里拿着钱包手机，重重合上房门，大步朝她走来。

"我先出去一下，桌上饭记得吃，包好的饺子放冰箱里。"

孟司意说完，同她擦肩而过，径直走向门口，祝时雨愣愣转身，只见到他消失的身影。

整个房子归于寂静，只剩下桌上还散发着热气的饭菜，祝时雨半晌未缓过神，脑中后知后觉地接受了孟司意离开这件事。

她怔怔地坐到椅子上，发了很久的呆，直到面前的饭菜被放凉了，她才缓慢地拿起手机，打开了祝今宵的对话框。

孟司意离家出走了。

怎么回事？
发生了什么？！
天哪！！！

手机嗡嗡振动，祝今宵的消息迅速占屏，很快，一个语音电话弹出来。

"喂……"祝时雨接起放到耳边，有气无力。

"怎么了？！你们吵架了？孟医生和你这个性格怎么可能吵得起来？"祝今宵不可思议，堪比见到了火星撞地球。

"他发现我今天见了陆戈。"祝时雨也没想到事情会发展到这种地步，她扶住额头，手撑在餐桌上，愁眉不展。

她把大概事情说了一下，面带困惑。

"我没想到他会这么生气。"

"对啊，按理说你们早分了八百年了，只是单纯见一面的话不至于吧……你不是说他婚前还和陆戈碰过面，那时候都好像表现得没有特别在意……"

祝今宵说到这里，想起什么，突然"啊"了一声。

"他该不会是装的吧！如果他早从高一就认识你的话，应该也很早就知道陆戈了吧，该不会那时候就暗戳戳吃醋了吧！我的天哪！"

这一通分析完，祝今宵恍然大悟，感觉自己这波又在大气层。

虽然祝时雨很不想承认，但是祝今宵的这番"胡言乱语"真的凑巧解开了此刻的谜题。

祝时雨沉默了许久，陷入难言的情绪。

"我越说越觉得就是这么回事，想当初你和陆戈两个多般配啊，成绩好，长相好，大家不都调侃你们是班里的金童玉女。"

祝时雨皱起眉，立即反驳："哪有的事！我们当时完全是为老师跑腿，除了比其他人熟一点儿没有任何关系。"

"那也不妨碍大家传绯闻啊，读书时不都看热闹不嫌事大，你们两个自己清清白白，放到别人眼里就不是那么回事了。以孟司意的脾气，

冬天请与我恋爱

这次能气到离家出走的地步估计是真伤心了，小雨，你还是赶紧想办法好好哄哄吧。"

认识祝时雨二十多年，这还是祝今宵第一次看到她动了这颗不谙世事的凡心。

阴差阳错也好，蓄谋已久也罢，祝时雨只知道，如果错过了一个孟司意，再等下一个，估计只能下辈子了。

陆戈用了十几年，都没有敲动她的心，只结婚的这短短几个月，孟司意就做到了。

就凭这一点，祝今宵都要把他们死死绑在一起不分开。

本来祝时雨还有点儿莫名其妙，失落难过居多，不敢也不愿意去联系孟司意，现在听完祝今宵一通胡乱的分析，奇异的，自己心里想通了。

她挂完电话，握着手机，编辑许久，终于给他发了条信息。

你晚上回来吗？菜要凉了。

过了很久都无人回复，祝时雨失望地正准备关闭屏幕不再看，掌心微微振动一下。

不用管我，你先睡吧。

祝时雨这晚过得无比难熬，晚饭完全没有胃口，简单吃了两口后，把可以存放的菜用保鲜膜封好放进冰箱，下午包的饺子也用保温盒装好。这些全部收拾完，门口还是没有动静，墙上的钟已经指向了九点。

她洗完澡出来，给孟司意打了个电话，嘟声响了很久都无人接听，她没有再打，静坐片刻后，关掉手机上床。

大概是半夜，房门处传来不轻不重的响动。祝时雨半梦半醒，感觉自己贴上一个温热的身体，她被人从后头抱住。

黑暗中，她睁开眼，鼻间闻到了淡淡的酒气。

孟司意喝了酒，头埋在她颈间一言不发，呼吸中阵阵热气传来，双手把她紧锁在怀里。

　　缓了一阵，祝时雨意识渐渐恢复清醒，她转身轻动了下，侧过脸努力睁开眼看他："你喝酒了？"

　　话音有几许软糯，带着未褪的睡意。孟司意反应很慢，迟钝地"嗯"了声。

　　"去哪儿喝的？"祝时雨彻底醒了，伸出手揉了揉他的头发。

　　"楼下便利店。"

　　"一个人吗？"

　　孟司意好像醉得不轻，脸压着她肩膀，含混着咕哝道："后来叫了小周。"

　　小周是医院的另一个医生，和孟司意是大学舍友，祝时雨见过他几面。

　　她眼前好像浮现出了两个男人坐在便利店门口借酒消愁的画面。

　　不知为何，祝时雨从他拖长的腔调中隐约听出了委屈。

　　"下次不要再喝了。"她有点儿心疼，摸摸他的脸，却不料，孟司意很快抬起头，抓住她的手腕往下按住。

　　他胡乱含着她的唇吸吮着，酒气有些熏人，让她仿佛也中了酒精的毒，愈见头昏脑涨。

　　"别闹……"

　　她挣扎的效力堪称微弱，在孟司意的压制之下，没有任何的反抗余地。

　　他的气息重而沉，落下来的吻也比往常更加深入有力，偶尔冒出一点儿刺痛。

　　仿佛要把积压了整晚的难受和闷气通过动作宣泄出来。

　　外面夜依旧墨色浓重，祝时雨也支撑不住，视线尽头，是窗帘背后天边隐约亮起的一颗启明星。

　　罕见地，第二天早晨醒来时，孟司意还在旁边睡着。

　　他睡姿已经自发调整好，安静地躺着，丝毫没有像昨晚那样扰人清梦，半张脸埋在枕头里，面朝着她，身体本能地靠近。

　　除了一只横在她身上的手臂，面容称得上安静温顺，莫名乖巧。

　　祝时雨难得看到这一幕，不由抱了被子，转了个身，静静打量着他的睡颜，半晌未动。

冬天请与我恋爱

时针不知不觉走向十点，孟司意才迟迟醒来，他睡梦中仿佛未曾察觉到她的注视，一睁开眼，骤地对上她的眼睛，瞳孔中有蒙眬睡意，意识未回笼，脸上先露出笑意，朝她靠过来。

"时雨……"他的吻落在她脸颊，昨晚的记忆才尽数涌来，包括两人冷战前的争吵，孟司意身体微微一僵，很快退开，掀被坐起，下床。

祝时雨躺在原处，望着他飞快起身离开的身影，看出了对方两分懊恼的仓促而逃。

等她洗漱完出去时，孟司意已经坐在餐桌前，今天的早餐格外简单，甚至是简陋，两片烤吐司和煎蛋便打发了，边上勉强给她热了一杯牛奶。

祝时雨看见顿了顿，才拖开椅子坐下，什么都没说，拿起吐司啃了一口。

焦脆噎人。

她连忙端起旁边的牛奶杯，小心偷看孟司意一眼，垂下视线。

一顿悄无声息的早餐吃完，两人各自收拾面前的餐具，祝时雨端起盘子去洗，孟司意已经站在水槽前，冲刷着手中白净的瓷盘。

她低垂着头站在一旁，耐心等候。

早上起床她还穿着睡衣，柔软轻薄的两件套，衣服裤子布料上印着粉色水蜜桃，卡通可爱。

衣服是敞开的翻领，领口宽松，一低头，白皙脖颈上的红色吻痕显露无疑。

都是他昨晚不知轻重留下的。

孟司意不自然地撇开眼，想说什么，又被闷气堵了回去。

他最终还是什么都没说，洗完擦干净手，转身离开。

孟司意和她足足冷战了一天。

他今天没去医院，好像是请假了，早饭过后，就把自己关进了书房。

一直等到中午。

两人的午饭也十分凑合，他热了昨天祝时雨用保鲜膜封好放进冰箱的剩菜，味道自然不用说，有些难以下咽。祝时雨一边挑着碗里的饭，一边偷偷打量他。

对面的人端着碗吃得面色无波，眉眼间甚至带着一丝冷意，就好像在用这样的方式惩罚她。

祝时雨为自己的脑补心塞，却还是找到了机会同他说话。

她犹豫了下，小心开口："你还在生气吗？"

孟司意没有答话，但特意抬眸看了她一眼，其含义不言而喻。

祝时雨想了想，握紧手中筷子："你为什么这么介意陆戈？我已经把他的联系方式都拉黑了。"

孟司意脸色似乎稍缓，他稍做停顿，终于愿意开口说话了。

"他是你前男友这一条还不够我讨厌他吗？"

"可是这是遇到你之前的事情。"祝时雨有些无力，那时，孟司意并未对她表露出其他的特别，对她而言，他只是普通的连关系都算不上熟悉的男同学。

"但是你们昨天见面了。"

孟司意静静阐述。

这令祝时雨无法反驳，她甚至无法说出合理的理由。

她的哑然显然将他的心情推向下一个低谷，孟司意重重放下筷子，转身回房。

第十五章

真相大白

接下来，祝时雨想了很多关于缓和两人关系的方法。

日头正盛的下午时刻，外头突然传来一声清脆的声响，伴随着慌乱的惊呼，孟司意合起电脑，推开椅子走出去。

客厅地面，和厨房连接处，碎了一只玻璃花瓶，是祝时雨有次和他出去散步时，在夜市摊上花了 9.9 元买的那只。

她此时正慌张地蹲在那儿，在一地玻璃碎片中，捂着手，眉头紧蹙。

"哪里受伤了？我看看。"孟司意心头一凛，快步走过去，抓起她的手。

白嫩的食指尖，有一道血色划痕，凝成滴的鲜血正顺着指腹缓缓流下。

孟司意眉眼顿时冷肃，捏着她的手起身，穿过一地碎片往沙发处走去。

医药箱就放在墙边柜子里，孟司意取来，在她面前蹲下，熟练地取出碘酒给她消毒。

清凉的棉签挨过来，伤口刺痛，祝时雨本能地往后一缩，"嘶"了声。

"马上就好了。"孟司意此时不由缓了口吻，习惯性哄道，"别怕。"

淡黄色碘酒擦干净肌肤，撒上药粉，最后再用透气纱布轻轻缠好封住。

其实这个伤口不大，创可贴足够，但是最近天热，以防万一，孟司意还是给她用了止血药粉。

整个包扎过程干净利落，不出两分钟就已经开始低头收拾药箱。

祝时雨见状，心中焦急，见他要准备起身离开时，动了动手指，嘴里轻呼一声。

"痛。"

孟司意动作顿住，抬头，漆黑眼眸湿亮："还很痛吗？"

"嗯。"祝时雨点点头。

"我给你吹吹。"孟司意没有犹豫太久，说完，低下头握着她手轻轻吹了几口气。

　　轻缓微凉的气息，拂过此时发热微痛的伤口，疼痛奇异般被缓解。

　　孟司意吹了一会儿，感觉差不多了，正准备收回手，祝时雨受伤的那只手突然抓住了他，缠着纱布的食指下，没受伤的那几根手指合拢，握住他手掌。

　　"孟司意，"低低叫着他的嗓音里，委屈可怜，带着一丝祈求，"你别生气了。"

　　孟司意霎时间弄明白了她这一串莫名的行为，他都已经开始不确定那个花瓶是意外摔碎的还是她故意打碎的，这个可能性让他心中更恼。

　　孟司意眼神冷下来，没再看她，拿起药箱起身。

　　他关好柜门后，又拿起扫帚拖把，把地面清理干净，严密检查确认过没有漏掉一个玻璃碎片，他才重新洗干净手，回了书房。

　　从头到尾，没有再和祝时雨说一句话。

　　她站在原地，咬咬唇，懊恼皱眉。

　　这个下午无声而又漫长，光线由明亮变柔和，太阳逐渐西斜时，孟司意的房门被敲响，没几秒，让人推开了一条缝。

　　他望去的视线中，探进来一个脑袋，祝时雨小心翼翼握着门把，舔了舔唇。

　　"孟司意……我电脑坏了，你能帮我修修吗？"

　　片刻后，两人并排坐在电脑前，孟司意盯着面前正在运行安全软件消毒清理垃圾的电脑，淡淡告知旁边的人。

　　"你的电脑没有任何问题，就是太久没清理了，垃圾有点儿多。"

　　"哦，原来是这样。"祝时雨心不在焉地附和着，"我还以为哪里出问题了。"

　　孟司意没有挑破祝时雨的小心思，只拉开椅子，看着电脑，没再说话。

　　祝时雨静坐一会儿，面前的电脑软件运行结束，冒出大大的绿色字体，显示"您的电脑目前一百分"。

　　她好像没有再待下去的理由。

　　祝时雨看了看孟司意，视线又转向自己的电脑，须臾，默默过去

冬天请与我恋爱

抱起电脑。

"那我先出去了？"她试探地问，抱存着最后一丝希望。

"嗯。"孟司意头也不抬地答。

她失望，低垂着头走到门边，正要离开。

"对了。"

她眼中死灰复燃，满含期待地望去。

"记得把门带上。"孟司意说。

祝时雨再度希望落空，大起大落的感觉让人愈发心中难受，她眨眨酸涩的眼睛，有点儿想哭。

空阔的客厅，只剩她一人独坐在沙发上，时间仿佛静止，夕阳终于破窗而入，落在她脚下。

祝时雨仿佛下定某种决心，手握拳，最后朝卧室走去。

床头柜、书桌、梳妆台以及衣柜……整个房间几乎都被翻遍了，祝时雨仍旧没找到想要的那个东西。

孟司意进来时，只看到她趴在地板上伸头往床底下看的模样，毫无形象可言，几缕头发沿着侧脸掉落，都快要蹭到地面了。

他忍不住出声："你在干什么？"

跪坐在那儿的人抬起头来，形容狼狈，脸颊微红，唯有那双眼睛格外明亮，抿唇可怜巴巴望着他。

"我找不到那本笔记本了。"

话音落下，四周寂静，孟司意身体微不可察地变得僵硬。

许久，他喉咙发出声音。

"你找它做什么？"

"我忘记了一些事情，"祝时雨扁了下嘴角，眼中闪过难过，"我想把它找回来。"

"什么事？"

"一些有关于过去的事。"

孟司意此刻脑中突然闪过昨天的争吵，她难以启齿的，和陆戈见面了解的，一些有关过去的事。

她回来时那个下午的异样也从记忆中涌进大脑：暗恋、电影。

孟司意大脑空白，却又出人意料的冷静，他不眨眼地盯着她，嗓音冷沉。

"你知道我是谁？"

这个问题问得没头没脑，只是两人都心知肚明，祝时雨手指不自然地抠了下，才鼓起勇气回答。

"我知道你是孟司意。也是，很久以前的那个……男同学。

"对不起，我忘记了，第一次见面的时候，没有认出你来。

"你的变化太大了。"

开了那个头，后面的话语就顺畅起来，祝时雨逐渐镇定，抬目望着他，坦然直视。

孟司意站在原地，外面夕阳降临，暮色从窗外扩散，一道阴影打在他脚边，他脸上神情难辨。不知过了多长时间，就在祝时雨忐忑难安时，听到他出声。

"先起来吧，地上脏。"

客厅，沙发上，两人面对面而坐，莫名形成审问的架势。

在谈话正式开始之前，孟司意还给她倒了杯水，俯身间看向她的手指，问了一句。

"还痛不痛？"

好似等待着被审判的祝时雨顾不上卖惨，连忙摇头。

孟司意终于在她对面坐下，第一句话便是："特意去见陆戈，说的就是这件事情？"

她不知该摇头还是点头，又听他问："是他告诉你的？"

"算……是。"

沙发另一边，祝时雨坐在那儿，双手无意识地捧住手里温热的水杯，组织了下语言。

"我和宵宵之前就发现了，和以前同学打听的时候被陆戈知道，然后他找了我。"祝时雨抬眼，解释，"那本日记本……我后来想了想觉得有点儿不对劲，所以和宵宵聊了下，就察觉出问题了。"

她说得很模糊，其中细节没有一一展开说明，好在孟司意也没执着追问。

"那你记起来了吗？"他眼神沉静地问。

仿佛这个问题才是他最关心的。

祝时雨愣了下，先是点头，但很快，又摇了摇头。

"我记得一些事情，但是……"她握紧手中的杯子，轻声道，"忘记了很多，对那时候的你记忆很模糊。"

"你的记忆，是什么样子的？"周遭静了会儿，孟司意轻声问。

"你留着长刘海，寡言，几乎不和同学来往。"祝时雨稍做停顿，才继续下去，缓缓回忆般，语速很慢，"我那时候因为老师的交代对你比较主动……我记得，好像帮你做过一次值日，还有次印象比较深刻的，是期中考试前，送学习资料到你家，你发烧了，我把你送到了医院。

"其他的没记得太多了，忘记了具体细节，只想起个大概。读书时我们算不上熟悉，所以后来，没有联系后，随着时间的推移我也慢慢忘记了你的长相和姓名。

"更何况，你现在和那时完全不一样了。"

"就算我还记得，"祝时雨偏头想了想，认真阐述，"见到你的第一面，应该也不会把你和当年那个沉默寡言的男同学联系起来。"

两人重逢后的第一次见面是在相亲的那家餐厅，祝时雨始终记得，坐在那儿的人抬起头来，她脑中出现的第一个词是少年清俊，然后便只剩惊叹和疑问。

这样的一个人，和当初班级角落里最后一排不起眼的男同学，天差地别。

任凭是谁，都无法把他们联系在一起。

祝时雨没有特意在为自己开脱，她只是陈述一个事实，只不过，原以为会生气的那个人却低头笑笑，孟司意似欣慰，又像自嘲。

"你当年的记忆里还能有我，其实已经让我很意外了，"他抬眸望着她，字字分明，"意外之喜。"

她陷落在他眼中，愣怔住，无言，孟司意静静回望她一会儿，收回视线。

"我想起来，房间的电脑还没有关。"他起身，却是准备离开，祝时雨望着他的背影忽地回神，连忙出声叫住。

"那是我的东西。"

出尔反尔，不讲信用，骗人！

　　孟司意走后，祝时雨足足过了数十秒才反应过来，发现自己好像被蒙骗了。

　　虽然他先前没有明说，但是话里话外的意思，显然透露出，只要她老实交代，他就会把笔记本给她的迹象。

　　祝时雨没有多想，和盘托出了。

　　谁知道，竟然被人杀鸡取卵，套话了。

　　她越想越懊恼，坐在那里，忍不住手握拳重重锤了下沙发，不料身下的沙发十分有弹性，刚巧撞到了她那根受伤的手指头，祝时雨立即"嗷"地叫了声，紧紧捂住手在胸前，刚要吹口气，就看到了前头握着门把手站在书房门口的孟司意。

　　他显然刚出来，但恰恰把她刚才那一幕尽收眼底，祝时雨同他四目相对几秒，移开眼，默默抿紧了唇，放下捂在胸前的那只手。

　　前有单纯被骗，后有丢人出洋相，今日黄历上大概是与她相冲，不宜与人来往。

　　"没事吧？"祝时雨低垂着头，正陷入情绪低落中，跟前落下一片阴影，孟司意的声音响在头顶，略带关怀。

　　"都怪你……"她默了默，低声责备。

　　他不明所以地困惑。

　　"都怪你骗我。"

　　孟司意神情微顿："我什么时候骗你了？"

　　"明明你跟我表达的意思是我把事情都告诉你，你就告诉我笔记本在哪儿。"

　　"我什么时候说过？"

　　"你没有直说，但是我从你眼睛里看到了。"祝时雨执拗道，不服气地盯着他。

　　孟司意无言以对，不禁摇头轻提嘴角否认。

　　"我的眼睛可不会说话。"

　　他摆明了死不认账，祝时雨心中希望逐渐破碎，气得一咬牙。

　　"骗子。"

　　孟司意自顾自去厨房了，他瞧起来是真的热爱下厨，摆弄着案板上那些圆滚滚的洋葱、土豆自得其乐，一个个细致地清洗切好，仿佛这些东西比她更有吸引力。

祝时雨打定了主意不再和他说话，自己坐在那里闷声赌气，直到孟司意叫她去吃饭。

为难谁都不能为难自己肚子，她揉了揉咕咕作响的胃，还是状似勉勉强强起身。

待看清桌上的饭菜，她的气就消了一半，和前两餐相比，今晚这顿堪称丰盛，并且色香味俱全，盘子里散发着热气的菜格外诱人。

她坐下，不等孟司意开口，就率先拿起了筷子。

"尝尝这个，我看菜谱新学的。"孟司意把面前一个盘子推过来，是香菇酿肉，小巧浑圆的香菇上塞着满满的瘦肉沫，刚推到身前，就闻到一股浓郁的香味。

祝时雨假装矜持，抬了抬下巴，伸手夹过去说道："你是不是也被前两顿难吃到了，所以今晚才做了这么多好吃的？"

孟司意一愣，反应过来，忍住笑，连连点头："是，是。"

"哼。"

祝时雨烦他，翻了个白眼，没再搭话了。

之后两人相安无事，吃完饭，孟司意顾及着她手受伤，主动去收拾洗碗。

桌上被收拾得一干二净，祝时雨把边上那盘水果吃完，故意找借口般，拿着盘子进厨房。

水槽前，孟司意站在那儿清洗着碗筷，微俯身，模样认真。

他手很白，修长、骨节分明，是一双很漂亮的骨科医生的手。

此时正拧着脏兮兮的灰色抹布，丝毫没有感觉般，如同在处理着什么工作上的重要事项。

她走过去，刚刚准备把盘子放进水池中，孟司意就主动伸手接过。

"给我吧。"

盘子到了他手里，被放在水下仔细冲洗干净，祝时雨目光定格在他的动作上，眉间露出纠结犹豫。

"怎么了？"他察觉，抬起头，比起白天整个人更加温和耐心。

两人先前的紧张氛围不在，恢复成往日的自然、松弛，但是在这股松弛间，还多了与往常不同的亲近。

祝时雨咬咬唇，抱着最后一丝希望，问："你的笔记本真的不给我看吗？"

"不给。"孟司意不假思索，扭过头答。

她刚消的气又有点儿涌上来了，祝时雨鼓了鼓腮帮子，问："为什么不给？"

"暂时不想给。"

她一噎，情绪消下来，不由平和了口吻问："那你到底什么时候给我？"

孟司意抬眸，漆黑眸中映着明亮灯火，似乎是藏着难以觉察的笑意。

他凝视着她，启唇，落下两个字。

"秘密。"

这晚临睡前，祝时雨躺在床上，翻来覆去睡不着。

她瞪着眼前漆黑的天花板，旁边就是那个让她今晚失眠的罪魁祸首，他躺得平稳，丝毫没有受到影响。

在不知道翻了几个身时，祝时雨终于按捺不住，在被子底下朝他踢了一脚。

"你能不能睡过去一点儿，离我太近了。"

"啊？"孟司意遭受无妄之灾。

"我已经离得很远了。"他手比画了下两人间的距离，阐明事实，"连你的衣角都没有碰到。"

"不行，你再睡过去一点儿。"她心烦意乱，干脆迁怒，"看到你我睡不着。"

孟司意语塞，抿抿唇："那要不我睡地上去？"

"也不是不行。"

两人斗了一番嘴，大概是发觉到孟司意吃了瘪，祝时雨心头稍稍舒服，躺得顺心了几分。

难得她不折腾，恢复安静，孟司意忍辱负重再次往旁边挪了挪，胳膊肘差不多碰到床沿。

他闭上眼，正要睡去，旁边突然传来小小的动静，仿佛是蒙在被窝里发出的声音。

冬天请与我恋爱

微弱、细小、带着浓浓的不确定，和先前的理直气壮截然不同。

"孟司意，你到底是什么时候喜欢上我的？"

她拢了拢身上被子，拖着明显的鼻音问。

心头盘旋许多天的问题，终于在这个悄无人声的夜里，她鼓起勇气，问出了口。

她静静等待，孟司意那头却始终没有回复，仿佛过得漫长至久。

"秘密。"

和之前一模一样的回答。

祝时雨顿时气到把被子重重一推，把他连人带被推出自己视线外，眼不见为净。

"你去床底下睡吧。"她没好气地说。

不知不觉天将要入秋了，夏天发挥着它最后的余威，早上起来，闷热难耐，光线却不甚明朗，像蒙着一层灰色滤镜。

大伯母家的堂姐今日回家探望，带了肥美的大闸蟹，她的两个小孩也在，电话里热情可爱地叫着小姨。

借此机会，大伯母叫上了他们几个小辈，一同到家里吃顿平常的家宴。

工作后各自忙碌，平时难得一聚，祝今宵在群里积极响应，她主要是馋螃蟹，其次是想逗逗堂姐两个可爱的崽崽。和祝时雨不同，祝今宵喜欢小孩子，曾无数次调侃过，当年选错了专业，不应该学会计，应该去学幼师。

大伯母不忘让祝时雨带上孟司意，祝时雨说他今日要加班，恐怕没时间，伯母稍感遗憾，随即作罢。

祝时雨倒是没有说谎，昨天孟司意应该是调休请假，今天一大早便去了医院，虽然家宴暂定的时间是下午五点，但她想没必要大老远过来赶这一顿饭。

其实还是对昨晚的事耿耿于怀，祝时雨现在还有点儿不待见他。

简单收拾下打算出门，祝今宵无事干早早就到了那边，在群里疯狂地催促她，祝时雨原本还在看天色考虑要不要带把雨伞以防万一，被她一催，急急忙忙就忘到了脑后。

楼下拦了辆出租车，祝时雨立即给她回群里消息。

上车了。

她的车子这两天送去保养了，还没开回来。

祝时雨过去时，大老远就听到了笑声，客厅已经无比热闹，祝今宵给两个小孩各自买了礼物，此时几人正欢欢喜喜地坐在地毯上，头抵头玩得不亦乐乎。

堂姐在厨房给大伯母帮忙，大伯父坐在沙发上，自己握着遥控器看民生新闻。

"来，瞧瞧你们漂亮小姨，有没有带什么礼物？"祝今宵率先看到她，出声调笑，小孩纷纷抬起头，嘴很甜，嗲嗲地叫着她。

"小姨！"

祝时雨把提前准备好的小礼物递给他们。

"怎么着，你们家孟医生今天没来？"祝今宵在一旁坐下，作势望了望祝时雨身后，探过头来同她说着悄悄话。

"上班。"祝时雨面不改色地答。

"还在闹别扭啊？"她压低声音神秘兮兮地问。

祝时雨顿了顿，平声道："现在是我不想理他。"

"啊？"祝今宵脸上一惊。

陪伴着小孩玩耍间，祝今宵抽空听完了前因后果，当然，祝时雨也不过三言两语简单概括。厨房传来大闸蟹的香味，祝今宵手抵着下巴，一脸深思。

"你是说他笔记本不肯给你看？"

"嗯，"祝时雨点头，"问他什么也不说。"

"啧。傲娇嘛。孟医生也是要面子的。"祝今宵笑眯眯，手指蹭了蹭下唇，眼中露出得意，"他不肯说这还不简单。万物有迹可循，事情总会露出它的破绽。"

这番话或多或少点醒了祝时雨，她觉得自己似乎有点儿操之过急了，她握着手中积木，内心平静了很多。

这次吃饭只有他们几个小辈，桌上没什么顾忌，满满两大盆的大闸蟹，慢慢只剩下手旁剥下来的空壳，祝今宵擦擦嘴，满足地打了个饱嗝。

"大伯，我来帮你一起收拾啊。"她这时候知道讨巧卖乖，看到大伯父拿着袋子开始收拾垃圾，连忙上前帮忙。

"今天的螃蟹今宵吃得最多，让她负责收尾。"堂姐开玩笑道。

大伯母看向一旁还在斯文拆着螃蟹腿的祝时雨，不由笑道："可不是，宵宵吃完两只，小雨才吃了一只。"

"大伯母，禁止踩一捧一！"旁边麻利收拾垃圾的祝今宵耳尖，立马喝止。

众人笑开了。

桌上清理得差不多了，祝时雨把最后的两个盆端到厨房，再度出来时，桌上只剩下大伯母在喝水休息，不远处，祝今宵和堂姐在分享着近期彩妆心得。

她慢慢在椅子上坐下，端起手旁的杯子，状似随意开口。

"伯母，那时候孟司意和我相亲，是你主动找他的吗？"

"怎么想起问这个？"大伯母稍稍惊讶，想想却又可以理解——年轻人嘛，她很快回忆了下，疑惑出声。

"当时就是刚刚好，原本我想找的是我们医院的另一位医生，虽然比你年长几岁，但是人老实本分，就是样貌稍微差了点儿，不过结婚肯定是看人品，长相其次对不对……"她说着说着就偏向了老一辈催婚的经典话语，又立马念及重点拐回来，忍不住"嘶"了声，"巧的是我刚打听完，第二天孟医生他们科室里的一位医生就来我们护士站闲聊，提起他最近好像有找对象的想法，我一听这不正好，孟司意可是我们医院最抢手的适婚男青年，长得那叫一个俊，还年轻有为，最重要的是人品更没得说……"

一聊起他，大伯母就止不住夸，祝时雨之前完全没听过中间还有这种转折，她忍不住打断追问："那既然这样，为什么没人给他介绍呢？"

"谁说没人啊？"大伯母立刻提起眉反驳，"孟医生刚来医院那年，科室门槛都被踏平了，只是他说自己目前以事业为重，暂时没有恋爱结婚的打算，全部都拒绝了，大家才无奈放弃的。"

大伯母说完，眉开眼笑来抓她的手，放在膝上："所以我说你们有缘分呢，你看现在多好，一对伉俪。"

祝时雨在这边待到了傍晚，吃好饭时间还早，他们又玩了一会儿，祝今宵难得过来一趟，抓着两个小孩子逗乐不松手。

"这么喜欢自己还不赶紧生一个。"堂姐加入催生大队，原本只是一句随口玩笑，没想到祝今宵竟然罕见地脸红了。

"有情况？"堂姐立刻提起兴趣追问。

"哪有哪有，这里有个结婚的你们怎么不催。"祝今宵连忙否认，祸水东引。

祝时雨头大，刚要借口告辞，外面一道亮光迅猛闪过，闷雷紧接而来，之后便是噼里啪啦的倾盆大雨。

夏季末，雨势来得凶猛激烈，远处的天隐隐黑下来一半，阴云厚重，瞧不出何时有停下来的迹象。

"怎么办，下雨了，要不你们晚上就在这儿睡？"堂姐望着外边天色，担忧道。

一时间两人都没有马上答话。

祝今宵面色迟疑，按着手机好像在给人发消息，祝时雨则在想该怎么回去。

雨水闷闷地敲击着玻璃，屋内灯火通明，安稳中带着丝丝难以觉察的焦虑。

"不了，姐，待会儿我朋友过来接我。"过了片刻，祝今宵关掉手机，皱皱鼻子讨喜笑说，"就不给你和大伯母添乱了。"

"说这种话。"堂姐嗔骂，紧接着看向祝时雨。

"孟医生下班没？我让何骁顺道送你回家？"祝今宵率先对她出声提议，祝时雨刚要摇头，握在掌心的手机"嗡"地振动了下。

下雨了，还在大伯母家？

孟司意的名字跳入眼帘，她点开，顺口回复祝今宵。

冬天请与我恋爱

"不用了，我可怕尴尬。"

紧接着，回复了孟司意一句"嗯"。

"这有什么的啊……"祝今宵这样说着，却是底气不足，她也还没想好怎么把那些年少无知的恩恩怨怨化解成功。

> 我来接你。
> 稍微等我十几分钟。

> 好。

祝时雨想了想，加了一句。

> 路上开车小心。

"那你怎么回去？"祝今宵又问。

祝时雨朝她晃晃手机，答复："待会儿孟司意过来接我。"

两人坐着继续聊天吃了会儿水果，不到十分钟，祝今宵的手机响了，何骧已经到楼下，她收拾东西准备下去，祝时雨和她一同出门。

大伯母把她们送到了电梯口，叮嘱路上注意安全，祝时雨朝她挥挥手，轻声道：

"谢谢大伯母，辛苦了。"

外面雨势依旧，似乎敲打声小了一点儿，地面已经流淌着积水，站在屋檐下，有斜风裹挟着雨丝不留情地刮进来。

何骧的车子静静等待在外头，他撑伞下来，护送着祝今宵上车，同祝时雨在门口打上照面时，礼貌地颔了下首。

伸手不打笑脸人，祝时雨也朝他微微回礼。

"小雨，那我先走了。"临上车前，祝今宵和她打招呼，车门关上，此时只剩下祝时雨一人。

"路上小心。"她对他们招手送别。

漆黑的雨夜，小区安静得没有人声，葱郁的绿植化成团团阴影，蛰伏在昏暗雨幕中，路灯光微弱。

祝时雨静立在台阶前，时间流动变得难以觉察，仿佛是片刻的光景，视线尽头不知何时出现一道撑伞的身影。

孟司意穿着一件黑色衬衫，长裤，乌发似乎与这夜交融在一起，面容清俊，握着伞柄的手指白皙，色差鲜明对比到极致。

他穿过这片雨幕，一步步走到她面前。

"等很久了吗？"孟司意微微低头问道。

"没有。"祝时雨仰起脸，目不转睛地望着他，"刚刚好。"

"车子停在前面一点儿，我们过去吧。"

她被他纳入伞下，孟司意手轻扶着她的肩，把伞面大部分往她这边倾斜，头顶雨滴的敲击声沉闷，祝时雨开口："孟司意，晚上吃饭时大伯母和我说了一件事情。"

"嗯？"他倾身侧耳朝她靠近。

"她说，当初相亲，是你主动要她介绍的。"两人挨得极近，祝时雨对着他的耳朵，藏着笑，轻声咬字，"解释一下吧，孟医生。"

车内顶灯小小一盏，灯光昏黄。

孟司意坐在驾驶座上，手撑着方向盘，偏头似在思考着什么，须臾，他摇头笑着，启动车辆。

一旁还在静候着回答的祝时雨讶然，连忙出声提醒。

"哎，你还没说呢！"

"什么？"孟司意手里打着方向盘，装傻。

"就是我刚才问你的那个问题。"

车灯映亮前方一片雨幕，路面湿漉漉的，远处看到道闸，车子驶出小区门口，孟司意没看她，抿唇压住笑，然后低低地"嗯"了一声。

"嗯？"祝时雨困惑，对他重复。

"就是你说的那样。"孟司意含混道。

她回味了两秒，才体会过来，弯起眉眼笑了。

"孟医生，我是不是抓住你的小辫子了？"

"什么小辫子？"孟司意不承认，"要怪就怪赵医生，到处八卦拉红线。"

"啊？"祝时雨揣测片刻工夫，想明白了。

这个赵医生估计就是他们医院主动来护士站宣传他要找对象的同

冬天请与我恋爱

科室那位。

"那赵医生怎么刚好知道你打算找对象？"她特意加重了刚好这个词，孟司意无言，观望着前方路况的同时，抽空抬手蹭了蹭鼻尖。

"那天在医院食堂吃午饭的时候顺便聊了下。"

"看不出来，孟医生还会主动和别人聊私事。"祝时雨故意拉长口音，被她埋汰了半天，孟司意索性坦然下来，理直气壮地"嗯"了声。

"你大伯母在医院到处打听合适的男青年，说要给你介绍对象，我不主动一点儿，还能有机会吗？"

祝时雨这下是真的忍不住笑了，她反应了几秒，又觉得哪里不对。

"你知道她是我大伯母？"她想起来，"你一直记得她？"

高一那年，她送孟司意到医院，当时就是大伯母给他们登记挂的号，中途输液还来看望过几次。那时候大伯母还是个普通护士，刚好那天值夜班。

这下孟司意沉默了，许久，才低声承认。

祝时雨露出惊讶，感慨过后，不禁由衷地佩服："孟司意，你记忆力真好。"

孟司意微微苦笑。

对她而言，那只是记忆中无比平常的一天。那一天，却是他的重生。

"孟司意。

"孟司意。

"孟司意——"

家中卧室大床上，灯光明暖，同外面漆黑的雨夜形成鲜明对比。

祝时雨洗完澡躺在上面，面朝天花板，压着被子打了个滚，嘴里叫他的名字。

孟司意手里拿着毛巾擦头发，从浴室出来，还未看清人，就先听到了她的声音。

"怎么了？"他站定在床边，停下手上动作问。

"没什么。"祝时雨打滚的姿势变成了平躺，突然安分地注视着他说。

他吹干头发上床，两人睡衣是成套的，孟司意的是深蓝色格子，她是淡粉色格子，衬衫长裤的样式，领口宽松，露出一截凸起的锁骨，那片皮肤也白，在灯下微微晃眼。

祝时雨搂着他的脖子，明显心情比前几日都好。

"孟司意。"

她又开始叫他的名字。

"这么开心？"孟司意微低头，目光定住。

"嗯。"她面朝他郑重点了点头。

两人躺在床上，他把她搂在怀里，祝时雨难得不像之前嫌他，反而主动亲近，脸上始终挂着笑，杏眼甜美。

孟司意也不禁随着她笑起来。

"你以前总爱笑，后来就不怎么爱笑了。"他忍不住伸手摸了摸她微弯的杏眼，藏着心头喜爱。

"大概是长大了就没那么开心了。"祝时雨无所察觉，仰头认真思索道。

"我以前在你心中是什么样子的？"她想起这个问题，立即出声问。

"是个班上好看的女同学。"

"嗯？"祝时雨压低脸色，出声威胁。

"很善良，助人为乐，人缘很好，班里男生都喜欢找你说话。"

孟司意作势认真夸赞了一番，祝时雨反而不自在了，避开眼："什么啊，我哪有这么好。"

她脸有点儿红，往他脖颈间埋了埋，哼唧抱怨："一点儿也不真诚。"

"我说也不是，不说也不是，你怎么这么难伺候啊。"孟司意带着笑意，话音刚落，就翻身压下来，手扬起一旁的被子。

"点点。"他在头顶盖下来的昏暗被窝中，咬着她的耳朵，叫她小名。

"你怎么……你怎么知道这个名字？"之前混乱中听到的，不是她的幻觉。

"以前听祝今宵这样叫你的。"

孟司意含含糊糊亲着她说，祝时雨还欲再追问，被他呼吸间的热

冬天请与我恋爱

气搅得神思全无。

"点点。"他轻笑了声，话里带了几分认真。

关于以前，遥远的忘记就像是泛黄的旧胶卷，又因为孟司意的存在，蒙了层厚厚的纱。

高中他们班有个微信群，后来才建的，读书那会儿，微信还没流行，那时候大家用的都是 QQ。

因此有很多人失去了联系，微信群里的都是毕业后慢慢加进来的，朋友圈中只有这些年的生活现状。

随着工作后 QQ 慢慢淡出生活，许多过去的痕迹也成了久远的回忆。

祝时雨在陆戈的启示下，想起了这件事。

"你还记得我读书时用的那台旧电脑吗？"她给祝今宵发消息。

"你是说你高中的那台老破小？"祝今宵没过一会儿就回复过来。

"对，我爸妈后来报废不要堆到了你家库房的那台。"祝时雨说。

> 我找到了我们当年 QQ 的班级群，只不过聊天记录没有了，我记得那台电脑上应该有，你帮我找一下。

祝今宵很快回了个 ok 的手势表情。

她很麻利地去他们家库房翻了，没多久，给她拍来一张图片。

堆满杂物的角落，一台脏兮兮的米白色台式电脑搁在地上，表面落满灰尘。

> 是不是这个？
> 等我插上电试下。

片刻，祝今宵再度拍了张图，并配了句话。

可以开机。

祝时雨拿上车钥匙，一边往外走一边点着手机打字。

等我马上过来。

她到那边时，祝今宵已经把这台老电脑擦拭干净抱回了房间，正在登录界面，祝今宵试探地敲着掉了漆的键盘输入密码。

"我都'几百年'没上过QQ了。"她见到祝时雨来，转头道，手底下键盘发出咔嚓响声。

"成功。"她兴奋地敲了下回车键，账号登录成功，一个年代久远的界面弹出来，对话框一侧，还有个花里胡哨的小人在旁边跳舞，是当年风靡学生群体的QQ秀。

"这简直是文艺复兴啊。"祝今宵摇摇头不禁感慨，见祝时雨坐下，不由得让出位置，重新给她点开了一个登录页面。

祝时雨小心地输入自己的账号和密码，不一会儿，登录成功。

她在最顶上的搜索栏里输入了当年班级号，熟悉的群聊出现了，她点进去，翻找着群成员。

很快，她看到了一个熟悉的名字。

当初加群老师都要求实名制，每个人必须备注好，孟司意的头像仍然很不起眼，是张普通的黑色夜景，细细放大之后，隐约能看到右下角的升旗杆。

似乎是在当年学校操场的台阶上拍的。

他的空间是锁上的，对陌生人不开放，祝时雨当年并没有加他的QQ。

群里聊天记录很多，杂乱无章，大部分是老师在里头发通知，然后必然是接着大串的聊天。那时年纪小，总爱在群里闲聊，后来被老师警告过几次后，大家还私底下拉了好几个小群。

祝时雨从第一页到最后一页都翻看了一遍，始终没有发现孟司意的发言。

他从始至终，都没有说过一句话。

忙活了一下午，一无所获，祝时雨松开鼠标，不禁叹气，愁眉不展。

冬天请与我恋爱

"怎么能一点儿痕迹都没有呢？"她嘀咕着，手指重新放在鼠标上，对着孟司意的主页滑动，无奈望着空空如也的界面，"难道他根本就不用 QQ？"

祝时雨皱眉推敲着，却不料，旁边一直在低头看手机的祝今宵突然出声叫她，语气惊疑。

"小雨……我好像有孟司意的好友……"她把手机推过来，上面正显示着孟司意的 QQ 主页，不同的是，空间动态那栏是开放的，底下还有详细的资料介绍，明显是属于好友间才会出现的页面。

两人盯着孟司意这个界面发呆，手机屏幕静静散发着光亮，提醒她们这并不是幻觉。

许久，祝今宵抬起头来，望着祝时雨咽咽口水："我也不记得是什么时候加的了，完全没印象，而且你看，上面连个备注都没有。"

孟司意的网名尤为简单，就是一个字母 y，还是小写的，再配上黑糊糊的头像，像是被搁置多年未曾使用过的小号，任谁看了都不会想主动点开。

"我还是看你查记录才顺手翻了下列表，没想到竟然就发现了，这个列表里面都是当年不知道怎么加的陌生人，十多年都没点开过了。"

祝今宵忍不住解释，自己也百思不得其解，祝时雨沉思，过了会儿，她试探地说道："要不我们去他空间看一看？"

片刻后，两人一脸失望地退出来。

这大概是祝今宵这么多年都没发现孟司意躺列的原因。

他的动态只有几张照片，底下的日期最早是在八年前，也就是他刚上大学没多久，之后再未发布过任何只言片语。

那几张照片也像是随手抓拍的风景照，大部分都是夜晚，模糊暗淡的画质，难以辨认具体内容，没有配文，粗略两眼便从头翻到了尾。

其他的状态栏都是空白。

如果不是提前知道他是孟司意，查证过 QQ 号码和头像，她们肯定辨认不出来，以为是哪个随手加的陌生网友，还"八百年"不上线一次的那种。

"我应该没有主动加过他吧……"祝今宵陷入了深深的回忆，恨不得把当年的任何一个蛛丝马迹都从记忆角落里翻出来。

"读书的时候我们一句话都没说过，我除非是有事情才会主动加班里同学，可我不可能有事找他啊。"祝今宵痛苦着一张脸，双手抱头，用力揉着自己的头发。

"那他加我好友干什么？既不聊天又不发动态，难道是当年不小心点错了？"祝时雨和她大眼瞪小眼，无解困惑。

须臾，不知是先想到什么，祝今宵慢慢睁大眼睛，张唇。

"我知道了。"她举起右手在脸边，恍然大悟，"他不发动态，可是我会发啊，我当年的状态几乎不设置分组，都是有什么发什么。"

何况，祝今宵从那时候起就有了社交达人的倾向，把空间当成自己的日记本在发，就连今天在食堂吃了三碗饭这种小事都要拿上去发表感想一番。

祝今宵在空间发过不少和祝时雨有关的事情，有时候是吐槽，有时候是记录两人生活中的趣事，大部分都是鸡毛蒜皮，当成段子在发。

最关键的是，她会隔三差五发照片，那时祝今宵就非常喜欢拍照，如果出门必然会有新的状态更新，当然内容大部分都是她自己，有时也会有和朋友合照，而祝时雨作为那个最好的朋友，出镜的次数是最多的。

她在自己满屏的大头照中夹杂过一张祝时雨的侧脸偷拍照，也会偶尔发两人自拍，还会在一群同学出去玩时，拍她和陆戈的合照。

那会儿大家已经开始喜欢闹他们了，祝今宵自然也爱凑热闹，她记得最夸张的一次，是大一那会儿大家约好一起去陆戈那座城市旅游，顺便参观了他的学校，最后拍合照留念时，众人都很默契地把陆戈和祝时雨单独留下来。

祝今宵是负责拍照的那个，她在按下快门那个瞬间，眼神示意旁边同学，另一人很快领悟，伸手一推。

祝时雨站立不稳往陆戈那边撞，被陆戈手扶住肩膀稳了把，很快，在起哄笑声中，陆戈大大方方地揽住了她的肩膀，看向镜头。

两人这张亲密照片就定格下来，像极了情侣官宣。

当年这批旅游照一传到空间，所有同学几乎都被中间那张合照吸引了注意，纷纷在底下追问，他们两个是不是在一起了。

祝今宵记得自己当时那条状态的留评人数几乎到达了巅峰，她一洗完澡回来就看到了几百条信息，懒得一一回复，就贱兮兮地置顶了

冬天请与我恋爱

一个奸笑表情。

后来，还是祝时雨看到相熟的同学私下发来的消息询问，才无奈自己澄清的。

祝时雨也明显想到了这件事情，无声对视了片刻，两人立刻点开了祝今宵的空间，大致回顾了一遍。

幸运的是她毕业后就很少发动态了，不幸的是依然满满当当数十页。

好在，高中那段时间线很整齐。

祝今宵发挥了自己双目 5.0 的视力，终于在一条平平无奇的动态中，找到了孟司意微不起眼的一个赞。

那是条纯文字的动态，点赞人数却特别多，是祝时雨发生的一件小事情，被祝今宵用夸张搞笑的文字记录发了出来。

大致概括她为了完成生活老师布置的献爱心作业，特意去街边买老奶奶做的昂贵手工蛋糕，然后发现蛋糕出自路边面包坊，被转手多卖一倍价格，全部总结下来三块鸡蛋糕被骗一百块的事情。

这个作业一般没人做的，属于课余生活拓展，高中课业繁忙，老师也睁一只眼闭一只眼，布置下来从来不检查，只有祝时雨这种好学生才会私底下认真去完成。

这件事引起了班里同学共鸣，底下几乎都是哈哈哈的嘲笑声，点赞也毫不吝啬，密密麻麻的一排头像，还是因为孟司意那个黑得显眼，才让人注意到。

"破案了。"祝今宵最后总结，"这人偷偷加我好友就是为了偷窥你的。

"太可怕了太可怕了！做人一定要保护好自己的隐私！不然身边随时都会出现这种心怀不轨的人！"

第十六章

深情告白

冬天请与我恋爱

出来时日头当空，回去已经是暮色渐浓，祝时雨坐在车上，才看到孟司意先前给她发的消息。

马上下班了。

他发了张自己桌面绿植的照片。

往上滑，众多这种小事，就连有时中午食堂里的菜都会忍不住同她报备一下。

这段时间孟司意变得黏人许多，有事没事就会给她发个消息，祝时雨有时工作不看手机，只要隔上两个小时，基本一点开桌面，就会看到他的新内容。

以前为什么会觉得他冷淡、成熟自持的？祝时雨百思不得其解。

她给他回复完消息，大概是先前习惯查找的后遗症，祝时雨目光定格在孟司意头像上，看着那个简单的水彩白色图案，突然忍不住点开。

之前从没有细细看过，只是第一次加好友时随手点开看了下，大概辨认出是片云。

这个四方的白色水彩涂的确实是片云，只是泛着阴，模糊厚重的云层，似乎布满水汽，她放大之后，突然看到了藏在云层中的雨滴。用得更浅一点儿的颜色，只有线条的轮廓，间隔分布，被云层包裹着。

这是片云雨。

她奇异的，联想到了自己的名字。

时雨、时雨，应时雨水。

"孟司意，你当年为什么不加我联系方式呢？"

静谧的夜，两人躺在床上，闲适安逸的氛围，祝时雨终于忍不住问。

"什么联系方式？"他想把问题回避过去。

她不放过他，翻了个身，面朝过来："就是，当年我们不是都用QQ吗，你走了为什么不加我？"

"加了。"孟司意声音很小，有点儿含糊，祝时雨没听清，头凑近又追问了一遍。

"什么？"

"我说加了。"孟司意无奈放下手中的书，直视她，面孔微微窘迫，眼中闪烁着灯火倒映出的微光，"你没通过。"

她大吃一惊，睁大眼不敢相信："什么时候？我怎么没有一点儿印象。"

"我转学前一天，寒假的时候。"

祝时雨仔细回忆，皱眉微偏头："我不记得，班上同学加我，我不可能不通过的。"

她想起什么，追问道："你当时备注的什么？"

孟司意神情一顿："我没备注。"

她困惑且不解："你为什么不备注？"

祝时雨想起孟司意那个堪比网络诈骗的 QQ 号，突然明白了自己当年没有通过他好友的原因。

和祝今宵不同，她基本不会在网上加陌生人，大概是受周珍他们当年的教育影响，对网络上的各种事情防护意识很强，所以在当初 QQ 刚出来每个人都或多或少有几个网友的时候，她只用这个通信工具和同学朋友联系。

她问话一结束，孟司意脸色有点儿不自然，他微微偏过了脑袋，不看她，眼神望向了别处。

"不想让你知道是我。"

他说完，转头迎着祝时雨不解的眼神，再度解释道："大概暗恋的人心里都很别扭，想让你知道是我，又不想主动说是我，更何况……"

那时候祝时雨和陆戈几乎是全班公认的一对，在她眼里，他只是班里一个可有可无的不熟男同学。

对那时的他而言，主动加她的联系方式已经是鼓起勇气迈出的一步，他没有添加任何备注，默认系统申请对话发了过去。

孟司意想小心翼翼地隐藏起所有痕迹。

他在电脑这头等了三天，最终确定，她没有通过他的好友申请。

过了很久，他到达了新的城市之后，某一天夜里，在班级群里找

冬天请与我恋爱

到了祝今宵的名字，点击好友添加发了过去。

很快，那头弹出对话框，通过了。

"原来你那个时候就喜欢我了！"祝时雨仿佛发现了他的大秘密，坐起来双腿盘在身前，止不住笑，"实锤了，孟医生。你亲口承认了。"

"嗯。"孟司意也笑，起身把她拉到怀里，抱住，用力收紧手臂，"糟糕，被你发现了。"

"更何况什么？"祝时雨脸搭在他肩上，蹭了蹭，轻声问他刚才未说完的话。

"没什么。"孟司意手摸着她脑后，说道。

"你那时候是不是以为我喜欢陆戈？"祝时雨直接戳破他，直起身，两人四目相对。

孟司意的空间动态更新的最后一天，正好是祝今宵发完她和陆戈的合照之后。

他望着祝时雨的眼里愣了下，过了会儿才轻声承认："嗯。"

"其实并没有。"她皱着鼻子，无奈弯唇，"那个时候我才刚升高中，脑子里只有学习，根本没有想过什么喜欢不喜欢的事情。就算你直接加我，我也不会有任何其他想法。"

"其实我……"孟司意有点儿难以启齿，现在想来，也忍不住笑，"本质上是个很骄傲的人，自尊心作祟，内心敏感，你那时候和陆戈关系很好，我就更不愿主动去打扰。"

当年的孟司意，家境优渥，成绩在同龄人中遥遥领先，拿遍了各种奖项冠军，在老师和同学眼中备受欢迎。

即便天之骄子一朝陨落，也无法掩盖与生俱来的骄傲。

遇见祝时雨的那段日子，是他人生中的最低谷，刚经历双亲失事，信念崩塌，心理状况濒临崩溃，每日浑浑噩噩，不人不鬼。后来的日子里，他慢慢好转，逐渐找回曾经的自己，又变成了那个人群中让人难以忽视的孟司意。

只是，再也没机会见到她。

哪怕考回了这座她出生成长的城市，这么多年，在这几十平方公里的地方，却仍然连一次偶遇也不曾有过。

曾经的他以为命运不曾眷顾过他。

谁知……

关于那个微信头像，后来在祝时雨的询问下，得知是孟司意自己画的。

她才知道他大学时选修过美术，是当时在课上随手涂的水彩。

她问他要原图，时间久远，孟司意不知保存在哪个相册了，查找了好一会儿才把手机递给她。

这张图片更加清晰，稍做放大之后，便可以看到绵密灰白色的云，还有藏在其中的颗颗雨滴。

祝时雨抬起头，眼里是明晃晃的笑意："孟医生，这个真的是你随手画的？"

"嗯。"孟司意迟疑了下，随即摸摸鼻梁肯定，"算是。"

"那采访一下，你的灵感来源是什么？"祝时雨一只手握拳举到他唇边，仿佛拿着话筒状，"怎么会想到画这样一张图片呢？"

孟司意看看天，眼神回避："就是云朵雨水，刚好那天下雨了。"

"哦哦。"祝时雨点头，表示了解，很快又在下一秒抛出问题，"那请问这张图片让你钟情的点是什么呢？为什么会这么执着地用作微信头像多年？"

孟司意脑子嗡鸣作响，本想敷衍是用久了便懒得换了，却在瞥见祝时雨脸上的神情时，自觉把话咽了回去，连忙点头承认。

"是你是你，刚好你的名字带了个雨字，那天下雨就想起你了，所以画了这片云雨。"

"你这样显得我非常自恋。"祝时雨放下手机，无奈道，"我好像在用严刑逼着你改口供，屈打成招。"

"好好好，是我的错，那我重新来一遍。"孟司意举手投降，"那天祝今宵去你的学校找你玩，你们一起去吃了甜品和火锅，她发了一张你们两人的合影。

"京市四月晴空万里，温北却是阴雨连绵，我没忍住，画了这张云雨画。

"因为其中蕴藏的含义，我一时难以克制把它设成了头像，一用就是这么多年。已经养成习惯了，可能这辈子都不会换。"

他认真地说完这一大段，窘迫的人反而变成了祝时雨，她心头羞

冬天请与我恋爱

耻极盛——在自己不要脸的逼问下和孟司意突然的正色中。

她握紧手机背过身，连忙假意环顾着四周，找借口离开。

"哎，阳台门怎么没关，我去看看。"

她落荒而逃，孟司意望着她的背影无奈摇头笑，没有追上去，贴心地给她留出空间，一时也忘了拿回自己的手机。

祝时雨躲到阳台上，刚坐下来，双手做成扇状往脸上扇着风手动降温，缓解脸上的燥热，一旁被她随手搁在藤椅上的手机就嗡地振动了下。

点亮的页面，顶端一条软件通知弹了出来。

> 某乎：你关注的问题更新啦⋯⋯
> 在一起很多年的前男女朋友会有多大概率复合？

消息预览就在最上角，虽然明知这是属于个人隐私，祝时雨还是没有控制住自己的手，仿佛是不受控制地点开。

孟司意的主页关注了好几个问题，随着她点进来自动在视线下刷新。

> 大家都会无法忘怀前任吗？
> 超过十年的感情如何释怀？
> 总是介意另一半的前男友怎么办？
> ⋯⋯

页面粗略滑到底，最后一条闯进眼帘的是：

> 如何避免成为一个第三者？

祝时雨把手机还给孟司意时，表现得很平常，就像从来没有点儿开过这些他的个人关注一样。

他没有多想，只以为她在阳台上吹了会儿风便冷静了下来。两人都没有再继续先前的话题。祝时雨背着手，神色轻松如常，从他身后探出头去看料理台上的东西。

"你在做什么？"

"准备榨个果汁，待会儿看电影的时候喝。"孟司意手里握着猕猴桃，侧过脸问她，"苹果猕猴桃汁可以吗？"

"可以！"祝时雨非常捧场，"我喜欢喝。"

学生时代，祝时雨不是人缘很差的那类人，反之，她在男女生中都是比较能让人产生好感的类型，但她这么多年下来，真正保持密切联系的朋友只有祝今宵一个人。原因在于祝时雨对于社交要求实在不高，又是喜欢专注做自己事情的人，再好的关系，失去联络太久之后，也会日趋变淡。她身边的朋友几乎是随着周围环境的变化而变换，一旦离开了原来的地方，就很难再继续维持好感情。

因此，高中班里几个比较熟悉的女同学听说要聚一下时，都纷纷热情响应，很快便商量好地方敲定时间。

祝今宵拉了个群，约的都是读书那会儿关系相对要好的女生，她和祝时雨的朋友基本是重叠的，当年大家就经常在一起玩，只是毕业多年疏于联络，有些生疏了。

时光荏苒，事物变化，有的人从少女变成了少妇，有的不知道换到了几任男朋友，有的却还是保持单身。

见面吃饭在一家音乐餐厅，祝今宵找的地方，装修得很小清新，适合派对聚会。她订的是大厅隔间，有足够的私密性又不那么正式，刚好适合久别重逢的人相聚。

不少人带了男友或者家属出席，祝时雨也不例外，特意叫上了孟司意。

他当时听到这个消息，其实有点儿意外，两人从认识到结婚以来，他都没有参加过她个人朋友间的聚会，唯一经常见的是祝今宵，但除此之外，她还有个亲戚的身份。

这可能和祝时雨朋友少有一定的关系，但无形间，好像也是刻意地不去干涉对方的私人圈子。

冬天请与我恋爱

孟司意是第一次见她的朋友，虽然祝时雨说只是很普通的见面，也是多年重聚，但临出门前，孟司意还是认真穿了衬衫和外套，在镜子前仔细整理了一下。

"很帅。"上车后，祝时雨看着他正色夸赞道。

他不自在地撤开视线。

两人抵达时间不早不晚，里面已经坐了不少人，祝今宵作为牵头人，第一个到达，把气氛烘托得很热闹。

看到他们携手进来，当初的女同学早已忍不住双眼发亮，兴奋地抬手打招呼。

"时雨，真是好久不见！"

几人纷纷站起来，热情打着招呼，祝时雨不忘介绍孟司意，然后便对上一双双八卦的眼神。

"好啊你，祝时雨，结婚了都不声不响，也不邀请我们，要不是今宵说要聚聚，我们哪能见得着你这尊大佛。"

"我错了，怪我怪我。"祝时雨拿出早准备好的礼物，和当初婚礼上伴手礼类似，却是后来特意买的，"婚礼上的伴手礼，就当是赔礼了。"

几个人嬉笑着收了礼物，本就是故作嗔怪，并没有真的往心里去。

"这是你老公啊？"气氛缓和了下来，立马有人打趣。

"长得可真帅。"

"你们两个还挺般配，刚刚一起走进来，晃得我眼睛一亮，还寻思着哪来的一对璧人。"

女生聚在一起免不了热闹，就着话题你一言我一语，调侃声不停，祝时雨脸上的笑意就没退下去过，也不戳破孟司意的身份。

反正说了，以他当年的存在感，大概也不会有人记得。

果然，从坐下来到人齐吃饭，席间全程聊天，都没有一个人认出他来。

孟司意自己也并未主动提起，甚至在祝时雨偷偷问起他是否还对某个人有印象时，他也摇摇头，完全不记得了。

饭局慢慢到了尾声，临别之际，大概是经过一晚上相处重新熟络了，有些话题才被提起。

"其实当初你和陆戈分手也好，现在看来他可完全比不上你老公，果然好的永远在后头。"一晚上聊天下来，明眼人也都看出了两人感情很好，并不像是会忌讳提起前任的人，就有人忍不住说了。

当年陆戈人缘也好，他和祝时雨后来在一起几乎是全班都关注的事情，分手后也是引起一阵热议，现在看到当事人，不免提起两句。

"是啊，而且完全看不出来陆戈是那种会脚踏两只船的人。"

"要我说，你当初就不该在大四的时候答应和他在一起，不过可惜就可惜在没有早遇见你老公，不然还有他陆戈什么事。"

……

聚会结束，众人在门口再度依依惜别一番后，各自准备回家，约好下次再聚。

来时车子停得离餐厅有一段距离，需要走路过去，此刻晚风正好，夜里微凉，这样的路程刚好散步消食。

祝时雨看向一旁的孟司意，从结尾几个女同学七嘴八舌吐槽完陆戈后他就格外沉默，现在出来，更是一句话都没讲。

两人默默走了一段，她忍不住晃了晃他们牵着的手，出声问："孟司意，你是不是在想刚才的事情？"

他眼神骤地望过来，像是沉思被打断，恍如一只突然受惊的小鹿，漆黑的眸中藏着几分无措惊惶。

"嗯……"许久，他低声答应，"我好像做错了一件事情，错了很久，错到离谱。"

他的视角里，她和陆戈完全是另一个故事。

从孟司意视线不自觉开始捕捉祝时雨开始，她就经常和陆戈在一起，两个人课间讨论作业、一起去老师办公室、在集体活动中并肩忙碌。

他们的关系看起来很好，大部分时候她仰起的脸上都在笑，杏眼弯弯，明亮甜美。

班上的人都喜欢开他们的玩笑，每次陆戈都不会反驳，只有她会生气地抗议，然而没有任何力度。

孟司意记得最清楚的一次，是他有一天最后一堂课睡过去了，醒来班里同学走了大半，她还坐在前排和另一个女生聊天，苦恼地倾诉

冬天请与我恋爱

着因为给陆戈买生日礼物，把钱都花完了，最近只能吃食堂，买不了零食了。

那时候，距离他的生日还有三天。

那是孟司意第一次对陆戈涌起嫉妒，甚至还有连自己都不想承认的一丝羡慕。

在他走后，祝今宵的动态中也常常会出现他们两个人的身影，每次人群中，他们总是站在一起，就仿佛顺理成章般自然。

孟司意好像已经习以为常，只是惯性般想要去关注她的动态。

直到大一那年，看到了那张合照。

他以为自己早已在心里接受了他们在一起的事实，然而真正确认的那一刻，心脏还是骤然疼痛，仿佛溺水的人喘不上气来，快要缺氧溺毙。

他远比自己想象中的要更在意。

"我以为你们早就在一起了。"孟司意终于承认，"就连分手也是被逼的，因为家里的压力。你和陆戈感情很好，却只能被迫相亲找个人结婚，即便如此，我还是做了这个乘人之危的人。"

"所以你一直以为你自己是个第三者？"两人面对面，祝时雨望着他。

"嗯。"

她终于忍不住笑出来："孟医生，你内心戏好多啊。"

"……"

孟司意深陷低落的情绪还未缓解，难过之余，被她这样一言诋毁，气到忘记伤心，伸手去捉她。

"内心戏？"他咬牙反问，手揽过她的腰往怀里拖，低头凑近脸侧，眼神危险。

"我错了。"祝时雨立刻举手投降。

"都怪我没有早点和你说清楚。"她在他怀中抬起头，两只手捧着他的脸摸了摸，目光相对，没几秒，她没忍住凑上去在他嘴唇上亲了下。

"孟医生，这些年辛苦了。"

"不辛苦。"孟司意不自然地撇开头，视线落在别处，"命苦。"

"啊？"

"我这些年一直在很正常的学习工作，认真生活，没有刻意等你。"孟司意撞进她困惑的眼，突然端正解释，"只是刚好一直没有喜欢上别人，刚好又碰见了你。"

"哦。"祝时雨点点头，笑着附和他，像是恍然大悟，"原来如此。"

可是，哪有这么多刚好，不过一切都在无意识地向心中念想靠近。

就像他刚好大学考回了本地，刚好和她大伯母在一家医院，又刚刚好，在她准备相亲结婚的时候以最合适的身份出现。

没有什么天生注定，一切不过事在人为。

"不过，孟司意，你喜欢的标准是什么？"祝时雨忍不住问，"我们好像也没有发生过什么令人难以忘怀的事情，为什么你会这样记了这么多年？"

"喜欢不需要标准。"

不喜欢才是。

国庆过后，没多久就是孟司意舅舅的生日，他习惯一切从简，只是叫几个小辈到家里一起吃顿便饭。

礼物是两人一同去商场挑的，最近开始降温，祝时雨选的是一件高档保暖羊毛衫，孟司意买了茶叶和酒。

孟司意舅舅在高校任职，家在城市另一个方向的小区，车程有大半个小时。

这是结婚后她第三次过来，进门时，舅妈对她依旧热情，连忙接过她手里的东西，说着破费。

两人只有一个儿子，也就是孟司意表弟，听说在外地工作，最近请不到假回来，因此饭桌上只有他们四人，稍显冷清，不过气氛和睦，看得出他们平时对孟司意也很关照疼爱。

桌上，舅舅端着酒杯和孟司意小酌，杯子虽小，里头却是货真价实的茅台，度数不低，好在祝时雨晚上可以开车，他也没了顾忌，拉着孟司意从白天聊到了外头夜色降临，生活学习事业一样没有放过。

冬天请与我恋爱

　　孟司意只有点儿头应和的份儿，祝时雨可想而知他学生时代是怎么过来的。

　　两人一说起话来没完没了，饭已经吃完许久了，盘里菜早已经凉了，大概是怕她自己坐着无聊，舅妈拉着她去参观孟司意当年住过的房间。

　　之前每次来都很匆忙，祝时雨未曾仔细看过，孟司意从前的房间自他搬出去后就改成了客房，陈设简单，只有墙角摆放的那张书架隐约可以窥见他往日生活过的痕迹。

　　上面基本都是他看过的书，还有些模型和篮球海报之类，祝时雨好奇地拿起架子上的一个水晶球打量，舅妈在一旁笑着解释。

　　"这还是当年小意生日时亲戚家一个小侄女送他的，临走前还一定要司意哥哥好好保存，然后在这里一放就是这么多年。"

　　"他那会儿是不是很讨小孩喜欢？"祝时雨听着这些事，同她记忆中的人出入很大，是她后来不曾了解过的孟司意，她不由追问道。

　　"可不是，家里小孩都很喜欢他，小意他脾气好又有耐心，人还聪明，大家都爱和他玩，尤其是那些小姑娘，读书时小意每回放假回来，书包里都有一大堆巧克力礼物，可惜啊，都塞给我们了。"

　　祝时雨忍俊不禁，边笑边弯腰去看书架上的其他东西，然后目光不经意间被上面的一个相框吸引。

　　里头相片有些年代了，模糊泛黄，透着那个年代特有的风格。

　　上面是一家三口，年轻夫妇坐在凳子上，膝上抱着个小孩，两三岁的模样，脸圆乎乎，眼睛特别黑亮。

　　"这个是……"祝时雨拿起，目光征询着望向舅妈，果不其然，她点点头。

　　"是小意和他的父母。"

　　"啊，"祝时雨微张嘴，指腹本能地摸了摸上面那个小孩的脸，"原来他小时候长这样。"

　　"是啊，他小时候特别可爱，那会儿他爸妈还在，逢年过节带他走亲戚的时候大家都爱逗他。"舅妈眼神定格在她手中那张照片上，眼里透着回忆。

　　"对了，他父母是在他高中的时候遇到的车祸意外吧？"祝时雨迟疑地问，她对这件事情只是听说，并不了解详情，也从来没有和孟司意聊起过。

她想知道，又怕触犯到什么忌讳，因此话里格外踌躇。

舅妈没有露出太大异样，只是闻言叹了口气，神情低落下来。

"当初小意他们一家去郊外游玩，回来时在高架桥那边撞上了大卡车，对方酒驾全责，他妈妈为了保护他，把他护在身下，当场就没了，他爸爸也没抢救回来。

"后来他一个人在这边读书，我们当时也没有想太多，发现不对劲时，医生说他心理状况已经严重抑郁，我和他舅舅才赶紧帮他办转学，把他接过去一起生活。

"可能是换了个环境，他后来慢慢就好转起来了，我们现在想想都很后怕，当时那种情况真不该让他一个人住在他爸妈原来的房子里，想想从前温馨热闹的一家三口突然变成一个人，心理肯定难以接受，尤其是刚换学校，一个认识的同学朋友都没有……"

舅妈说到这里，已经红了眼眶，低头飞快擦拭了一下湿润的眼角。

祝时雨面容怔怔，脑中一瞬间奇异地想起了她曾经敲开的那扇门，门后人苍白的脸，以及，下一秒栽倒在她身上的虚弱模样。

当时她年纪小，并未经历过太多复杂的事情，第一反应只当他是发烧，抵达医院后医生量完体温确实过高，只是她忽视了一个很重要的细节。

依稀记得，输完液之后她还打车送他回了家，进门前，若有似无的，她又闻到了那股熟悉的异味。

像是煤气泄漏，久久未散，味道布满了整个屋子。

夜里回去，孟司意已经醉得不轻，祝时雨给他系上安全带，起身时被他伸手抓住。

面前的人醉眼蒙眬，却不忘紧紧抓住她往怀里抱。

"点点，点点。"他整张脸埋在她颈窝乱蹭着，嘴里胡乱叫着她的小名，像是一只喝醉了肆意撒娇的猫。

大概是酒精浸染，他的唇柔软滚烫，就连脸颊都散发着热意，祝时雨心潮难已，柔软得像月光下的波浪。

冬天请与我恋爱

"孟司意。"她捧着他的脸，轻声叫他的名字。

"嗯？"他迷迷糊糊间，努力睁开眼睛望她，有了一点儿回应。

"你喜欢我，是不是因为当初我把你从家里带去了医院？"她注视着他的眼睛，放缓语速清晰地说。

孟司意眼神迷茫地看她，好一会儿，才动了下睫毛。

"点点。"他突然笑了起来，止不住依恋般，过来咬住了她的唇，辗转间含混呢喃，"我喜欢你，好喜欢好喜欢……"

他像是醉透了，只知道重复这几个词语，黏着她不放手。

最后，沉沉睡去。

祝时雨替他整理好凌乱的衬衫，在灯下距离很近地凝视着他的睡颜，呼吸交缠，片刻，她声音轻不可闻。

"我也很喜欢你。"

孟司意昨晚喝得很醉，醒来在自己家大床上，外面是明晃晃的阳光，他大脑片刻空白，完全忘记自己是怎么回来的。

缓了会儿，断断续续的画面才涌入脑海。

依稀是在车里，他捉着她不放，亲了很久，昏黄的画面最终归于无，他努力回想也始终无果。

孟司意掀开被子起床出去，难得一见的，厨房里站着祝时雨的身影，她面前像模像样地摆着两份煎蛋和三明治。

"我昨天是不是喝醉了？"孟司意过去，从后头抱住她，脸不自觉地埋到她颈间轻轻吸了口，整个人黏黏糊糊的。

"何止，简直醉得不轻，"祝时雨转过头，佯装指责，"我把你从车里连拖带拽弄回家，累个半死。"

"不好意思，"他愧疚地小声道歉，"下次一定不喝这么多酒。"

"哦，没事。"祝时雨看着锅里再度煎煳的鸡蛋，陷入沉思，然后把锅铲递给他求助，"这个蛋要怎么煎，我怎么每次煎的都是黑的。"

孟司意才看到她面前盘里边缘焦黑的煎蛋，他接过锅铲，同时让祝时雨帮他系上围裙。

平底锅重新洗干净烧油，鸡蛋打下去，祝时雨好学地凑在一旁观摩，他拿着锅铲刚刚翻了个面，视线望见她挨得很近的脸，脑中鬼使神差地闪过一个画面。

依旧是昏黄的车内，有人好像问了一句："孟司意，你喜欢我，是不是因为当初……"

后面的话有些模糊不清了，只是隐隐约约的，似乎提到了高中时她去他家的那件事。

孟司意疑心他听错了，她应当不会知道，又或者，是她误会了什么。他垂下眼眸，看着祝时雨如常的模样，最终还是什么也没问。

"孟司意，我们去拍照吧。"

国庆后的第二个周末恰逢日历上霜降那天，温北市早已降温，秋末的阳光灿烂热烈，却不复夏日炎热，最适合秋游出行。

餐桌上，祝时雨突然提起这件事情，孟司意露出意外的神色，又很快恢复平常，好奇地问："怎么突然想到去拍照？"

"我们最近接了一个推广，要拍一期情侣 vlog，宵宵她男朋友不同意她和其他人搭，所以最后就把人选换成了我们。你放心，发布的公开视频会剪辑处理，最多露一点点侧脸。"她朝他比了个手指间小小的距离，笑眯眯地露出了细白的牙齿，"我主要是想留个纪念，说不定以后老了还可以拿出来回忆，对吧。"

"嗯，"孟司意稍思考了下，"你想拍就可以，我没有问题。"

出发就像是临时决定的，很随意，吃过早餐祝时雨就同他一起出门，上车前，孟司意有些困惑，提醒他们什么都没准备。

"我们就这样去拍了？什么都没带。"

"不用，那边有摄影师。"祝时雨笑着朝他眨眨眼睛，手中打着方向盘，"出发啦。"

正如她所说，抵达目的地之后，那边确实已经有个拿着设备的摄影师在等待，平时都是看到她充当这个角色，突然换成别人，还有点儿不习惯。

第一个地点是一条网红打卡街，行人不多，孟司意和祝时雨按照那个摄影师的吩咐，正常沿着街道闲逛，两人都穿着自己的衣服，没有化妆，和平常一样。

甚至在一开始路过手工小摊时，她还停下来拉着他一起挑选着小发夹吊坠之类，在头上试戴，问他意见。

没过几分钟，孟司意就放松下来，确认他们只是记录日常，并不像之前拍摄婚纱照那般正式。

这条街逛到结尾的时候，摄影师选了一个地点让他们站着拍了几张照片，也很快，好像随意按了几下快门便结束了。

"你们这个成品到时候会不会让甲方不满意？"前往下个地方的车上，孟司意趁摄影师回翻相机的时刻，偷偷凑近问。

祝时雨忍住笑："什么意思，你不相信我的剪辑技术吗？"

"我是担心素材难度太大。"孟司意摸了摸鼻子。

"别担心，"她拍拍他脑袋，"并不是什么重要的合作，我只是想顺便和你一起出来逛逛。"

"噢。"这下，孟司意彻底放松了。

两人逛了书店，吃过小吃街，一起坐公交车、听音乐，去附近咖啡店，在临窗的座位上看刚才新买的书。

天色临近傍晚，车子到达最后一个拍摄点，孟司意推开门，看到了面前的温北一中。

他情不自禁地回头看向祝时雨，却见她极其自然地朝他笑了下。

"走吧。"她拉过他的手，向前走。

"我们的故事非常简单，是相亲认识的。"

只是简单地逛了一遍学校，两人回到最初的那间教室，摄影师不知何时离开了，祝时雨同孟司意肩并肩坐在一起，面对着镜头。

一分钟前，祝时雨说要录制一小段 vlog 采访，剪辑时会截取部分内容放在视频开头。

采访没有剧本，随性发挥，就如同自然聊天。

因为整个教室只有他们两个人，孟司意基本忽略了角落那台正在录制的设备，他几乎是刚听到祝时雨说出第一句话时，就忍不住笑了。

"虽然表面上是相亲，但是对某人来说却是蓄谋已久。"祝时雨转头对上孟司意的视线，意味深长，他自觉轻咳一声，接过话头。

"没错，其实是我偷偷暗恋她，所以乘机拿到了这个相亲名额。"

"什么啊，好像我在海选一样。"她笑着去拍他。

孟司意躲了下，继续道："结果没想到，一见面自我介绍完，发现她完全不记得我了。"

"我们隔了十多年没见过好吗？"祝时雨忍不住为自己正名，同时抓住了他的小辫子，"然后你就偷偷生气了很长一段时间，对我不冷不热的，是吧？"

"什么很长一段时间？就一个多星期好吗？"孟司意这下也不禁反驳，提高音量的同时被气笑了。

"所以你当时就是故意冷落我？"祝时雨反问。

"明明是你不甘不愿，我何必强人所难。"

"那你后来为什么主动约我看电影？"

"你对我爱答不理，我不得给自己找个台阶下了？"孟司意话语听起来格外委屈。

祝时雨睁大眼睛，第一次体会到男人"茶"起来也没女人什么事，她立马戳破他道出真相："明明是我那天特意穿裙子了。"

孟司意闻言仿佛蒙受了天大冤屈，自证清白般义正词严："你不要乱讲，当时那条裙子从头到脚遮得严严实实的，好像我是因为什么见色起意似的。"

视频到这里，刺的一下中断了，画面停顿，接下来的内容被打了马赛克，最后一幕是祝时雨伸手锤过去，孟司意慌忙起身躲避的姿态。

他是很久以后刷到这个视频的，其实也没有太久，嗯，半个多月吧。

在此之前，他已经收到了当天两人拍的各种照片，没有经过太多处理，看起来十分日常的抓拍，大多是他们在人群中的侧脸和背影，比起商业写真，更像是生活中朋友无意的抓拍。

但是奇异的是孟司意从这些照片中看出了一丝熟悉。

他想起什么，重新回翻了一遍祝今宵当年的空间，然后发现，她几乎是把当初她和陆戈被偷拍的同框，和他重现了一次。

他目光定格在一张两人难得的正面照上。

温北一中校门口前，他们并肩站在一起，他手揽着祝时雨的肩膀，两人面对着镜头，露出一个灿烂至极的笑。

冬天请与我恋爱

比起当年被他误会的她和陆戈那张，更加亲近，更加自然，更加像是一对真正的恋人。

这一期，是关于我自己的视频。

偶然随手点开 App，孟司意眼前突然跳出来一个视频，开篇是黑色的，紧接着上面缓缓打出这一排字。

下一幕镜头转换，是两人坐在教室里的采访，虽然画面没有截取到他们的脸，孟司意还是凭借着熟悉的衣服和感觉认出来自己和祝时雨。

清脆的笑声响起，被剪辑成了背景，接着出现了她的声音。

"我们的故事非常简单……"

这个 vlog 比起当天的素材简洁得过分，许多空镜、航拍的学校、无人的教室、那张属于他和她的课桌，还有两人站在校门前的合影。

采访穿插在视频之间，一个故事像是被慢慢讲述了出来。

由一场相亲引发的后来，曾以为的偶然相遇却是一场蓄谋已久的暗恋，阔别多年的再度重逢，兜兜转转，正陷入美好时，原本镜头前的回忆突然翻车，闪过的马赛克之间，一道清亮女声带着雀跃响起，把一切归于初始的寂静。

"所以后来，我们就结婚啦。"

所有画面被替换成了他们的一张捧花结婚照，以及，结尾缓缓打出的一行字。

仅以此视频，献给孟先生，最后，祝大家有情人都终成眷属。

这个号平时基本只有祝今宵出镜，粉丝虽然一直都知道是两个人共同运营，但从未见过祝时雨的样子。

直到今天，这个视频横空出世，背后却是带着这样一个美好的爱情故事，美好得不像是真实世界会发生的事情。

点赞和评论以肉眼可见的速度上升着，很快被顶到了首页，浏览量突破他们近期的所有内容。

孟司意没有特意点开关注，而是一打开 App 就被以最新热度推荐的。他从头到尾看完，许久，点击保存，发送给了另一个人。

为什么要偷偷向我表白？

微信里，名为祝时雨的那个名字轻轻跳动，然后，底下出现新的内容。

我没有办法回到过去。
但是我想尽可能地，弥补当初的遗憾。
孟医生，爱你呀。

陆戈曾经说过，她是一个没有感情的人。

祝时雨不懂该怎么和他谈恋爱，但是当时的她，已经尽可能地去维系好这段感情，甚至为了结束异地恋，准备调职去他的城市。

如果没发现那场意外的话。

分开后，她得了一场旷日持久的重感冒，那段时间现在回忆起来像是空白。难过是真的，不够喜欢也是真的。

她曾以为，爱就是如此，在平淡生活中互相温暖，和足够相熟的人携手走一辈子。

可是，孟司意的出现，让她发现——喜欢是蓬勃的心跳。

一起洗碗是开心的，一起逛超市是有趣的，一起什么都不做在沙发上看电影是满足的。所有待在一起的时刻，都令人充满期待。

喜欢是把平淡的事情变得快乐。

第十七章

年少心事

冬天请与我恋爱

祝时雨感情迟钝，天生缺少浪漫细胞，她清晰认知到这点时是今年的七夕节。

她之前很少过这样的节日，一方面是异地，即便早早做计划，临时可能也会因为什么事情取消。另一方面，她节日意识比较淡薄，即便和陆戈待在一起，也只是两人出去找家不错的餐厅吃饭。

头一年他还会给她送一些花和礼物，在祝时雨没过多久特意给他回礼后，陆戈就没再送过了。

这是她和孟司意在一起的第一个七夕。

刚好为了环保，全城烟火晚会取消，她不过听闻随口感慨了一句，当天夜里吃完饭，孟司意便神神秘秘地把她叫出去。

晚餐是自己在家做的，只不过比往常更加丰富，他特意煎了牛排，还在边上点上几支蜡烛，礼物是她喜欢的电影和书，用蝴蝶结仔细系好。

用餐时她喝了点红酒，孟司意没碰，她当时感到意外，直到他从车库把车子开出来。

两人趁着夜色到了附近河边，远处有座高桥，底下黑乎乎的桥洞瞧不清模样，月色下流水冲刷着河边的鹅卵石。

孟司意把车后备厢里的烟花都搬了出来，放在河滩上，城市灯火离得很远，高高的桥面偶尔有车子呼啸而过，无人的河岸，只有他们两个人。

他手里拿着一根点火器，小心翼翼地把并排摆放的烟花一个个点燃，然后在火星冒出来的一瞬间，捂着耳朵朝她跑来。

身后无穷的黑夜，升起灿烂巨大的花火，映亮平静的河面，那一刹，璀璨如星河。

孟司意张开手，满脸笑容地把她抱住。

"七夕快乐！"

那天，两人最后被闻声而来的城管赶跑，祝时雨被孟司意牵着手，慌张逃往车里。

时间还早，经过附近一条繁华的街道，正值节日活动，里面氛围十足，孟司意把车子停好，拉她一起下去闲逛。

两人手牵手走在人群里，周围人声鼎沸，一片火树银花中，他刚好转过头，去寻她的眼睛。

那一刻，最平常不过的一个时刻，祝时雨突然感受到了难以用言语表述的蓬勃情感。

胸口鼓噪，心脏震动，好像贫瘠的星球上突然破土长出了一枝嫩芽。

她突然明白了什么是真正的爱情。

关于那个 vlog 视频，热度超出了他们的想象，这周一直展示在首页，点赞数已经破了百万，还被不少人转载到了其他网络平台。

这段时间粉丝数噌噌地往上涨。

更令祝时雨想不到的是，这个视频竟然会被转到家族群里。

很平常的一天，她突然收到了通知，点开一看，是久未联系的小表妹，她兴奋地说着。

时雨姐，我好像在网上刷到你了！

她看了看底下圈她的那个视频，就是她发在平台上的那个。

最近一年喜乐 App 以飞快的速度增长用户，在年轻人中间扩散的同时，用户逐渐向各年龄层覆盖，不少从来没接触过短视频的人也开始涌入平台。

作为最早一批入驻短视频的用户，"女明星日常"已经被划分为优质博主，一千多万的粉丝量，足以称得上是一个"大V"。

小表妹见她未回复，按捺不住又过来私聊了她。

祝时雨从小和周珍那边的亲戚联系不是很紧密，两人是逢年过节见面打个招呼的关系，再加上年龄差距过大，平时就联系更少，一年难得一次的那种。

上面聊天记录几乎是空白的，自加上好友以来，这好像是两人第一次聊天。

时雨姐，这个是你吧，是你吧，我还看到今宵姐姐了，这个

冬天请与我恋爱

账号是你们两个在共同运营吧！

你们太厉害了，竟然有一千多万的粉丝，我从来没想过网红竟然在我身边！

我可不可以和今宵姐姐拍个合照去同学面前炫耀？

嘿嘿。

她今年刚升入大学，考得还不错，暑假时家里还特意给她办了一场升学宴。

祝时雨和她差了有小十岁，平时在亲戚面前见到也都是一副内向乖巧的样子，羞涩地笑着叫声姐，再无多话。

却没想到一下变得如常活泼开朗起来。

祝时雨看着屏幕上一堆话语和可爱的表情包，沉吟了下，给她回复。

下次叫上今宵姐姐一起出来喝奶茶。

哇！！
开心！！

这算是变相承认了视频上面是她自己，小表妹又忍不住追问起来她和孟司意的八卦，两人正聊着，方才的群里已经刷屏了不少新消息。里面的亲戚都在圈她，叽叽喳喳，像是发现了什么新奇的大事。

小雨这么厉害的，竟然还拍视频传上网了。

我看了，拍得真不错，就是没露脸，这么漂亮，真是可惜了啦，下次给大家看看露脸的。

现在不都流行什么网红，我们小雨这个算不算？

时雨姐姐可比网红厉害多了！她们账号有一千多万粉丝！还

和影帝合作过！

祝时雨还没来得及说话，小表妹已经迫不及待地在群里炫耀科普。

就是这个，江原知道吧？大姨，就你最喜欢的那个《间谍风云》的男主角，她们还去电影现场亲自和他拍过合影呢！

她转发的是祝时雨半个月前的一个视频，江原主演的新电影上映，他们这次拍的是一个比较小众的题材，却另辟蹊径，在当前短视频潮流的影响下，找了一批自媒体账号做推广。

祝时雨她们作为喜乐平台上视频类优质账号，自然收到了合作私信。

那天她和祝今宵去了电影首映现场，也见到了江原本人，这位她从少女学生时代就喜欢的男演员，本人比镜头里更为平易近人，得知她是他的粉丝之后，在她带来的一沓影片光碟上，毫不吝啬地留下了签名。

"江老师，你的每部电影我都有收藏，每年都会拿出来回放，我真的很喜欢你，希望你可以继续拍自己喜欢的电影，加油。"

向来冷静的她第一次体会到紧张到连话都说不连贯，早已打了许久的腹稿面对他本人时依旧变得磕磕绊绊，祝时雨最后红着脸，给他比了个握拳鼓劲的手势。

把他给逗笑了。

原本只有两分钟的私下采访时间，他却没有着急离开，特意留下来，问她最喜欢哪个角色。

祝时雨说出了自己中学时看的那部片子，同时没忍住，飞快阐述了自己喜欢那个角色的理由。

她对人设的见解非常精准，评价独特，看得出是真心喜欢。

江原笑了下，对她颔首："我也很喜欢。"

虽然只有这么短短两句话的接触，但祝时雨下场后却是半晌没回过神，她摸了摸自己方才和他握过的那只手，隐约觉得，好像实现了年少时的梦想。

冬天请与我恋爱

曾经，她觉得日复一日的工作便是生活常态，没有人可以一直浪漫，她也不会成为拿着相机逐梦天涯的女侠。

可是心底有个声音，总是在叫嚣着，不行，你要去试一试。

兜兜转转，她没有辜负自己。

孟司意给了她自由和从容的底气。

> 而且时雨姐和姐夫当然不能露脸啊！不然走在路上会被人认出来！你没看到这个视频有多火，几百万的点赞呢！

这下，彻底在亲戚群里炸了锅，他们原本以为她只是随便拍拍放到网上，没想到会有这么多人看，稍微紧跟潮流下载了 App 的长辈立刻到喜乐上去看了。

> 我搜到了小雨的账号，真是个大网红，有上千万的粉丝！

这是小姨夫说的，附赠一张"女明星日常"主页截图，紧跟在后面的是舅妈、表哥、小舅……很少在群里说话的许多亲戚们，突然都活跃了起来。

祝时雨马甲被扒得精光，一瞬间暴露在众人面前，惊得她立刻回去仔细查看了她们的账号，谢天谢地，并没有什么违禁内容。

她再度切换回来时，发现群里话题已经变成了对她的称赞，大姨更是直接圈了周珍。

> 小妹啊，你们家时雨真是出息了，不声不响就搞成了一个大网红，所以说书读得多还是有用的，当初她学这个专业真是学对了！

祝时雨当年填报志愿的事情在亲戚中也闹得沸沸扬扬，母女俩的关系因此僵持，大家都有所耳闻，平时逢年过节聚会，聊起这个也不免带了惋惜和失望。

此时此刻，她却成了正面例子，用来衬托家里中规中矩的其他兄弟姐妹。

　　祝时雨在他们热情的追问和盛情夸赞下，没办法视而不见，不得不出来回答了几个必要问题，然后很快找借口去忙了。

　　从头到尾，周珍都没有出来说一句话。

　　她并不是不看群消息的人，恰恰相反，她偶尔还会在群里聊几句，但是今天，全程都没有出现过。

　　直到晚上，祝时雨剪完最新的视频，打开手机，看到了周珍的名字。

　　她在群里简短回复。

**　　我也是刚刚才知道的。**

　　简单的一句话，就让先前热议的话题终止，群里亲戚大多察觉到了异样，纷纷转移话题，聊起了别的事情。

　　祝时雨看到了祝安远私聊她的信息。

**　　小雨，爸爸看了你们的视频，拍得很好，爸爸为你感到骄傲。**

　　他平时少用手机打字，聊天习惯很标准，一个标点符号都不落下，底下还特意发了个系统自带的点赞表情包。

　　高高竖起的大拇指，似乎传达了他的自豪。

　　她握着手机不禁笑了下，缓缓给他回复。

**　　谢谢爸爸。**

　　那边却很快又发了新的消息过来。

**　　小雨，最近忙吗？什么时候有空，回家里吃个饭？**

　　祝时雨忍不住抬头看了眼时间，已经是晚上十点，按理说他们应该早已入睡。

冬天请与我恋爱

她思忖着，缓慢打着字。

不算很忙，我随时都有空，孟司意估计要周五才放假。

那这周五等小孟休息了，你们两个一起过来？
太久没见，你妈妈一直挂念你们。

周五，孟司意下班，两人开车回了这边家里。一切如同往常，厨房早已备上了菜，见到他们到来，祝安远连忙招呼。

"坐，还有最后两道菜就可以吃饭了。"

"你妈妈今天特意包了你爱吃的海鲜饺子。"经过祝时雨身边时，他小声说。

晚饭桌上分外丰盛，祝时雨和孟司意不常来这边，结婚后大概一个月一次，忙起来时常也顾不上。

每次回来就像是什么大事情，吃的准备满满一桌，走的时候还要给他们塞上不少东西带走。

今天也不例外，四个人，长形餐桌上却摆放着七八个菜，碗碟满当，都是两人平时拿手的大菜。

祝时雨本以为今晚这顿饭会有别的其他意味，但其实，从头到尾都和平常一样。

几人吃饭时都很安静，只有祝安远偶尔问他们两句近况，周珍给孟司意夹过一次菜，让他们多吃点儿。

饭后祝安远在收拾碗筷，祝时雨想要帮忙，被他毫不留情地拒绝了。

"你们去看电视，我自己来就行了。"

祝时雨被他赶去了客厅。

祝安远最近在阳台新种了几盆花，孟司意蹲在那儿观察，看得起劲。

沙发上只有周珍坐在那里，面前茶几上摆放着热水茶杯，电视在

316

播放着民生新闻。

祝时雨犹豫片刻，还是在她身旁坐下。

"不去和小孟一起吗？"周珍见状，淡淡看她一眼，视线仍然落回电视屏幕上。

"下午已经听他科普过那些花了。"祝时雨说。

"哦。"

周珍手中捧着茶杯，自生病以来，不管是什么季节，她总是离不开热水。

两人静静地坐了会儿，外面天色已经不早，夜幕降临，屋内亮起了昏黄的灯光。

"我记得你以前就很喜欢他。"周珍突然开口。

祝时雨微微惊讶，扭头："什么？"

"那个男明星，"周珍认真回想着，示意祝时雨卧室方向，"初中的时候你还把他的海报贴在墙上。"

她说的是江原，祝时雨诧异她还记得这样的小事，又很快理解。

"是的。"她点点头。

"你现在也算是得偿所愿。"周珍说完，两人陷入沉默，很久都没有说话，然后，孟司意从阳台进来。

"时间好像不早了。"他作势看了眼腕表，低声提醒。

祝时雨看向墙上，不知不觉，已经到他们往常离开的点了。

"这个是白天包的饺子，你们带回去冻冰箱里，当早餐吃都行。这些是小雨大伯家种的有机蔬菜，比外面卖的要好，我都给你们装好了……"

临走前，祝安远照旧是收拾了大袋小袋，里面的东西够他们吃上许久，一路送到门口，外面风大，周珍留在家里，祝安远执意送他们到楼下。

天彻底黑了，路灯难以照亮周围，小区幽静，树影浓密。

孟司意贴心地站在不远处，给父女俩留出了私人空间。

"小雨。"祝安远叫了她一声，欲言又止，思忖着开口，"其实你妈妈挺为你感到开心的。那天晚上她一直睡不着，翻来覆去，突然说了一句'当初要是不那么反对你就好了'。"

冬天请与我恋爱

当初要是不那么反对她就好了，这是周珍的原话。

如果一开始，她不那么坚持己见，做一个支持女儿梦想的母亲就好了。

可这个念头也只是一瞬间，假如再来一遍，没有未卜先知的能力，事情照样会往同一个方向发展。

"都已经过去了，爸爸。"祝时雨冲他笑了笑，思索着，缓缓道，"我可能已经过了需要被认同的年纪。但是能得到你们的支持，还是很开心。"

祝时雨朝孟司意走去时，祝安远已经上楼，身影消失在夜幕里。

四周很静，车旁的树影下，孟司意站在那儿，目光注视着她由远到近，然后，在她快到身前时，朝她伸出手。

"爸和你说了什么？"他随意问，声音分外温和，祝时雨没答，拉着他的手顺势投入他的怀抱。

"抱抱。"她脸磕在他肩上，闭着眼。

孟司意手臂揽住她的肩膀，掌心揉了揉她的头发。

"怎么了？"

"我不知道……"祝时雨慢吞吞地说，整个人贴在他怀里，努力汲取着他身上的温度。

"刚才爸爸和我说，我妈她可能有点儿后悔了，当初反对我读书学这个专业。"她睁着眼，无比茫然，"可是我一点儿也不觉得开心，反而好难过，心里空落落的。"

她忍不住抬起孟司意的手，用力抵在自己胸口，仿佛这样就能缓解心里的痛苦和空荡。

"我宁愿她和从前一样。"

孟司意在原地静静抱了她很久，直到夜里寒凉秋风袭来，她不受控制地打了个冷战，两人才回到车里。

车内灯光昏黄，孟司意打开了暖气，顿时被暖风充盈。

"别难过了。"他再度安慰她，握住她的手。

祝时雨低垂着脸，无声地点了点头。

车子在夜色中往家里驶去。

入睡之前，他摸了摸她的胸口，问："还难受吗？"

祝时雨默默抬眸看他，没吭声，数秒后，他收回手："我没有其他的意思。"

"嗯。"她敷衍应声，拉高被子，遮到了自己脖颈儿。

孟司意翻过身，隔着被子把她抱住，张开双手，像是在拥抱一只巨大的蝉蛹。

"我之前看过一个算命先生，他说人命里的缘分都是注定的，有的人就是缘浅，这个没办法强求，只能看开点儿。其实撇开这些不谈，爸妈对我们挺好的。"孟司意脸往她身上的被子里埋了埋，声音变得瓮瓮的，"今天的饺子是你妈妈亲手包的，几大袋，应该包了有一下午。

"有些事情不需要和解，好是真的，不好也是真的，就当这件事情没发生过，和从前一样就好了。"

"孟司意。"她忍不住转身，面对着他，"谢谢你。"

"我不想让你不开心。"孟司意瞥见她一瞬间又变得黯然的神情，心中叹气，凑过去亲了亲她的眼睛。

一觉醒来，天光大亮，又是新的一天。

时间是治愈伤痛的良药，好的爱人更是。

孟司意给她留了早餐，上面也留着一张便利贴，他临时有事，要去医院一趟。

大概是为了贴合她今日的心情，孟司意早上做的竟然是红豆糕和玫瑰银耳羹，温在锅里，小小一盅，白色陶瓷罐玲珑可爱。

你是打算甜死我吗？

祝时雨拿起手机拍了张照，出言控诉，发完消息，她就关掉屏幕，拿起一只汤匙低头尝了尝。

甜度却是刚好，没有想象中那么腻人，而且甜食好像确实会让人心情变好。

她不紧不慢地在桌前用完餐，准备收起餐具时，孟司意的回复才

冬天请与我恋爱

姗姗来迟。

> 不好喝吗?
> 我亲手煲的。

短短一句话,让祝时雨心头立刻软陷下来,她慢慢敲击着键盘。

> 好喝。

> 那明天再给你煲。

> 不要了。

> 嗯?

> 明天心情好了。

同样地,这头的孟司意不由自主地露出笑脸,然后在一群看向他的实习生面前,轻咳一声,收起手机。

进入十一月,温度骤降,温北市仿佛提前入冬。

祝时雨饭后无事,抽时间把衣柜整理了一遍,夏秋季衣物收进柜子里,毛衣棉服可以提前准备出来。她这一收拾,顺便也把房间清理了一遍,理出了不少杂物。

客户寄过来的合作商品,看过意义不大的工具书,孟司意前段时间买来的床头消毒液,等等,满满当当一纸箱。她装好,在如何安置的问题中,想到了隔壁杂物间。

自从上次的大扫除事件之后,这似乎是她第一次踏足,平时都是钟点工阿姨在这边整理。

祝时雨抱着纸箱，腾出一只手艰难地推门进去，里头码放整齐，光影浮动下，柜面上似乎只有薄薄一层灰尘。

架子上都被清理过，腾出不少空间，她在最底下找了个角落，把箱子塞了进去。

祝时雨拍拍手，正准备起身，突然看到旁边的那个柜子。

里面胡乱摆放着几本书，中间露出了橙色一角，像极了那本笔记本。

这幅画面和那天的场景奇异地重合了起来。

祝时雨不受控制，朝它伸出手，把这个橙色一角从中间抽了出来，上面盖着的几本书掉落，出现在她面前的正是那本被孟司意藏了起来，她怎么也找不到的笔记本。

原来它一直被放在她一开始发现它的地方。

祝时雨仿佛受到蛊惑，轻轻屏息，翻开了手中日记的第一页。

上面是满篇凌乱的"祝"字，同她曾经看见的一样，此时此刻，她已经确认这是孟司意的笔迹。

即便字体凌乱，划痕破损，也能从中辨认出他的写字习惯和力度。

她不明白先前为什么会一眼把这本日记里的"祝"字指认成别人。

可能是证据指向的那个结果太荒谬。然而事实就是如此阴差阳错。

祝时雨仔细拂过这一页，指腹透过凹凸不平的纸面，仿佛能隔着这泛黄的纸张，穿过时间，触摸到存在老旧胶卷中的那个少年。

他或许是坐在那张靠窗的课桌前，在窗帘浮动中，抿着唇，眉头紧锁写下的这些名字。

那时候，他的心情是纠结还是挣扎，痛苦是否比快乐更多？

她放缓呼吸，慢慢地翻开下一页。

11.20

又看到她了，好几个男生抢着帮她搬东西，原来她人缘这么好。

11.21

今天身体还是不舒服，可还是想来学校。

11.25

请了好几天假，家里空荡荡的，还是觉得没意思，可是下午

冬天请与我恋爱

第一节是体育课，她站在我前面。

她头发还是毛茸茸的，就和那天晚上一样。

我觉得自己又好了。

11.30

很烦。

那个男的为什么老在那里。

12.1

她今天和我说话了。

12.8

她对我笑了一下。

12.9

我变得好奇怪，总会情不自禁地在人群中找她。

12.10

她笑起来真好看。

我好像有点儿不太对劲。

12.11

做值日的时候故意留到很晚，她又来帮我了，我们还一起走到了学校门口，像是做梦一样。

12.12

她好善良。

12.18

今天不小心听到了她和同学的聊天，她给那个陆戈买生日礼物把自己的零花钱都花完了，可是，我的生日就在三天后，没有人记得，也不会有人给我买礼物。

12.19

我好嫉妒他。

他们又一起去老师办公室了。

12.20

烦。

12.21

今天忍不住跟着她一起回家了。

我们的方向截然相反，可是从她那个站台下车，再过条马路，就有直达我家的班车经过。

原来她每次放学都会特意穿过学校附近那条街逛很久，不太像书呆子了。

12.22

我好像个变态。

12.23

她坐公交车喜欢听音乐，不知道耳机里放着什么歌，有点儿好奇。

脸靠在车窗玻璃上打瞌睡时，真好看。

12.24

好多人给她送苹果，班里同学好像都很喜欢她，我也偷偷买了一个，不敢送出去。

12.25

星期天，圣诞节，不知道她是怎么过的。

12.26

开心。

12.27

今天在走廊上迎面碰到了，她冲我笑了一下，我差点儿被自己的脚绊倒，样子肯定很傻吧。

12.28

差点儿去剪头发了。

上次她说过我头发太长了，可是真正坐在理发店时，又逃了出来。

难道你还想重新开始吗？别做梦了！

12.31

终于在放学时鼓起勇气对她说了句元旦快乐。

她笑着弯弯眼，说你也是。

1.1

元旦给自己叫了份炸鸡，下雪了，家里冷冷清清的，一点儿也不快乐。

1.2

她在班级群里发了通知，头像是个向日葵女孩，笑起来像个小太阳。

不知道第几次打开她的主页，还是不敢加。

1.5

想当医生。

她说韩剧里的医生很帅。

1.6

要放假了。

等新学期，就去剪头发吧。

1.7

期末考，她眼睛底下都熬出了两个黑眼圈。

握着杯子打水时，差点儿撞到门上。

迷迷糊糊的，其实挺可爱。

1.8

再见到她要等一个月。

还是没忍住点了添加好友。

1.11

没通过。

一整天都不想吃东西了。

1.15

最后几天了，我又开始丧了。

1.19

放假了。

1.20

我是不是……喜欢上她了？

1.25

今天舅舅联系我了，要接我一起过去过年。

1.31

除夕，他们说要准备给我办理转学。

我没有给她发"春节快乐"。

2.1

原来她昨天是和陆戈他们一起过年。

她笑得真好看。

他们好开心。

2.10

我确定转学了。

2.15

去学校收拾了东西，没看到她，听说她发烧请假了，今天没来学校。

没见到她最后一面。

忍不住去了她家，在楼底下坐了很久。

希望她早日康复。

2.16

一早的机票，好想和她告别。

2.18

舅舅带我去剪了头发，新学校挺好的，有很多人主动和我打招呼。

晚上没忍住拨通了她的号码。

没反应过来就接通了，不敢说话，本来想直接挂了，结果里面是个男生的声音。

是那个陆戈。

2.19

难过得一晚上睡不着。

早上天刚亮，我把她号码删了。

2.20

她堂妹又发空间动态了，他们又一起在奶茶店学习。

昨天她手机应该是不小心放在桌子上了吧。

私自接听别人电话真的很不礼貌。

2.22

舅舅问我为什么心情不好。

我想和她做朋友。

我好想……联系她。

2.25

没忍住，给她写了一封信。

她会不会觉得我是个很奇怪的男同学。

3.6

没有回复。

3.30

她可能早就忘记了我。

4.8

今天又看到了她的照片，看了很久，忍不住偷偷保存了。

4.26

今天做值日的时候，又想起她了。

5.20

在新学校认识了很多人，我好像开始了新生活，但是心里空荡荡的。

6.30

没有人像她。

7.18

回去了。

坐公交把这座城市都转了一遍，没有遇到她。

9.10

我该忘记了。

9.30

大学在同一个学校的话，会不会还有机会？

10.5

她应该会留在本地，她说过，她妈妈不让她去外地。

11.3

月考拿了年级第一。

1.20

今年冬天没有回去。

2.3

在空间，看到了他们放烟花。

3.5

又是新的学期，今天有人和我表白了，我是不是没有那么差劲。

再次相遇的话，她会不会喜欢我一点儿。

4.10

好像全部生活被学习填满的时候，我会忘记想起她。

7.15

还是没忍住，去了她家楼下，坐了很久，没有见到她。

9.1

高三了。

11.5

我好像很久没想她了。

12.24

习惯性去看空间。

3.5

路过了一家烤肠摊。

5.8

把一切交给命运。

6.25

想问她志愿，想想又算了，毕竟，都过去这么久了。

8.5

收到了录取通知书。

9.10

遇到一个高中的同学，他不认识我了，假装打听了一下，原来她考去了外地。

那一刻内心突然很平静，可能早就预料到了，命运从来不会眷顾我。

10.18

我要开始新生活了。

11.7

感冒去医院，竟然一眼认出了她大伯母，差点儿就想上去问她的联系方式。

11.27

一个月去了三次医院。

12.25

知道她在哪个城市了。

要不然，我去找她吧。

12.30

他们在一起了。

日记在这里就没有了。

最后一句话写得无比凌乱，力透纸背，后面几个字，钢笔印几乎戳穿了纸面。

余下的是崭新的白纸。

厚厚的一本日记，到这里彻底结束。

就像以这样一个惨烈的收尾，为这漫长的青春画上了句号。

夕阳灌进了窗户，落在身前，尘埃在光束中上下浮动。

祝时雨手里捧着这本日记，久久难以回神。

孟司意的记叙杂乱无章，像是随心所欲发泄着状态，想到什么便写下来，没有任何规律可言。

祝时雨花了很久，才把中间的某些事件和自己记忆的时间线对上来。

陆戈的生日、跨年夜、奶茶店的那通电话，还有……孟司意日记开始的那天。11.20，如果她没记错的话，这天前一周，刚好是她去他家的日子。

因为没过多久，便是期中考试。

从那天之后，他回到学校，便开始偷偷关注起了她。

祝时雨动了一下，才发现腿站麻了，她扶着旁边柜子，揉了下酸涩发红的眼角，慢慢挪动着僵直的腿，往门边走去。

她一手扶着墙，一手拿着那本橙色笔记本，刚走到门口，就听到前面传来的脚步声。孟司意刚好在玄关处推门进来，两人视线撞上，下一秒，他目光落到她手中。

"孟司意，你最大的秘密让我发现了。"

她很快反应过来，调整呼吸，然后冲他晃晃手上的东西，轻轻眨眼，目光狡黠。

孟司意放下手中钥匙，摇摇头，神情无奈地问："你怎么才发现？"

沙发上，两人并肩而坐，一地昏黄，祝时雨膝上是摊开的笔记本，孟司意脸上没了先前的从容，而是罕见的赧然。

"你不是都偷看完了？"

"没错，所以我现在要当着你的面，光明正大地再看一遍。"

"不行。"孟司意想也不想地拒绝，伸手去抢她手里的笔记本，"这是我的笔记本。"

祝时雨早有防备，眼疾手快地挪开，慢条斯理地挑眉："这是我的笔记本。"

话音刚落，孟司意身体一僵，抬目看她。

"我想起来了。"祝时雨望着他，认真地征询道，"这是我去医院那天，落在你家里的那本吧？"

"这个角落里，有我的名字。"她指向笔记本第一页，那个右下角，有个和满页祝字截然不同的娟秀字体，写着祝时雨三个字。

因为太小，字迹已经褪色，在大片的涂写中，显得格外不起眼。

祝时雨第一次并没有看到，直至今天，第二次倒回来再看时，才发现这个角落隐藏的暗号。

那是她自己的字。

孟司意没有说话，他垂头丧气的样子莫名可爱，祝时雨忍不住逗他。

"孟司意，你这个小偷。"

"你才是小偷。"孟司意目光落在她手中的笔记本上，生气化为无奈，低垂着眉眼指责道，"偷走了我这么多年。"

傍晚的阳光在地板上投下大片金黄。祝时雨指着日期上面那个

冬天请与我恋爱

"11.20"，问他："这里是不是你从医院回来后的那周？"

"周三。"孟司意低声承认。

"所以，"祝时雨顿了下，还是问出口，"我去你家那天，发生了什么？"

孟司意神情顿住。

那天，对他来说，是与死神擦肩而过的一天。

从在病房中醒来，得知这个家只剩下他一个人开始，沉重的悲伤就一直扎根在他心底。

他一直无法回想起那段日子，记忆里浑浑噩噩，从自己醒来，被告知家人死讯，到麻木出院，进入新学校，一个人上学，一个人放学回家，然后面对大片大片无法入睡的黑暗，死一般寂静的屋子。

那天他发了高烧，嗓子干得厉害，家里没有茶水，他浑浑噩噩地起身想自己烧点热水，却不知怎么误把煤气罐的开关拧开了，之后他就昏睡了过去。

他一点点陷入昏迷，即将彻底进入黑暗时，耳边传来敲门声，一开始是轻轻有规律的，后来变成了大声拍门，有人在叫他的名字，硬生生把他从黑暗中拽回来。

空气中的异味已经很浓了，从呼吸道侵入大脑。

他跌跌撞撞地用尽最后一丝力气打开门，模糊的视线内撞见一张焦急关切的脸。

然后下一秒，他又昏了过去。

记忆尽头，是一个柔软稚嫩的肩膀，还有耳边慌张叫他名字的声音。

孟司意再度醒来，已在医院的病床上，手背插着输液针，头顶白光亮得刺眼，他缓缓闭了下眼，再睁开，视线里看到了祝时雨。

她站在门口和一个中年女人说着话，孟司意反应了好一会儿，才察觉，自己仍然在这个世界上。

"你醒了，还有没有哪里不舒服？医生说你发烧了，现在不知道体温降下来没有……"她忧心忡忡的，说话间一只手放到了他额上。初冬夜晚，本应该冰凉的手，挨上来却不知为何温温的。

与此同时，他听到她大舒一口气。

"幸好，终于降下来一点儿了。"

后来孟司意才知道她为何这么关切，因为那张病床是别人的，最近换季流感频发，医院病房爆满，还是看他烧得昏过去了，她大伯母才托关系给他弄来一张床，暂时躺着，旁边真正病床的主人还在一边坐着看电视，等待着他醒来。

等自己可以活动之后，孟司意就被挪到了输液区。夜晚的输液大厅一排排椅子上也坐满了人，祝时雨扶着他，手里拿着吊瓶，费劲儿地找到了两个空位。

孟司意那时反应很迟钝，眼珠子缓慢地落在墙上的时钟上，才发现已经是晚上九点了。

大厅安静，夜晚的医院，充斥着人间疾苦，没有一个人脸上带有笑颜。

两人也都没有说话，孟司意低垂着头，从始至终沉默，对于她的问候只用"嗯"之类的单音节回应。

输液到一半的时候，她大伯母送来了两份晚饭，他的是粥，她的是一盒快餐，祝时雨自己吃完之后，手里端着盛粥的纸盒，让他用勺子一口口舀着。

孟司意毫无胃口，勉强吃了一点儿便放下了。

等待输液的时间漫长，这个时间对孟司意来说，仿佛没有任何流动的痕迹，他更大一部分，是处在恍惚中——那段日子他时常痛苦，然而那个晚上却只感到无措和迷茫，不知道接下来该怎么生活，也不知道下一刻应该做什么。

唯一可以确定的，是他当时并没有感到十分煎熬。

孟司意四散的意识开始回笼时，视线低垂，看到了身旁的那个人。

在这漫长的等待里，她不知何时翻出了书包里的试卷作业，摊在椅子上，自己蹲在地上，埋头认真地做着。

医院特有的冷白灯光从上方打在她的头顶，能看到少女脸上细微的绒毛。

她眼睫毛很长，侧脸沉静，偶尔因为解不出来题而苦恼，微微皱眉，手中笔头抵着额间轻蹭。她目前面临的最大烦恼，似乎只有今天夜里，眼前解不开的一道题。

冬天请与我恋爱

人生的坎坷，似乎也只是暂时横亘在你面前，找不到合适的方法解开的一道题而已。

莫名其妙地，那天他突然有了这么一个念头。

输液结束，已经是夜里十点，祝时雨执意要送他回家，平时很好说话的性子今天却格外坚决，孟司意被她打车送到了小区，再然后一路乘电梯，护送上楼。

直到看见他打开家门，即将要进去，祝时雨才出声同他说再见，同时不忘嘱咐他，周一一定要按时去上学，有什么需要帮助的地方可以给她打电话。

她拉开书包，从里面拿出了一本橙色笔记本，在上面认真地留下了自己的电话号码，交给了他。

孟司意目送着她的背影进电梯离去，门合上的那一瞬间，她弯起眼睛，冲他挥挥手，直到电梯开始下行，孟司意才重新推开身前的门，进去。

屋子里还是有一股异味，物业的人已经来开窗散过气了，他仍然走过去，认认真真地打开了每扇窗户，让新鲜空气涌进来。

再次回到学校，孟司意开始不自觉地搜寻那道身影，他也不知道自己为什么这样，好像中了邪，每次只要看到她，心里便神奇地平静。

他知道了她是班里的学习委员，笑起来眼睛弯弯的，总有很多同学围着她，她助人为乐，还有一个很好的男生朋友叫陆戈。

隐秘而不为人知的心事，变成了难以言喻的复杂情感，汹涌澎湃，在心脏处积压，无从宣泄。回来的第三天，他没忍住，翻开了她留给他的那本笔记本，在上面落笔了第一行字。

11.20

又看到她了……

随手记录的心情，让满腔情绪好像找到了一个发泄的出口。之后每次难以自制时，孟司意都会翻开这本笔记本，落下的只言片语，好像能缓解心中的烦乱。

这个习惯伴随着他走过数年，一直留了下来，那道影子始终占据着他心头那个最重要的角落，直到，那天他看到了两人的合照。

笔记本被他彻底封存，不见天日。

"真的是我把笔记本交给你的吗？"祝时雨困惑地问，"我还说过那样的话？"

她完全没有印象了。

关于那天，她确实记得是自己非常坚持地把孟司意送到了家门口，之后便记忆模糊，完全不记得有拿出本子写下电话号码给他，更忘记了自己曾经对他说过那番话。

当时，她竟然会特意叮嘱他："周一一定要按时去上学。"

事隔多年，记忆模糊了，现在想来，恐怕是那时的自己也隐隐觉察到了不对，出于本能，不放心地给他留下了号码。

如今此刻，祝时雨回顾起来也是一阵后怕，当年竟然阴差阳错地改变了他的人生轨迹。

差一点儿，她就遇不到现在的孟司意了。

"是你亲手给我的。"听到她的问话，孟司意顿了顿，"总不能是我自己去偷的。"

"其实，上次去舅舅家的时候，我想起来了一点儿。"祝时雨咬咬唇，还是和他坦白，"书架上放着你和爸妈的合照，舅妈说了一些关于你的事情。"

"我突然想起来，给你送复习资料那天，好像闻到了奇怪的味道。"她低声道，低垂着头，不敢去看他的眼睛，"回来的时候也有。后来可能是时间太久，这些细节逐渐记不清了，但是当时的我肯定是察觉到不对，才会给你留下电话号码，想要帮助你。"

"你那时候确实很喜欢帮助人。"孟司意定定地看着她。夕阳的余晖从地板移到了沙发上，落入两人瞳孔。清亮的眸中像映着两团火。

"所以，孟司意，你是因为这件事情才喜欢上我的吗？"

这似乎不是她第一次问这个问题，孟司意想了想，最终答："我不知道。"

确实是从那天之后，他开始关注她，更准确地说，这件事把他从自己的世界中拽向了现实，他开始对周围的事物有感知，能触碰到不同的温度。

冬天请与我恋爱

　　"其实我之前都不明白，你为什么会喜欢我这么久，毕竟我们从前的交集少得可怜，而且早已过去了这么多年。"祝时雨望着他道，"但是知道这件事之后，好像都合理了。"

　　她有些拨云见雾："我十分庆幸那天去了你家，也很庆幸那时的我不是现在的我。"

　　说着，她又感慨，捏着手里这本厚厚的笔记本："你是怎么做到写了这么多的，我下午看的时候差点儿哭了。"

　　其实是已经哭了。

　　她故意用轻松的口吻，缓和气氛："作为补偿，我们重新把这本日记再看一遍。"

　　这对孟司意来说不亚于酷刑。

　　一开始他是这么以为的。

　　只是旧时的心事再捡起来，同另一个不知情的当事人分享时，体会却是截然不同的。

　　孟司意从来没想过自己记忆力会这么好，清晰到可以记得那个日期下发生的一件细小事情。

　　12.20
　　烦。

　　祝时雨指着那个"烦"字，问他为什么，几乎不用太作思考，孟司意就想起来了。

　　"那天下午陆戈他们在打篮球，很多人在看，你也站在边上。"孟司意不情不愿地说，看了她一眼，语速很慢，"他下场朝你走过去，你给他递了瓶水。"

　　"孟医生，你记忆力真的很好。"祝时雨感叹，伸手揉了揉他的耳朵，果不其然，已经在发烫了。

　　12.25
　　星期天，圣诞节，不知道她是怎么过的。

334

祝时雨回想了下，高一上学期的那个圣诞节，她好像什么都没有做。

"那天下雪了，我没出门，在家写了一天作业。"

"嗯。"

孟司意知道，她在回答他当时在日记里的好奇。

2.18

舅舅带我去剪了头发，新学校挺好的，有很多人主动和我打招呼。

晚上没忍住拨通了她的号码。

没反应过来就接通了，不敢说话，本来想直接挂了，结果里面是个男生的声音。

是那个陆戈。

"那段时间我们班上几个同学总喜欢一起约着去奶茶店做作业，我忘记了，好像没有看到未接来电。"她解释道。

"被陆戈接了，他真的很过分。"孟司意的控诉迟到了很多年。这个错过的电话，成为后来很长一段时间在他心中的结。

"嗯，太过分了。"祝时雨点点头，极力赞同，"不尊重别人隐私。"

孟司意扯起嘴角，意味深长地看过来，脸上似笑非笑。小心思被识破，祝时雨讨好地凑过去，像只小狗一样亲亲他的嘴唇。

"以后再也不让别人碰我手机了。我错了。"

这个旧账翻得祝时雨有点儿后悔，到后面，都不敢细问，反而是孟司意打开了心结，突然变得话多起来，给她细数着当年的心情。

"突然觉得好神奇。"夜深了，外面绚丽的晚霞被漆黑的夜幕代替，祝时雨看完最后一页，合上手中的笔记本，有感而发，"这些事情，你竟然会记着这么多年。"

其实后来，他们两个并没有再发生过太多的交集，一个学期的时间加起来，都是一些微小的事情。

可是这些很小的事情，在孟司意心里，却宛如无法平息的风浪。

"嗯。"孟司意低声应道。

冬天请与我恋爱

他们之间，并没有什么轰轰烈烈，却让他一个人默默记了好多年。

夜里被灯光盈满的客厅，孟司意垂下眼睫，握紧了她的手。

"幸好，最后还是被你看到了。"

第十八章

迟到的信

冬天请与我恋爱

夜晚恬静。

孟司意搂她在怀里，两人都平复下来。

他打开了床头灯，柔亮一团，泛着昏黄的毛边，在漆黑中照亮小块地方，像是无边静谧宇宙中的一片温暖港湾。

祝时雨缩了缩肩膀，惬意地窝在被子里，任由孟司意从后头抱着她，手指闲适地梳理着她凌乱披散在背上的长发。

如同给猫咪撸毛，她舒服得眯起了眼睛，转了个身，躺在孟司意怀中与他平视。

"我今天其实，很开心，只是……"

"怎么了？"孟司意耐心询问，目光柔和，发顶一圈在灯下泛着毛茸茸的光。

"对我而言，我们相遇的时候，是一张白纸。"祝时雨伸出手，在他面前比了一下，画出正方形轮廓，"在餐厅第一面，就是我认识你的第一眼。

"从相亲到结婚，我对你从熟悉慢慢变成喜欢，然后到爱。

"我是因为你喜欢你的，而你或许是因为很久很久之前，我曾经救过你。"

她眼睛里一点点透出失落，孟司意正要说话，被她捂住了嘴巴。

"我知道相比起来，我的爱远比你的要短暂。爱不分性质，也不能用时间衡量。比起这微不足道的一点，我更加珍惜你这么多年隐藏在心底的感情。所以孟医生，我大概只会失落今晚这短暂的一秒钟。"

她松开了那只手，孟司意得到畅意出言的机会，但他却沉默了片刻，才出声道："你有没有想过，如果那天来我家的是另一个人呢？陆戈，或者是班里的另一个女同学，抑或是个陌生人。"

"我可能只会觉得庆幸。"

孟司意漆黑的双目执拗地盯着她："但那种感觉，我只在你一个人身上得到过。喜欢并不会因为感动和一次救助而诞生。"

是她唤醒了他。

是心动和爱，让他重新活在了这个世界上，逐渐枯萎的灵魂，再度被点亮。

是宿命般的吸引。

"你如果下午这么说，我可能就直接哭着扑到你怀里了。"祝时雨道。不期然，额头被人重重弹了一下。

"谁知道你会胡思乱想这么多。"孟司意气恼指责。

"因为我太喜欢你了啊。"她的话语不假思索，捂着额头，眸中透亮得惊人，"喜欢到，你比我少一点点，我都会觉得失落的程度。"

"我怎么可能比你少。"孟司意郑重地盯着她，一字一顿，"在喜欢这件事情上，我比你多了十年。"

"还有，祝时雨，谁说你不会谈恋爱的。"回想起方才她说的那些腻人情话，孟司意轻哼，不忘指控，"你简直是个恋爱天才。"

"因为这件事情不需要学习。"祝时雨望着他认真阐述，"遇到正确的人，自然而然就会了。"

"可以了。"他忍不住捂住了她的嘴，呼吸放缓，隐忍克制，"不准再对我告白了。"

对比于他这本封存十年的情书，她这一天的表白并不算多。

祝时雨不知道该怎么表达自己的满腔情感，最明显地，也只是在他第二天起床时，迷迷糊糊睁眼醒来，抱着他不撒手。

"待会儿上班要迟到了。"他断断续续的笑随着气息散落在额头，手却没松开她，又重新和衣半躺在床上，隔着被子把她揽在怀里。

他轻拍着她的背，像是在哄小宝宝入睡。

祝时雨却慢慢清醒过来，倚在他身前，困顿地把脸贴在他肩膀上。

"孟司意……"她刚睡醒，反应有点儿慢，手里无意识地攥紧他衣服的布料，声音含混，"你要早点儿回来……不要加班。"

"好。"

他后面还说了什么，可是祝时雨又陷入昏昏沉沉中，再度闭目睡去，听不清了。

以往下班，都是孟司意自己开车，有时候还会顺便去超市买菜，然后回家做饭。

今天从医院出来时，却破天荒地，在门口看到一辆熟悉的车，窗户玻璃被摇下来，露出祝时雨的脸。

冬天请与我恋爱

"孟医生，上车。"她冲他扬了下脸，笑得灿烂。

孟司意诧异两秒，走过去拉开车门，系好安全带，才出声问："你怎么过来了？"

"来接你下班啊。"她笑意盈盈，话语甜度超标。

孟司意仿佛又感受到了昨天那股突如其来的甜蜜，身体无奈往后靠，看着她："是每天都有这么好的待遇还是只有今天？"

"可能就今天吧。"祝时雨想了想，诚实道。下一秒，两人不约而同地笑出声来。

"行吧，去买菜。"他在副驾驶座调整了个舒适的姿势，下达指令，祝时雨乖乖遵从，手里一打方向盘。

"今晚吃什么？"

"要不今天吃顿好的？"

"比如呢？"贫穷属实限制了她的想象力，祝时雨如实问。

"嗯……"孟司意深思许久，给出答案，"火锅？还是烤肉？不然西餐也行。"

"我们真是朴实无华的夫妻俩。"祝时雨感慨，抽空朝他竖起了一个大拇指。

最后他们还是选择了火锅，只不过逛超市的时候，孟司意买了很多海鲜回去，比如大龙虾、小鲍鱼之类，祝时雨还是第一次吃这么豪华的火锅，一时间，对孟司意又重新恢复了崇拜。

"孟医生，我再也不在心里偷偷吐槽你了。"祝时雨心满意足地打了个饱嗝，坦诚自己的错误。

"嗯，你偷偷骂我什么了？"孟司意不敢相信，停下收拾东西的手，扬起眉看过去。

"我不该说你朴实无华。"她老老实实改口，"你明明就是精于享乐。"

天气渐入冬，风里有了寒冷的味道，冬天似乎是最适合吃火锅的。

两人各种锅底换着来，隔三差五便自己在家里吃火锅，热气腾腾，吃得满身汗。

属于两个人的一日三餐，每一个平凡的瞬间，都变得闪闪发光起来。

　　温北市的十二月，阴雨连绵，少见地放晴，仿佛又回到了她和孟司意相遇的那时候。

　　祝时雨特意挑了个晴朗的日子，回家一趟，去拿周珍、祝安远今年新给他们做的棉被。

　　老一辈总是嫌弃市面上的被芯不够暖和，每年都会用今年的新棉花做新被子，同时也给祝时雨他们特意做了一床，让她有空过来拿。

　　冬天的阳光明亮不刺眼，穿过干枯的树杈，有种萧瑟的美。

　　小区底下有不少人晾晒被子，趁着这个难得的晴天，晒掉一年的霉气。

　　祝时雨上楼时，客厅没人，她换好鞋子喊了两声，祝安远才从厨房赶忙出来。

　　"你妈妈到顶楼晒棉被去了，我在准备今天的午饭。"他说着，望向她征询道，"待会儿留下来吃完饭再走吧，有你喜欢的糖醋里脊。"

　　"哦，好。"祝时雨点头，打量着周围，许久未回来，屋内的摆设没有太大变动，唯有物件似乎被清理过，空荡整洁了几分。

　　"爸，我去我房间看看。"她扬声朝里道。

　　祝安远忙着盛锅里焯水的排骨，回身应道："哎，你去吧，门没锁。"

　　祝时雨的房间一直为她保留着，哪怕已经结婚这么久，并没有回来过几次。

　　里面的一切都没有变化，还是她上次离开的样子——床铺整洁，被子叠成了小方块，阳光静静地从窗户照进来。

　　她闲来无事，目光从书架上搜寻过，看到了自己很多年前的旧物件。

　　书本、泛黄的日记，当年的复习资料也都没有丢，一摞摞堆在角落。

　　旧时的画面一幕幕涌上来，祝时雨脑中鬼使神差地，突然想起了孟司意日记上提到的那封信。

　　那封信他写的是她的地址，但是她根本没有收到。

　　时间太久远，一封信件在邮寄过程中意外太多，那天他们聊过之后也就不了了之了，今天回到这里，祝时雨突然想了起来。

冬天请与我恋爱

她把自己房间仔仔细细翻了一遍，高中时的东西都被翻了个底朝天，确定一无所获后，祝时雨便蹲在地上抬起头，仔细回忆哪里还有遗漏的地方。

刚好外面传来说话声，似乎是周珍回来了，她心间一动，连忙放下面前的东西站起来。

"妈，"她顿了顿，看向周珍，平复了下心情，才用如常的口吻问，"高一的时候，你有收到过我的信吗？"

见她露出迷茫，陷入回忆，祝时雨忍不住提醒。

"高一下学期，刚过完年没多久。"

大概是她的认真反常，让周珍察觉到什么，她很快反应了过来，变得重视。

"我没印象了，但是以前如果有不确定的信件，我好像都是放在一个箱子里。"

祝时雨当初那个视频的出圈，让很多身边的人都知道了他们的渊源，周珍也不例外。虽然她从来没有和祝时雨聊过这件事情，但此时此刻，她敏感地察觉到了，这封信，或许和孟司意有关。

家里没有特意空出来的杂物间，有些无法归纳的东西就塞在另一边的小阳台，这里朝北，又因为太久没收拾打理，有些潮湿，到处都积满灰尘。

周珍带着祝时雨走过去，两人踩在地上，在瓷砖上留下一串脚印，她翻出那个箱子，空气中飘浮起尘埃。

祝时雨伸手在身前挥了挥，听到周珍说："都在这里了，要我帮你找一下吗？"

"不用了，"她吸了吸鼻子，"这边空气不好，我一个人就可以了。"

箱子里信件很多，多年累积下来，数量可观，乱七八糟的什么都有，寄件人、收件人不明的，拆开难以辨别的，还有内容奇怪不知道是用作什么用途的……

祝时雨一件件拿起来查看，翻得眼花缭乱，不一会儿，脚旁就堆放了一摞剔除出来的信件。

不知道过了多久，腿蹲得发麻，客厅响起碗筷摆放的声音，祝安远叫她过去吃饭。

祝时雨暂时停下手中的活儿，揉了揉小腿，起身走过去。

用过中饭，日头有开始偏西的迹象，破旧的小阳台上洒落了些阳光，她搬了张小板凳，重新坐下来，耐心地一封封翻找着。

整个箱子开始见底时，外面夕阳已经变成了蜂蜜色，铺在脚旁暖意融融，祝时雨眼睛看得酸涩，手边成堆的纸张凌乱地放在那儿，她在最后的几封信件中找寻着，已经不抱有任何希望。

全英文的莫名信函、不知道哪个银行寄过来的回执、整本的宣传文件……她一样样翻过，神情逐渐麻木，祝时雨正要直起身休息一下，试图按摩下发酸的脖颈儿，手指不经意触碰到底下一个柔软边缘。

她眼神一顿，从厚厚的广告资料下，找出了那个黄色的信封。

上面没有署名，收件人那里却规规整整地填着她的名字，右上角贴着一张四方的邮票。

整封信很薄，夹在一堆广告文件中毫不起眼，一不小心就容易被人忽略。

信口没有开过封，祝时雨拿在手上好一会儿，才试图去拆开。

里头只有一张薄薄的信纸。

即便如此，也像是有人专门去写信的地方买的，很规范的那种白底红线的，老式信纸。

开头是熟悉的字，勾笔漂亮大气，已经隐隐褪色。

祝时雨同学：

你好，我是孟司意。

因为一些事情，我必须转学离开，认识你的这段时间很开心，这是我的联系方式，如果方便的话，请你记一下。

128×××××32

不知你是否一切都好，离开学校那天，听同学说你生病了，希望你身体健康。

给你写这封信或许有点儿唐突，新学校一切都好，只是不太适应，很想有个熟悉的朋友说说话。上次你在笔记本里给我留的那个电话号码，打过去是别人接听的，我想你或许不太方便，所以选择了这样的一种方式。

冬天请与我恋爱

> 如果可以的话，希望能收到你的回信。
> 顺便补上迟来的"春节快乐"。

孟司意
2 月 25 日

简单、日常的一封信，没有任何特殊的内容，如果当时的祝时雨收到了，应该也只会当成一个突然转学离开、不适应新环境的同学的联络。

她肯定会出于同学之间的关怀，给他回一封信。

或许他们就会因此保持联系，或许，三年后的大学，会在同一座城市。

或许，那时候走到她身边的，就不是陆戈。

祝时雨不敢再去想这一切的可能性，她捂住胸口，眼眶酸胀，一阵阵不可名状的抽痛传来。

她久久蹲在那儿，直到晚风裹挟着寒冷吹来，她如梦初醒，握紧了手中这封信，缓慢起身。

放在旁边的手机叮的一声响，涌入一条新消息。

上面显示出孟司意的名字。

今晚几点回来？我去接你。

祝时雨是自己开车过来的，她看到这条信息，心情由苦涩转为晴朗。

他的接，大概就是自己过来，然后陪她在这边一起吃完饭，再坐她的车子回家。

不过是不想一个人在家吃饭的小手段。

有点儿太过黏人了，孟医生。

她忍不住指责，发完这条消息，揉着发麻的膝盖往外走。

"爸妈，我先回去了。"她拿好自己的包告别。

祝安远他们已经在厨房要准备晚餐了，闻言露出诧异："不留下来吃晚饭吗？"

"不吃了，孟司意催我回去了。"祝时雨把锅往他身上推，毫不心虚。

"这……要不叫小孟一起过来吃饭？"

"过来一趟太远了，爸。"

"唉，小孟也是。"

祝安远去给她拿打包好的棉被，周珍看着她，见状问："东西找到了吗？"

"找到了。"祝时雨顿了下答，摸摸自己的包，那封信正妥帖地放在里面。

"他是不是有点儿太黏着你了？"

送她下楼路上，祝安远忍不住问，话里忧虑，祝时雨憋着笑。

"没有，其实是今天还有点儿其他事情。"她替他开脱，挽回形象，祝安远闻言，不再说什么。

"被子你妈妈已经晒过了，直接拿回去盖就行了，冬天很暖和的，连空调都不用开。"他把手中抱着的棉被替她装上车，不禁唠叨，"晚上睡觉不要老是开空调，太干燥对身体不好，入睡前手脚凉可以塞两个热水袋暖暖……"

"知道了，爸爸。"

祝时雨说起这个话题，有几分别扭。她以前总有手脚冰凉的毛病，但是现在已经好了，因为孟司意身上很暖和，以前夏天的时候不显，一降温，差别分外明显。

她关上后备厢，出声道："我下次再来看您。"

"哎，一路注意安全。"

祝时雨驱车离开，一直到家楼下，最后一个红绿灯时，才想起打开手机。

孟司意早已给她回复。

晚上给你做红烧排骨。

冬天请与我恋爱

天幕暗蓝，星子在远处若隐若现，她推门上楼，果不其然，屋里已经盈满饭菜香。

桌上摆着色泽诱人的排骨，孟司意刚摘下围裙，毛衣袖口高挽，从厨房端着菜出来，听到声响，抬头看她。

"回来了？"他眉眼生辉，含笑同她打招呼，"刚刚好，洗手吃饭。"

"孟司意。"祝时雨却在他身前驻足，叫他名字。孟司意诧异两秒，便见她扶着自己手臂，踮脚贴上来。

柔柔的一个吻落在唇间，还未等他细细品味，那抹气息便离开，祝时雨冲他笑道："吃饭。"

"吃什么吃。"他放下手中的盘子，手里一把揽过她的腰，往身前搂，同时低头俯身，"先吃其他的。"

模糊不清的话语从相贴的唇齿间传出来，祝时雨伸手抱住他，乖乖仰起脸。

新棉被蓬松柔软，带着阳光和棉花的味道，果然舒服暖和。

两人盖着这床新被子，静静地躺着，被子底下，祝时雨的两只脚搁在孟司意身上，被他用手捂着。

"如果后来，我是说如果……"熟悉的夜聊时间，她忍不住先开启了话题，"你没有遇见我怎么办？"

"不知道，"孟司意一只手枕在脑后，面朝上认真思索，"可能会等到三十岁，然后慢慢找个合适的人相亲结婚。"

"原来我只配让你等到三十。"祝时雨故作嗔怪。

"不然呢？"孟司意被惹得发笑，低头看她，"我还要痴痴等到你二婚然后再乘虚而入吗？"

"谁说我一定会离婚的……"

"这倒也是……"

两人相视而笑，孟司意动了动，情不自禁地伸手把她抱入怀中。

"不许有这种假设，这种情况是不可能出现的。"他霸道地说。

"为什么，"祝时雨偏要逗他，"我觉得很有可能。"

"我在旁边看着呢！"孟司意生气，"只要你和陆戈分开，就不可能再有第二个男的出现。"

"噢，"她假装了然，念出一个成语，"虎视眈眈。"

"不是。"孟司意在她额间落下一吻，嗓音不自觉温柔，"是蓄谋已久。"

"那你呢？"静了片刻，他想起什么，微偏过头，"假如你没遇到我，会怎么样？"

"我大概……"祝时雨想了想，笑出来，毫不犹豫地回答，"会成为一名优秀的图书管理员吧。"

"嗯？"孟司意诧异，反应几秒，恍然低眸开怀。

"那为什么是我？"他眼中得意，像是一只偷腥成功的狐狸，"点点女士，我身上有什么东西打动到你了？"

"你自己不知道吗？"祝时雨仰起脸，一副不可思议的样子，越发引起孟司意的好奇，不禁凑近。

"什么？"

猝不及防，他的脸被祝时雨摸了摸，那种女流氓的手法，像调戏："长着这么好看的一张脸，是个女人都抵挡不了。"

孟司意面无表情，发表评价："祝时雨，原来你是个这么肤浅的女人。"

祝时雨嘴角终于绷不住，揉着肚子笑得身体缩成一团。

"孟司意，你太可爱了。"在他忍耐快要到极限时，祝时雨勉强止住了笑，伸手捧着他的脸，认真专注，"你知道你身上最打动我的一点是什么吗？"

"嗯。"怕她再要什么花样，孟司意绷着脸，不露声色。

"是你整个人。第一次见你，我想这样的一个人，为什么会来相亲？第二次，我发现你很喜欢小孩，温和又有耐心。第三次，发现你礼貌、有分寸。第四次、第五次……等我发现自己不知不觉见了你这么多面时，早已经从心底接纳了你。"

"所以，原来是我的人格魅力。"孟司意状似豁然开朗，早已被她哄开心。

"没错。"祝时雨正色点头。

"那么……"他嘴角上扬，气息缱绻，凑近她低低地问，"我们什么时候要个小孩？"

冬天请与我恋爱

转眼间，已是冬至。

那天的话题，孟司意似乎只是随口一逗她，两人都没有正式做好迎接一位新成员的准备，事情最后也不了了之。

没过几天是平安夜。

孟司意下班回来，给她带了一个红彤彤的苹果，没有用任何包装，就这么拿在手里递给她。

"咦？"她诧异接过，看了几眼，"看起来很好吃。"

"希望你新的一年平平安安。"孟司意挂好外套，仿佛随口说着祝福词，祝时雨抿唇偷笑，从自己身后拿出一个包装精美的小盒子。

"孟医生你也是哦。平安夜快乐。"

他明显有几分惊喜，似是预料不到，接过后打开上面的缎带，在里头拿出了一个比他给的略小的苹果，然后又翻了翻，手指触碰到了一个硬物。

是一个针织的小苹果钥匙扣。

"这个……不会是你亲手做的吧？"粉红色小苹果圆润可爱，很明显是手工艺品，孟司意提到眼前端详着，脸上复杂。

"你不会嫌丑吧。"祝时雨差一点儿要瞪眼。

"当然不是！"他立刻反驳，难得赧然，摸了摸自己鼻子，如实道，"有点儿惊讶。感觉你不像是会做这种小手工艺品的人。"

"……你太小看我了，孟司意。"

"我好喜欢。"孟司意神情诚恳，翻出钥匙赶紧换上，还得意地在她面前晃了晃，"好看。"

祝时雨仔细看了几眼，陷入沉默，不得不承认："好像有点儿娘里娘气……"

"你以后还是好好放在口袋里，不要拿出来让别人看到。"她认真嘱咐他，"不然有损你威武高大的医生形象。"

孟司意满腔感动不再，换好鞋越过她，径直往里走去。

"我说真的，你记住没有。"她还不忘拉着他的衣角强调，孟司意敷衍应了声，打算明天炫耀给整个科室看。

"本来是想给你讨个好的寓意，谁想到挂上去这么像小女生，没办法，当初欠你的那个苹果，我想不出更好的方法补偿了，只能勉强做了一个这个……"她还在后头小声嘟囔着，话语传入孟司意耳朵，他步伐顿时停住，祝时雨猝不及防，额头撞上了他的后背。

"傻瓜。"孟司意突然说。

她仰起头眼中迷茫，刚要说话，下一秒被一片阴影覆盖住。

孟司意俯身下来张开大大的怀抱拥住她，脸依恋地贴着她额上蹭了蹭："不需要其他的东西。你在我身边就是最好的补偿。"

圣诞节，温北市下了今年的第一场雪。

醒来睁开眼，窗户外白蒙蒙的，地上像被铺了层白砂糖，周遭都变成了童话世界的冰雪王国。

一大早，祝时雨还在酣睡，孟司意早已洗漱完，手机里有新消息，提醒今天有邮政投递。

他穿上外套，下楼去取信件。

小区收件箱统一修建在楼下，绿色的一排，用小钥匙打开，每户人家都有自己专属的门牌号。

他找到自己的号码，拉开小门后，在里头拿出了一小沓的信件。

信用卡定期回执、宣传单、小卡片……孟司意一样样看着，翻到中间时，手指突然顿住。

里头有一封信封是黄色的信，上面写着他的名字，角落贴着邮票，日期落款是高一下学期。

他拿着手里的这堆信件上楼，一路上连呼吸都不敢大声，步伐很快，进门后飞快合上，背抵着门板，抽出了中间的那封信。

孟司意伸手拆开。

映入眼帘的是熟悉的娟秀字体。

孟司意同学：
　　你好，我是祝时雨。

冬天请与我恋爱

收到了你的来信，我感到非常惊喜，很高兴你还能记得我，对于你突然转学的这件事情，我倍感失落，没来得及同你亲口说一声告别。

我的身体已经康复了，并没有什么大碍，不过是简单的风寒，希望你在新的地方也注意自己的健康。

上次留给你的号码我一直在用，应该是手机不小心放在桌上被同学接听了，如果你不介意，可以再次联系我，我看到一定会回复你。

每个人到新的环境，都需要一些时间来适应，如果你有不习惯的地方，可以随时给我写信，我很愿意做和你聊天的好朋友。

期待你的回信。

祝眉目舒展，顺问冬安。

祝时雨

2 月 28 日

孟司意合上信，望向窗外。

不知何时，风雪已停歇，冬日静好，岁月安然。

他爱的人在屋里酣睡。

十几年后的今天，他收到了一封迟来的回信。

这份迟了数年的爱，终究抵达。

周末无事，两人一起在客厅看电影。

最近没有特别好看的影片上映，投影上播放的是一部经典的纪录片，画面很美，节奏稍慢，祝时雨怕他无聊，提议做点儿什么。

"我们要不要玩扑克？"

"两个人怎么玩？"

"也是。"

过了会儿，她又想到什么，眼睛一亮："要不来猜拳？输的人今天洗碗。"

"不用了，"孟司意无奈转头，"我洗就好了。"

没过几秒，又见她突然直起身子，仿佛想到了什么好提议。

孟司意没等她开口，率先伸手把她拥入怀中，紧紧抱住，堵上了她后面的话。

"你什么都不用做，这样陪在我身边就很好。"

祝时雨仰头看着他，神情复杂地说："孟司意，你好像那个霸道总裁。"

"你是不是在骂我油腻？"

她伸出食指和拇指比出一小点儿距离，说："一点点。"

孟司意看了她一会儿，然后表情一收，把额头砸下来靠在她肩膀上，低声叫她名字："点点。"

"嗯，"祝时雨诧异，抬手摸了摸他的头发，"怎么了？"

"不准骂我。"

"在心里偷偷骂也不行。"他仿佛是察觉到了她的想法，抬起头来瞪她，祝时雨立刻竖起三根手指。

"对天发誓，我刚才真的没有骂你，以后也不敢了。"

孟司意漆黑的眼珠端详着她，似乎是在判断她话的真假，许久，才勉为其难地答应下来。

"那我相信你了。我们可是好朋友，你不能骗人。"

自从收到她那封信，孟司意从初始的不淡定，变成了时常挂在嘴边。尤其是那句"我很愿意做和你聊天的好朋友"，常常被他翻出来提。

那天，得知她特意回家找了一下午，在堆积多年的杂物箱内，最终找到了他当初寄的那封信。

孟司意仔细看完之后，不由点头评价。

"我当年的字真是不错。"

说着，他又把信还给她，用叮嘱的口吻说："你要好好珍藏着。"

元旦，温北市的天空依旧处在冬日特有的阴沉中，没放晴。

两人放假在家，休息大半天后，下午终于出门，到街上感受这难得的节日气氛。

外面有点儿冷，气氛却分外火热，大街上人来人往，两旁商铺都在做元旦促销活动，海报贴纸喜庆。

祝时雨穿着厚厚的大衣，脸往围巾里缩了缩，挽着孟司意的手，不疾不徐地往前走。

"你手怎么这么凉？"他摸了摸她指尖察觉，蹙眉问完，一把拢起，握紧在手里塞进了自己大衣口袋。

"冷空气太强，难以抵御。"祝时雨吸了吸鼻子回答，孟司意刚要说话，她看见了前头那家麦当劳，不由出声，"孟司意，我们去前面吃炸鸡。"

节假日，这里面都是小孩子，难得的休息日，爸妈带着自家的小朋友，把餐厅占得满满当当。

两人在靠窗的一个角落找到张小桌子，点完餐过一会儿听到叫号，孟司意起身端着餐盘过来。

他们点的是全家桶，祝时雨又加了个冰激凌，吃食摆满整张小桌子。

看到她大冬天吃冰激凌，孟司意劝阻无果后，只能警告："感冒了去医院，让大伯母给你扎针。"

"没有一点儿威慑力。"祝时雨忍不住顶嘴。

"什么？"孟司意难以置信地反问。

她手里拿着圣代，眼神飘了飘，说："你还不如说感冒了别传染给你，要和我分房睡。"

"……"

"算了。"孟司意无奈认输，"那你还是传染给我吧。我们一起去医院。"

她又笑眯眯地卖乖："那我不吃了，我舍不得让你感冒。"

说着，祝时雨真的放下手中冰激凌，戴上手套拿起一个炸翅。

"真好吃。"她咬了口，夸赞，"你快尝尝。"

孟司意依言同样拿起一个，他已经很久没吃过这类油炸食品了，上一次吃……记忆陷入久远的时光，依稀记得有一次，是他元旦节独自在家，面对空荡荡的屋子，嘴里的食物品尝不出任何滋味，后来全部被丢进了垃圾桶。

他刚低头咬了一口，就听见对面的人问："好吃吗？"

孟司意连连点头，回答："好吃。"

不是炸鸡好吃，是因为有了带给他快乐的人，所以才好吃。

"外面下雪了。"

吃到一半的时候，玻璃窗外飘起了小雪，街上行人纷纷躲避，还有一些喜爱浪漫的情侣反而驻足原地，惊喜欢呼。

祝时雨停下手中动作，抬脸望向窗外，孟司意顺着她的目光看向外头，视线里飘飘摇摇的雪花从空中散落人间，好像在庆祝冬日的到来。

这个温暖、明亮的冬天。

餐厅里突然吵闹了起来，因为这场突如其来的雪，小孩们纷纷嚷着要去看雪花，家长们自顾不暇，一时间各种声响不停。

祝时雨他们座位靠窗，因为在角落里，避免了拥挤的局面，但依然受到波及，她正准备同孟司意商量着打包没吃完的食物回去，桌子突然被人重重撞了下。

一个穿着蓝色棉袄的小男孩不知道打哪儿来的，慌乱中撞在了他们桌子角上，恰好祝时雨没吃完的冰激凌放在那儿，被打翻在地的时候，撞到了小男孩胸前。

小男孩低头，呆呆地看着自己衣服上那团冰激凌，慌神两秒，哇的一声哭了出来。

"哎，你别哭啊……"祝时雨见他一哭，比他更慌，连忙起身拿起纸巾，想要去帮他擦干净。

"呜呜呜——"他手背捂着眼睛擦泪，后退两步躲避，似乎是对陌生人的戒备心，祝时雨的手停在半空中不知该如何处理。

"小朋友，叔叔先帮你把衣服擦干净好不好？待会儿沾太久了就洗不掉了。"孟司意比她反应快，立刻蹲在他身旁哄道。

小孩哭声依旧，只是在孟司意拿着纸巾擦过来时，没有再躲避，只是站在那儿任由他擦拭着身前弄脏的衣服。

孟司意把他半拥在怀里，用纸巾一点点把衣服上的冰激凌擦干净，他的动作耐心细致，其间不停轻声哄着他，小男孩的哭声渐渐止住，变成了一下一下地抽泣。

冬天请与我恋爱

"小朋友，你爸爸妈妈呢？怎么一个人跑到这里来了？"见他衣服弄得差不多了，孟司意才出声问，小男孩抽泣了声，放下手，眨巴了下浓黑的眼睛。

"爸爸，在那儿——"他伸着小短手指了个方向，两人望去，却只看到了密集的人群，祝时雨头大。

"你爸爸长什么样子？"她出声问，小孩湿漉漉的眼睛迷茫地看着她，须臾，又望望孟司意。

"叔叔带你去找他好不好？"孟司意轻声询问小男孩的意见，"就在店里面不出去，待会儿看到哪个人是爸爸，你就叫他一声。"

小男孩似乎是认真思索了几秒，然后打了个哭嗝，朝孟司意轻微点头。

"好！"声音奶声奶气的。

祝时雨因为这场意外插曲而混乱的脑子突然感受到了一丝人类幼崽的可爱。

听他答应，孟司意弯腰把他从地上抱起，刚到腰部高的小男孩，轻松被他抱在怀里，两人远远看着，更像是一对父子。

孟司意带他穿过人群，一张桌子一张桌子地找着，小男孩睁大眼睛在身旁搜寻着，不知不觉，放下戒备，把手搭了孟司意的脖子上。

"你今年几岁了呀？怎么一个人跑到那边去了？"祝时雨见状，忍不住和他搭话，只是小男孩却只是用湿亮的眸子看她一眼，又默默伸手抱住了孟司意，模样不安而依赖。

"……"

他们三个刚走到点单柜台前，孟司意怀中的小男孩突然直起身，眼睛直直地盯着前方一处，仿佛看到了什么重要的人，大声叫着："爸爸——"

他朝那处用力挥着手，方才的萎靡不振褪去，变得惊喜兴奋。

"我在这里！"

孟司意和祝时雨也看到了前面的那个人，此时正站在柜台前对着后面服务生一脸焦急的中年男人，在人群中分外显眼，他目光看过来，立刻由忧转喜。

"你跑哪儿去了！急死我了，听到下雪一转眼就不见人了！"

他从孟司意怀中接过小孩，听完事情原委，朝他们连声道谢，同时不忘低头教训怀里的小人儿。

几人在这里寒暄过后，孟司意开口道别。

"今天真是谢谢你们啊……"孩子的爸爸仍然心有余悸，一脸诚恳，继续道谢。

临走前，小孩缩在爸爸怀里，眨着不安的眸子，不忘奶声奶气地对孟司意说："谢谢叔叔……"

"下次听爸爸的话，不要乱跑了，知道吗？"孟司意揉揉他脑袋叮嘱道，小孩乖乖点头。各自分别，祝时雨回到桌子前，打包上面剩下的食物。

"可惜了，本来还想再吃两口的。"她看着桌上一片狼藉的冰激凌说。

"没关系，下次等天气暖和了再来也是一样。"孟司意在拿纸巾擦干净被弄脏的桌面，低垂着眼睫语气温和。

"孟医生。"祝时雨突然顿住视线，叫他。孟司意不明所以地抬起头来，对上她弯弯的笑眼，"你以后肯定是个好爸爸。"

他愣了两秒，也笑出来。

"嗯。"孟司意颔首，嗓音轻柔，"我也觉得。"

"你想当爸爸了吗？"回去的路上，两人手牵手，祝时雨问他。

孟司意稍做思考："再等一等。"

"嗯？"

等冬天过去，夏日到来，万物明媚的时候。

"我们再谈一下恋爱。"

—正文完—

番　外

小　默

床头柜上闹铃响起，一缕阳光从薄窗帘后透入。

小默揉着眼睛掀开被子，翻身下床，踩着小拖鞋往外走去。

开放式厨房一览无余，清晨光线和煦，里头早已站着一个人，穿着舒适的家居服，腰间系着围裙。

他放下揉眼睛的手，朝那个人走过去，露出笑脸。

"爸爸！"

小短腿飞快奔跑，张开双手，投入那个人怀中。

孟司意单手接住他的身体，把他抱在怀里，柔声笑问："怎么这么早就醒了？"

春天，温度刚好，小孩衣服布料柔软，衣角在睡觉翻滚间没注意卷到了腰上，露出一小片白白的肚皮。

孟司意低头给他把睡衣整理好，盖住了小肚子。

"闹铃响了。"小默双手搂住孟司意的脖子，奶声奶气地答。

"那你坐一会儿，爸爸给你做早餐。"厨房油烟重，孟司意抱着他往外走，把人放在餐桌旁的椅子上。

"妈妈还在睡觉吗？"椅子很高，小孩坐在上面脚够不着地，晃着小短腿问他。

"妈妈昨晚工作太晚，我们不要吵醒她哦。"孟司意低下脸凑近，悄声嘱咐，小孩乖巧点头。

他其实长得更像祝时雨，但眉眼像极了孟司意，两张一大一小的脸靠在一起，分外和谐。

安静无声的早晨，父子俩吃完早餐，孟司意替他收拾好书包，出门送他去幼儿园。

孟子默今年五岁了，刚好是上中班的年纪，他坐在爸爸的车里，睁着眼好奇地望向窗外，对一切都充满了兴趣。

"爸爸，煎饼是用什么做的？"路过一家早餐摊，马路边有个老爷爷在烙着煎饼。

孟司意握着方向盘，分神看了眼，温和地回道："煎饼是用鸡蛋和面粉做的。"

"那好吃吗？"

"你想吃的话，放学的时候爸爸买给你。"

"好欸！"小孩开心地握起拳头，比了个超人的手势。

"爸爸，你看外面有棵好大的树！"他注意力又飞快被外头一晃而过的树木吸引，伸着手指睁大眼睛，好奇地叫道。

"那是榕树。"孟司意耐心科普，"可以长到二十多米。"

"二十多米是多高？"好奇宝宝再度上线。

他略做思忖："嗯……有十几个爸爸这么高。"

"哇——"后座传来大大的惊叹声，好奇宝宝瞪圆了眼睛，乌溜溜的瞳孔又圆又大，像是漂亮剔透的琉璃珠子。

孟司意把他送到幼儿园门口，抱下车，送往在校门边等候的老师手里时，没忍住，惯例在他奶乎乎的脸上亲了一口。

"在学校要乖乖听老师的话，知道吗？"

"知道啦！"小默拉长声音回道。

孟司意有几丝舍不得，眼神笼在他身上，温柔留恋："那爸爸走了？"

"爸爸开车注意安全。"小棉被很贴心地搂住他，在他脸上"吧唧"了一下，孟司意心满意足，挥手告别。

祝时雨醒来时，已经是早上十点，外面早已没有了动静，只剩一份早餐温在厨房。

她打开手机，看到了孟司意十分钟前给她发的消息。

儿子好可爱。

上面是小默在幼儿园的照片，最近他们有活动，在搞彩排，照片里的小默穿着学校定制的衬衫领演出制服，头上还戴着顶小帽子，圆乎乎的脸蛋漂亮奶气。

纵然祝时雨承认他们的儿子很可爱，但这么多年，对于孟司意这副无条件溺爱的面孔，依旧有些不适应。

还可以。

冬天请与我恋爱

她克制地回复。

"什么还可以，明明是可爱极了！"他看到，竟然还不满地发来了一个小默气哼哼的表情包，祝时雨无语，忍不住给他回。

今天上班这么闲？

......

对面干脆给她打了一串省略号，似乎为表示自己的忙碌，一直到下班，孟司意都没再同她闲聊。

两人作息不同，分工明确。孟司意早上送小默去幼儿园，下午基本都是祝时雨去接。她等候在幼儿园门口，铃声响起没多久，小孩子们欢欣闹腾地出来，像是一群挥展翅膀扑棱的小鸽子。

祝时雨很快在人群中找到了自己家的那只小鸽子。

小默看到她眼睛倏忽亮了，背着小书包立刻埋头冲过来，大叫着："妈妈！"

五岁的小孩比她膝盖还高了，却仍然喜欢赖在她怀里，双手圈紧她的脖子依偎住她。

祝时雨现在抱起他已经有点儿吃力，不比孟司意的游刃有余，好在这边到停车场很近，上车系好安全带，她从后座拿出一个温热的纸袋递过去，还泛着香。

"小默，看看这是什么？"

小孩接过，打开一看，惊喜地叫出来："煎饼！"

"爸爸特意嘱咐我过来给你买的哦。"祝时雨启动车子，手里打着方向盘汇入前方车流。

"谢谢爸爸，"小默说完，又马上甜甜地补充，"谢谢妈妈。"

"不准贪吃，待会儿要吃晚饭了。"她叮嘱，小孩抱着手里香喷喷的煎饼咬了一口，连连点头，"嗯嗯嗯。"

一大一小抵达小区，刚好和孟司意在楼下相遇，他手里提着菜，像是刚从超市回来。

祝时雨诧异地抬了下眉，不禁询问："今天下班这么早？"

"庆祝小默今天演出彩排成功，特意早点回来做大餐。"孟司意提起手里的东西，弯腰朝旁边的孟子默晃了晃示意，笑意温柔，"有你最爱吃的排骨哦。"

"哇！"小默照旧捧场，给了他一个大大的笑脸。

"可惜你儿子回来的路上已经啃掉大半个煎饼了，"祝时雨忍不住泼凉水，"怕是吃不下几块排骨了。"

"吃得下，吃得下。"还未等孟司意说话，一旁的小默已经按捺不住连连保证，还伴随着用力点头。

"爸爸，我最喜欢吃你做的排骨了。"小孩笑眯了眼，白嫩嫩的脸上像是布着两道小月牙，可爱讨喜。

祝时雨和孟司意都不是嘴甜的人，也不知道他遗传了谁，见人都是一副笑脸，嘴巴又甜，特别能讨家里那些长辈亲戚的喜欢。

逢年过节的红包厚厚一沓，周珍、祝安远他们还隔三差五打电话过来，要把他接过去小住。

孟司意被他哄得满脸愉悦，牵起他的小手，一家三口往家里走去。

夕阳下，影子被拉长，不知不觉，当初两个密不可分的身影，变成了两只大手牵小手的画面。

家中的陈设没有太大变化，只是当初那间客卧改成了儿童房，客厅里多了很多小孩的玩具积木，墙上的婚纱照旁边，增加了一张三人的亲子照——

孟子默三岁的时候拍的，那会儿他就很听话了，摄影师让笑就笑，乖乖地看着镜头，不哭不闹。

进门换好鞋，祝时雨领他去洗手，老师今天在群里布置了作业，要抄写大字。她把他的小书包打开，在里头找出了纸、笔，摊开在餐桌上，让他坐在椅子上自己写。

"我去帮爸爸一起做饭，宝宝乖乖写作业。"祝时雨摸了摸他脑袋，眼神宠溺。

小孩乖巧点头，朝她张开手："妈妈，抱抱。"

她心仿佛融化成了一摊香甜的巧克力，把他小小的身子搂入怀中，不知道多少次在心里欣慰他的降临。

冬天请与我恋爱

两人是在婚后两年有的小孩，不算做足准备，只是刚好那段时间祝时雨工作空闲，在家时间增多，孟司意某一天打开床头柜时，发现里头空了。

他工作期间基本不沾烟酒，也没有不良嗜好，不需要提前注意什么。

祝时雨那瞬间不知道想什么，脑子空白，突然冒出一句"孟司意，我们要个小孩吧"。

事情就自然而然地发生了。

后来没过多久，她就查出怀了孕，算算日子，刚好是那一天。

一切巧合得不可思议。

她从怀孕到生下小孩都没有吃太多的苦，孕期有孟司意和周珍悉心照料着，孟子默出生后又乖得不行，除了定时喝奶，就是自己在小床上乖乖睡觉，连月嫂都说，很少见这么不哭闹的孩子。

导致祝时雨偶尔会不禁怀疑，小孩会不会有什么自闭症，直到后来稍大一点儿，他表现出和同龄人不一样的乖巧听话之后，祝时雨才终于放下心。

这几年，随着他一天天地长大，"聪慧""懂事""可爱"这些词汇都不足以形容。

祝时雨觉得，他就像个天使突然降临在他们的生活中。

夜里，孟子默躺在他们两人中间，安静地闭着眼睛，睡着了。

祝时雨放下手里的故事书，见孟司意朝她比了个嘘声的手势，轻手轻脚地抱起他，往隔壁房间走去。

"我们会不会太狠心了。"看到他一个人回来，轻轻掩上门，祝时雨躺在床上，哀怨说，"让他这么小就一个人睡。"

"不小了，都已经上幼儿园了。"孟司意面不改色，掀开被子重新在她身旁躺下。

"怎么到这里，你的心这么硬。"祝时雨翻了个身，点点他，"宝宝不是你最爱的人了吗？"

"他是，你也是。"

孟司意伸手抱住她，搂紧，抬臂关灯。

"他是我最爱的小孩。"

"嗯？"

"你是我最爱的人。"

"下个月结婚七周年纪念日，你想要什么礼物？"

房间陷入短暂安静，周遭黑暗，祝时雨望着月光中爱人的脸庞，想了想："我好像什么都有了。"

—全文完—